HOMER'S DAUGHTER

HOMER'S DAUGHTER

ROBERT GRAVES

호메로스의 딸

로버트 그레이브스 지음
한지원 옮김

당연히, 셸윈 젭슨에게 바친다

HOMER'S DAUGHTER

Copyright © The Trustees of the Robert Graves Copyright Trust
All rights reserved.

Korean translation copyright © 2025 by SDEDU Co.,Ltd.
Korean translation rights arranged with United Agents LLP
through EYA Co.,Ltd.

이 책의 한국어판 저작권은 EYA Co.,Ltd를 통한
United Agents LLP 사와의 독점계약으로 (주)시대고시기획 · 시대교육이 소유합니다.
저작권법에 의하여 한국 내에서 보호를 받는 저작물이므로 무단전재 및 복제를 금합니다.

작가의 글_역사적 배경에 대하여

호메로스의 아들들은 저명한 맹인 시인의 후예를 자처하며 영웅들의 모험담을 노래한 방랑 음유 시인들의 단체로 고대 그리스 시대에 신성한 섬 델로스를 근거지로 하여 활동했다. 그들은 그리스와 소아시아, 시칠리아, 이탈리아, 북아프리카 전역을 떠돌며 어디를 가든 보호와 환대를 받았다. 그들이 노래하는 모험담은 호메로스가 쓴 것으로 알려져 있었지만, 그중 상당수는 나중에 지어졌다는 것이 공공연한 비밀이었다. 그의 작품 중에서도 가장 오래되고 유명한 것이 트로이의 함락을 다룬 『일리아스』였으므로, 호메로스의 아들들은 전쟁 전과 후에 무슨 일이 일어났는지 설명하는 새로운 모험담을 추가해 트로이 서사시환+을 확장했다. 이를테면 그들이 지은 여러 편의 비극적인 『귀향』 이야기가 대표적인데, 여기서 10년간의 전쟁에서 살아남은 그리스 영웅들은 고향으로 돌아가던 중 난파를 당하거나 경로에서 이탈해 먼 곳을 떠돌다 겨우 귀향해 아내들이 부정을 저지르고 왕위마저 빼앗겼다는 사실을 알게 된다.

『오디세이아』 역시 호메로스가 쓴 작품으로 여겨지지만 『일리아스』보다 최소 150년 늦게 쓰였고, 좀 더 다정하고 유머러스하며 세련되었다는 점에서 분위기도 완전히 다르다. 『일리아스』가 남자를 위한 남자의 시라면, 『오디세이아』는 (남자 영웅이 등장하기는 하나) '여자를 위한 여자의 시'라고 할 수 있을 것이다. 누가 이 시를 썼든 그는 호메로스의 모험담(가장 나중 것만 제외하면 전체 또는 일부가 지금도 여전히 잔존하고 있다)을 대부분 다 읽고 원래의 『오디세우스의 귀환』을 고쳐 쓴 것으로 보인다. 하지만 서시와 몇몇 대목만 비교적 온전히 보존되었을 뿐 바뀐 부분이 많았다. 원래는 오디세우스가 이타카로 돌아와 아내 페넬로페가 50명의 정부와 난잡하게 살고 있는 것을 발견

+ 고대 그리스의 트로이 전쟁과 관련된 일련의 서사시 모음을 말하는 것으로, 『일리아스』와 『오디세이아』, 『귀향』 등의 서사시를 포함한다.

하고 그들을 전부 죽인 후, 페넬로페를 그녀의 아버지에게 보내고 자신은 아들 텔레마코스의 독침 달린 창에 찔려 죽는 걸말이었던 듯하다. 예고도 없이 상륙한 텔레마코스가 오래전에 헤어진 아버지의 얼굴을 알아보지 못했던 것이다. 서시에서 언급된 오디세우스의 '수많은 도시'는 두 도시로 축소되었고, 나머지는 완전히 다른 이야기(기지를 발휘해 몇 번이나 죽음을 피한 것으로 유명한 율리시스의 알레고리적✦✦ 신화)에서 빌려온 가상의 섬으로 대체되었다. 하지만 모험담 요소와 알레고리 요소를 제외하면 『오디세이아』는 기원전 750년 무렵 서쪽 끝 그리스 시골에서의 삶을 묘사한 친밀하고도 가정적인 이야기라 할 수 있다. 이야기의 중심 인물은 파이아키아(역시 가상의 장소이다)라는 섬의 알키노오스 왕과 아레테 왕비 사이에 태어난 나우시카 공주이다.

그리스 신화의 권위자인 아폴로도로스는 시의 실제 배경이 시칠리아 연안이라는 의견을 기록한 바 있고, 『에레혼』의 저자 새뮤얼 버틀러도 독자적으로 같은 결론에 도달한 바 있다. 그는 오늘날 우리가 보는 『오디세이아』가 지금의 이탈리아 트라파니에 해당하는, 시칠리아 서부의 드레파논

✦✦ 인물, 행위, 배경이 일차적 의미(표면적 의미)와 이차적 의미(이면적 의미)를 모두 가지도록 고안된 이야기를 뜻한다.

에서 쓰였으며, 저자는 극중 나우시카로 나오는 소녀였을 것이라는 주장을 폈다. 하지만 동시대 고전학자들은 호메로스가 수염을 기른 맹인일 것이라는 가정을 기정사실처럼 받아들였으므로, 버틀러의 이론에 아무런 관심을 기울이지 않았다. 게다가 버틀러는 우리가 지금 알고 있듯이 『오디세이아』가 쓰인 시기를 300년 정도 이르게 보았고, 시칠리아의 공주가 어떻게 자신의 시를 호메로스의 시로 둔갑시킬 수 있었는지 설명하지 않았기 때문에, 이 주제를 다룬 그의 두 저서는 재밌는 농담 취급을 받으며 대체로 무시되고 말았다.

그럼에도 불구하고 나는 그리스 신화 사전을 작업하면서 『오디세이아』의 배경이 시칠리아 서부이며, 진짜 저자는 여성이라고 한 버틀러의 주장에 설득되고 말았다. 소설을 쓰지 않고는 배길 수 없을 정도였다. 이 소설은 나우시카가 어떻게 『오디세이아』를 쓰게 되었으며 호메로스의 명예 딸로서 자신의 시를 어떻게 공식 정본 목록에 포함시킬 수 있었는지 내적, 외적 증거를 동원해 상황을 재현한다. 이것은 혈기 왕성하고 신앙심이 깊은 시칠리아의 한 소녀가 가만히 앉아 누가 해결해 주기만을 바라는 대신 과감하게 행동에 나섬으로써, 아버지의 왕좌가 찬탈되는 것을 막고 자신을 원치 않은 결혼에서 해방시키며 두 남동생을 학살에서 구해내는 이야기이다.

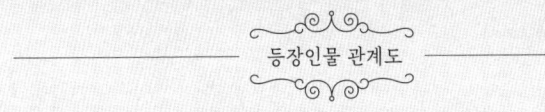

등장인물 관계도

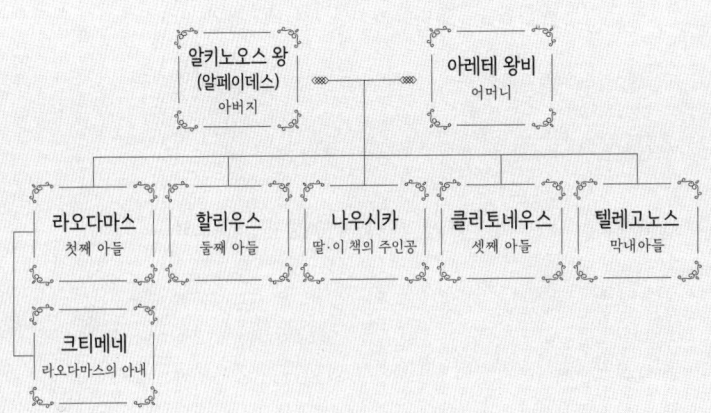

- 알키노오스 왕 (알페이데스) — 아버지
- 아레테 왕비 — 어머니
- 라오다마스 — 첫째 아들
- 할리우스 — 둘째 아들
- 나우시카 — 딸·이 책의 주인공
- 클리토네우스 — 셋째 아들
- 텔레고노스 — 막내아들
- 크티메네 — 라오다마스의 아내

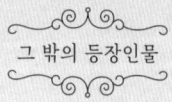
그 밖의 등장인물

멘토르: 아레테 왕비의 남동생이자 나우시카의 외삼촌

피탈로스: 아레테 왕비의 아버지이자 나우시카의 외할아버지

안티노오스: 나우시카의 112명의 구혼자 중 한 명

에우리마코스: 나우시카의 112명의 구혼자 중 한 명, 안티노오스의 사촌

아겔라오스: 나우시카의 112명의 구혼자 중 한 명, 나우시카의 친척

암피노모스: 나우시카의 112명의 구혼자 중 한 명, 에우리마코스의 사촌

아이톤: 갑자기 나타난 이방인

크테시포스: 나우시카의 112명의 구혼자 중 한 명

레오데스: 나우시카의 112명의 구혼자 중 한 명, 제우스 신을 모시는 부사제

레이오크리토스: 나우시카의 112명의 구혼자 중 한 명

노에몬: 나우시카의 112명의 구혼자 중 한 명, 훗날 나우시카에게 도움을 준다

테오클리메노스: 나우시카의 112명의 구혼자 중 한 명, 예언자 가문의 후손

에우페이테스: 포카이아인의 수장, 안티노오스의 아버지

이이깁토스: 외회 이장

할리테르세스: 예언가, 의회에서 왕가에 우호적인 몇 안 되는 의원 중 하나

에우마이오스: 궁 담당 돼지치기

멜란티오스: 궁 담당 소·염소치기

필로이티오스: 궁 담당 양·염소치기

고르고: 궁 담당 거위치기

프로크네: 디마스 선장의 딸, 나우시카의 친구

데모도코스: 시인이자 가인, 호메로스의 아들들 중 한 명

페미오스: 호메로스의 아들들 중 한 명이자 데모도코스의 제자

멜란토: 멜란티오스의 딸이자 크티메네의 하녀

에우리클레이아: 궁 전속 가정부이자 나우시카의 보모

에우리메두사: 궁 하녀이자 리넨 공장의 여직공 관리자

폰토노오스: 궁 전속 집사

작가의 글 _역사적 배경에 대하여 7

프롤로그 17

1장. 호박 목걸이 34

2장. 궁궐 45

3장. 떠나는 오디세우스 65

4장. 그 아버지에 그 딸 99

5장. 빨래하는 날 125

6장. 벌거벗은 크레타인 147

7장. 탐욕스러운 구혼자들 170

8장. 의회 회의 196

9장. 떠나는 클리토네우스　221

10장. 늙은 흰 암퇘지　241

11장. 할리우스가 준 화살　267

12장. 장례 연회　286

13장. 구걸하는 아이톤　309

14장. 꽃과 피리는 없지만　335

15장. 복수의 날　357

16장. 호메로스의 딸　387

옮긴이의 글 _신화, 시대의 흐름을 담은 목소리　412

일러두기

· 이 책에 나오는 인명, 지명을 비롯한 외래어는 국립국어원의 외래어표기법을 따랐으나, 몇몇의 경우 일상적으로 널리 쓰이는 용례를 참고하여 반영하였습니다.
· 본문 하단에 있는 주는 모두 옮긴이의 것입니다.
· 책 제목과 서사시는 겹낫표『 』로, 노래 제목은 홑화살괄호 〈 〉로 표기하였습니다.

프롤로그

어느덧 유년기가 훌쩍 지나 하루가 더 이상 영원하지 않고 열두 시간도 채 안 돼 지나가 버리면서, 나는 죽음에 대해 진지하게 생각하기 시작했다. 내가 나 자신의 죽음을 의식하게 된 건 드레파논의 여자들 절반 가까이가 마도요처럼 슬피 울어대며 행진했던 할머니 장례식 때였다. 나는 곧 결혼을 하고 아이를 낳고 살이 찌고 늙고 추해진 뒤(아니면 비쩍 마르고 늙고 추해진 뒤), 이내 죽게 되겠지. 무얼 남기고? 아무것도. 그럼 날 기다리는 건 뭘까? 그건 아무것도 아닌 것보다 더 지독한 무언가일 것이다. 선조들의 혼령이 아무 특색 없는 벌판을 배회하며 박쥐처럼 뜻 모를 말을 중얼거리고 있는 영원한 어둠 같은 것. 그들은 과거와 미래의 모든 지식을 두루 섭렵했지만 그 지식을 활용할 수 없을 테고, 질투와 욕망, 증오, 탐욕과 같은 인간의 감정은 가지고 있어도 그 감정을 실현할 힘은 없을 것이다. 죽은 자의 하루는 얼마나 길까?

며칠 뒤 할머니의 환영이 내 앞에 나타났다. 나는 할머니를 껴안으려고 세 차례나 시도했지만 그때마다 할머니는 옆으로 비켜섰다. 상처받은 나는 이렇게 물었다. "할머니, 제가 입을 맞추려는데 왜 자꾸 움직이시는 거예요?"

"아가, 죽으면 다 이렇게 된단다. 힘줄은 더 이상 근육을 떠받치지 못하고, 살과 뼈는 무자비한 장작불 속에서 소멸되고 말지. 영혼은 꿈처럼 휙휙 날아다니고 말이다. 내가 널 덜 사랑한다고 생각하지는 말거라. 난 그냥 실체가 없는 것뿐이니까."

신에게서 태어난 어떤 영웅들은 축복받은 자들의 섬에서 모두가 부러워할 만한 불멸을 누린다고 사제들은 말하지만, 그것은 말하는 당사자조차 믿지 않는 허황된 이야기일 뿐이다. 내가 확신하는 건 우리가 아는 삶, 다시 말해, 해와 달, 별 아래의 삶 너머에는 진정한 삶이 존재하지 않는다는 것이다. 죽은 자는 죽은 자일 뿐이다. 죽은 혼령의 일시적인 부활을 꿈꾸며 아무리 피의 잔을 바친다 한들 말이다. 하지만…….

하지만 예외가 있으니, 호메로스의 노래들이다. 호메로스는 200년도 더 전에 죽었지만 우리는 여전히 그가 살아 있는 것처럼 말한다. 호메로스가 이러이러한 사건을 '기록한다'고 하지, '기록했다'고 하지 않는다. 그는 아가멤논과 아킬레우스, 아이아스, 카산드라, 헬레네, 클리타임네스트라 등 그의 트로이 전쟁 서사시에 등장한 다른 어떤 인물들보다 훨씬 더 생생하게 살아 있다. 그들은 그의 노래로 이루어진 그림자에 불과하다. 호메로스는 지금도 살아 있고, 나와 동시대를 살아가는 모든 이들이 세상을 떠나고 잊힌 뒤에도 살아 있을 것이다. 어떤 이는 그가 아버지 제우스보다 더 오래 살 거라는 불경한 예언을 하기도 한다. 그렇다 해도 운명의 여신들에게 미치지는 못하겠지만.

열다섯의 나이에 이런 생각을 하다 우울해진 나는 나를 불사의 존재로 만들지 않은 신들을 원망했고 호메로스를 부러워했다. 이런 성향은 특히 여자아이에게는 흔치 않은 유별난 것이었으니, 가정부 에우리클레이아는 내가 여느 또래들처럼 즐겁게 놀기보다는 굳은 표정으로 고개를 푹 수그린 채 궁을 서성거리는 모습을 보고 고개를 절레절레 젓곤 했다. 그녀에게 말한 적은 없지만 속으로 나는 이렇게 생각했다. '에우리클레이아, 그대에게 남은 끽해야 10년, 20년도 안 되는 세월 동안 그대는 서서히 쇠약해지고 관절염은 더 심해지겠지. 그러고 나서는 어떻게 될까? 죽은 자의 하루는 얼마나 길까?'

내가 이토록 죽음에 사로잡혀 있었다는 걸 고려하면, 최근에 내린 나의 이상한 결정이 용서는 안 되더라도 적어도 이해는 될 것이다. 호메로스의 계승자가 되어 나 자신에게 사후의 삶을 보장해 주기로 한 것이다. 내가 늘 우러러보는, 모든 것을 굽어보시는 신들께서 부디 나의 이런 노력이 결실을 맺을 수 있게 해주시고 사기가 들통 나지 않게 해주시길. 음유 시인인 페미오스는 내 시를 널리 퍼뜨려 주겠다고 굳은 맹세를 했다. 그럼으로써 그 피비린내 나던 오후에 죽음을 무릅쓰고 그를 양날의 검에서 구해준 내게 은혜를 갚기로 한 것이다.

내 신분과 혈통에 대해 말하자면, 나는 에릭스 일대에 사는 혼혈 인종인 엘리미나족의 공주다. 벌떼로 가득한 거산인 에릭스는 삼면으로 된 시칠리아섬의 가장 서쪽 귀퉁이를 차지하고 있으며, 수많은 벌이 꿀을 먹는 히스에서 그 이름을 따왔다. 우리 엘리미나족은 문명 세계의 가장 외떨어진 나라라는 자부심을 가지고 있다. 물론 이런 말은 이후에 스페인과 마우레타니아✦에서 문명을 꽃피운 몇몇 그리스 식민지를 무시하는 처사겠지만 말이다(페니키아도 빠질 수 없다. 비록 이들은 그리스인이 아닌 데다 인신 공양을 하는 야만적인 풍습에 빠져 있긴 하지만, 문명이라 부를 만할 요소들을 가지고 있고 카르타고, 우티카 등의 아프리카 해안에 굳건히 자리를 잡고 있다).

이제 우리의 기원에 대하여 간략히 설명하겠다. 나의 아버지는 자신이 영웅 아이게스테스의 직계 후손이라고 주장한다. 아이게스테스는 강의 신 크리미소스와 추방된

✦ 현재의 모로코 및 알제리에 해당하는 곳.

트로이의 귀족 여성 아이게스타의 아들로 시칠리아에서 태어났지만, 미케네의 아가멤논 왕이 트로이를 포위하자 프리아모스 왕의 지원 요청을 받아 트로이로 건너갔다고 한다. 하지만 트로이는 함락할 운명이었고, 아이게스테스는 운 좋게 아카이아인++들의 칼을 피했다. 적들이 트로이에 쳐들어와 아직 잠도 덜 깬 주민들을 학살하기 시작했을 때, 아이게스테스는 친척 아이네이아스 덕분에 잠에서 깬 한 무리의 트로이인을 이끌고 성문을 나설 수 있었다. 그가 향한 곳은 헬레스폰토스의 요새 아비도스로, 앞을 내다본 어머니의 경고를 마음에 새겨 식량을 넉넉히 챙겨둔 선박 세 척을 매어둔 곳이었다. 아이네이아스 또한 탈출에 성공했다. 아카이아군을 뚫고 이다산에 오른 그는 페르코테에 대놓은 함대에 신민들을 태울 준비를 한 뒤 곧 아이게스테스의 뒤를 따랐다.

아이게스테스를 실은 배는 남서쪽으로 부는 질풍을 맞으며 에게해를 건너 아프로디테의 섬인 키테라를 지나쳤다. 이어서 서쪽으로 향해 시칠리아 앞바다를 건너자 우리가 있는 곳의 반대쪽에 우뚝 솟아 있는 활화산 에트나가 시야에 들어왔다. 그는 여기서 상륙해 물을 길어온 뒤 남

++ 호메로스의 서사시에서는 주로 '그리스인'이라는 넓은 의미로 쓰인다.

쪽으로 키를 잡아 펠로로스 곶을 돌아갔다. 닷새 후 에가디 제도가 시야에 들어왔고, 다행히도 아이게스테스는 육지에 둘러싸인 레이트론 만에 배를 댈 수 있었다. 에릭스 산 바로 지척에 있는 그곳은 그가 태어난 곳이기도 했다. 이때 푸른 물총새가 뱃머리를 스칠 듯 날아갔다. 바다의 여신 테티스가 보여준 이 같은 길조에 아이게스테스는 여신을 기리며 배를 불태웠다. 그 전에 뱃짐이며 밧줄, 돛, 금속, 그 밖에 뭍에서 쓸모가 있을 만한 모든 물건을 먼저 내렸지만 말이다. 약 400년 전에 행해진 이 같은 희생 의식을 기려 부모님은 내게 '배를 불사른다'는 뜻의 나우시카라는 이름을 지어주셨다.

그때만 해도 시칠리아 서쪽에는 다른 그리스 출신의 식민지 개척자가 정착하기 전이었다. 몇몇 크레타 식민지를 제외하면 이베리아 반도에서 온 시카니족이 섬 전역에 걸쳐 살고 있었다. 그들 중 다수는 아이게스테스와 그의 어머니가 산기슭에 자리 잡은 강력한 도시 에릭스에 살았을 때 서로 친분이 있던 사이였다. 아이게스테스는 트로이에서 가져온 가마솥과 세발솥, 청동 무기 등의 귀한 선물을 들고 그들의 왕이자 자신의 양부를 찾아가 트로이의 피난민들을 받아 달라고 탄원했다. 시카니족은 천성적으로 뚱한 데다 자급자족을 추구하는 종족이었기에 의심의 눈초리를 숨기지 않았지만, 왕은 마침내 원로들을 설득해 아이게스테스가 산 정상 부근에 도시를 세울 수 있게 해 주었다. 아이게스테스는 이 도시를 '윗동네'를 뜻하는 '히페레이아'로 명명하고 시카니족으로부터 양과 염소, 소, 돼지 등을 대거 사들였다. 곧 이어 라티움✦으로 가는 길에 여섯 척의 배를 끌고 도착한 아이네이아스가 성곽 건설에 힘을 보태며 아이게스테스와의 우정을 증명했다. 그는 또한 산꼭대기에 아프로디테 신전을 세우기도 했다. 그 에로틱한 곳에 대해서라면 나로서는 호의적으로 보탤 말이 거의 없지만, 아이네이아스야 아프로디테를 어머니로 두었으니 지극히 경건한 마음으로 한 일이었을 것이다. 처음에 히페레이아와 에릭스 주민들은 서로 사이좋게 지냈다. 에릭스 사람들은 산의 모든 것을 구석구석 보여주었고, 히페레이아 사람들은 그에 대한 보답으로 대장질이며 목공술, 돛대 중간쯤에 설치한 단에 올라가 작살로 참다랑어와 황새치를 잡는 법 등의 신기한 기술을 가르쳐 주었다. 두 나라 모두 시칠리아의 산의 여신인 엘리메를 받들었기 때문에 우리는 엘리미나족으로 알려지게 되었다. 엘리메는 아프로디테와 동일시되지만, 사실은 아르카디아

✦ 지금의 로마 동남쪽에 있었던 고대 국가.

의 알피토 여신✦과 훨씬 더 닮았다. 호메로스의 아들들은 헤라클레스가 열 번째 과업을 마치고 엘리메의 여사제 중 한 명을 데려가 아르카디아에 정착시켰다고 말하기도 한다.

그로부터 일곱 세대가 지난 뒤, 포카이아인이라는 또 하나의 집단이 지금까지 형성된 엘리미나족의 나라에 들어오게 되었다. 그때쯤 펠로폰네소스반도의 자랑스러운 아카이아 도시들, 과거에 트로이를 파괴할 계획을 세웠던 그 도시들은 폐허가 되었다. 헤라클레스의 후예라 불린 야만적인 도리아인들이 강철 같은 심장으로 철제 무기를 휘두르며 코린토스 지협을 휩쓸고 내려와 성채를 모조리 불태우고 아카이아인들을 풍요로운 목초지와 옥수수밭에서 쫓아내 북쪽의 산악 지대로 내몬 것이다. 그들은 지금도 그곳에서 명예를 뒤로한 채 근근이 살아가고 있다. 하지만 펠라스기인, 이오니아인, 아이올리스인 등 오래전에 그리스에 정착했던 이들 중 자기 소유의 배가 있고 자유를 사랑하는 사람들은 서둘러 재산을 모아 새 보금자리를 찾으러 해외로 떠났다. 특히 소아시아 연안으로 떠난 이들이 많았는데, 이미 전부터 종종 그곳을 찾아 교역을 했기 때

✦ 암퇘지 모습을 한 흰 곡식의 여신.

문이다. 이주자들 중에는 트로이의 파리스 왕자를 죽인 궁수 필록테테스의 후손인 파르나소스산의 포키스인도 있었다. 하지만 이들을 이끈 것은 아테네의 두 귀족이었다. 그들이 키오스섬 뒤 본토에 세운 새 도시 포카이아는 노가 50개 달린 상선으로 명성을 떨치게 되었다. 이들은 지중해를 구석구석 누비고 다녔는데, 이들의 활동 무대는 가장 서쪽으로는 헤라클레스의 기둥,[++] 가장 북쪽으로는 포강 어귀까지 포함했다. 스페인 남부의 타르테소스 왕국을 다스리던 게리오네우스 왕은 정직한 포카이아 상인들을 마음에 들어 해, 자신의 나라에 정착하면 그들을 위한 도시를 지어주겠다고 약속했다. 그들은 기뻐하며 그러겠다고 말한 뒤 집으로 돌아가 아내와 아이들, 세간, 성상 등을 챙겨 다시 출항했다. 이듬해 여름에 상륙하면 이미 성곽이 세워져 있을 것이라고 기대하면서 말이다.

하지만 은혜로운 신들에게는 다른 뜻이 있었다. 뱃머리에 도금양 장식을 달고 항해하던 식민지 개척자들의 선단은 거센 북동풍을 맞아 항로에서 이탈해 로토스[+++]를 먹는 나사모네스족이 사는 리비아의 해안으로 떠밀려 갔다.

[++] 지브롤터 해협을 말한다.
[+++] 기억을 잃어버리게 만드는 열매로, 『오디세이아』에서 오디세우스의 동료들은 이 열매를 먹고 고향으로 돌아가고 싶어 하지 않게 되었다.

일곱 척의 배 중 다섯 척은 무사했지만 이 상태로 항해를 계속하는 것은 무리였다. 마침 상쾌한 남풍이 불어오자 이들은 배를 수리할 수 있는 가장 가까운 육지로 보이는 시칠리아로 방향을 틀었다. 선창이 바다 깊숙이 잠긴 채 에릭스산에 도착한 그들은 레이트론 만에 배를 끌어 올렸다. 식량은 못 쓰게 되었을지 몰라도 모두가 무사했다. 그들은 타르테소스가 아닌 이 근처에 정착하는 것이 포세이돈 신의 뜻이라고 믿고 (뱃머리에 단 도금양 때문에 되돌아갈 수는 없었다) 히페레이아 왕을 찾아가 간청했다. 왕은 관대하게도 그들의 조상이 트로이인에게 행한 잘못을 용서해 주었다. 그럼에도 불구하고 그중 한 척의 배가 소아시아로 돌아가려고 했는데, 3킬로미터도 채 못 가서 포세이돈이 이 배를 바위로 변신시켰다는 이야기가 전해진다. 이 바위는 지금도 여전히 모두가 볼 수 있도록 그 자리에 놓여 있다. 사람들은 이 바위를 '나쁜 생각의 바위'라고 부르며, 누가 또 도망가려 하면 에릭스산의 봉우리를 떨어트리겠노라고 포세이돈이 위협했다는 이야기도 덧붙인다.

히페레이아인들은 에릭스산의 북쪽 언덕에 작은 마을을 세우고 트로이 출신의 여자 조상 이름을 따 아이게스타라고 불렀다. 이곳을 흐르는 시모에이스와 스카만드로스라는 두 개의 시내는 호메로스가 언급한 바 있는 트로이의 강 이름에서 따온 것이다. 또한 그들은 에릭스 왕의 허락을 받아 아이네이아스의 아버지인 다르다니아의 왕 안키세스를 기리는 사당도 조성했다(그는 히페레이아를 건설하던 중에 세상을 떠났다고 한다). 포카이아인들은 시카니족의 노동력을 활용하고 이들의 방식을 채택해 곧 마을을 도시 수준으로 확장시켰고, 이 도시는 히페레이아 왕자의 관할 구역이 되었다. 하지만 목초지와 수렵지를 잠식당한 데 앙심을 품은 시카니족은 새 이주민에 대한 매복 공격과 살인을 서슴지 않았고, 에릭스의 시카니 왕인 에우리메돈마저 포카이아인이 아이게스타 땅을 차지하는 것에 동의한 적 없다고 선언하며 중재를 거부했다. 심지어 그는 동족을 은밀히 돕기까지 했다. 에릭스와 히페레이아 사이에 싸움이 붙은 것은 당연한 수순이었다. 무력 충돌은 전면전으로 치달았고, 에우리메돈은 대패를 당했다. 에릭스를 점령한 히페레이아인은 자신들의 왕을 '엘리미나 동맹(에릭스, 히페레이아, 아이게스타)의 아버지'로 선포하고 도시 의회에 이들이 서로 다른 혈족과 결혼하도록 장려하라고 지시했다. 이에 따라 우리의 피는 뒤섞이게 되었지만, 언어적으로는 아이올리스 방언이 살짝 섞인 이오니아 그리스어를 모국어로 사용한다. 외딴 곳에 자리해 있긴 하지만 우리는 호메로스가 노래한 아름다운 도시들의 검은 폐허 속에 구질구질하게 붙박여 있는 펠로폰네소스반도의 도리아인보다 모든 면에서 훨씬 낫다고 볼 수 있다.

우리의 땅은 비옥하고 바다는 물고기로 가득하다. 특히 살이 단단한 참다랑어는 늘 우리의 밥상에 오른다. 그럼에도 한 가지 불만이 있다면, 대다수의 시카니족이 엘리미나 동맹에 합류하기를 완강히 거부하고 있다는 것이다. 시카니족은 거칠고 키가 크고 건장하며, 몸에 문신을 했고 태도는 상스럽고 무뚝뚝하며 아이를 많이 낳는 종족으로 여행자나 탄원자를 전혀 존중하지 않는다. 그들은 서로 멀찌감치 떨어진 채 산속 동굴에서 양 떼를 데리고 짐승처럼 살아간다. 왕을 인정하지도 신을 모시지도 않는다(번식력이 왕성하고 선견지명이 있는 암퇘지로 숭배되는 엘리메 여신이 유일한 예외다). 법도 인정하지 않아서 그저 자기 하고 싶은 대로 할 뿐이다. 술을 담그지 않고, 철이나 청동으로 된 무기를 사용하지도 않으며, 바다로 나가지도, 시장을 열지도 않는다. 게다가 사시사철 인육을 탐하기까지 한다. 우리는 이 고약한 야만인들(이들이 내 사촌이라는 사실이 창피하다)과 평화를 유지하고 있지도 전쟁을 벌이고 있지도 않다. 하지만 현명한 여행자들은 그들의 땅을 통과할 때 무장한 채 여럿이 함께 가고 숲이나 좁은 골짜기에 그들이 매복해 있을 경우에 대비해 사냥개를 앞서 보낸다.

그나마 시쿨리족의 침략을 받지 않고 살 수 있게 된 것은 다행이었다. 포카이아인들이 도착하기 직전에 쳐들어온 바 있는 이들은 일리리아✦에서 왔으며 시카니족과는 완전히 다른 종족이다. 그들은 뗏목을 타고 메시나 해협을 건너와 근면과 수적인 우세를 앞세워 곧 시칠리아 중부와 남부를 차지하고 크레타인과 아카이아인이 세운 정착지를 집어삼켰다. 하지만 우리 쪽으로 발을 디딘 그들의 군대는 모두 큰 피해를 입고 철수했는데, 이들은 시카니족처럼 체격이 건장하지도 싸움을 잘하지도 못했기 때문이다. 이후 시쿨리족은 암묵적인 동의하에 자신들의 구역 안에 머물렀고 우리를 가만히 내버려두었다. 그들은 주로 에우보이아와 코린토스의 그리스인과 교역을 했다. 또 북쪽 해안의 곶이나 작은 섬에서 몇몇 페니키아인들이 교역소를 차리고 활동하고 있지만, 이들은 지금까지 아무 문제도 일으키지 않았다. 아버지가 말씀하시듯이 '교역은 교역을 낳는' 법이다. 이제는 시칠리아의 동쪽과 이탈리아의 발가락에 해당하는 지역에 그리스 식민지가 세워지고 있으니, 우리로서는 잘된 일이다.

✦ 발칸 반도 서부에 해당하는 지역.

보다 최근으로 거슬러 내려오면, 에우리메돈의 딸이 낳은 아들인 나의 증조할아버지 나우시토오스 왕이 예지몽을 꾸고 엘리미나족의 전체 회의에 회부한 사건이 있다. 꿈에서 독수리 한 마리가 에릭스산 정상에서 급강하해 날개가 흰 갈매기 떼를 양쪽에 끼고 바다를 스치듯 날아갔는데, 점쟁이들은 이를 히페레이아를 떠나 바다에서 살라는 신의 명령으로 해석했다. 두 개의 항만 사이에 뾰족하게 뻗어 있는 땅이 우리가 살 곳이었다. 나우시토오스는 시카니족의 약탈로부터 소치기, 양치기, 돼지치기들을 지켜줄 병력만 남기고 대다수 히페레이아인을 데리고 산을 내려가 레이트론에서 남쪽으로 3킬로미터 떨어진 낫 모양의 반도로 향했다. 그리하여 그곳에 드레파논이라는 마을이 탄생했다. 전설에 따르면 고대의 신 크로노스가 자신의 아버지 우라노스를 거세한 후 낫을 던졌다는 곳이 바로 여기쯤이다. 늙은이들은 종종 음울한 어조로 속삭인다. "언젠가 그 낫이 그물에 걸릴 날이 올 거야. 아폴론이 자기 아버지 제우스에게 그걸 다시 쓸 운명이라고 하니까."

드레파논은 나우시토오스가 새 도시를 건설하기에 안성맞춤인 곳이었다. 반도의 목에 해당하는 곳에는 성벽을 쌓아 시카니족의 침입을 막을 수 있었고, 신탁에서 특정된 두 개의 항만 중 하나는 북서쪽에서 불어오는 강풍으로부터, 다른 하나는 남동쪽에서 불어오는 강풍으로부터 배를 보호해 주었다. 나우시토오스는 아이게스타의 포카이아인들에게도 함께 도시를 건설하자고 청했는데, 이들이 여전히 빛나는 항해술을 발휘한 덕분에 곧 노가 50개 달린 배가 사방팔방으로 장거리 항해를 떠나게 되었다. 엘리미나의 주요 수출품은 그때나 지금이나 포도주와 치즈, 꿀, 양털, 햇볕에 말린 참치와 황새치 등이었다. 또한 우리는 사이프러스 목재를 사용해 훌륭한 접이식 침대 틀을 만들었고, 최고급 양모로 지은 옷에 수를 놓았으며, 염전에서 소금을 얻었다. 이런 상품들을 키프로스의 구리, 스페인의 주석, 칼리베스족의 철, 크레타의 포도주, 코린토스의 채색 도기, 아프리카의 스펀지와 상아, 그 밖의 여러 사치품과 맞바꾸었다. 모래로 덮인 두 개의 항만은 유리한 점이 아주 많은 것으로 드러났는데, 날씨가 바뀔 조짐이 보이면 한쪽 항만에서 다른 쪽 항만으로 배를 옮기고 파도가 닿지 않는 곳으로 끌어 올릴 수 있기 때문이다. 간단히 말해, 우리는 부유해지고 번창했으며 이웃 나라들과 정직하게 교역하면서 모두의 환영을 받게 되었다. 하지만 방어 시설을 갖추지 못한 레이트론은 더 이상 항만으로는 거의 사용되지 않아 토사가 쌓이고 있다. 그래도 매년 거기서 아프로디테와 포세이돈에게 제물을 바치고 근처의 벌판에 소를 방목하고 있다.

나의 아버지 알페이데스 왕은 에가디 제도에서 가장 큰 섬이자 우리의 동맹인 히에라 군주의 딸과 결혼했다. 그녀는 아들 넷과 딸 하나(바로 나다)를 낳았다. 이 이야기가 시작한 시점에 첫째 오빠인 라오다마스는 부키나(에가디 제도의 또 다른 섬) 출신의 크티메네와 이미 결혼한 상태였고, 둘째 오빠 할리우스는 아버지의 역정을 사 집에서 쫓겨나 미노아의 시쿨리족과 함께 살고 있었다. 남동생 클리토네우스는 이제 막 남자답게 머리를 짧게 자르고 무기를 잡기 시작했다. 나는 클리토네우스보다 세 살 더 많고 결혼은 하지 않은 상태였다. 구혼자가 없어서는 아니고 내 선택에 의한 것이었지만, 내가 특별히 아름답거나 키가 큰 것은 아니라는 사실은 고백해야 할 듯하다. 어머니가 중년에 낳은 막내 텔레고노스는 여전히 여자들 구역에서 지냈다. 대굴대굴 굴러다니거나 얼룩무늬 목마를 타고 놀면서 말을 안 들으면 포악한 에케토스 왕이 와서 잡아갈 거라는 어른들의 으름장을 듣는 것이 일과였다. 내가 완성한 서사시 속에서 부모님은 드레파네의 알키노오스 왕과 아레테 왕비로 등장한다. 〈황금 양털의 노래〉에서 이아손과 메데이아를 환영했던 그 왕과 왕비다. 이 이름을 선택한 이유 중 하나는 '강한 의지'를 뜻하는 '알키노오스'가 자신의 강한 의지에 자부심을 가진 아버지에게 잘 어울렸기 때문이다. 또한 '충실함'을 뜻하는 아레테가 어머니의 대표적인 미덕이기 때문이기도 했으며, 상황이 걷잡을 수 없이 치달았을 때 내가 메데이아의 역할을 할 수밖에 없었기 때문이기도 했다. 사설은 여기까지만 하겠다.

1장. 호박 목걸이

　라오다마스가 결혼한 지 얼마 되지 않았던 3년 전, 운수가 사나웠던 어느 저녁이었다. 시로코라고 불리는 뜨거운 남풍이 불기 시작하면서 에릭스산 등마루에 거대한 구름이 묵직하게 내려앉았다. 이것이 미친 영향은 여느 때와 똑같았다. 정원의 식물이 시들었고, 내 곱슬머리는 힘없이 늘어졌으며, 사람들은 하나같이 예민하고 호전적이 되었다. 내 새언니 크티메네도 예외는 아니었다. 그날 밤 연회 마당이 내려다보이는 갑갑한 위층 침실에 라오다마스와 둘만 남은 그녀는 대뜸 그의 게으름과 진취적이지 못한 성향을 질책하기 시작했다. 크티메네는 자신이 얼마나 많은 지참금을 가져왔는지에 대해 속속들이 이야기하더니, 라오다마스에게 해외에서 대담한 모험을 하며 부를 얻을 생각은 안 하고 사냥과 낚시를 하며 하루하루를 보내는 것이 부끄럽지도 않느냐고 물었다.

라오다마스는 껄껄 웃더니 그건 다 그녀가 자초한 일이라고 경쾌하게 응수했다. 그녀가 너무 싱그럽고 아름다워서 자기가 집에 묶여 있는 거라나. "당신의 그 달콤한 몸이 지겨워지면 그때는 물론 배를 타고 나가야겠지. 콜키스의 땅이든 태양의 외양간이든 배가 향하는 곳이라면 어디든 마다하지 않을 거야. 하지만 아직은 때가 아니야."

크티메네가 짜증을 내며 말했다. "그래. 밤마다 날 그렇게 귀찮게 하는 걸 봐서는 싫증이 나려면 아직 한참은 있어야겠다. 하지만 동이 트면 언제 그랬냐는 듯 사냥개와 창과 활밖에 모르는 사람처럼 훌쩍 가버리잖아. 해가 지고 나서야 다시 나타나 늑대처럼 먹어대고 돌고래처럼 마셔대지. 체스도 한두 판 두고 말이야. 그러곤 또다시 휘청거리며 침대로 기어들어 와 그 수염 난 얼굴로 뜨거운 입김을 뿜어대며 숨도 못 쉬게 애정 표현을 해대지."

"내가 남편으로서의 의무를 소홀히 하면 당신도 실망할 텐데."

"남편으로서의 의무는 이불 속에서만 하는 게 아니라고."

마치 팔이 긴 권투 선수가 키는 작지만 손이 매운 선수에게 왼손으로 잽을 날리며 적정 거리를 유지하다가 결국 빈틈을 허용해 심장 아래쪽을 두들겨 맞은 꼴이었다. 라오다마스는 당황했지만 그런 싸움의 기술에 대해서라면 자신도 알 만큼 안다는 사실을 보여주었다.

　　"설마 내가 하루 종일 집에서 빈둥거리면서 당신이 양털실을 잣는 동안 이야기나 들려주고 심부름이나 해주길 바라는 건 아니겠지? 난 당신이 임신할 때까지는 계속 드레파논에서 지낼 생각인데. 당신이 당신 고모나 언니처럼 불임이 아니라면 말이지. 그리고 여기서 지내는 동안에는 야생 염소나 멧돼지를 사냥하는 게 나와 나이나 지위가 비슷한 대다수 젊은이들처럼 아침과 저녁 사이 시간을 소일거리로 때우는 것보다는 훨씬 남자다운 것 아닌가? 그러니까 맨날 술이나 마시고, 주사위 놀이나 하고, 춤이나 추고, 시장에서 남 얘기나 하고, 줄, 바늘, 찌를 동원해 부두에서 낚시나 하며, 안뜰에서 쇠고리나 던지는 것보다는 말이야. 아니면 헤라클레스가 리디아의 옴팔레 여왕의 매력에 빠져 그랬던 것처럼 내가 대신 실을 잣고 베를 짜기라도 바라는 거야?"

　　"내가 바라는 건 목걸이야." 크티메네가 불쑥 말했다.

"히페르보레이오스✦의 호박으로 만든 아름다운 목걸이를 원해. 호박 사이사이에 오돌토돌한 금 구슬이 섞여 있고 꼬리가 맞물린 뱀 두 마리 모양의 황금 걸쇠가 달린 목걸이."

"아, 그래? 그런 보물은 어디 가면 찾을 수 있는데?"

"에우리마코스의 어머니는 이미 하나 가지고 계셔. 디마스 선장이 다음에 모래가 많은 필로스에 가면 자기 딸 프로크네(나우시카의 친구이기도 하지)를 위해 하나 더 가져오기로 약속했대."

"그럼 선장이 돌아올 때 모티아쯤에서 매복하고 있다가 배를 덮쳐서 그 목걸이를 훔쳐오기라도 할까? 부키나 방식으로?"

"내 고향 섬에 대한 그런 식의 농담은 용납하지 않겠어. 그게 농담이었다면 말이지. 됐어, 감히 나에게 키스하려고 하지 마! 정신 사나운 바람 때문에 머리가 다 지끈거리니까. 그만 좀 가줄래? 오늘은 다른 데서 자. 아침에 눈 뜨면 정신 좀 차렸길 바라."

"남편이 자기 전에 아내한테 키스도 하면 안 된다는 뜻이야? 지참금이고 뭐고 다 들려서 당신 아버지에게 돌려

✦　그리스인들이 머나먼 북쪽에 산다고 믿었던 전설의 종족.

보내는 수도 있으니 조심 좀 하지!"

"지참금이고 뭐고 다? 그러긴 쉽지 않을 텐데. 우리 아버지가 선원 한 명 없이 앞바다에서 표류 중이던 시돈 선박에서 회수한 구리 주괴 200개와 리넨 20포 중에서……."

"표류 중이었다? 당신 아버지가 전통적인 부키나 방식으로 선원을 다 죽여버린 게 아니고? 시칠리아 시장에서는 다들 그렇게 알고 있던데."

"…… 다시 말하지만 그 구리 주괴들과 리넨 곤포 중에서 당신이 절반 가까이를 리비아 무역 사업에 투자했잖아. 그 대가로 안식향이며 금가루, 타조 알을 받을 거라고 했지만, 내가 보기엔 그 물건을 다시 볼 일은 아무래도 없을 것 같아."

"여자들은 배가 일단 닻을 올리고 돛을 펼치고 나면, 언젠가 항구에 도착할 거라는 사실을 도무지 못 믿는 경향이 있더군."

"난 그 배가 항해를 못 할 거라고 말하는 게 아니야. 당신이 바보 같이 당신 친구 에우리마코스의 조언만 듣고 덜컥 믿어버린 그 선장이 정말 믿을 만한 사람이었는지 모르겠다는 거지. 리비아 상인이 약속을 저버린 게 처음도 아니잖아. 에우리마코스가 이 사기극에 가담하는 대가로 수수료를 요구했다고 해도 놀라지 않을 것 같아."

"저기, 이런 거 가지고 다퉈봐야 당신 머리만 더 아파. 물 한 사발이랑 부드러운 천을 가져올 테니 젖은 천을 관자놀이에 대고 있어 봐. 시로코 때문에 우리 둘 다 죽게 생겼군."

라오다마스는 좋은 뜻에서 한 말이었지만 크티메네의 귀에는 이것도 비꼬는 말로 들렸다. 그녀는 말없이 가만히 누워 있다가 그가 침대 옆으로 은그릇을 가지고 오자 돌연 몸을 일으켜 그릇을 낚아채더니 그에게 물을 끼얹었다.

"허벅지 사이에 불 좀 끄라고, 이 프리아포스✦ 뺨치는 남자야!" 그녀가 꽥 소리를 질렀다.

다혈질의 여느 남자들과 달리 라오다마스는 이런 상황에서도 이성을 잃지 않았고 아내의 멱살을 잡지도 않았다. 나는 그가 여자에게 손찌검을 하는 걸 한 번도 본 적이 없다. 되바라진 여자 노예를 혼낼 때조차도 말이다. 그는 그저 비통한 얼굴로 그녀를 바라보더니 이렇게 말했다. "그래, 그럼. 목걸이는 갖게 될 테니 걱정하지 마. 부디 그 목걸이가 호메로스의 노래에 나오는 에리필레의 목걸이처럼 우리 집을 비탄에 잠기게 하는 일이 없기를!"

그는 장식 못이 박힌 나무 궤짝 쪽으로 걸어가 자물쇠

✦ 거대한 남근을 가진 번식과 풍요의 신.

를 열고 물건을 여럿 꺼냈다. 황금 잔, 타조 깃털 장식이 달린 투구, 은과 청금석으로 된 쥠쇠, 한 번도 안 신은 진홍색 신발 한 켤레, 속옷 상의 세 벌, 자루에 보석이 박힌 단검과 사자들이 사슴 한 마리를 쫓고 있는 그림이 새겨진 상아 칼집, 세리포스에서 온 최고급 숫돌. 그는 투구를 머리에 쓰고 두꺼운 줄무늬 양모 망토를 바닥에 펼친 뒤 보물들을 올려놓았다. 그러고 나서 궤짝을 잠그고 열쇠를 침대 머리판 위에 있는 못에 다시 건 뒤 보따리를 들쳐 메고 걸쇠를 더듬거렸다.

"그 물건들 가지고 어디 가는 거야? 당장 돌려놓도록 해! 당신한테 할 얘기가 있어."

라오다마스는 아랑곳하지 않고 보따리를 어깨에 짊어진 채 밖으로 나갔다.

"미쳤구나? 그럼 까마귀들✦한테나 가버리던가!" 크티메네가 외쳤다.

이런 대화가 오간 건 한밤중이었다. 내 방은 문간 바로 옆이었던 데다가 열병을 앓을 때는 소리에 무척 예민해지기 때문에 나는 그들이 하는 이야기를 하나도 빠짐없이 들을 수 있었다. 나는 얼른 옷을 입고 라오다마스를 쫓아가

✦ 그리스 관용구로 '지옥에나 가라'는 의미로 많이 쓰인다.

그의 옷소매를 붙잡았다. "오빠, 어디 가는 거야?" 내가 물었다.

라오다마스는 멍하니 나를 바라보았다. 그는 그날 저녁에 달콤하고 진한 포도주를 제법 마셨고, 비틀거릴 정도는 아니었지만 그가 취했다는 걸 알 수 있었다.

"동생아, 나는 까마귀들한테나 가보련다." 그가 서글프게 답했다. "크티메네가 날 걔네들한테 넘겼거든."

"새언니가 오늘 밤 무슨 말을 했든 신경 쓰지 마." 나는 간청했다. "시로코가 불고 있고, 새언니는 매년 이맘때쯤 늘 힘들어하잖아."

"크티메네가 오돌토돌한 금 구슬이 섞여 있고 꼬리가 맞물린 뱀 두 마리 모양의 황금 걸쇠가 달린 호박 목걸이가 갖고 싶단다. 히페르보레이오스에서 난 연한 빛깔의 호박이어야 한대. 우리가 가진 진한 빛깔의 호박은 성에 안 차나 봐. 우리 호박도 다른 곳에서는 찾아볼 수 없는 근사한 자줏빛을 자랑하는데 말이야. 그녀가 원하는 걸 가져다줄 생각이야. 내가 게으른 겁쟁이가 아니라는 걸 증명하기 위해서라도."

"그걸 어디서 가져오게? 까마귀들한테서?"

"안 되면 갈까마귀들한테서라도……. 크티메네가 또다시 날 그렇게 함부로 대하게 할 수는 없어. 이미 하녀들이다 들었을 테고 소문이 온 도시에 퍼지겠지. 에우리마코스와 그의 친구들까지 알게 되면 그녀를 채찍질하지 않은 날 바보 취급할 거야."

"아무리 채찍질을 한들 바가지 긁는 여자나 아픈 여자를 고칠 수는 없는 법이야."

"나도 그렇게 생각해. 크티메네를 다른 방식으로 사랑했다면 다르게 생각했을지도 모르지만. 내가 그녀를 떠나는 건 폭력을 쓰고 싶지 않기 때문이야."

"언제까지 떠나 있을 건데?"

"목걸이를 가져올 수 있을 때까지. 두세 달 서로 떨어져 있는 게 우리 둘 다에게 좋을 듯해."

"오빠가 에리필레의 목걸이를 언급하는 거 들었어. 그런 불길한 말을 입에 올렸으니 화로의 여신◆과 아프로디테에게 제물을 바치지 않으면 우리 집 전체가 위험해질 수 있어. 그렇게 첫발을 잘못 디딘 채 가버리지 마. 좀 멈춰보라니까. 그 물건들을 궤짝에 돌려놓자."

"그리고 크티메네에게 용서를 빌라고? 아니, 이제 되돌릴 수 없어. 어떤 신이 나한테 자꾸 가라고 하는걸. 잘 자라, 동생아! 때가 되면 다시 만나겠지."

◆ 가정의 수호신인 '헤스티아'를 뜻한다.

에리필레의 이야기는 호메로스의 아들들이 즐겨 낭송하는 유명한 테베의 전설 중 하나다. 이 가증스러운 여자는 아르고스의 왕 암피아라오스의 아내였는데, 아프로디테의 목걸이를 목에 걸면 치명적인 아름다움을 얻을 수 있다는 말에 남편을 테베로 보내 결국 죽게 만들었다.

라오다마스는 쿵쿵거리며 느릿느릿 아래층으로 내려갔다. 곧 그가 문지기에게 현관 빗장을 풀라고 호령하는 소리가 들려왔다. 내 방에서 창밖을 내다보자 달빛을 받으며 부두로 향하는 그가 보였다. 부두에는 대형 로도스 선박이 매여 있었다. 아버지를 깨울까 잠시 고민했지만, 아버지가 사흘간 열병에 시달리다 이제 겨우 깊은 잠에 빠졌다는 걸 알았기에 별것 아닐지도 모르는 이런 문제로 감히 방해하고 싶지 않았다. 크티메네 역시 이 사건을 대수롭지 않게 넘겼다. 남편이 자신의 아버지에 대한 모욕적인 말을 철회하지 않을 테고 자신도 흥분해서 미안하다고 사과를 한들 들어주지도 않을 것이다. 그래서 그녀는 홀가분한 마음으로 벽을 보고 누웠고 곧 곤히 잠들었다.

내가 잠을 이루지 못한 채 달빛을 받으며 가만히 누워 있을 때 갑자기 멀리서 노랫소리가 들려왔다. 남자들 한 무리가 창고 같은 데서 쏟아져 나오기라도 한 모양이었다. 이어서 술에 취해 여럿이 깔깔대는 소리가 들려왔고, 나는 그중에서 에우리마코스의 특유의 새된 웃음소리를 알아들을 수 있었다.

'다 괜찮을 거야.' 나는 지친 마음으로 생각했다. '에우리마코스가 아직 근처에 있나 보네. 그 남자는 정말 싫지만, 그래도 오빠가 무모하거나 어리석은 짓을 하지 않게 지켜주긴 하겠지.'

2장. 궁궐

다음 날 아침 로도스 선박이 갑작스러운 풍향 변화를 틈타 자취를 감추고 라오다마스 또한 안 보이자, 나우시카는 서둘러 월례 제사가 치러질 포세이돈 신전으로 향했다. 곧 에우리마코스가 거기서 붉은 황소를 바칠 텐데, 그에게 이 문제에 대해 아는 게 있으면 알려 달라고 할 생각이었다.

"난 아무것도 모르는데, 공주님. 그걸 왜 나한테 묻지?" 그가 희생 의식에 쓰일 도끼에 몸을 기댄 채 무신경하게 답하고는 날 당황하게 만들기라도 하려는 듯 내 눈을 빤히 들여다봤다.

"왜냐고? 당신이 어젯밤 라오다마스와 함께 부두에 있

었으니까. 부정할 생각일랑 하지 마. 로도스 선원들이 그들의 조상 헤르메스와 그의 미끄러운 염소 가죽에 대한 그 저속한 노래를 불렀을 때, 당신이 낄낄대며 웃는 소리를 분명 들었으니까."

"내가 그들과 헤어지기 직전의 일인가 보군."

"오빠를 좀 챙겨주지 그랬어? 그때 오빠는 술에 취했고 기분도 영 안 좋았다고. 그 정도는 친구로서 당연히 해야 할 일 아니야?"

"날 함부로 대한 건 네 오빠였어. 우정이 쌓이려면 두 사람이 필요하지만 깨질 땐 한 사람만으로 족하다는 말도 있지. 그 리비아 도박이 실패로 돌아간 것 때문에 마음이 돌아선 모양이던데. 어젯밤에는 내가 크티메네의 구리와 리넨을 훔치기 위해 선장과 공모한 뒤 배가 시르테스 앞바다에서 난파된 것처럼 꾸몄다며 나를 어찌나 몰아세우던지. 내가 우리의 오랜 우정을 상기시키면서, 그런 말도 안 되는 소리를 입에 올리다니 머리가 어떻게 된 거 아니냐고 했더니 아주 길길이 날뛰더군. 그래서 괜히 싸움이라도 나 네 오빠 코가 납작해지는 일이 없도록(맨 정신일 때도 네 오빠는 나한테 상대가 안 되거든) 얼른 발길을 돌리고는, 내 절제력에 뿌듯해하면서 잠자리에 들었지. 그런데 오늘 아침에 로도스 상인들이 떠났다는 소식을 듣고 나도 놀랐어. 라오다마스가 그들을 따라간 걸까?"

에우리마코스는 나한테 절대 솔직하게 말할 수 있는 사람이 아니었다. 당시에 나는 이렇게 생각했다. '그는 내 구혼자들 중 하나고 그중에서도 신붓값을 가장 후하게 치를 것으로 예상되어 아버지가 가장 선호하는 신랑감이니, 성급히 자신의 흠을 드러내려고 하지 않을 것이다.' 하지만 나는 달콤한 미소 뒤에 음흉한 의도를 숨기면서 내가 그걸 간파하지 못할 거라고 자만하는 남자는 예나 지금이나 딱 질색이다.

"오빠가 배를 타고 떠난 거라면 아버지가 당신한테 실망할 거야." 내가 엄중하게 말했다.

"그래, 그러실지도 모르지. 하지만 내가 방금 한 이야기를 똑같이 들려드리면 분명 내 말을 믿으실걸." 그가 말하는 동안 우리 집에서 태어난 노예 중 한 명이 아버지의 전갈을 가져왔다. 열병이 다 나았고 희생 제례가 끝나는 대로 두 야간 경비 문제와 관련해 에우리마코스와 논의하고 싶다는 내용이었다.

"경비라니 무슨 경비?" 나는 노예에게 물었다.

"부두 경비요. 아침에 교대하러 가보니 돛을 보관하는 창고 뒤에 두 사람이 약에 취해 자고 있더래요. 돛 두 활과 제일 좋은 밧줄 세 사리가 없어졌다고 하고요."

"들었지, 에우리마코스?" 내가 말했다. "저 이야기에 대해 어떻게 생각해?"

나는 그의 얼굴을 유심히 뜯어보았지만, 그의 얼굴은 텅 비어 있었다. "매우 놀라운 소식인 건 확실하네." 나는 그를 압박했다. "로도스 상인들은 정직한 걸로 명성이 높잖아. 그들이 고작 돛 두 활과 밧줄 몇 사리 때문에 평판을 해칠 일을 한다는 게 이해가 되지 않는데."

에우리마코스는 입심 좋게 응수했다. "사랑스러운 나우시카, 그대의 말 속에 답이 있는 것 같은데. 어쩌면 장비가 당장 필요해 항구에서 허락을 해줄 때까지 기다릴 수가 없었나 보지. 그래서 알아서 장비를 가져간 다음, 경비들이 경보를 울리지 못하게 약을 먹이고 가버린 거 아니겠어?"

"그랬다면 금속이나 포도주 같은 것으로 적당한 보상을 하고 떠났을 거야."

"라오다마스가 그들과 같이 갔고 자기를 태워주는 대가로 돌아올 때 빚을 갚겠다고 약속했다면 또 모르지. 저기 머리에 리본을 단 붉은 황소가 오네. 미안하지만 이만 서둘러야겠어. 노예야, 왕께 이렇게 전하라. 왕께서 쾌차하셔서 다행이고, 희생 제례를 마치고 내장을 살펴본 뒤 즉시 찾아뵙고 경비 문제를 논의하겠다고."

"면담 잘하길 바라." 나는 그의 오만방자한 등 뒤에 대고 외쳤다.

라오다마스가 떠났다는 건 처음엔 그렇게 심각한 문제처럼 보이지 않았다. 황소의 내장으로 점친 바에 따르면 징조가 불길하기가 이루 말할 수 없었지만 말이다(희생된 황소는 겉보기에는 지극히 건강해 보였는데 장기가 상당 부분 썩어 있었다). 항구 관계자는 로도스 선장이 3년 전에 동일한 상인이 소유한 다른 배의 항해수로 드레파논에 온 적이 있으며, 정직하고 유능한 뱃사람이라는 데 의견을 같이했다. 또한 돛과 밧줄 값은 언젠가 필시 치를 것이며, 경비에게 약을 먹인 자가 반드시 선장이나 그의 선원일 거라고 단정할 수는 없다는 의견도 피력했다. 어쩌면 엘리미나족 동료가 그냥 장난을 친 걸 수도 있었다. 라오다마스는 안전할 것이고, 당시가 4월이었으므로 늦어도 7월에는 크티메네에게 약속한 호박 목걸이를 가지고 돌아올 것이다.

아버지는 장자라는 놈이 아비가 낫기를 기다리거나 인사를 하지도 않고 갑자기 가버린 것에 화가 났지만(5년 전 둘째 할리우스를 유배 보낸 것 때문에 여전히 속이 상했을 것이다), 크티메네에게 다시는 착한 남편을 못살게 굴지 말라고 한 마디 하는 것으로 만족했다. 크티메네는 잘못은 라오다마스가 했다며 항변했다. 두통으로 힘들어하는 자신을 놀림감으로 삼고, 고귀한 부키나 사람들을 모욕했으며, 자기는 그냥 빨리 자고 싶은 생각 밖에 없는데 술에 취해 자꾸 옆에서 말을 붙이고 그녀의 머리를 자기 가슴에 얹으려 했다나.

크티메네가 들려준 이야기는 해도 해도 너무 편파적이었지만, 나는 굳이 반박하려 들지 않았다. 그런데 어머니의 연로한 아버지인 피탈로스(왕권보다 사위가 더 좋다며 히에라 왕국의 왕좌에서 제 발로 내려와 우리 집 명예 집사로 빈둥거리고 계셨다)가 라오다마스의 게으름을 비난한 크티메네를 옹호하고 나섰다. "문명국가에서 사냥이 용납되는 건 야생 짐승이 옥수수밭이나 포도밭을 해치는 걸 막아야 할 때뿐이다." 그가 못마땅한 어조로 말했다. "고기는 그냥 부수적으로 얻는 것이지. 하지만 우리의 옥수수밭은 울타리가 워낙 잘 쳐져 있고, 근처에 사냥감도 드물어서 라오다마스는 멀리 떨어진 숲까지 샅샅이 뒤져야 했지. 그나마 토끼 한 마리 잡아오는 일도 드물었고. 사냥으로 잡은 고기가 우리한테 절실히 필요한 것도 아니지 않느냐. 궁에서 살찐 돼지와 맛있는 소가 모자랐던 적이 한 번이라도 있더냐? 녀석에게 모험이 필요한 거라면 내가 그 나이 때 그랬던 것처럼 다우니아와 사르데냐에서 노예들이나 잡아올 것이지."

불확실한 상황에서는 절대 입을 열지 않는 어머니는 라오다마스가 로도스 선박에 승선했는지 아직 확신할 수 없었으므로 침묵을 지켰다. 하지만 클리토네우스는 형의 무사 귀환을 바라며 아버지 제우스에게 기도를 바치고, 라오다마스의 사냥개 아르고스와 라이라프스를 산책시켜도 되냐고 크티메네에게 허락을 구했다. 크티메네는 쓴웃음을 지으며 그러라고 했다. 그러자 클리토네우스가 말했다. "형이 배를 타고 떠난 게 확실해요. 언덕 어딘가로 사냥을 간 거라면 이 사냥개들을 안 데리고 갔을 리가 없어요."

한 달 후 상황은 더욱 묘연해졌다. 그 로도스 선박의 마지막 기항지인 스키라 앞바다에서 선장과 연락이 닿았는데, 라오다마스는 그 배에 타고 있지 않더라는 것이었다. 적어도 선원들은 그를 보지 못했다고 했다. 그들이 그를 아프로디테의 유명한 성소가 있는 아크라가스나 중간에 들른 다른 항구에 내려줬을 가능성도 있기는 했다. 그런데 갑자기 에우리마코스의 어머니가 문제의 그날 새벽 로도스 선박이 여전히 드레파논 항구에 정박해 있을 때, 노가 20개 달린 페니키아 갤리선이 남쪽 만 어귀에 떠 있는 것을 봤다고 했다. 어쩌면 라오다마스가 배를 타고 그 선박에 접근해 태워 달라고 요청했는지도 모를 일이었다. 그러자 이번에는 또 다른 여자(크티메네의 하녀인 멜란토)가 자기도 지붕 위에서 자다가 그 선박과 그 뒤를 따르는 거룻배를 봤다고 거들었다. 하지만 그렇게 중요한 이야기를 왜 이제 하느냐는 추궁에 하녀는 그저 "문제를 일으키고 싶지 않았어요. 침묵은 금이잖아요"라며 거듭 말할 뿐이었다. 이 소식은 막연한 추측만 다시 잔뜩 불러일으켰지만, 그때까지만 해도 라오다마스의 안위를 심각하게 걱정하는 이는 아무도 없었다. 10월 말 날씨가 급변해 겨울을 대비해 선박을 뭍으로 끌어 올리고 일 년에 한 번씩 해줘야 하는 타르 칠을 할 때까지는.

나는 크티메네의 끝없는 푸념과 자기 연민을 받아주어야 하는 신세가 되었다. 우리는 어차피 가족으로 엮인 사이였고, 크티메네가 하녀들에게는 속을 털어놓을 수가 없다고 했기 때문이다. 그랬다가는 라오다마스에게 못되게 굴었다는 부당한 비난을 받거나 꼴사납게 그를 탓하는 것처럼 비쳐질 거라나. 그녀는 상황을 제대로 아는 사람은 나뿐이며, 라오다마스가 사라진 건 상당 부분 나 때문이라면서 자신의 은밀한 하소연을 합리화했다. "그럴 리가요!" 나는 눈이 휘둥그레져서는 고개를 치켜들고 외쳤다. "왜 그렇게 생각하시는 거죠, 새언니?"

"아가씨가 방 안에 가만히만 있었어도 그이는 문이며 덧문이 바람에 덜걱거리는 소리에 묻혀 아무도 우리 얘기를 못 들었을 거라는 희망을 품을 수 있었을 거예요. 아가씨가 오지랖 넓게 위로랍시고 말을 건넨 바람에 그이가 가버린 거라고요. 그리고 아가씨가 문지기 중 한 명에게 그이를 미행해 멘토르 삼촌*이나 다른 윗분에게 보고하라고 시키기만 했어도, 내가 이렇게 눈이 퉁퉁 붓도록 절망하며 그를 그리워할 일은 없었겠죠."

"그래요, 이건 우리 모두의 책임이에요." 나는 이렇게 나지막하게 중얼거렸지만, 침실 문 근처 통로에서 자고 있던 하녀들이 나 못지않게 그들이 싸우는 소리를 생생히 들었을 뿐만 아니라, 이후 크티메네가 그들에게 모든 걸 털어놓았다는 사실을 잘 알고 있었다. 그럼에도 큰오빠를 생각해서 크티메네를 견디어 냈다. 그렇게 나쁜 여자는 아니라고, 단지 몸이 안 좋아서 마음도 괴로운 것뿐이라고 생각하면서 말이다. 자주 있는 일은 아니지만, 나도 몸이 아플 때는 못지않게 분별없이 굴기도 하니까. 원래도 결혼하고 싶다는 생각은 별로 없었지만, 크티메네의 끝없는 불평에 생각이 더 없어졌다. 나는 될 수 있는 한 집 밖에서 시간을 보냈다. 바느질거리를 들고 정원으로 나가면 거미를

✦ 호메로스의 『오디세이아』에 등장하는 나이 많은 현자이자, 오디세우스의 충직한 친구로 나온다. 멘토의 어원.

무서워하는 크티메네가 거기까지 따라오는 일은 드물었다. 날씨 때문에 실내에 머물러야 할 때에는 주변에 여자들을 병풍처럼 두르기도 했다.

이쯤에서 우리 궁을 묘사해 보겠다. 서사시라는 특성상 작품에서는 실제보다 훨씬 더 화려하게 묘사된 감이 있다. 청동으로 된 문지방, 황금 문, 은으로 된 문설주가 등장하고 그 양옆에는 황금 사냥개가 문을 지키고 있다. 또 청금석 장식이 달린 청동 담장이 둘려져 있고, 황금 소년상들의 우묵한 손에는 송진이 가득 찬 소나무 고갱이 횃불이 들려 있는 식이다. 하지만 이런 윤색은 아무런 손해도 끼치지 않는다. 나 자신을 키 크고 아름답고 목소리 좋은 여성으로 그린다고 한들, 또는 우리 집에서 일하는 하녀를 20명이 아닌 50명으로 부풀린다 한들 그 누구에게 해를 입히겠는가? 그럼에도 나는 대체로 사실을 존중했는데, 나 자신이 타고난 거짓말쟁이가 아닌 터라 마구잡이로 날조하면 오히려 혼란을 느끼기 때문이다. 물론 가끔은 다른 모든 사람처럼 과장도 했고, 서사시의 전통에 부합하기 위해 세부 사항을 바꾸거나 위장하고, 장소를 옮기고, 사건을 축소하거나 확대해야 했지만 말이다. 실제로 나는 나 자신의 경험을 충실히 녹여냈고, 내가 경험하지 못한 사건이나 장소에 대해 써야 할 때에는 가볍게 언급만 하고 넘어가거나 내가 잘 아는 것에 대한 묘사로 대신했다. 가령 이타카, 자킨토스, 사메 등 그 일대 섬은 내 서사시의 주요 배경이지만, 나는 한 번도 가본 적이 없는 데다 그곳의 위치나 경관에 대해서도 정확히 알지 못했기 때문에 그보다 훨씬 작지만 내가 아주 잘 아는 에가디 제도에 대한 묘사로 대신했다. 이타카는 사실상 히에라다. 히에라는 '사메'에 해당하는 부키나가 시야를 가로막고 있어서 드레파논에서는 보이지 않지만, 에릭스산 정상에서 내려다보면 서쪽 지평선 저 멀리에 펼쳐져 있는 모습이 무척 고귀해 보인다. 아이구사는 '자킨토스'가 되었고, 『일리아스』에 언급된 나머지 섬들(네리톤, 크로킬리아, 아이길리프스)은 생략되었다. 에가디 제도는 섬이 네 개뿐이었고, 남은 것은 옥수수가 많이 나는 저지대 섬 모티아뿐이었는데, 이 섬을 '둘리키온'으로 하기로 정했기 때문이다. 이런 게 뭐 그리 대단한 문제겠는가. 설사 누가 내 노래에 묘사된 지리 정보가 그들의 상식과 어긋난다는 것을 발견하더라도, 다들 호메로스의 명성을 믿고 그의 사후에 이타카, 사메 등 섬들의 지형이 바뀌었거나 지명이 변경되었나 보다고 생각할 것이다.

재차 말하지만 내가 사는 궁은 서사시에서 묘사한 것과 거의 비슷하다. 본채 현관문은 청동이 박힌 참나무이고, 문설주는 다듬은 돌, 문지방은 물푸레나무로 만들었지만 말이다. 횃불을 든 소년상은 하나뿐이며 사이프러스 목재에 다소 조잡하게 금박을 입혔다. 또한 문을 지키는 개는 붉은 이집트 대리석으로 만들었으며, 담장은 올리브나무 패널에 주홍색으로 장식을 했다. 궁은 남북향이고 세 부분으로 이루어졌다. 본채는 2층 건물로 용마루 지붕을 올렸고, 타일로 된 홈통은 겨울비를 연회 마당의 한쪽 귀퉁이에 있는 우물로 실어 나른다. 여름 가뭄이 마침내 끝날 때쯤 빗물이 콸콸대며 홈통을 타고 내려가 깊은 돌우물을 채우는 소리는 실로 근사하다. 아버지의 집무실을 비롯한 응접실은 1층에 있고, 침실은 2층에 있으며, 연회 마당을 향해 현관이 나 있다. 집무실 뒤쪽, 주방 아래에는 창고로 쓰는 크고 서늘한 지하실이 있다. 그 거대한 문을 여는 열쇠는 어머니가 고리에 끼워 허리띠에 걸어 보관하신다. 우리 집 가정부인 에우리클레이아도 복사본을 하나 가지고 있기는 하지만.

연회 마당은 반듯하게 포장되고 지붕이 덮인 회랑으로 둘러싸여 있고, 중앙의 넓은 공간에는 다진 흙이 깔려 있다. 이곳은 손님을 접대하는 곳으로 테이블과 의자, 긴 의자 등이 놓여 있다. 문을 나서면 바깥뜰과 제사 마당으로 이어진다. 이곳 또한 회랑으로 둘러싸여 있고 제우스와 다른 올림포스 신들에게 바치는 성스러운 제단이 마련되어 있다. 바깥뜰 서쪽에는 아버지가 자신의 전용 휴식처로 지은 천장이 둥근 원형 건물이 있다. 한편 동쪽에는 위층에 손님방이 딸린 내문채가 안뜰과 바깥뜰 사이에 솟아 있는 높은 탑을 우러러보며 거리를 향해 나 있다. 원형 건물 근처에는 담장에 문이 있어서 궁을 따라 난 좁은 통로로 나갈 수 있고, 측문을 통해 연회 마당으로 들어갈 수 있다. 또한 하인 구역과 연결되는 문과 과수원으로 나 있는 문 두어 개도 있다. 시칠리아에서 가장 비옥한 우리 과수원은 수천 평에 달하며 완만한 계단식 구조로 가시나무 울타리에 둘러싸여 있다. 배, 오디, 체리, 모과, 마가목 열매, 종딸기, 석류, 여러 품종의 포도와 무화과 등의 과일이 시기를 달리하여 열매를 맺는다. 물론 그렇다고 내가 시에 썼던 것처럼, 그리고 멘토르 삼촌이 술에 취하면 부르짖듯이 사시사철 풍요롭기만 한 것은 아니지만 말이다. 우리에게는 또한 멜론 밭과 개암나무 숲이 있으며, 양배추, 순무, 무, 당근, 비트, 아욱, 들갓, 회향, 양파, 양대파, 브로콜리, 아룸, 파스닙, 셀러리, 루콜라, 치커리, 바질, 마조람, 민트, 엔다이브, 회향과 아스파라거스 등의 채소를 키우는 텃밭도 있다. (회향이 두 번 언급되었는데 그만큼 유용한 채소라는 이야기다.) 두 개의 샘이 과수원 꼭대기에서 발원하는데, 그중 하나는 관개용으로 사용되고, 다른 하나는 제사 마당 밑을 지나 대문채 부근으로 흘러나온다. 이 샘물은 마을의 주요 식수로 활용되기에 주민들은 물주전자와 양동이를 들고 하루 종일 이곳을 찾는다. 가옥 뒤에는 외양간과 돼지우리가 있고, 그 뒤에는 천 평쯤 되는 올리브 숲이 있다.

히에라 섬은 명목상으로는 어머니의 씨족이 지배하고 있지만 거의 우리 것이나 마찬가지로, 우리는 거기서 우수한 품종의 붉은 소를 키운다. 또 에릭스에서는 돼지와 소, 양을 대규모 방목하고, 양봉장의 수많은 벌도 같은 초원에서 기른다. 겨울이 되면 드레파논으로 벌통을 가지고 내려와 벌들이 따뜻하게 겨울을 날 수 있게 해준다. 이처럼 땅과 바다에서 나는 것이 풍부하기 때문에 우리 집 노예들은 에게해의 척박한 섬을 다스리는 왕의 아들보다 오히려 더 잘 먹는다고 할 수 있다. (그들에게는 밀과 보리가 부족하기 때문에 주식이라고 해봤자 구운 아스포델 뿌리와 아욱, 제철 생선, 무화과, 약간의 올리브 오일, 염소 고기가 다다.)

적들이 우리의 행운을 시샘하는 것도 놀라운 일은 아니다. 크티메네가 부적절한 시기에 호박 목걸이를 요구하는 바람에 우리에게 불행이 들이닥쳤을 때, 아버지의 반항적인 신민들이 충성과 애정을 저버리고 우리를 통째로 집어삼키려고 벌떼처럼 몰려든 것도 마찬가지로 이상한 일이 아니다.

아버지는 인색하기로 소문이 자자한데, 그건 부당한 평가다. 신들이 제물이 부족하다고 불평하거나 식솔들이 옷차림이나 식사가 부실하다고 말할 일은 결코 없을 테니 말이다. 아버지는 부지런하고 활동적이며 낭비를 싫어한다. 또 가난은 절약하지 않아 신이 내린 형벌이라고 여긴다. 나중에 돌려받을 생각 없이 그저 과시하기 위해 남에게 호화로운 선물을 하는 사람은 경멸의 대상이 된다. 아버지는 시칠리아 서부에서 최초로 아마 섬유를 재배하기 시작해 대문채 근처에 작은 리넨 공장을 세웠다. 촘촘하기 그지없는 피륙은 우리의 자랑거리다. 리넨 천을 팽팽하게 잡아당겨 비스듬히 기울인 다음 기름 몇 방울을 흘리면 천에 스며들지 않고 또르르 굴러 내려갈 정도다. 아버지는 남자든 여자든 게으름 피우는 꼴을 못 봐서 비가 오나 눈이 오나 늘 노예들에게 할 일을 잔뜩 가져다주고, 결혼을 일찍 하면 근면해진다고 믿는다.

결혼 이야기가 나왔으니 이제 내 구혼자들 이야기를 하겠다. 내가 열여섯 살이 되자마자 아버지는 열두 씨족으로 구성된 엘리미나 의회에서 결혼 제안을 받겠다고 선언했다. 왕가와 연을 맺는 것이니만큼 상당한 금액을 제안해야 할 것이라고 못을 박으면서 말이다. 그러자 포카이아인 의원 중 한 명인 아이깁토스가 대답하기를, 엘리미나 신부는 신랑 가족에게 자신을 귀하게 대하라는 의미로 지참금을 가져오는 것이 원칙이며, 이 지참금은 구혼자가 신부 아버지에게 무상으로 제공하는 그 어떤 선물보다 훨씬 값어치가 있다고 했다. 그러면서 말을 잇기를, 물론 이 경우에는 아버지가 암시하듯 모종의 혜택이 따를 것이므로 신랑과 신부의 역할을 획기적으로 바꿔보는 것도 고려해볼 수는 있겠으나 이런 방식이 대중화되면 좋은 가문의 여성이 소 몇 마리, 또는 그에 상당하는 구리를 주고 사온 평범한 첩과 같은 선상에 놓이게 될 수 있으며, 결국에는 이름만 아내일 뿐 권리나 특권을 잃게 될 수도 있다고 했다.

이어서 안티포스라고 하는 시카니족 원로는 내 새언니인 크티메네와 내 어머니도 지참금을 가져왔다는 점을 지적했다. 그러면서 지금 논의 중인 문제에도 같은 관습을 적용하는 것이 더 일관적이고 관대한 조치 아니겠냐고 물었다.

아버지는 자신의 제안이 일관성이나 아량이 부족하다고 생각하지는 않는다고 답했다. 그가 말하기를, 결혼 관습은 변하기 마련이고, 아버지가 자기 딸을 마음대로 시집

보낼 수도 없었던 때가 그리 오래전도 아니었다(이 특권은 신부의 외삼촌에게 주어졌고, 에가디 제도의 시카니족들은 여전히 이 관습을 따랐다). 지참금은 이 낡은 관습의 거추장스러운 유물이며 가부장 중심적인 경제에는 어울리지 않는다고도 했다. 그렇다, 그건 말도 안 되는 소리다. 가난하고 영향력 없는 집안의 딸이 아닌, 왕의 딸과의 결혼을 희망하는 명문가 청년은 그 결혼을 위해 상당한 재산을 바치더라도 혜택이 더 많다고 여길 것이고 결혼 후에도 아내를 최고로 귀하게 여길 것이다.

"그 혜택이라는 것이 무엇인지 좀 더 자세히 말씀해주실 수 있을까요, 폐하?" 키가 큰 안티노오스 왕자가 비웃듯이 물었다. "나우시카는 상속을 받을 자격도 없는 데다 남자 형제가 넷이나 있지 않습니까. 감히 추측컨대 폐하께서는 그중 최소 셋에게 재산을 나누어주실 것 같은데요."

"그 점에 대해서는 답변을 거부하노라." 아버지가 발을 구르며 외쳤다. "나우시카 공주와 결혼을 하게 되면 직접적이지는 않아도 확실한 혜택이 있을 것이다."

안티노오스의 아버지인 에우페이테스는 1년 뒤 내가 키가 한 뼘 더 크고 한층 풍만해져 잠재된 미모가 오롯이 빛을 발하면, 구혼자들이 알아서 줄을 설 거라고 말하며 토론에 종지부를 찍었다. 그때가 되면 서로 더 호화로운 선물을 가져오려고 경쟁할 거라나. 하지만 그 전에 내 미래를 논하는 건 시기상조라는 것이 그의 결론이었다.

아버지는 반응이 이렇게 엇갈리자 노여워했고, 나는 시장에 나왔지만 아무도 사가려고 하지 않는 비쩍 마른 생선이 된 기분이었다. '다시 바다에 던져 살이 좀 더 오를 때까지 기다립시다!'라는 외침이 들려오는 듯했다. 다음 날 어떤 여자애들은 나를 짓궂게 놀려댔다. 한 친구는 나더러 얼마면 되겠느냐고 하면서, 금액이 괜찮으면 자기 집에서 일하는 소치기 아내로 날 사라고 부모님을 설득해 보겠다고 하기도 했다. 어머니는 공개적으로 그런 이야기를 한 것을 유감스럽게 여기는 눈치였지만, 워낙에 충성심이 깊었기 때문에 입 밖에 내지는 않았다. 여하튼 어머니는 후보를 최종 선택하기 전에 나와 상의할 것이며, 해당 후보가 마음에 들지 않는 납득할 만한 이유가 있을 경우 거절할 권리를 보장하겠다고 약속했다. 그동안 어머니는 나를 위해 자주색 혼례복을 짜주겠다고 하며, 나더러 금색과 심홍색 실로 수를 놓아 아버지 말을 잘 듣는 딸임을 보여주라고 했다. 어머니는 제때 예복을 주셨고, 나는 수를 놓는다고 바쁜 척을 했지만 사실은 하나도 바쁘지 않았다. 세 땀을 뜨면 아무도 안 볼 때 적어도 한 땀을 도로 푸는 식으로 작업했기 때문이다.

드레파논 사람들은 아버지가 말한 '간접적인 혜택'이 무엇인지 곧 알게 되었다. 연말에 에우리마코스가 내게 구애하겠다며 허락을 구하자, 공석이었던 포세이돈의 부사제직을 제안받은 데다(여기에는 상당한 특전이 따랐다), 결혼이 성사될 경우 섬들을 오가는 연락선을 독점할 수 있는 권한까지 약속받았던 것이다. 이어서 도전장을 낸 세구혼자, 안티노오스와 물리오스, 크테시포스도 비슷한 유의 혜택을 부여받거나 약속받았다. 그들 중 누구도 나에 대한 사랑을 입에 올리지 않았다. 다들 내 신랄한 입담을 약간 무서워하는 듯했는데, 아버지가 근처에 안 계실 때 나는 실력을 십분 발휘해 주기도 했다. 그 넷 중 내 마음에 드는 사람은커녕 존중할 만한 사람조차 한 명도 없었다.

"남편을 너무 좋아하지 않는 편이 낫단다." 어머니는 내게 이렇게 말씀하셨다. "남편은 아내의 애정이 어느 정도인지 결코 가늠할 수 없어야 해. 물론 아내의 정절을 의심해서는 안 되겠지만. 네 아버지가 아페이라에서 에우리메두사를 사왔을 때도 그랬단다. 노예 상인이 터무니없이 높은 금액(은화 네 닢도 아닌 20닢)을 부르는데도, 흥정도 거의 하지 않고 덜컥 값을 치르는 걸 보고 그 아일 첩으로 삼고 싶어 한다는 걸 눈치챘지. 하지만 감히 날 언짢게 할 수는 없었던지 가끔 그 아이 뺨이나 어깨를 아버지마냥 점잖게 쓰다듬는 게 다였단다. 그래, 자기 남편과 사랑에 빠지는 건 신세를 망치는 길이야. 너도 짐작했겠지만 크티메네와 라오다마스도 그래서 문제가 생긴 거란다. 남편에게 마음을 뺏겨서 남편이 하루 종일 사냥하는 야생 염소와 멧돼지까지 질투하게 된 거라고. 라오다마스는 그 아일 사랑한 적이 없지만(네 아버지가 주선한 결혼이었지), 너무 착해서 솔직하게 얘기하지 못했고. 크티메네는 처음엔 자기 자신에게 화가 났다가 나중에는 라오다마스에게 화가 옮겨 갔지. 입장이 반대가 됐어야 했는데 말이다. 라오다마스의 마음이 크티메네의 마음보다 더 컸다면 얼마나 좋았을까!"

3장. 떠나는 오디세우스

 겨울이 지나갔다. 올리브를 수확해 기름을 짰고, 양과 염소가 새끼를 낳았으며, 치즈를 만드는 시즌이 돌아왔다. 제비, 메추라기, 뻐꾸기가 리비아에서 날아왔고, 사랑의 여신이 자신의 산을 올랐으며, 벌떼가 과일나무에 모여들었다. 젊은이들은 배를 타고 나가 작살로 참다랑어와 황새치를 잡았고, 잘 때 더 이상 담요를 덮지 않아도 되었다. 그리고 첫 상선이 기항했다. 우리는 당연히 라오다마스가 돌아올 거라고, 적어도 그가 잘 지내고 있다는 소식 정도는 들을 수 있을 거라고 생각했지만, 한 달 가까이 들리는 소식이라고는 하나도 없었다. 우리가 걱정하고 있다는 소문이 시칠리아의 모든 항구에 퍼졌는데도 말이다. 그러던 중 히리아에서 한 상인이 도착했다. 무늬를 새긴 돌 화병과 다이달로스⁺풍의 장신구를 가져왔는데, 과거 크레타의 식민지였던 그의 도시에서는 여전히 그런 양식이 유행하고 있다고 했다. 그는 대단한 추남으로 꽃이 수놓인 옷을 입고 곱슬곱슬한 앞머리를 이마에 딱 붙이고 다녀 우리 집 하녀들의 웃음을 자아냈다. 배에서 내리자마자 궁으로 데려가 달라고 요청한 그는 아버지를 보고 크게 반가워하면서 흥분을 억누르는 눈치였다. 그리고 저녁을 마친 뒤(식사가 끝나기 전에 덕담 외의 다른 이야기를 주고받는 것은 실례라고 여겨지기 때문에) 다음과 같이 말했다.

"사라진 아드님 라오다마스에 대한 좋은 소식이 있습니다, 폐하. 저는 지난 가을에 에페이로스 왕국에서 그를 만났습니다. 아주 건강해 보이시더군요. 신이시여, 감사합니다! 알고 보니 그가 드레파논에서 타고 온 페니키아 선박이 질풍에 바위투성이인 코르키라⁺⁺ 앞바다에서 좌초했다고 하더군요. 하지만 그는 다행히 검은 죽음을 피할 수 있었습니다. 떨어져 나간 용골을 꽉 붙잡고 떠 있었다고 하더군요. 그러다 마침내 흰 파도가 가라앉자 손으로 물을

⁺ 크레타 미노스 왕의 미궁을 만든 것으로 유명한 천재적 예술가이자 장인.
⁺⁺ 케르키라의 별칭. 지금의 코르푸.

저어 해변에 닿을 수 있었습니다. 코르키라의 왕은 그가 테티스 여신의 총애를 받는 것이 분명하다며 아드님을 극진히 대접했다지요. 또 조상이 같다는 것도 곧 알게 되었는데, 초기 트로이 왕국의 왕이자 아이게스타 공주의 증조할아버지였던 자킨토스가 그 주인공이었죠. 코르키라의 왕은 라오다마스에게 보물을 산더미처럼 주었을 뿐만 아니라, 또 다른 먼 친척이자 테스프로티아족의 왕인 페이돈 왕에게 그를 소개하는 편지까지 써주었다고 합니다. 그 또한 인심이 아주 후했다고 하고요. 결과적으로 아드님은 금과 은, 호박, 갑옷, 상아 장난감, 고블릿 잔, 가마솥, 세발솥 등 수많은 보물을 모았습니다. 그 정도면 후손들이 열 대에 걸쳐 떵떵거리며 살 수 있을 겁니다. 제가 아드님을 뵌 건 그분이 막 도도나♦♦♦의 참나무 숲에서 제우스의 비둘기 신탁을 받고 왔을 때였습니다. 저는 아드님께 술을 몇 잔 사드렸고, 아드님께서는 제게 폐하를 만나보라고 권하면서 제 상품이 안목 있는 엘리미나족 사람들에게 잘 팔릴 거라고 장담했습니다. 그러면서 자신은 무화과가 처음 열릴 때쯤 돌아올 생각이라고 했지요. 집에 빨리 가면 안 된다는 신탁을 받아(이유는 누가 알겠습니까?) 더 일찍은 올

♦♦♦ 제우스의 신탁소가 있던 그리스의 고도.

수 없답니다. 아니요, 폐하. 아드님은 배가 난파될 때 옷가지 하나 건지지 못했다고 합니다. 코르키라의 친절한 주민들이 해변에서 소금 범벅이 된 머리를 하고 반쯤 죽어가는 그를 발견했을 때, 그는 달랑 속옷만 입은 채 목에는 산호 부적을 걸치고 있었다죠."

이 소식에 아버지가 얼마나 안도하셨을지 상상이 갈 것이다. 아버지는 아이처럼 박수를 치며 좋아하셨다. 클리토네우스는 포도주 잔에 고개를 파묻고 거나하게 취할 때까지 마셔댔다. 나는 곧 부름을 받아 이 좋은 소식을 크티메네에게 알리라는 지시를 받았다. 그때쯤 크티메네는 식음을 거의 전폐한 상태였다. 그녀는 대부분의 시간을 침대에서 보냈고 종종 발작적으로 울음을 터뜨리곤 했다. 나는 실로 오랜만에 기꺼이 그녀에게 소식을 전했고, 또 그녀로부터 격정적인 감사를 받기도 했지만, 상인의 말을 거의 믿지는 않았다. 히리아 상인으로서는 이보다 더 좋을 수가 없었다. 아버지는 엘리미나 전체 회의를 열어 우리의 은인에게 예를 표하는 뜻에서 익일 저녁에 연회 마당에서 연회를 열겠다고 했다. 열두 씨족은 각각 대표 몇 명을 보내야 했다. 양 열두 마리, 수퇘지 여덟 마리, 황소 두 마리가 제물로 바쳐질 것이며, 포도주와 빵을 아끼지 않을 예정이었다. 게다가 시칠리아에서 가장 유명한 시인이자 눈이 먼 호메로스의 눈 먼 아들인 데모도코스도 참석해 트로이 전쟁에 대해 노래하기로 했다.

최소 100명이 넘는 남자들이 예복을 갖춰 입고 연회에 참석했다. 제우스에게 감사의 찬가를 올리는 동안 연회 마당에서는 동물들이 도살되고 가죽이 벗겨지고 불에 구워졌다. 눈이 멀었을 뿐만 아니라 이도 모조리 빠진 데모도코스는 회랑 기둥 앞에 놓인 은으로 장식된 의자에 앉았다. 오릭스 뿔로 만들어지고 일곱 줄의 현이 달린 그의 리라는 손을 뻗으면 닿는 못에 걸려 있었다. 무늬가 상감된 테이블 위에는 그가 한 절을 마치고 잠시 쉬는 동안 목을 축일 수 있게 집사 폰토노오스가 가져다놓은 포도주 한 잔과 빵 한 소쿠리가 준비되어 있었다. 밀랍을 바르고 윤을 낸 너도밤나무 테이블이 그와 적당한 간격을 두고 반원 형태로 배열되었고, 구운 양고기와 돼지고기, 소고기가 잘 닦인 커다란 구리 접시에 담겼다. 그때 나는 남자들이 음식을 먹는 모습을 보면서 새삼 혐오감을 느꼈다. 단검으로 아무렇게나 고기를 잘라 육즙이 손목과 턱을 타고 흐를 때까지 입안에 욱여넣는 꼴이라니! 몇몇은 빵을 사용해 흘린 음식을 닦기라도 했지만, 나머지는 그럴 필요조차 느끼지 않았다. 폰토노오스는 끊임없이 포도주를 따르며 누구의 잔이 비었는지 매의 눈으로 관찰했다. 우리가 가진 가장 좋은 고블릿 잔이었다. 연회가 끝난 뒤 누군가 아무 생각 없이 잔을 가져가버리진 않을지 늘 걱정이었다. 궁 표식(새끼 사슴을 찢어발기는 사냥개 그림이었다)이 찍히거나 새겨져 있어 잃어버려도 추적하기 쉬웠지만 말이다. 그중에는 은잔, 금잔, 설화석고나 석영조면암을 깎아 만든 잔도 있었고, 이집트산도 서너 개 있었다.

자신이 미노스 왕 동생의 후손이라고 주장하는 히리아의 상인에게는 가장 영예로운 부위인 길게 찢은 소 등뼈와 크리스털 고블릿에 따른 최고급의 진한 포도주가 주어졌다. 이 천상의 술에 물을 넣어 적당히 희석해 한두 잔 들이켠 뒤 그는 자신의 가슴을 치고 이마를 두드렸다. 그러더니 라오다마스가 아내와 부모님, 형제들, 드레파논의 시민들에게 전해 달라고 한 말을 깜빡했다고 외쳤다. 그는 모두가 경청하며 숨을 죽인 가운데 메시지를 전했는데, 비록 내용은 전혀 라오다마스답지 않았지만 어쨌거나 사람들은 즐거워했다. 그는 또한 라오다마스가 모래가 많은 필로스에서 배를 타고 집으로 돌아올 것이라고 알려주었다.

여자들을 위한 잔치도 이제 준비되었다는 이야기에 우리는 아래층의 식당으로 향했다. 남자들은 경우를 막론하고 많이 먹는 걸 자랑으로 여기고 굶어 죽기 일보 직전이라도 되는 양 허겁지겁 먹어 치우는 걸 예의로 생각하지만, 우리 여자들은 남자들 먹는 양의 절반만 먹고 마시며 못지않게 튼튼하다. 개인적인 생각이지만, 명문가 아가씨가 드레스에 포도주나 육즙을 흘리는 모습은 아무리 배가 많이 고팠다 해도 꼴사나워 보인다. 하녀들이 속된 말로 여물통에 주둥이를 처박고 있는 모습이 보이면, 다음 식사 시간에 우리 집에서 가장 무거운 맷돌로 옥수수를 갈아 오라고 시키기도 한다.

남자들이 더는 못 먹겠다고 항복한 후, 노예들은 수건과 닦을 것, 식초를 약간 푼 따뜻한 물이 담긴 대야를 들고 돌아다니며 손님들의 손을 씻어주었다. 또 다른 노예들은 테이블을 치우고 제사 마당에서 잿밥을 기다리고 있는 군중들에게 먹다 남은 고기를 가져다주었다. 그러고 나서 데모도코스가 〈트로이로 떠나는 오디세우스〉를 노래하기 시작했다. 포카이아인들에게 경의를 표하기 위해 선택한 노래였다. 오디세우스의 할아버지 아우톨리코스는 그들의 조상으로 포키스의 파르나소스(아폴론 신탁소로 유명한 델포이가 있다)에서 살았다고 전해지기 때문이다. 데모도코스는 무사 여신들을 부른 후(아폴론은 이들을 북쪽의 추운 황야에서 데리고 내려와 델포이의 으리으리한 홀에서 대접했다), 헬레네의 구혼자들이 스파르타에 도착하는 장면을 묘사했다.

그는 또한 여성 곡예사 두 명을 데리고 왔는데, 이들은 음악에 맞춰 재주를 넘었으며 대사 없이 표정과 몸짓만으로 극적인 상황을 표현했다. 그가 들려준 이야기는 이러했다.

레다의 아름다운 딸 헬레네가 어엿한 처녀가 되자, 그리스의 모든 왕자가 화려한 선물을 가지고 그녀의 양부 틴다레오스의 궁을 직접 찾아오거나 친척을 대신 보냈다. 테베 전쟁에서 막 승리를 거둔 아르고스의 디오메데스, 아이아코스의 후손인 아이아스와 테우크로스, 크레타의 왕 이도메네우스, 아킬레우스의 사촌 파트로클로스, 아테네의 메네스테우스 등 수많은 이들이 모여들었다. 아우톨리코스의 손주인 이타카의 오디세우스도 그중 하나였지만, 자신이 선택될 일은 없으리라는 걸 알았기에 빈손으로 온 터였다. 헬레네의 오빠인 카스토르와 폴리데우케스는 헬레네를 아테네의 메네스테우스와 결혼시키고 싶어 했지만, 아카이아에서 가장 부유한 메넬라오스(틴다레오스의 강력한 사위인 아가멤논이 대리인으로 와 있기도 했다)가 그녀의 짝이 되리라는 것은 누가 봐도 자명했기 때문이다.

틴다레오스 왕은 구혼자들 중 누구도 돌려보내지는 않았지만 그들의 선물을 받지도 않았다. 어느 한 왕자를 편애했다가 다른 이들의 심기를 거스르게 될까 두려웠기 때문이다. 그러던 어느 날 오디세우스가 물었다. "제가 다툼을 피하는 법을 알려드리면, 폐하의 조카이자 이카리오스 왕의 따님인 페넬로페와 결혼할 수 있게 도와주시겠습니까?" "약속하네." 틴다레오스가 외쳤다.

"그렇다면," 오디세우스가 말을 이었다. "헬레네의 남편이 정해지면 그의 행운을 시기하는 사람들로부터 그를 지켜주겠다고 모든 구혼자들에게 맹세하게 하십시오." 틴다레오스도 그것이 현명한 결정이라는 데 동의했다. 그는 말 한 마리를 제물로 바치고 관절에서 큰 덩어리를 잘라낸 후, 구혼자들에게 피로 물든 고깃덩이를 밟고 서게 한 다음 오디세우스가 만들어낸 맹세를 복창하게 했다. 그러고 나서 고깃덩이를 땅에 묻었는데, 그곳은 지금도 '말의 무덤'이라고 불린다.

틴다레오스가 헬레네의 남편을 선택했는지, 아니면 헬레네가 자기 마음에 드는 남자의 머리 위에 직접 화환을 씌워주었는지는 알려져 있지 않다. 여하튼 그녀는 메넬라오스와 결혼했고, 그는 틴다레오스가 죽고 디오스쿠로이✦가 신이 된 후 스파르타의 왕이 되었다. 하지만 그들의 결혼은 실패할 운명이었다. 몇 년 전 틴다레오스가 신들에게

✦ 헬레네의 쌍둥이 오빠인 카스토르와 폴리데우케스를 지칭하는 말로 '제우스의 아들들'을 뜻한다.

3장. 떠나는 오디세우스

희생 제물을 바치면서 아프로디테를 빼먹는 어리석은 실수를 저질렀고, 이에 아프로디테는 그의 세 딸(클리타임네스트라, 티만드라, 헬레네)이 모두 간통으로 악명을 떨치게 만들겠노라고 벼르고 있었다.

그렇다면 제우스와 그의 고모인 티탄 여신 테미스는 왜 트로이 전쟁을 계획했던 걸까? 데모도코스가 물었다. 헬레네를 유럽과 아시아를 쑥대밭으로 만든 유명한 인물로 만들려고 그런 걸까? 아니면 반신들을 찬양하는 동시에, 어머니의 땅을 못살게 하는 머릿수 많은 종족을 이 기회에 솎아내자는 취지였을까? 아아, 그 이유는 영원히 알 수 없을 테지만, 불화의 여신 에리스가 펠레우스와 테티스의 결혼식에서 '가장 아름다운 이에게'라고 새겨진 황금 사과를 던졌을 때 결정은 이미 내려진 것이었다. 헤라, 아테나, 아프로디테는 각자 그 사과가 자기 것이라고 주장하면서 논쟁을 벌였지만, 전능한 제우스는 중재를 거부하고 헤르메스에게 여신들을 이다산으로 데려가 오래전 프리아모스가 잃어버린 아들인 파리스의 판정을 받게 했다.

헤르메스가 헤라와 아테나, 아프로디테를 대동하고 나타났을 때, 파리스는 이다산의 가장 높은 봉우리인 가르가론에서 소를 치고 있었다. 헤르메스는 불화의 씨앗인 황금 사과와 함께 다음과 같은 제우스의 전갈을 전달했다. "파리스, 너는 잘생겼을 뿐만 아니라 애정 문제와 관련해 사리가 밝으니 제우스가 너에게 명하노라. 셋 중 어느 여신이 가장 아름다운지 평가하고 그녀에게 이 황금 상금을 수여하라."

파리스는 의아한 얼굴로 사과를 받았다. "한낱 소치기에 불과한 제가 어찌 여신의 아름다움을 평가한다는 말입니까? 이 과일은 세 분 모두에게 똑같이 나눠 드리는 게 좋을 것 같습니다."

"안 된다. 전능하신 제우스의 명을 거역할 수는 없지!" 헤르메스가 외쳤다. "내가 너에게 조언을 해줄 수도 없는 노릇이고 말이다. 타고난 네 머리를 써보거라!"

"그럼 어쩔 수 없죠." 파리스가 한숨을 내쉬었다. "하지만 먼저 양해를 구하고자 하오니, 혹여 저의 선택을 받지 못하더라도 절 원망하지는 말아주길 바랍니다. 저는 그저 인간일 뿐이라 어리석기 그지없는 실수를 저지를 수도 있으니까요."

여신들은 모두 그의 판정에 승복하는 데 동의했다.

"지금 모습 그대로 평가하면 될까요, 아니면 알몸을 봐야 하나요?" 파리스가 헤르메스에게 물었다.

"규칙은 네가 정하기 나름이다." 헤르메스가 조심스러운 미소를 지으며 답했다.

"그렇다면 옷을 벗어 달라고 해주시겠어요?"

헤르메스는 여신들에게 말을 전하고 자산은 매너 있게 등을 돌렸다.

아프로디테는 곧 준비가 되었지만, 아테나는 그녀가 그 유명한 마법의 허리띠도 풀어야 한다고 우겼다. 그 허리띠를 착용하면 모두가 그녀와 사랑에 빠질 것이기 때문에 불공평하다면서 말이다. "알았어." 아프로디테가 심술궂게 말했다. "그렇게 할게. 대신 너도 투구를 벗어야 해. 너 그거 안 쓰면 아주 못 봐주겠는 거 알지?"

"괜찮다면," 파리스가 질서를 잡기 위해 손뼉을 치며 말했다. "불필요한 언쟁을 피하기 위해 한 번에 한 분씩 평가하고 싶은데요. 이쪽으로 오십시오, 헤라 여신님! 다른 두 여신님께서는 저희에게 둘만의 시간을 잠시 허락해 주시겠어요?"

"면밀히 살펴보거라." 헤라가 천천히 한 바퀴 돌면서 자신의 근사한 몸매를 드러내 보였다. "날 가장 아름다운 이로 선택하면, 내가 널 아시아의 지배자이자 세상에서 가장 부유한 사람으로 만들어 주겠다."

"뇌물은 안 됩니다, 여신님……. 아, 네. 수고하셨습니다. 이제 봐야 할 건 다 본 것 같네요. 아테나 여신님, 이제 여신님 차례입니다!"

"자, 왔다." 아테나가 결연하게 앞으로 성큼성큼 걸어왔다. 하지만 워낙에 정숙한 데다 처녀이기까지 한 아테나는 아이기스[*]로 몸의 대부분을 가리다시피 했다. "잘 들어라, 파리스. 네가 분별력 있게 내게 상을 수여한다면, 나는 네가 모든 전투에서 승리를 거두게 할 것이고 널 세상에서 가장 현명한 사람으로 만들어줄 것이다."

"저는 보잘것없는 목동일 뿐입니다. 군인이 아니고요." 파리스가 아이기스의 개입에 약간 짜증을 내며 말했다. "리디아와 프리기아에는 평화가 찾아왔고 프리아모스 왕의 통치권 또한 굳건하다는 건 잘 알고 계시겠죠. 하지만 어쨌든 심사는 공정하게 하겠다고 약속하겠습니다. 이제 옷과 투구를 다시 착용하셔도 됩니다. 아프로디테 여신님, 준비되셨나요?"

아프로디테가 파리스 옆으로 살살 다가가자 파리스는 얼굴을 붉혔다. 그녀가 거의 손에 닿을 만치 가까이 다가섰기 때문이다. 그녀에게서 감송 향유와 장미 향내가 풍겼다.

"찬찬히 봐. 하나도 빠뜨리지 말고……. 그건 그렇고, 널 보자마자 난 헤르메스에게 이렇게 말했어. '저 남자가

---

[*] 아테나가 드는 무적의 방패.

프리기아의 최고 미남인 게 분명해! 그런데 어째서 이런 황량한 곳에서 소나 치면서 미모를 낭비하고 있는 거지?' 그래, 대체 이유가 뭐야, 파리스? 왜 도시로 가서 문명 생활을 하지 않는 거지? 스파르타의 헬레네 같은 여자랑 결혼해서 나쁠 거 없잖아? 헬레네는 나 못지않게 아름답고 열정적인 여자거든. 확신컨대 너희 둘이 만나면 그녀는 집, 가족, 자신의 모든 걸 포기하고 네 정부가 되려 할 거야. 물론 헬레네에 대해 들어본 적은 있겠지?"

"지금 처음 들어봅니다, 여신님. 그녀에 대해 더 자세히 말씀해 주시면 감사하겠어요."

"백조의 알에서 부화한 헬레네는 아름답고 피부가 매우 곱지. 제우스가 아버지이고 사냥과 레슬링을 좋아해. 어렸을 때 그녀 때문에 전쟁이 난 적이 있고, 다 큰 다음에는 그리스의 모든 왕자들이 그녀와 결혼하려고 목을 맸지. 현재는 위대한 왕 아가멤논의 남동생인 메넬라오스의 아내로 살고 있어. 하지만 그건 중요하지 않아. 네가 원한다면 그녀는 네 거야."

"이미 결혼을 했는데 어떻게 그게 가능한가요?"

"세상에! 너 정말 아무것도 모르는구나! 이런 유의 일을 처리하는 게 신으로서의 내 의무라는 건 알고 있겠지? 내가 조언하는데, 내 아들 에로스를 따라 그리스로 여행을 떠나렴. 스파르타에 도착하면 그 녀석이 헬레네가 너에게 홀딱 빠지게 만들 거야."

"그게 정말이라고 맹세하실 수 있나요?" 파리스가 흥분해서 물었다.

아프로디테는 스틱스강$^+$에 대고 엄숙하게 맹세했고, 파리스는 두 번 생각하지 않고 그녀에게 황금 사과를 수여했다.

파리스의 이 판정으로 큰 원한을 품게 된 헤라와 아테나는 서로 팔짱을 낀 채 트로이를 파괴할 음모를 꾸미러 갔고, 아프로디테는 더할 나위 없이 아름다운 그 얼굴에 장난기 어린 미소를 띤 채 어떻게 하면 자기가 한 약속을 가장 잘 지킬 수 있을지 고민했다.

"에릭스산의 엘리미나족이여." 데모도코스가 외쳤다. "아프로디테만큼 강력한 여신이 세상에 또 어디 있겠습니까!"

나는 지극히 편파적인 이 말이 몹시 마음에 안 들었다. 그 대회는 가장 아름다운 이를 뽑는 것이었지, 가장 현명하거나 가장 힘이 센 이를 뽑는 게 아니지 않았던가. 호메로스는 아프로디테가 트로이의 평원에서 전투에 나섰을 때,

---

✦   저승을 흐르는 강.

고작 인간에게 상처를 입고 도망갔던 일화를 이야기하기도 했다.

데모도코스는 리라를 못에 다시 걸고는 빵을 우물거리고 포도주를 홀짝이기 시작했다. 이때 아버지가 잔뜩 무게를 잡으며 기침을 했다. "아주 멋진 이야기야." 그가 말했다. "또 그대가 아주 근사하게 들려주었네, 존경스러운 데모도코스여. 신들은 그대의 두 눈과 서른두 개의 치아를 모두 빼앗아 간 대신, 빼어난 목소리와 무궁무진한 기억력을 주셨군. 하지만 솔직히 말해보게. 이것이 정말 있는 그대로의 진실인가? 프리아모스의 마흔여덟 번째인지 마흔아홉 번째인지 모를 아들이 스파르타의 왕비를 데리고 달아나는 바람에 트로이 전쟁이 일어났다고는 좀처럼 믿기지가 않는데 말이지. 그리스와 소아시아의 거의 모든 도시가 휘말리고, 최소 10만 명이 죽거나 다친 전쟁이 아닌가. 그렇다고 파리스가 스파르타의 왕위를 빼앗으려 한 것도 아니었는데 말이야. 말해보게. 9년간 부부로 지내며 아들 한 명 낳아주지 못한 데다, 간통으로 악명이 높은 가문 출신인 아내의 가치를 가축이나 금속으로 환산한다면 얼마쯤 될 것 같은가? 부부로서의 권리를 상실한 것에 대한 보상은 황금 100냥쯤 받고 끝낼 수도 있지 않았겠는가."

"저는 우리의 조상이신 신성한 호메로스가 전하신 대

로 이야기를 되풀이할 뿐입니다." 데모도코스가 무뚝뚝하게 대꾸했다.

"물론 여자 때문에 심각한 싸움이 나기도 하는 건 사실이야." 아버지가 끈덕지게 물고 늘어졌다. "특히 여자가 상속인인 경우에 결혼과 함께 재산의 양도가 따르기 마련이지. 하지만 헬레네의 구혼자들이 메넬라오스를 위해 해외 원정까지 나섰으리라고는 좀처럼 믿어지지 않는군. 메넬라오스가 신랑으로 선택된 건 이미 오래전의 일이 아닌가. 또 파리스의 아버지와 형제들이 헬레네를 그냥 내주지 않고 그들에 맞서 10년 동안이나 싸운 것도 도무지 이해가 가지 않네."

"모든 내전은 왕조의 전쟁이고, 모든 해외 전쟁은 무역 전쟁이지요." 살집 좋은 히리아인이 맞장구를 쳤다. "우리의 크레타 조상들과 프리기아인들, 그리고 그리스 동부의 아이아코스 왕조 세력이 공동으로 세운 도시인 트로이는 당시 아시아에서 가장 중요한 도시였습니다. 헬레스폰토스✦를 차지한 덕분에, 그들은 흑해와 그 너머에서 이루어지는 활발한 교역을 지배할 수 있었지요. 금, 은, 철, 진사, 선박용 목재, 리넨, 삼, 말린 생선, 기름, 중국산 옥 등이

✦ 오늘날의 다르다넬스 해협.

3장. 떠나는 오디세우스

거래되었어요. 매년 스카만드로스 평원에 큰 장이 서면 세계 곳곳의 상인들이 몰려들었습니다. 그들은 모두 트로이의 왕에게 선물을 가져왔고, 왕은 그 대신 장이 서 있는 동안 그들을 보호하고 음식이며 식수를 제공해 주었지요. 하지만 프리기아 혈통인 트로이의 왕은 그리스인이나 크레타인이 흑해 나라들과 직접적으로 교역하는 걸 허락하지 않았습니다. 한 세대 전에는 프리아모스의 아버지 라오메돈이 아르고호 원정대가 콜키스 왕국의 사원에 보관된 황금 양털을 찾으러 떠나려는 것을 막으려 하기도 했지요. 하지만 배는 가까스로 출발했고, 호메로스의 아들들에 따르면 그 배의 선원이었던 헤라클레스는 이후 프리기아에서 하선해 아군을 모은 뒤, 트로이를 급습해 라오메돈의 탐욕과 고집을 벌주었다고 합니다."

"정확한 지적이네." 아버지가 외쳤다. "저 반질반질한 문고리만큼이나 빤한 이야기 아닌가! 그 크레타인과 그리스인들은 흑해에서 자기네 무역 입지를 다지기 위해 트로이를 함께 세웠건만 헬레스폰토스에 들어가지도 못하는 신세가 되었지. 프리아모스 왕은 해협을 통제하기 위해 세스토스와 아비도스에 강력한 요새를 구축하기까지 했네. 이에 항의했지만 아무런 소득을 거두지 못하자 이들은 아카이아의 동맹들에게 도움을 청했지. 원정에 성공하면 전리품을 나눠 가질 것을 약속하면서 말이야. 미케네의 위대한 왕 아가멤논이 원정대를 이끌기로 하고 오디세우스를 설득해 합류하게 했지. 오디세우스가 다스리는 이오니아 제도는 트로이를 세운 크레타인 중 한 명이자 내 조상이기도 한 자킨토스의 고향이었기 때문이네. 이들은 스파르타의 여신 헬레의 사원에 모여 말 한 마리를 바치고 고깃덩이를 밟고 선 채 맹세했지. 여신의 이름을 딴 그 해협을 (그러니까 헬레스폰토스 말이네) 그리스인들이 자유롭게 항해할 수 있게 하겠다고 말이야. 뭘 좀 아는 사람이라면 그 누구도 내 말에 이의를 제기하지 못할 걸세. 자, 데모도코스여, 목을 충분히 축였으면 이제 노래를 계속해 보게나."

데모도코스가 답했다. "알페이데스 왕이시여, 파리스가 스파르타의 궁을 찾아간 이야기나 이후 그가 페니키아에서 이룬 위업을 다룬 이야기는 폐하께서 싫어하실 테니, 오늘 밤은 그 부분을 건너뛰고 논란이 덜한 트로이로 떠나는 오디세우스의 이야기를 들려드리겠습니다."

"아닐세, 아닐세! 나 때문이라면 한 행도 빼먹지 말게나." 아버지가 외쳤다. "물론 파리스가 스파르타에서 한 행동에 대한 이야기는 특별히 유익하지도 감동적이지도 않긴 하지. 요란한 한숨을 내뱉고 추파를 던지고 헬레네가 입을 댄 잔 테두리에 입술을 갖다 대는 식으로 유혹한 게 다니 말이야. 무릇 남녀는 가족 행사를 제외하면 절대 같이 식사해서는 안 되는 법이지. 그렇게 생각하지 않나? 파리스가 테이블에 흘린 포도주로 '나는 헬레네를 사랑한다!'라고 쓴 것이며, 아프로디테가 이런 파렴치한 짓거리를 못 보게 메넬라오스를 눈 뜬 장님으로 만든 것은 또 어떻고! 영향 받기 쉬운 젊은 처자들 앞에서 할 만한 이야기는 아니지! 게다가 파리스의 범죄는 처벌도 제대로 받지 않았지. 10년간 헬레네와 마음껏 즐기다가 (그것도 40대에 접어든 여느 여자들처럼 그녀의 아름다움이 시들기 전까지) 세계 최고의 전사인 아킬레우스를 죽여 불멸의 명성을 얻고는, 명예롭게 전사해 영웅적인 대우를 받으며 묻혔지 않은가. 아닐세, 아닐세! 여기 계신 모든 분은 이성에 근거해 생각해 보십시오. 내가 곰곰이 생각해보고 내린 결론은 헬레네는 애초에 트로이에 가지 않았다는 겁니다."

아버지는 단순하고 현실적인 사람으로, 어머니는 아버지가 한번 우기기 시작하면 말이 통하지 않는다는 걸 잘 알고 계셨다. 나는 연회 마당에 들어가 아버지에게 이렇게 말하고 싶었다. '아버지, 지금은 '이성'이라는 단어를 사용할 상황이 아니에요. 호메로스의 노래는 오락을 목적으로 리라 연주에 맞춰 부르는 것이지, 그 이상도 그 이하도 아니에요. 도덕적, 역사적 교훈은 젊은이들이 낮에 놀 것 다 놀고 저녁에 한자리에 모였을 때 사제나 원로들이 주면 되는 것이고요. 그런 자리에서는 리라를 연주하지도 않을 테고 종교적인 침묵을 지키지도 않겠지요. 대신 이성적인 질문과 대답이 오갈 거예요. 호메로스의 아들들이라면 자기들이 뭘 해야 하는지는 당연히 잘 알고 있지 않을까요? 그들은 적어도 200년간 음유 시인으로 활동했고 그들이 들려주는 이야기 중 사랑이 초래한 해악과 무관한 건 거의 없다시피 하잖아요. 청중들이 듣고 싶어 하는 이야기가 바로 그런 사랑의 노래, 전투의 노래니까요. 무역 전쟁으로 서사시를 써봤자 얼마나 재미가 있겠어요!

셈에 밝으신 무사 여신들이여, 구리의 무궁무진한 쓰임새에 대해 노래해 주소서. 말가죽과 광폭 원단의 다양한 쓰임새에 대해서도 노래해 주소서.
독점에 미친 프리아모스 왕이 어떻게 아카이아인들을 거부하고 흑해 연안에서 상품의 50퍼센트에 달하는 수수료를 물렸는지 노래해 주소서.'

하지만 부끄러움이 나를 잡아 세웠다. 내가 뭐라고 한들 어차피 아버지는 귓등으로 들으셨을 테지만. 어색한 침묵이 뒤따랐고, 잠시 후 데모도코스는 다소 시무룩한 얼굴로 대략 1,500행을 건너뛰고 〈오디세우스의 소환〉을 낭독하기 시작했다.

그가 들려준 이야기는 이러하다.

이타카의 오디세우스 왕은 스파르타의 아페타 거리에서 열린 구혼자들의 달리기 시합에서 승리한 후 이카리오스의 딸인 페넬로페와 결혼했다. 이카리오스는 "하나, 둘, 셋!" 하고 외친 뒤 '출발'이라고 하지 않고 큰 소리로 박수를 쳤는데, 이때 오디세우스를 제외한 구혼자 전원이 출발하면서 즉시 실격을 당했다. 오디세우스가 미리 언질을 받고 '출발'이라는 단어가 들릴 때까지 걸음을 떼지 않은 덕분이었다. 그리하여 오디세우스는 경쟁에서 살아남은 유일한 사람이 되어 다리가 성치 않음에도 손 하나 까딱하지 않고 상을 탈 수 있었다. 이카리오스는 오디세우스에게 자신이 호의를 베풀었으니 이에 대한 보답으로 스파르타에 남아 달라고 간청했다고 전해진다. 오디세우스가 거절하자, 그는 신랑 신부가 탄 마차를 뒤쫓으며 돌아오라고 애원했다고도 한다. 그때까지 가만히 참고 있던 오디세우스는 페넬로페를 돌아보며 이렇게 말했다. "당신의 자유 의지로 이타카에 오던가, 아버지가 더 좋으면 마차에서 내리던가 하시오. 나 혼자 갈 테니!" 페넬로페는 베일을 내리는 것으로 대답을 대신했다. 이카리오스는 오디세우스에게 정당한 권리가 있다는 걸 깨닫고 딸을 보내주었다. 그리고 이 사건이 일어난 장소에 조각상을 세우고 '정절'의 여신에게 봉헌했는데, 이 조각상은 지금도 스파르타에서 6킬로미터쯤 떨어진 곳에서 찾아볼 수 있다.

그런데 오디세우스는 신탁의 경고를 받은 터였다. '트로이로 떠나면 스무 해가 지날 때까지 집에 돌아오지 못할 것이고, 결국엔 모든 걸 잃고 홀로 돌아오게 될 것'이라고 말이다. 그가 왕의 옷을 벗고 꾀죄죄한 누더기를 입은 것도 그래서였다. 아가멤논과 메넬라오스, 팔라메데스가 왔을 때 그는 달걀 반쪽처럼 생긴 펠트 모자를 쓴 채 당나귀를 황소에 매어 밭을 갈며 어깨 너머로 소금을 던지고 있었다. 그가 귀한 손님들을 못 알아보는 척하자, 팔라메데스는 페넬로페가 안고 있던 그들의 아기 텔레마코스를 낚아채 막 열 번째 고랑을 내려고 진격하던 당나귀와 황소 앞에 내려놓았다. 오디세우스는 외아들을 살리기 위해 황급히 고삐를 당겼고, 말의 피 묻은 살점에 대고 했던 맹세를 되새기며 결국 원정대에 합류할 수밖에 없었다.

"이 이야기는 폐하 마음에 드셨으면 좋겠습니다." 열렬한 박수 세례를 받은 뒤 데모도코스가 토라진 어조로 말했다.

"자네 목소리는 참으로 아름답네." 아버지가 답했다. "하지만 이 부분 또한 설득력이 매우 떨어진다는 점을 지적하지 않을 수 없군. 오디세우스가 약속을 깰 구실을 마련하기 위해 미친 척하려고 했다면(자네 이야기를 들으면 그렇게 생각할 수밖에 없지), 왜 좀 더 막무가내로 행동하지 않았을까? 당나귀를 황소에 매는 건 가난한 농부들이 종종 쓰는 방법이지 않은가. 나는 가난한 시카니 농부가 황소에 자기 아내를 맨 채 밭을 가는 것도 본 적이 있네. 게다가 펠트 모자는 북동풍이 불 때 쟁기질하면서 쓰기 좋은 모자이기도 하지. 만약 내가 오디세우스였다면 돼지와 염소를 골랐을 거야. 올빼미 깃털과 황금 왕관, 뱀가죽 각반 같은 걸 걸친 기상천외한 모습을 하고 말이지, 하하하!"

나는 아버지가 훌륭한 가인인 데모도코스에게 이토록 심술을 부리고 하대하는 모습을 보며 부끄러움에 몸을 떨었다.

"그리고 열 개의 고랑을 일직선으로 파는 건 전혀 미친 사람답지 않은 짓이지. 오디세우스는 왜 나선형으로 고랑이 파이도록 막무가내로 가축을 몰지 않았을까? 그랬으면 훨씬 더 그럴듯해 보였을 테고, 자네 이야기도 훨씬 더 흥미진진해졌을 텐데. 이 이야기는 호메로스의 아들에게서 기대하는 것만큼의 재미를 주지 못한 것 같으니 말이야."

"폐하." 데모도코스가 거의 냉소에 가까운 미소를 지으며 감히 말했다. "엉뚱한 돼지의 꼬리를 잡은 건 아니신지요? 이 노래를 지으신 제 영광스러운 선조께서는 오디세우스가 미친 척한다는 암시를 어디에도 흘린 적이 없습니다. 오디세우스는 자신의 예언을 보여주기 위해 비법 전수자가 쓰는 펠트 모자를 썼고, 따라서 그의 모든 행동은 상징적이었습니다. 황소와 당나귀는 제우스와 크로노스, 또는 여름과 겨울을 상징합니다. 또한 소금이 뿌려진 각각의 고랑은 헛되이 보낸 한 해를 의미하죠. 오디세우스는 자신이 소환된 전쟁의 무익함을 보여준 겁니다. 하지만 더 뛰어난 예언 능력을 가진 팔라메데스는 아기 텔레마코스를 낚아채 열 번째 고랑에서 쟁기질을 멈추게 했죠. 그럼으로써 결전('텔레마코스'라는 이름의 뜻이 바로 이것이지요)은 열 번째 해에 치러지게 될 것이라는 점을 보여준 겁니다. 실제로 그렇게 되었고요."

박수와 웃음이 아버지의 패배를 선언했다. 귓바퀴까지 붉어진 아버지는 분별력을 발휘해 데모도코스에게 껍질이 바삭바삭하게 구워진 돼지고기를 큼지막하게 한 조각 잘라주었고, 시종은 그것을 손으로 날랐다. 또한 아버지는 손잡이가 금으로 된 층층나무 지팡이를 선물하겠다고 약속하면서, 그 지팡이가 걸을 때 도움을 주고 그의 명성도 더해줄 것이라고 호언하기도 했다. 하지만 데모도코스는 그날 돼지고기를 받기는 했어도 다시는 우리 궁에서 연주를 하지도 노래를 부르지도 않았다. 자존심이 허락하지 않았던 것이다. 일부 마을 주민들은 그 후 우리에게 불행이 닥친 것도 그에게 원한을 샀기 때문이라고 말하기도 했다. 호메로스의 아들들은 아폴론에게서 저주할 수 있는 힘을 부여받았다고 하면서 말이다. 하지만 나는 데모도코스가 사죄의 의미로 제공한 선물까지 받은 마당에 우리를 저주했다고는 생각하지 않는다. 우리에게 남겨진 건 데모도코스의 조수인 페미오스로, 그는 몇 년 전 델로스에서 건너와 노인 밑에서 자신의 장기를 연마하는 중이었다. 칼키디케✦ 문자를 읽고 쓰는 법을 나에게 가르쳐준 것도 그였다. 페미오스의 눈은 아직 흐려지지 않았다. 호메로스의 아들에게 고난이 닥치는 건 머리가 하얗게 세기 시작하고 생기가 빠져나가면서부터라고들 한다. 히리아 상인에 대해 말할 것 같으면, 아버지는 열두 씨족에게 가마솥과 세발솥, 화려한 도포 같은 귀한 물건을 하나씩 증정하게 했다. 그리고 물건들을 수거한 다음에는, 이 모든 걸 넣을 참나무

✦ 그리스 동북부의 반도.

상자를 만들어 증정하고 개인적인 감사의 뜻으로 황금 고블릿 잔을 선물하겠다고 약속했다. 엘리미나족의 왕으로서 그는 열두 씨족을 보호하고 정의를 실현하는 대신, 그들에게 이런 요구를 할 권한을 가지고 있었다. 그들은 아버지의 권력을 시기할지언정 언제나 복종했으며, 아버지는 평민들에게 추가 세금을 징수해 손실을 메우라고 권하곤 했다.

히리아 상인은 방문 결과에 무척이나 만족하며(어째서인지 아버지가 고블릿 잔을 잊고 안 주기는 했지만), 사흘 뒤에 배를 타고 떠났다. 그는 시장에서 화병과 다이달로스 풍의 장신구를 팔아 상당한 이익을 거두었으며, "천상의 여왕께서 여러분에게 은총을 퍼부어 주시기를, 그리고 여러분의 아내와 딸들이 늘 만족하기를!"이라는 작별 인사를 남겨 상인들에게 큰 웃음을 주었다. 그 후 우리는 다시는 그를 보지 못했다. 그의 이야기를 믿지 않은 사람은 드레파논에서 어머니와 나 둘뿐이었음을 말해두어야겠다. 하지만 우리는 크티메네의 기대를 꺾을 만한 말은 일절 삼갔다. 곧 식욕을 회복하고 기운을 차린 크티메네는 노래를 부르며 집 안을 돌아다녔다. "내 목걸이가 길이가 얼마나 되는지 궁금하네." 그녀가 내 남동생 클리토네우스에게 말했다. "에우리마코스의 어머니가 차고 다니는 목걸이만큼 길까?"

"형수님." 클리토네우스가 화를 내며 대답했다. "그 목걸이가 아무리 길다 한들 그것으로 초래된 온갖 근심과 불안을 생각하면 제게는 조금도 아름다워 보이지 않을 거예요! 제가 형수님이라면, 전 그걸 아폴론 신에게 바칠 겁니다. 아폴론은 그 끔찍한 에리필레의 목걸이를 거두어 보관하여 허영심 강한 여자들이 더 이상 해를 입지 않도록 해주었으니까요."

"그게 무슨 소리예요?" 크티메네가 외쳤다. "그러면 라오다마스가 나를 얼마나 배은망덕하게 생각하겠어요!"

아프로디테의 승리에 대해 생각하면서 나는 피해자들을 우스꽝스럽게 만들고 모든 수치심을 앗아가는 맹목적이고도 짓궂은 능력이 그녀의 능력이라는 결론을 내렸다. 그리고 에우리마코스의 어머니가 결혼 초기에 일으킨 추문을 토대로 재미 삼아 이야기를 하나 지어냈다. 어느 날 여신은 남편인 대장장이 신 헤파이스토스에게 키프로스의 파포스에 있는 자신의 사원에 갔다 오겠다고 말했다. "그렇게 하시오, 부인. 나도 당신이 자리를 비운 틈을 타 림노스에 있는 내 사원에 다녀올 테니." 헤파이스토스가 대답했다. 하지만 그녀가 상습적으로 거짓말을 일삼는다는 걸 안 그는 당일 밤에 서둘러 돌아왔고, 그녀가 전쟁의 신 아레스와 한 침대에 누워 있는 모습을 발견했다. 헤파이스토스는 다리를 절며 대장간으로 가 거미줄보다 더 가는, 거의 눈에 보이지도 않는 견고한 그물 두 개를 만들었다. 그중 한 개는 침대 밑에 동여매고 다른 하나는 들보에 건 뒤 조용히 모서리를 한데 모아 잠에 빠져 있는 남녀가 결코 빠져나갈 수 없는 우리를 만들었다. 그러더니 큰 소리로 동료 신들을 불러 낯 뜨거운 이 간통 행위를 목격하게 하고는 제우스에게 이혼을 요구했다. 아프로디테는 화끈거리는 얼굴을 숨기긴 했지만, 헤르메스와 포세이돈이 속옷 한 장 걸치지 않은 자신의 아름다운 알몸을 봤으며 그녀가 언제든 남편을 배신할 수 있다는 걸 알게 되었다는 사실에 은밀한 만족감을 느꼈다. 헤라와 아테나는 이 소식을 듣고 넌더리를 내며 그런 외설적인 광경 따위는 보지 않겠다며 돌아섰다. 하지만 아프로디테는 정색을 하며, 사람들을 사랑에 빠지게 하고 자기 자신도 그렇게 하는 것이 운명의 여신이 정해준 그녀의 신으로서의 의무라면서 누가 그녀를 비난할 수 있겠냐고 물었다. 곧 아프로디테의 친구들인 미의 여신들이 그녀를 씻기고 몸에 향유를 발라준 뒤 반쯤 비치는 부드러운 리넨 가운을 입히고 머리에 장미 화관을 얹어주었다. 그 모습이 어찌나 거부할 수 없이 매력적이었던지 헤파이스토스는 그 자리에서 그녀를 용서했을 정도였다. 뿐만 아니라 이후 헤르메스와 포세이돈은 헤파이스토스가 대장간 일로 바쁠 때마다 교대로 그녀를 찾아오곤 했다. 한편 아테나는 올림포스 신전 복도에서 아프로디테를 마주치자 그녀를 게으르고 헤픈 계집이라고 불렀다. 그러자 아프로디테는 씩씩대며 뛰어가 아테나의 베틀 앞에 앉더니 베를 짜려고 했다. 베를 짜는 건 운명의 여신이 아테나에게 할당한 일이었으므로 아테나는 분노하며 물었다. "내가 너 몰래 네 수치스러운 일을 대신하면 어떨 것 같아? 좋아, 그럼. 어디 한번 짜봐! 난 이제 베틀은 건드리지도 않을 거니까. 넌 지루해서 죽으려고 할 거다!"

이쯤에서 이런 의문이 들었다. '올림포스 신들에 대해 이런 농담을 해도 되는 것인가?' 내가 내린 결론은, 공공의 품위와 예의범절을 거스르는 방식으로 신 또는 여신을 숭배할 때만 허용된다는 것이다. 아프로디테의 간통, 헤르메스의 도둑질과 거짓말, 아레스의 잔혹함이 이 신들을 숭배하는 집단 안에서 끊임없이 되풀이되고, 어리석은 인간들이 자신의 타락을 변명하기 위해 신들의 이런 점을 끌어댈 때 말이다. 올림포스의 신들을 멸시하는 것에 대해서라면 호메로스는 나를 가뿐히 능가한다. 그의 이야기 속에서 그들은 잘잘못을 따지기보다는, 그저 기분에 따라 인간을 벌하거나 보호하고 자기들끼리 추문을 일으키며 싸우는 존재로 그려지니 말이다. 어디 그뿐이랴.『일리아스』에서 제우스는 늘 자신에게 극진했던 아가멤논을 속이기 위해 거짓 꿈을 꾸게 하고, 아테나는 신들의 비밀회의에서 결정된 사항에 따라 판다로스를 설득해 배신을 하게 만들며, 헤라는 성적 매력을 동원해 트로이 전투에서 제우스의 관심을 돌린다. 또 올림포스 신들은 대장장이 신의 장애를 비웃는 잔인함까지 보인다. 헤파이스토스가 어머니 헤라와 바람기 많은 의붓아버지의 싸움으로 다리를 절게 되었는데도 말이다.

이런 일화들이 솔직히 반종교적이라고 생각하게 된 나는 우리 궁에서 이런 이야기가 낭독될 때마다 마음과 귀를 닫는다. 한번은 아버지가 이런 나를 보고 웃으시며 호메로스는 절대 반종교적인 사람이 아니고 오히려 그 반대라고 했다.『일리아스』는 야만적인 도리아인들의 새 신학을 풍자한 것이라나. 이 헤라클레스의 후예들은 한때 세계의 군주로 인정받기도 했던 위대한 여신 레아를 왕좌에서 끌어내리고, 하늘의 신 제우스에게 그녀의 홀을 수여해 그를 신들의 가족의 우두머리로 만들었다. 이 가족을 이루는 신들은 각각 자신을 숭배하는 씨족을 거느렸다. 이를테면 아르고스의 헤라, 에우보이아의 포세이돈, 아테네의 아테나, 포키스의 아폴론, 아르카디아의 헤르메스처럼 말이다. 호메로스는 이전 시대의 여신을 은밀히 숭배했고 그녀의 종교적 구심점이 무너지면서 초래된 도덕적 혼란을 개탄한 것이라고 아버지는 설명했다. 도리아인 지휘관들을 뻔뻔하고 무자비하고 배신을 일삼는 데다, 음란하고 허풍스럽기까지 한 그리스 지도자들의 모습으로 희화화한 것이라고 말이다.

역사적으로 보면 아버지 말씀이 옳은지도 모른다. 트로이로 달아난 헬레네 이야기가 말도 안 된다고 비판한 것처럼 말이다. 하지만 내가 마음속으로 숭배하고 아버지가 희생 제단 앞에서 경배하는 제우스와 헤라, 포세이돈, 아테나, 아폴론은 고결하고 정의로우며 신뢰할 수 있는 신들이다. 내게 헤르메스는 용감한 전령이자 영혼의 안내자이지 도둑이 아니다. 아레스는 오로지 대의를 위해 싸울 뿐이다. 그리고 아프로디테는…….

그렇다, 아프로디테가 인류에게 난제를 제시하는 건 사실이다. 나는 지하 세계의 왕인 하데스의 힘을 인정하듯 그녀의 무시무시한 힘을 인정한다. 하지만 부부 침상을 더럽히고 여성의 수치가 되어버린 헬레네와 클리타임네스트라, 페넬로페를 비난하는 대신 미소를 지으며, '그들은 아프로디테의 충실한 신자로서 그녀를 더 잘 경배하기 위해 결혼과 가정을 무시한 것뿐'이라고 말하는 것이 정말 옳은 일일까? 리비아의 나사모네스족, 폰토스의 모시노이코이족, 발레아레스 제도의 김나시아인처럼 성적으로 문란한 이들은 도덕적 일관성을 가지고 그녀를 숭배할 수 있을지 모르지만, 법을 준수하는 그리스인은 결코 그럴 수가 없다.

그럼에도 불구하고 나는 이튿날 아프로디테에게 어린 암염소 한 마리를 바쳤다. 향나무 장작에 넓적다리뼈를 태우면서, 기회가 되면 공물을 가지고 그녀의 사원을 찾아가겠다고 맹세했다. 아프로디테는 메추라기가 찾아오는 봄부터 수확기까지는 그곳에 머물지만, 겨울에는 산꼭대기라 춥고 흐린 날이 많기 때문에 흰 비둘기가 끄는 마차를 타고 리비아로 떠난다고 한다. 그러면 그녀의 여사제와 환관들은 삼나무 상자에 든 성상, 다이달로스가 엘리메 여신에게 바친 공물이라 전해지는 황금 벌집, 성스러운 비둘기장을 가지고 평지로 내려와 따뜻하게 겨울을 날 사원을 찾아간다. 그리고 향후 6개월 동안은 아르테미스나 아테나의 시종이 되어 되도록 정숙하게 지낸다. 매년 여신이 에릭스산을 오르고 내릴 때면, 사람들이 그녀의 힘에 거리낌 없이 몸을 맡기는 현상이 특히 시카니족에게서 두드러지게 나타난다. 이는 친부 불명이라는 아주 성가신 문제로 이어지므로, 아버지는 이런 흥청망청한 분위기를 억누르려고 최선을 다하지만 별 소득을 얻지 못했다. 여신이 겨울에 다시 산을 오르는 일은 국가적인 재난이 생겼을 때뿐인데, 그럴 때는 여사제와 환관, 성상, 벌집, 비둘기를 다시 불러 모은다. 값비싼 희생 제물을 올려 여신을 달래는 동안, 환관들은 피가 철철 흐를 때까지 서로에게 채찍질을 하며 무아지경으로 울부짖는다. 이 모든 쇼가 나는 정말이지 너무 싫다.

4장. 그 아버지에 그 딸

그 일이 있고 나서 얼마 후, 아버지는 히에라 섬의 붉은 소를 점검하기 위해 노가 열 개 달린 갤리선을 타고 바다로 나갔다. 그런데 1킬로미터도 채 못 가서 서쪽에서 커다란 로도스 선박이 다가오는 것이 아닌가. 바다는 잔잔했고, 그 배의 선원들은 조타수의 애끓는 노래에 맞춰 일정하게 노를 젓고 있었다. 아버지는 선장에게 인사했고, 각자 상대가 해적이 아니라는 사실을 확인한 다음(요즘 같은 때는 늘 조심해야 한다), 나란히 배를 대고 선물과 칭찬을 교환했다. 로도스 선박은 이것저것 섞인 화물을 싣고 사르데냐로 향하는 중이었는데, 그리스에서 마지막으로 들렀던 모래가 많은 필로스에서 착실해 보이는 상인 두 명이 승선했다고 했다. 아버지는 필로스인들과의 만남을 크게 기뻐하며 절박하게 라오다마스의 소식을 물었다. 그들은 고개를 저으며, "지난 가을 이후 그런 중요한 사람이 우리가 사는 곳에 왔었다면 모를 수가 없었을 겁니다"라고 말했다. 아버지가 히리아 선장이 들려준 이야기를 전하자, 그들은 모래가 많은 필로스에서 그 사람을 만난 적은 있지만 그에게서 아주 나쁜 인상을 받았다고 답했다. "오징어처럼 뻔질거리는 데다 레이리아 노예처럼 밥 먹듯이 거짓말을 하는 놈입니다. 포도주에는 물을 탔고 흠집 있는 화병을 판 데다 은괴는 납으로 속을 채웠다니까요."

아버지는 이에 큰 충격을 받은 나머지 히에라 방문을 중도에 포기하고 집으로 돌아왔는데, 아버지가 이렇게까지 우울해하는 모습을 나는 이때 처음 봤다. 하필 크티메네도 기분이 예전처럼 다시 가라앉아서 손톱을 깨물며 '왜 내 사랑은 빨리 돌아오지 않는 걸까요? 내가 외로워하는 게 불쌍하지도 않은가요?'라는 노랫말의 대중가요를 끊임없이 불러댔다. 결국 아버지는 원형 건물로 몸을 피했는데, 이 방에는 그가 직접 만든 신기한 침대가 있었다. 올리브나무 생목을 침대 기둥으로 사용하고 금, 은, 상아로 상감 세공을 한 침대였다. 이론적으로 이 방은 무덤이다. 매년 한겨울이 되어 관례적인 국왕의 서거일이 돌아오면, 그는 머리를 밀고 이 방에 들어와 죽은 사람의 음식을 먹고 죽은 사람처럼 군다. 그가 진홍색 침대 덮개를 덮고 위풍당당하게 누워 있는 동안, 우리의 씨족 중에서 선택된 소년 왕은 춤을 추며 하루 동안 홀✦을 자신의 몸에 지닌다. 아버지는 이제 문을 잠그고 주먹을 꽉 쥔 채 잠시 왔다 갔다 하더니, 괴로운 듯이 침대에 몸을 던지고는 눈을 감았다. 나는 하녀 중 한 명에게 가끔 창문 안을 들여다보면서 아버지가 움직이면 보고해 달라고 지시했는데, 그녀에게 말은 안 했지만 아버지가 움직이는 것이야말로 가장 불길한 징후가 아닐 수 없었다.

몇 시간 후 아버지는 방에서 나와 서재로 가더니 나를 부르러 사람을 보냈다. "나우시카, 내가 어떻게 하면 좋겠니? 넌 종종 우리 가족 중에 가장 현명한 판단을 내리는 아이잖니(물론 네 어머니는 늘 제외하고 말이다). 내 느낌에, 에헴, 어떤 신께서 나에게 조언을 하라고 너에게 영감을 주었을 것 같다는 생각이 드는데."

아버지는 필로스 상인들과 만난 이야기를 들려주고는 내 대답을 기다렸다.

나는 대답 전에 깊은 한숨을 내쉬었다. "아버지, 그 소

✦ 왕의 권위를 상징하는 봉이나 지팡이.

식은 딱히 놀랍지도 않네요. 그 뻔뻔한 히리아 상인이 거짓말을 한 거죠. 그때 제가 그렇게 말씀드릴 수도 있었는데. 어머니도 마찬가지고요. 어쩌면 어머니는 말씀드렸는지도 모르겠지만요. 그 이야기는 그 작자가 물건을 팔아치우기 위해 꾸며낸 것이라 치고 잊어버리세요. 라오다마스에게 무슨 일이 일어났을지에 대해서만 생각해 보자고요. 로도스 선장이 그를 배에 태우지 않았다는 건 이제 확실해 보여요……."

"난 그렇게 생각하지 않는다. 에우리마코스가 지적했듯이 로도스 선장이 자기 평판에 금이 가는 걸 감수하면서까지 우리 돛과 밧줄을 가지고 그렇게 가버렸을 리가 없어. 라오다마스가 내 이름으로 그에게 허락을 내리지 않았다면 말이지."

"라오다마스의 허락을 받았더라면 경비들에게 굳이 약을 먹일 필요가 있었을까요?"

아버지는 아침에 먹은 꿀 바른 빵에 모여든 금파리를 쫓아내듯 이 질문을 떨쳐냈다. 그럼에도 이내 입장을 바꾸었다.

"그럼 여자들이 봤다는 그 시돈 선박은? 라오다마스가 배를 타고 가 그 선박에 승선했는지도 모르지."

"그런 거라면 왜 부두에서 사라진 거룻배가 없었을까

요?"

"헤엄쳐 갔는지도 몰라. 걔가 수영을 잘하잖니."

"아버지, 아버지가 자랑해 마지않는 이성에 근거해 생각해 보세요! 오빠가 등에 귀중품을 한 보따리 지고 헤엄을 칠 수 있었을까요?"

아버지는 입을 다물었고 나는 말을 이었다. "그 수수께끼 같은 시돈 선박을 봤다는 첫 증언은 라오다마스가 사라진 지 한두 달이 지난 뒤에야 나왔어요."

"에우리마코스의 어머니도 거짓말을 했다는 얘기니? 그녀가 왜 거짓말을 하겠어? 멜란토는 왜 거짓말을 하고? 크티메네의 하녀로 우리 집에서 얼마나 헌신적으로 일하는데."

나는 어깨를 으쓱했다. "저도 그 이유를 알고 싶네요, 아버지. 하지만 제 직감에 따르면, 그들은 무언가를 공모 중인 게 틀림없어요."

"너 대체 나한테 무슨 말을 하려는 게냐?" 아버지가 격한 어조로 물었다.

나는 눈 한 번 깜박이지 않았다. "라오다마스는 애초에 배를 타고 나가지 않았어요."

"말도 안 되는 소리 하지 말거라, 얘야. 그 아이가 배를 타고 떠난 건 모두가 아는 사실이야."

"헬레네가 파리스와 눈이 맞아 트로이로 달아난 것도 모두가 아는 사실이죠. 아니, 아버지만 빼고 모두가 다 알 거예요! 무언가를 혼자만 알고 있다고 해서 그게 꼭 틀린 건 아니에요. 라오콘이 목마 안에 무장한 적군이 가득 차 있다고 말했을 때, 트로이 사람들은 믿지 않았지만 결국 그의 말이 사실이었던 것처럼요."

그 말에 아버지는 멈칫했다. "아, 그러니까 라오다마스가 육로로 어딘가를 갔다는 이야기구나? 시쿨리족과 함께 살고 있는 반항적인 네 오빠 할리우스한테 갔으려나? 가능하긴 한데 그럴 법하진 않아. 그 아일 길에서 마주친 사람이 어떻게 아무도 없었을까?"

나는 또다시 어깨를 으쓱했다. "아버지, 아테나 여신이 제게 일러주신 바에 따르면, 라오다마스는 드레파논을 떠난 적이 없어요."

아버지는 내가 정신이 나간 건 아닌지 걱정하듯 나를 한참 뜯어보더니, 문을 쾅 닫고 나가버렸다. 문설주 뒤에서 단검처럼 생긴 기다란 석고 조각이 뚝 떨어졌.

때마침 북쪽 항구에 배 한 척이 입항했다. 노가 서른 개 달린 타포스 선박으로 칼리베스족의 철괴를 싣고 이탈리아 남서부의 테메사 구리 광산으로 향하는 중이었다. 타포스 왕의 사촌이라는 그 배의 선장이 궁을 방문했고, 아버지는 그를 지위에 걸맞게 정중하게 대접한 뒤 평소처럼 라오다마스의 소식을 아는지 물었다.

그는 아는 바가 전혀 없었지만 열과 성을 다해 조언을 해주었다. "폐하, 아드님의 부재가 폐하의 마음을 갉아먹고 있군요. 쥐 한 마리가 맛있는 엘리미나 치즈를 갉아 먹듯 말입니다. 제가 보기엔 폐하께서 하실 일은 딱 한 가지입니다. 먼저 가족 구성원 중 믿을 만한 사람을 모래가 많은 필로스로 급파하십시오. 호박 무역의 중심지가 그곳이므로, 당연히 아드님은 목걸이를 사기 위해 거기로 갔을 겁니다. 필로스인들이 아무런 소식을 전해주지 않으면 아드님이 익사했다고 결론을 내리고, 돌아와 그의 명성에 걸맞은 기념비를 세워주십시오. 그러고 나서는 폐하의 성마른 며느리에게 지참금을 돌려주고 친정집으로 돌아가 재혼하라고 하세요. 끝없이 울어대고 슬퍼하기만 하는데, 뭐 하러 그런 며느리를 궁에 둡니까? 크티메네 부인이 폐하와 폐하의 신하들을 의기소침하게 만들고 있다는 건 반쯤 눈이 먼 사람도 알 수 있을 겁니다."

"그렇긴 하네." 아버지가 동의했다. "게다가 그 앤 손주도 낳아주지 못했지."

"자, 그럼." 타포스인이 기운차게 말을 이었다. "모래가 많은 필로스에는 누가 갈 수 있나요? 폐하의 아드님인

4장. 그 아버지에 그 딸

클리토네우스는 어떨까요? 나이는 어려도 아주 영리하지 않습니까. 아드님이 좀 그렇다면, 폐하의 유능한 처남인 멘토르 경은 어떨까요?"

"제대로 탐문을 할 수 있는 사람은 오로지 나뿐이라네. 그런데 내가 어떻게 거길 간다는 말인가?"

"왕들은 다 자신이 절대 자리를 비우면 안 된다고 생각하지만, 짧은 휴가는 왕에게 도움이 되고 국민에게는 해를 거의 끼치지 않지요. 저희는 길어야 20일 뒤에 테메사에서 일을 마치고 집으로 돌아갈 텐데, 그때 저희와 동행하시면 어떤가요? 돌아갈 때는 메시나 해협을 피해 우회하는 길을 선호하는 편이거든요. 메시나 해협은 항해하기 위험할 뿐만 아니라 해적들이 출몰하는 곳으로 악명이 높으니까요. 한 달 안에 폐하를 모래가 많은 필로스에 내려드릴 수 있을 것 같은데, 어떻게 하시겠어요?"

아버지는 갑자기 결정을 내려야 하는 처지에 몰렸다. 결국 그는 멘토르 삼촌에게 섭정을 맡기고 모래가 많은 필로스로 떠나기로 했다. 나의 경고에도 아버지는 여전히 히리아 상인이 들려준 이야기의 첫 부분을 완고하게 믿었고 (이야기가 꽤 상세했음은 나도 인정한다), 라오다마스가 코르키라를 거쳐 테스프로티아족의 나라에 다다랐을 거라고 결론을 내렸다. 하지만 그러고 나서 무슨 일이 있었던 걸까? 예기치 못한 사고라도 당한 걸까? 페이돈 왕에게 전 재산을 강탈당했을까? 어쩌면 노예로 팔려버린 건 아닐까?

"백방의 수소문이 다 실패로 돌아가면," 아버지가 타포스인에게 말했다. "델포이를 방문해 아폴론 신탁을 받아야겠소. 아니, 어쩌면 도도나로 가서 제우스의 신탁을 받는 게 더 나을 수도."

신성한 여사제들의 예언 능력에 일말의 믿음을 걸긴 했지만, 아버지는 델포이와 도도나가 그리스 전체를 아우르는 정보와 소문의 중심지라는 사실을 잘 알고 있었다. 거기에서라면 제물 도살자나 전령단을 통해 라오다마스의 행방에 대해 조금이나마 단서를 얻을 수 있으리라는 것도. 아버지는 어머니와 클리토네우스, 멘토르 삼촌, 외할아버지, 그리고 나를 가족회의에 불렀다. 하지만 크티메네는 제외되었다.

"사실대로 말하자면," 아버지가 우리에게 속내를 털어놓았다. "크티메네가 슬퍼하고 초조해하는 모습을 더 이상은 지켜볼 수가 없다. 그 아이 때문에 우리 궁 담장까지 몸서리를 치며 눈물을 흘리고 있는 지경이야. 종종 그 아이의 생명이 걱정되지만, 이제는 나도 화가 나서 그 아이에게 자기가 가져온 지참금을 돌려주고 (아니면 그에 상응하는 성직자 권리나 상업적 특권을 주고) 부키나로 확 돌려보낼까 하는 생각이 더 자주 들고 있다. 그래도 그렇게 하진 않을 거야. 라오다마스가 돌아와 원망하는 모습을 보고 싶진 않으니까. 나는 다른 사람들처럼 '라오다마스가 혹시 돌아오면' 같은 비관적인 말을 쓰지 않는다는 걸 잘 봐두어라."

보름 후 타포스인은 구리 화물을 싣고 다시 입항했고, 아버지는 거기에 리넨, 꿀, 접이식 침대틀 등의 귀한 화물을 추가한 뒤 씩씩하게 승선했다. 거의 모든 마을 주민이 아버지의 무사 귀환을 빌며 바다를 지배하거나 여행자를 보호하는 모든 신에게 후한 제물을 바쳤다. 클리토네우스와 나는 에릭스산 중턱에 올라 아버지가 탄 배가 거센 서풍을 받아 불룩해진 돛을 달고 남쪽으로 13킬로미터쯤 떨어진 모티아섬 뒤편으로 사라지는 모습을 지켜봤다. 궁에 돌아오자 어머니가 나를 한쪽으로 끌고 가더니 이렇게 말했다. "얘야, 아테나가 네 입을 통해 무슨 말을 했는지 네 아버지에게 들었다. 라오다마스는 죽었으니 그의 죽음을 애도해야 한다는 것 말이야. 그 신탁은 거짓이 아니다. 나도 그제 밤에 꿈에서 그 아일 봤다. 어깨 사이에 단검이 찔린 채 핏물과 바닷물을 뚝뚝 흘리며 다가와 가련하게 내 앞에 서더구나. 그러더니 연회 마당을 가리키고는 이렇게 외쳤어. '그들에게 제 복수를 하게 하세요, 어머니! 필록테테스의 활로 저 대신 복수를 하게 하세요!' 나는 물었지. '네가 정말 내 아들 라오다마스라는 걸 어떻게 확신하지?' 그러자 그 애는 이렇게 대답했어. '어머니가 내일 아침에 일어나시면, 제가 흰 비둘기의 모습으로 한쪽 창문으로 들어와 다른 쪽 창문으로 나갈 거예요.' 그리고 정말 그렇게 했지. 이 이야긴 아무에게도 하지 말거라. 멘토르 삼촌이나 클리토네우스에게도. 각오를 단단히 하고 그 아일 살해한 범인을 찾아야 해. 그리고 제대로 된 복수를 해주어야 한다. 내 자식 중 가슴보다 머리가 앞서는 사람은 너뿐이잖니."

"그 꿈을 정말 믿으신다면……." 나는 나의 무정함을 지적하는 듯한 어머니의 말에 약간 떨떠름해져서는 말했다. "필로스에 가봤자 아무 소용이 없을 텐데 왜 아버지가 떠나시는 걸 보고만 계셨어요?"

어머니의 얼굴이 심각해졌다. "네 아버지는 고집이 무척 센 사람이지. 결혼 후에는 내가 늘 진실을 말한다는 걸 깨닫게 되긴 했지만, 내가 당신보다 아는 게 더 많다는 사실을 인정하는 건 여전히 힘들어하신단다. 또 네 아버지는 그리스 본토에 가본 적이 한 번도 없는데, 어쩌면 이번이 마지막 기회가 될지도 몰라. 이미 전성기를 지나고 있으니 말이야. 네 아버지에게 내가 꾼 꿈에 대해 이야기했지만, 이미 너에게 비슷한 이야기를 들은 데다 자신이 직접 비둘기를 본 것도 아니기 때문에 자기를 집에 잡아두려고 꾸민 계략이 아니냐고 의심하더구나. 그래서 내가 그랬지. '그럼 가세요. 당신이 빨리 돌아올수록 우리 모두 더 오래 살 수 있을 거예요.' 딸아, 위험이 문턱 앞까지 왔구나. 넌 어리석은 짓은 일절 하지 않으리라 믿는다. 그동안 크티메네는 남은 희망의 불씨를 긁어모아 자기 몸이라도 녹일 수 있게 하자꾸나."

그렇게 사흘이 지났고, 나는 주변에서 미묘하지만 만연한 공기의 변화를 느끼기 시작했다. 평민들, 디마스 선장의 딸 프로크네나 히에라에서 온 사촌들 같은 내 진짜 친구들, 한때는 내 보모로 지금은 가정부로 일하는 에우리클레이아와 그녀가 이끄는 우리 집의 충실한 하녀들은 예나 지금이나 변함이 없었다. '멸시 어린 침묵'에 가까운 그 분위기는 일부 귀족 집안의 딸들이 내게 인사할 때 확연히 느껴졌다. 반대로 그들의 오빠나 아버지들의 태도는 지나치게 다정했는데, 흡사 내가 모르는 무언가를 자기들은 안다는 식이었다. 매년 여름 엘리미나족 아이들은 언덕에서 '황소의 보물'이라 불리는 숨바꼭질 놀이를 한다. '황소'라 불리는 남자아이가 바위틈이나 동굴 안에 숨으면 다 같이 그 아이를 찾으러 다니는 놀이였다. 황소를 찾아낸 아이는 다른 아이들에게는 그 사실을 비밀로 한 채 그 뒤에 남아 숨겨진 보물을 챙긴다. 하지만 곧 하나둘씩 황소가 숨은 곳을 발견하고 마침내 모두가 비밀의 장소에 모인다. 갈팡질팡하며 외롭고 쓸쓸하게 텅 빈 언덕을 헤매는 딱 한 사람만 빼고. 지금 내 기분이 딱 그랬다.

나는 기분이 안 좋을 때면 리넨 공장을 방문해 기분 전환을 하곤 한다. 긴 베틀 앞에 조용히 앉아 부지런히 북을 넣는 여자들의 모습을 보다 보면 왠지 모르게 마음이 가라앉는다. 하지만 여기에서마저 낯선 기운이 감도는 것이 느껴졌다. 몇몇 여직공이 자기 자리를 벗어나 문가에 옹기종기 모여 흥분된 어조로 무슨 이야기를 속삭이다가 모퉁이를 도는 나를 보자마자 서둘러 자기 베틀 앞으로 돌아가 베를 짜는 척하는 것이었다. 여자들 손안에서 북이 바람에 흔들리는 사시나무 잎사귀처럼 바쁘게 앞뒤를 오갔다.

"좋은 아침이야, 부지런한 리넨 공장 직공들." 나는 반어적으로 외쳤다. "다들 오늘 아침에 숭어 잡는 그물에 잡혔다는 사람의 얼굴을 한 물고기 이야기를 하던 중이었나 봐. 내가 내 눈으로 그 괴물을 봤지. 지느러미 대신 팔이 달렸고 페니키아어로 말을 하더군. 뭐, 확실한 건 아니지만 어쨌든 다들 페니키아어라고 생각했어. 아무도, 심지어

나조차도 그의 말을 한 마디도 알아들을 수가 없었거든. 그 괴물은 누워서 뭐라고 지껄이다 손짓을 하고, 또 이런저런 손짓을 하다 뭐라 지껄이더니 결국에는 얼굴이 새파랗게 질리더라. 그래서 내가 채찍질을 하며 위협했지. 페니키아 물고기와 엘리미나족 리넨 공장 직공들은 내가 나타나면 입을 다물어야 한다고 말이야. 그 괴물도 눈치란 게 있었던지 내 말에 순순히 복종하더군."

쥐 죽은 듯한 침묵이 뒤따랐다. 우리 씨족 여자들은 모두 나를 두려워한다. 내가 종종 이런저런 신들의 계시를 받는다고 생각하기 때문이다. 어쩌면 근거 있는 두려움인지도 모르겠지만, 나는 이런 식의 말도 안 되는 소리를 가끔 늘어놓아 그들의 공포심을 한층 자극한다. 다들 착한 아이들이지만, 다른 일에 주의를 빼앗기면 작업 결과가 질적, 양적으로 하락할 수 있기 때문이다. 여우 한 마리가 암양들 사이를 뛰어다니거나 개 한 마리가 풀려나 암양들을 쫓아다니면 당장 양젖 공급량이 하락하듯 말이다.

"에우리메두사는 어디 있니?" 나는 물었다. 에우리메두사는 용모가 수려한 젊은 여자 관리자로, 아마실을 분배하고 직공들의 편의를 살피며 베틀 상태를 점검하고 직물 패턴을 면밀히 검수하는 일을 했다. 우리는 항상 모든 베틀을 한 개의 표준 패턴에 맞춰 놓는다(주로 리비아와 이탈리아에서 늘 수요가 있는 패턴 한두 개다). 그래야 에우리메두사가 실수를 쉽게 발견하고 뒤처진 사람들이 힘을 내도록 격려할 수 있기 때문이다. 이날 그녀는 단순한 체크무늬를 설정해 놓은 터였다. 흰 실을 100번 짤 때마다 자주색 실을 다섯 번, 진홍색 실을 두 번 짜는 식이었다. 어머니는 그녀에게 '무능력자'를 뜻하는 '아페이라의 에우리메두사'라는 별명을 붙여주었지만, 그녀는 일은 더디 배울지언정 공장에서는 제법 인기가 많다.

아니다, 에우리메두사가 자리에 없는 건 전혀 이상한 일이 아니었다. 날씨가 너무 무더워서 주전자에 식수를 받으러 간 것뿐이었으니까. "에우리메두사, 물에 포도주를 약간 타렴." 그녀가 돌아오자 내가 말했다. "그리고 그걸 놀라서 말문이 막힌 저 여자들에게 조금씩 나눠줘. 그러고 난 뒤에는 거위치기 고르고를 데려와 시카니족의 옛날이야기를 들려 달라고 해. 오늘 아침에 사람의 얼굴을 한 페니키아 물고기 이야기를 듣고 다들 공포에 빠졌는데 그 생각에서 벗어날 수 있게 말이야."

에우리메두사는 포도주가 담긴 가죽 부대를 가져와 내가 시키는 대로 했다. 그들은 모두 예의 바르게 내 건강을 위해 건배하고 미소를 지었지만, 나는 그들이 여전히 겁에 질려 있다는 걸 눈을 보고 알 수 있었다.

머리가 하얗게 센 고르고가 다리를 절며 들어오자 나는 의자에 앉아 그녀의 이야기에 귀를 기울였다. 그녀는 우리의 선조 아이게스테스가 트로이를 떠나 시칠리아에 도착한 이야기를 들려주었다. 물을 조달하기 위해 에트나 산 근처에서 상륙한 그는 어두컴컴한 동굴 안에 들어갔다가 그 근처에 사는 불사의 대장장이 거인족 폴리페모스에게 붙잡혀 화산의 중심부로 끌려갔다. 폴리페모스와 그의 일족은 제우스가 쓸 번개를 벼리고 있었는데, 여기에 인간의 피가 필요한 모양이었다. 하지만 교활한 아이게스테스는 그들에게 독한 포도주를 주어 취하게 한 다음, 그들의 신발을 벗겨(이 거인족은 발이 아주 연약한 것으로 악명이 높았다) 못을 잔뜩 박아놓았다. 그러고 나서 그가 탈출하자 대장장이들이 일어나 신발을 신고 쫓아오려고 했지만, 발이 너무 아파서 포기할 수밖에 없었다. 아이게스테스는 무사히 자기 배로 돌아왔고 레이트론 만에 도착할 때까지 서쪽을 향해 나아갔다. 거인족이 울부짖는 소리는 그의 귀에 음악처럼 들릴 뿐이었다.

작고 마른 체구에 새처럼 민첩한 고르고는 온갖 기교를 부리며 이야기를 들려주었다. 긴박한 순간에는 목소리를 낮췄고 위기가 닥쳤을 때는 거의 외치다시피 했으며 인물들의 특징을 잘 살려 연기했다. 이야기에 흠뻑 빠진 여직공들이 비슷한 이야기를 하나만 더 들려 달라고 청할 정도였다. 고르고는 곤란하다는 표정을 지었지만 내가 허락의 뜻으로 고개를 끄덕이자 자신의 선조 시카노스가 외눈박이 콘투라누스의 동굴에서 겪은 일에 대해 들려주기 시작했다. 콘투라누스는 지팡이로 하늘을 뚫을 만큼 키가 큰 거인이었다. 에릭스산 정상에 배를 걸치고 거대한 두 다리는 우리가 사는 평야에 쭉 뻗은 채, 그는 그 큰 손을 아이게스타 앞바다에 넣고 참다랑어를 100마리씩 퍼내곤 했다. 시카노스는 환대를 기대하며 동료 열두 명을 데리고 동굴 안으로 들어갔지만, 콘투라누스는 그들의 머리를 내리치고는 한 명씩 잡아먹었다. 출구마저 오로지 그 거인만 옮길 수 있는 큰 바위에 가로막혀 밖으로 나갈 수도 없었다. 그는 무지막지하게 거대한 이 바위를 하루에 딱 두 번 굴려서 치웠다. 동틀 녘에 양 떼를 풀밭에 풀어놓을 때와 해질 녘에 양 떼를 다시 데리고 들어올 때였다. 사흘째 되던 밤, 시카노스는 불에 달구어 아주 뾰족하게 만든 콘투라누스의 지팡이로 그의 눈을 멀게 했다. 그리고 이튿날 아침 콘투라누스가 양 떼를 내보낼 때 숫양의 배 밑에 매달려 그곳을 탈출했다. 광분한 콘투라누스는 히에라를 향해 헤엄쳐 가는 시카노스를 향해 거대한 바위 두 개를 던졌지만 아무 소용이 없었다.

이 바위들은 지금도 찾아볼 수 있는데, 드레파논에서 남서쪽으로 5킬로미터쯤 떨어진 바다 위로 불쑥 튀어나와 있다. 그리고 이제는 시카니족 양치기들의 차지가 되었으며, 여자들이 종종 소풍을 가기도 하는 거대한 동굴은 콘투라누스의 동굴이라 불린다. 여직공 중 한 명이 그렇게 키가 큰 거인이 우리 궁보다도 크지 않은 동굴에서 어떻게 살 수 있었냐고 묻자, 고르고는 그가 어떤 버섯을 먹으면 자신의 크기를 마음대로 줄였다 늘였다 할 수 있는 마술적 힘을 가지고 있었다고 설명했다.

이야기가 끝나자 에우리메두사가 감탄했다. "고르고, 정말 끝내주는 이야기였어요! 아아, 호메로스에게 아들만 있고 딸이 없다니 유감이에요! 딸들이 있어서 그들이 당신의 이야기를 시로 만들고 리라 연주에 맞춰 달콤하게 불러 준다면 얼마나 황홀할까요!"

'정말 애석한 일이지!' 나는 속으로 생각했다. 호메로스의 아들들은 자신들의 특권을 뺏기지 않으려고 하기 때문에 오로지 동족에게만 왕 앞에서 낭송할 수 있는 권리를 부여한다. 게다가 그들과 감히 경쟁하려는 사람조차 아무도 없다. 하지만 남자가 남자에게 노래하는데, 여자가 여자에게 노래하면 안 되는 이유가 뭐가 있겠는가? 모든 지적 예술을 발명한 아테나는 여자다. 모든 노래에 영감을 주는 무사 여신들도 마찬가지다. 잊지 못할 시 같은 예언을 선사하는 피티아✦ 또한 여자다.

'오, 무사 여신들이여.' 나는 조용히 기도했다. '당신의 종 나우시카의 마음속으로 들어와 6보격 시를 능숙하게 짓는 방법을 가르쳐 주소서!'

믿기 힘들겠지만 나의 유별난 기도는 즉각 응답을 받았다! 이렇게 말하는 내 목소리가 들렸던 것이다.

"에우리메두사여, 여자의 노래가 훌륭한 리라 연주에 맞춰 울려 퍼지고, 델로스 심판들의 찬미를 받으려면 날이 밝아야 하는 법이니."

이때가 내 인생의 중요한 전환점, 어쩌면 가장 중요한 전환점이었는지도 모른다. 비록 주변의 누구도 내가 시를 읊고 있으며 예언을 하고 있다는 사실을 깨닫지 못했지만 말이다. 보통 사람들은 특별한 것을 알아볼 안목이 없다. 오늘 아테나 여신이 머리에 투구를 쓰고 아이기스를 두른 채 우리 궁의 제사 마당을 지나간다면 과연 사람들이 그녀에게 달려가 그녀의 비위를 맞추려고 할까? 절대 그러지

✦ 델포이 신탁을 주관한 여사제.

않을 것이다. 오히려 이렇게 말할 것이다. "냉정한 얼굴에 술 달린 염소 가죽 앞치마를 두른 저 젊은 여자는 대체 누구래? 못생긴 얼굴이 새겨진 저 둥근 방패는 왜 어깨에 걸친 거지? 자기가 남자라도 되는 양 깃털 달린 투구까지 쓰고 참 뻔뻔도 해라! 리비아에서 왔다는 방종하고 음란한 나사모네스족이 틀림없어. 대체 무슨 배를 타고 온 걸까? 누구 아는 사람 없어? 저 문란한 여자 때문에 시장에서 추문이나 생기지 않았으면 좋겠네."

진저리가 난 나는 한숨을 내쉬고는 발길을 돌려 클리토네우스를 찾으러 갔다. 그는 집에서도, 과수원에서도 보이지 않았다. 나는 깊은 생각에 잠겨 마을로 향하던 중 아르고스와 라이라프스를 데리고 산책을 하던 그와 마주쳤다.

"에릭스 산길을 걷다 왔어." 그가 말했다. "근데 갑자기 토끼 한 마리가 튀어나와서 아르고스가 옥수수밭 사이에서 추격전을 벌였지. 라이라프스도 몇 걸음 뒤에서 토끼를 쫓았고. 그러다 가시덤불과 루스쿠스밭에 이르렀는데 거기서 토끼를 놓쳤지 뭐야. 그때 같은 덤불에서 암여우가 튀어나와 개들이 여우를 쫓아 신나게 언덕을 올라갔는데, 채석장에서 굴속으로 쏙 들어가버렸지 뭐야. 운이 없었던 거지. 그래도 실컷 달렸으니 사냥개들은 좋았지 뭐. 요즘

엔 운동을 통 못 하고 있잖아."

"저기, 클리토네우스." 농부들이 한 무리 다가오고 있어서 내가 목소리를 낮추며 말했다. "혹시 아버지가 떠나신 후 사람들이 좀 달라졌다는 느낌 받은 적 없어?"

클리토네우스가 갑자기 걸음을 멈췄다. "말이 나왔으니까 하는 말인데, 나도 그런 느낌을 받았어. 어딘가 부루퉁한 것 같은 무례한 태도. 왕이 자리를 비우면 사람들이 일도 좀 대충 하고 의무를 소홀히 하는 거야 당연한 일이긴 하지. 멘토르 삼촌이 우리 집안에 매우 호의적이기는 해도, 몇몇 원로들보다는 지위가 낮기 때문에 자신감 있게 국정을 운영하기는 어려울 거야. 삼촌은 속도 너무 여린 데다 아버지처럼 철두철미하게 시찰을 하지도 않으니까. 어제는 멜란티오스가 삼촌에게 아주 무례하게 말대꾸하는 걸 우연히 보기도 했어. 삼촌은 염소가 어린 포플러 나무의 껍질을 뜯어먹지 못하게 해야 할 것 같다고 이야기한 것뿐인데 말이야. 삼촌이 친절하게 인사하고 자리를 뜨는데 멜란티오스는 그저 툴툴대기만 하더라. 그때 내가 다가가 그 버르장머리 없는 녀석의 어깨에 칼자루를 들이대고 행실 똑바로 하라고 충고했지."

"그랬더니 뭐래?"

"드레파논에 남은 트로이 왕자 중 엘리미나군을 통솔

할 수 있는 연령대의 가장 지위가 높은 사람은 아겔라오스이니, 그에게 섭정을 맡겼어야 했다며 아버지가 개인적인 다툼 때문에 그를 건너뛴 건 잘못한 일이라고 사납게 말하더라. 그래서 내가 그 멍청한 녀석을 한 대 더 쳤지. 내가 나이만 몇 살 더 많았어도······."

나는 좀 더 캐물었다. "우리 집을 위협하는 어떤 위험 같은 건 못 느꼈어?"

"무슨 위험?"

"내가 알아내고 싶은 게 바로 그거야. 멜란티오스의 무례한 태도는 분명 나쁜 징조야. 그는 겁이 너무 많아서 강력한 뒷배가 없는 한 감히 그런 말은 못 할 사람이거든. 우리 왕조가 아무리 기틀이 잘 잡혀 있다 한들 도시 곳곳에서 반란의 냄새가 나."

"누가 주도하는 반란?"

"안티노오스 왕자겠지. 그가 포카이아인들의 실질적인 지도자잖아. 그의 늙은 아버지 에우페이테스가 아니라. 안티노오스는 자기들이 아이게스테스의 트로이 가문의 지배를 받는 걸 늘 못마땅하게 생각했어. 하지만 본격적으로 일을 꾸미고 있는 건 그의 사촌 에우리마코스인 것 같아. 이 두 사람 뒤에는 자의 반 타의 반으로 엮인 젊은이들이 대거 있을 테고. 그중에는 아겔라오스를 비롯한 트로이인들도 몇 명 있을걸. 나는 그들 중 누구도 믿지 않아. 할리테르세스의 아들들 정도만 예외로 한다면. 넌 어떻게 생각해?"

"누나의 소위 그 '구혼자들'이 날 대할 때 지나치게 예의를 차리는 걸 보면 뭔가 음모를 꾸미고 있는 것 같기는 해."

"클리토네우스, 아테나 여신은 종종 나에게 하지 말아야 할 일과 해야 할 일을 분명하게 말씀해주셔. 방금 전에는 우리 집 양치기 필로이티오스의 딸로 변장해 내게 다가와 이렇게 말씀하셨지. '아씨, 내일 칼리돈의 멧돼지를 사냥할 겁니다. 상을 치르겠군요.'"

"그게 무슨 뜻인지 말해줘."

"너도 내일 멧돼지 사냥에 참가하지?"

"응. 방금 전에 암피노모스의 초대를 받았어. 매우 정직한 친구지."

"에우리마코스의 사촌을 말하는 거야?"

"응, 맞아."

"에우리마코스가 허수아비 하나는 제대로 세웠네."

"미안한데 무슨 말인지 하나도 못 알아듣겠어, 누나. 좀 더 직접적으로 말해줄래?"

"에우리마코스와 안티노오스를 비롯해 포카이아 귀족

들이 모두 초대된 그 사냥 행사 중에 멧돼지를 겨냥한 창이 너를 꿰뚫을 거라는 이야기야. 그 유명한 칼리돈 사냥에서 에우리티온이라는 사람이 당했던 것처럼. 그에게 창을 던진 펠레우스는 자기는 멧돼지를 겨냥했다고 항변했지. 하지만 펠레우스는 곁에 두기 늘 위험한 인물이었어. 자기 동생 포코스도 실수로 쇠고리를 던져 죽였다는데, 그게 정말 실수였는지는 아무도 알 수 없지."

클리토네우스가 머리를 긁적였다. "그럼 못 가겠다고 할까? 열이 있다고 둘러대면서?"

"내 생각엔 대담하게 나가는 게 좋을 것 같아. 암피노모스에게 가서 그의 동족들이 보는 앞에서 이렇게 말하는 거지. '암피노모스, 내가 점쟁이에게 경고를 들었는데 누군가의 보호를 받지 않는 한 내일은 사냥을 하지 않는 게 좋을 것 같다는군. 나한테 재수 없는 날 중 하나라나 봐. 그래서 말인데, 혹시라도 내가 누군가 잘못 던진 창에 맞는다면 그 창을 던진 남자의 집안에 복수를 해주겠다고 맹세해줄 수 있어?' 이렇게 말하면서 그들의 표정을 잘 살펴봐."

클리토네우스는 공적인 자리에서는 아직 경험이 미천하고 자신감도 부족했지만, 어려운 임무가 주어져도 결코 주눅이 드는 법이 없었다. 그는 용기를 그러모아 성상을 향해 창을 날릴 기세로 암피노모스의 안마당 안으로 성큼성큼 들어갔다. 그의 요청은 거의 선전 포고와 같이 들렸다. 암피노모스는 죄책감 따위는 전혀 모르는 얼굴로 점쟁이의 조언을 무시하는 것은 어리석은 일이며, 내일은 하필 재수가 없는 날이라고 하니 집에 머물며 지하 세계의 신에게 희생 제물을 바치는 것이 좋지 않겠냐고 차분히 말했다. 하지만 안티노오스는 클리토네우스의 눈을 피했고, 에우리마코스는 도전적으로 그를 노려보았다.

"누나 덕분에 내 목숨을 노린 음모를 미연에 방지할 수 있었어." 나중에 클리토네우스는 이렇게 말했다. "나에게 경고를 해주신 아테나 여신에게 감사의 제물을 바쳐야겠어. 지하 세계의 신도 달래야 할 테고."

"아테나는 너의 감사를 받을 자격이 있지." 내가 말했다. "앞으로도 계속 조심해. 아버지가 돌아오실 때까지 홀로 사냥을 나가거나 식사 초대를 받는 건 안 하는 게 좋을 것 같아. 구더기에 먹혀 들보가 무너지기도 하고, 갑자기 싸움이 나 여기저기서 유리잔이며 의자를 던져대다가 무고한 구경꾼이 죽기도 하는 법이니까."

클리토네우스가 물었다. "그런 사고가 우리 궁 안에서도 일어날 수 있다는 뜻은 아니지? 우리 하인들은 충분히 믿을 만한 사람들이지 않아?"

"몇 명만 빼면 그렇지. 내가 우려하는 건 이거야. 할리우스가 시쿨리족과 함께 살기 위해 떠난 이후, 왕위를 계승하기까지 네 앞에는 단 두 사람만 남게 되었어. 바로 라오다마스와 아버지지. 그렇다면, 공모자들은 라오다마스가 제거되었다는 걸(살해된 게 아니라 페니키아 노예 상인에게 팔린 것이기를 바라자) 알고 아버지가 다시 우리 부두에 발을 딛는 순간 무슨 사고라도 당하기를 바라고 있지 않을까?"

"아버진 떠나지 말아야 했어. 아버지께 조심하라는 전갈이라도 보내야 하지 않을까?"

"모래가 많은 필로스는 한참 떨어져 있는 데다 지금은 바람도 변덕스러울 때야. 또 아버지는 테스프로티아족의 왕 페이돈의 궁에서 질의를 하실 계획이고. 인내심을 가져, 동생. 늘 조심하고 신들을 믿어야 해."

우리는 느린 걸음으로 궁으로 돌아가 애정 어린 눈길을 주고받으며 대문 앞에서 헤어졌다. 클리토네우스는 에우리클레이아가 준비해준 따뜻한 물에 목욕을 하러 갔고, 나는 또 한 번의 지긋지긋한 크티메네의 병문안을 앞두고 마음을 다잡기 위해 포도주 반 잔을 마셨다. 아, 그 단조롭고 징징거리는 목소리로 매번 똑같은 비밀과 불만과 책망을 백 번째 이야기하는 걸 또다시 들어주어야 한다니!

5장. 빨래하는 날

나는 잠을 이룰 수 없었다. 전날 밤 바다에서 거센 폭풍이 몰아쳐 어선들이 꼼짝없이 항구에 묶였는데 여전히 공기 중에 우렛소리가 가득했다. 어제 늦은 오후부터 서서히 세력을 키운 시로코가(이번 달 들어 벌써 세 번째 또는 네 번째 찾아온 시로코였다) 지금 이 순간 모든 걸 산산이 날려버리고 있었다. 문을 쾅쾅 두드려댔고 나무에서 푸른 열매를 떨구었으며 지붕에서 타일을 날려 보냈다. 아침이 오기 전에 소나기가 내릴지도 모르지만 바람에 의한 피해를 보상할 만큼 많이 오지는 않을 것이다. 시로코에는 두 종류가 있다. 뜨거운 시로코와 차가운 시로코. 차가운 시로코가 좀 더 참을 만한 것처럼 보이기도 하지만 꽃과 야채를 말라죽게 하는 무자비함은 결코 덜하지 않다.

안티노오스와 에우리마코스가 무장 반란을 일으키고, 아버지에게 무시당해 앙심을 품은 아겔라오스가 이들을 지지한다면, 우리가 이길 가능성이 얼마나 되는지 나는 따져보았다. 그들이 공격할 거라는 걸 미리 알고 히에라와 부키나섬의 주민들, 히페레이아의 목동들, 에릭스, 아이게스타, 드레파논 등지에 흩어져 있는 충신들의 지원을 받는다 해도 과연 우리가 공격을 견뎌낼 수 있을까? 그럴 것 같지는 않았다. 일단 적이 궁 앞에 다다르면 큰 통나무로 대문을 즉시 박살 낸 다음, 불이 옮겨붙기 쉬운 고미다락에 불화살을 쏠 것이다. 평민들이 우리 편을 들어주리라 기대해볼 수는 있을 것이다. 아버지는 항상 평등하게 정의를 실현했고 그들의 자유를 보호해 주었으며 고용인으로서 관대한 편이었으니까. 하지만 평민들은 행동이 굼뜨기로 악명이 높은 데다 무기로 쓸 만한 것이라고는 곤봉이나 나무로 된 건초 갈퀴가 다였기 때문에, 긴 깃털이 달린 투구를 쓰고 넓은 방패와 치명적으로 날카로운 전쟁 무기로 무장한 남자들에게 겁을 집어먹기 일쑤였다. 나의 하녀들은 강간을 당하게 될까? 이런 일은 옛날이야기에만 나오는 것이 아니라 실제로도 벌어진다. 공교롭게도 프로크네와 나는 불과 몇 달 전에 이 불편한 주제에 대해 의견을 나

눈 바 있다. 그때 나는 여자가 절개를 지키려 들면 기절을 시키지 않는 한 강제로 범하는 것은 불가능에 가깝다고 주장했다. 아버지 아이깁토스의 명령에 따라 다나오스의 딸들을 강제로 범하려 한 50명의 아들 중 다음 날 아침까지 목숨을 부지한 유일한 이는 신부의 처녀성을 존중한 현명한 청년뿐이었다는 이야기를 근거로 제시하면서 말이다. 하지만 지금은 내 주장이 그때처럼 설득력 있게 들리지 않았다.

자정쯤 되었을까, 선잠이 들었다가 침대 옆 의자에 뭔가가 부딪치는 소리에 퍼뜩 잠에서 깼다. 바람은 어느덧 잠잠해지고 곶을 때리는 파도 소리가 들려왔다. 잠이 깨서 다행이었다. 고르고가 나를 위해 헛간에 두고 곡물 사료를 주는 거위가 한 마리 있는데, 독수리가 그 거위를 덮쳐 내 눈 앞에서 갈기갈기 찢어대는 꿈을 꾸던 중이었기 때문이다. 나는 침대에서 벌떡 일어나 정원이 내다보이는 창가로 달려갔다. 누군가 내 시선을 끌려고 한 게 틀림없다. 술에 취한 구혼자 짓일까? 하지만 보이는 사람이라고는 아무도 없었고 과일 나무들만 달빛에 잠겨 있었다.

그때 바닥에 떨어진, 돌멩이로 감싼 기다란 양가죽 조각이 눈에 들어왔다. 안쪽에 오징어 먹물로 그린 그림이 그려져 있었다. 배를 불태우는 여자와 그녀에게 속삭이는 제비, 밝은 태양, 수레, 일렬로 앉아 빨래하는 여인들. 뭔가를 상의하고 있는 전갈 세 마리와 그 위에 꽂혀 있는 크레타식 도끼도 보였다. 해석은 간단했다. 프로크네, 즉 제비가 나에게 하녀들을 데리고 아침에 빨래를 하러 가라고 권하는 내용이었다. '배를 불태우는 자'인 나, 나우시카와 페리보이아 샘에서 만나(수레는 마을에서 어느 정도 떨어진 곳에서 만나야 한다는 걸 의미했다) 살인을 저지른 세 사람, 즉 전갈들이 왕위를 찬탈하기 위해 꾸민 음모에 대해 알려주겠다는 것이다. 프로크네는 글 쓰는 법을 배운 적은 없지만 자신이 하려는 말을 충분히 잘 전달했다. 내가 상황을 크게 잘못 판단하지는 않은 듯했다!

갑자기 시원한 바람이 훅 불어왔다. 북쪽에서 먹구름이 나타나 달빛을 가리더니 먼지가 내려앉은 과일 나무 잎사귀 위로 굵은 빗줄기가 떨어지기 시작했다. 나는 곧 잠이 들었다.

동이 트고 한 시간쯤 지나 나는 세수를 하고 아래층으로 내려갔다. 아침 식사로 보리 빵과 기름, 절인 함초, 돼지고기로 만든 소시지 몇 조각, 설탕을 넣고 데운 포도주, 꿀 케이크 등이 차려져 있었다. 어머니는 잠이 덜 깬 하녀들과 함께 화롯가에 앉아 실패를 손에 든 채, 길고 흰 손가락을 빠르게 움직이며 자주색 양털로 실을 잣고 있었다.

"좋은 아침이에요, 어머니. 혹시 멘토르 삼촌 보셨어요?"

"그래, 얘야. 삼촌은 드레파논 의회에서 열리는 특별 회의에 참석하러 갔어. 지금 뛰어가면 붙잡을 수 있을 거다."

나는 가뿐히 삼촌을 따라잡았다. 느릿느릿 절뚝거리며 걷는 모양새를 보니 삼촌은 그다지 회의를 고대하고 있지는 않은 모양이었다. "삼촌! 오늘 제가 노새 수레를 좀 써도 될까요? 오랜만에 날씨가 좋을 것 같은데 더러운 리넨 빨랫감이 잔뜩 쌓여 있거든요. 지금 빨지 않으면 입을 옷이 하나도 없을지도 몰라요. 삼촌도 이번 달 들어 내내 똑같은 옷만 입고 다니시잖아요. 저기 가장자리에 포도주 자국도 보이네요. 클리토네우스도 지저분한 옷을 입고 공적인 자리에 서는 게 부끄럽다고 투덜거려요. 우리 엘리미나 족은 깨끗한 옷을 좋아하는 것으로 유명한데."

"누가 빨래를 할 거지?"

"사실 빨래는 크티메네 담당인데, 크티메네는 밤새 우느라 바빠서 해가 하늘의 3분의 1을 지나기 전까지는 무슨 일을 할 수 있는 상태가 아니에요. 제가 빨래터에 가지 않으면 누가 가겠어요?"

"빨래는 하녀들이 알아서 할 수 있지 않겠니? 넌 집에 남아서 리넨 공장과 낙농장을 지켜보는 게 좋을 것 같은데."

"안 돼요, 멘토르 삼촌. 최고급 양모로 지은 옷이 많아서 믿고 맡길 수가 없어요. 하녀들이 하루아침에 망친 걸 1년 내내 손봐야 될지도 모른다고요. 오래됐지만 아름다운 우리 집 침대 덮개 중에 몇 번의 겨울 동안 깜빡하고 못 빤 것도 있고, 화로에서 먼지가 묻거나 횃불에 그을려 더러워진 것도 있다고요. 또 아버지가 제가 결혼할 때 선물로 주려고 챙겨둔 예복도 있어요(제가 결혼을 하긴 한다면 말이죠). 자수가 뜯긴 부분을 수선하지 않으면 무척이나 초라한 선물이 될 텐데, 빨래를 하지 않으면 어떻게 색깔을 맞추겠어요?"

삼촌이 한숨을 쉬었다. "그래, 알겠다. 그럼 마부에게 수레를 깨끗이 닦고(마지막으로 운반한 게 거름이었거든) 노새에 마구를 달라고 이르거라. 혹시 마부도 필요하니, 아니면 네가 직접 노새를 부릴 수 있겠니? 지금 밭에서 일할 사람이 부족하긴 하다만."

"고마워요, 멘토르 삼촌. 수레는 제가 몰 수 있어요."

"그럼 가서 일 잘하고 오너라!"

"삼촌도 회의 평화롭게 잘 마치시길 바라요!"

그는 우스꽝스럽게 얼굴을 찡그렸다. 나는 그의 양쪽

볼에 입을 맞춘 다음, 어머니에게 달려가 내 하녀들에 더해 일할 사람을 여섯 명 더 빌려 달라고 했다.

"세 명은 데려갈 수 있을 거다. 나머지는 리넨 공장에서 차출해야 할 텐데, 에우리메두사가 그리 개의치 않을 거야. 네가 나서주어 고맙긴 한데, 이게 얼마나 힘든 일인지 네가 아는지 잘 모르겠구나. 에우리클레이아에게 요깃거리를 광주리에 담고 가죽 부대에 포도주를 채우라고 하렴. 자, 이 향유도 가져가고. 일을 마치고 나면 항만에서 목욕을 하고 몸에 기름을 바르고 싶어질 거다."

나는 어머니에게 감사를 표한 다음 에우리클레이아를 찾아갔다. "보모, 지금 빨리 점심 광주리를 싸줘. 빵, 고기, 치즈, 피클, 과일, 그리고 텃밭에서 키운 채소를 넣어줘. 아니다, 채소는 내가 직접 고를게. 그리고……. 염소 가죽 부대에 그 진한 건포도 포도주도 담아주고. 지금 페리보이아 샘에 갈 거거든!"

'페리보이아'라는 이름은 나우시토오스의 어머니인 내 시카니족 증조할머니의 이름에서 따온 것이다. 레이트론 만 뒤에서 발원한 이 샘은 물이 유독 연하다. 대부분의 빨래는 시냇물이 유입되는 거대한 석조 통 안에서 이루어진다. 먼저 재거름, 백토, 오줌을 섞은 세제에 옷을 비벼 얼룩을 제거한다. 그리고 양조통에 담긴 포도를 밟을 때처럼 빨랫감을 발로 밟는다. 얼룩이 잘 지워지지 않을 때는 옷을 매끈한 돌판 위에 펼쳐놓고 납작한 나무 몽둥이로 두들겨 빨기도 한다. 옷감이 상하기 쉬운 모직물은 따뜻한 물로 빠는데, 수축과 탈색을 방지하기 위해 소금을 조금 넣는다. 빨래가 끝나면 태양의 열기가 고스란히 전해지는 자갈 깔린 해변에 늘어놓고 말린다. 날씨만 따라준다면 빨래하는 날은 꽤 즐겁다. 갑자기 뇌우가 쏟아지더라도 나이아데스✦의 동굴이라 불리는 근처의 동굴 안에 들어가 비를 피할 수 있다. 동굴 안쪽에는 베틀처럼 보이는 종유석과 석순이 달려 있고 고대의 돌그릇이 일렬로 늘어서 있는데, 시카니족은 나이아데스를 위해 여기에 먹을 것과 마실 것을 채워놓곤 한다.

"아니!" 에우리클레이아가 총총히 저장실로 향하며 외쳤다. "아씨가 페리보이아 샘에 빨래를 하러 가신다고요? 무슨 일이래요? 그러다 아씨가 덤불 속에서 아기를 주워 올 것 같은 예감이 드는데요."

그녀의 농담이 좀 지나치다고 생각한 나는 아무런 대꾸도 하지 않았다. 에우리클레이아는 자식이 없던 페리보이아 왕비가 어느 날 빨래를 하러 시녀들을 데리고 코린토

✦ 그리스 신화에 나오는 물의 님프.

스 바닷가 근처의 시내에 갔다가, 상자에 담겨 떠내려온 생후 8일 된 갓난아기를 발견한 이야기를 언급한 것이었다. 왕비는 덤불 속으로 들어갔다 나오더니 시녀들에게 자신이 지금 막 아기를 낳았다고 했다. 코린토스인들에 따르면, 그녀는 이 아기에게 '부푼 파도의 아이'를 의미하는 '오이디파이스'라는 이름을 지어주었다고 한다. 훗날 호메로스의 아들들이 '부푼 발'을 뜻하는 '오이디푸스'로 이름을 바꿨지만 말이다. 이후 이 오이디파이스라는 인물은 테베를 함락했으며, 자신의 아버지를 죽이고 어머니와 결혼했다고 전해진다. 외설적이고 말도 안 되는 이야기다.

나는 하녀들을 불러 모아 광주리와 올리브유, 몽둥이, 빨랫감 등 준비물을 빠짐없이 싣고 수레에 올랐다. 그리고 노새들에게 채찍질을 한 뒤 덜커덕덜커덕 소리를 내며 앞으로 나아갔다. 하녀들은 웃고 노래하며 수레를 따라 달렸다. 하늘에는 구름 한 점 없었고, 비가 내린 덕분에 공기도 시원했다.

육지에 둘러싸인 레이트론 만은 폭은 400미터, 길이는 1,600미터쯤 되었다. 그 뒤로는 클로버 밭이 펼쳐져 있고 곳곳에 올리브 숲이 조성되어 있어 소풍 오기 딱 좋은 곳이었다. 그보다 더 뒤쪽에서 발원한 궁 소유의 페리보이아 샘은 항만으로 흘러들어 갔다. 나는 노새들에게서 마구를 벗기고 풀을 뜯어먹을 수 있게 풀어주었다. 돌아갈 때가 되면 빵 한 덩어리로 금방 다시 불러들일 수 있을 것이다. 하녀들에게는 나뭇가지를 주워 불을 피운 다음 돌들을 데우라고 했다. 그런 목적으로 숯불을 단지에 넣어 가져오기도 했다. 우리는 빵과 차가운 고기, 올리브, 양파 등을 두 번째 아침 식사로 재빨리 해치우고, 빨갛게 달아오른 돌을 얕은 통 안에 넣어 모직물을 담글 물을 따뜻하게 데웠다. 이 작업을 마치고 좀 더 조심히 다뤄야 할 의류를 세탁하는 데 두 시간 가까이 소요되었다.

그때 누군가 내 이름을 외치는 소리가 들리더니 우리를 향해 달려오는 프로크네가 눈에 들어왔다. "이게 웬일이니! 네가 오늘 빨래를 하러 올 줄은 몰랐는데. 우리 아버지가 나이아데스의 동굴에서 수망아지를 훈련시키고 있는데, 가서 구경할래? 목줄을 한 채 빠른 걸음으로 빙빙 돌고 있는데, 아직은 까불거리면서 고집을 부리고 있어."

"모직물을 다 빨기 전까지는 자리를 비울 수가 없어. 금방 끝날 것 같기는 하지만. 네가 좀 도와줄래, 프로크네?"

"기꺼이." 프로크네가 대답했고, 우리는 잠시 말없이 빨래에 집중했다. 그러고 나서 나는 하녀들에게 시트며 튜닉이며 흰 도포를 문질러 빨라고 이르고 그녀와 산책을 나갔다. 아무도 우리 이야기를 듣지 못할 만큼 충분히 멀어진 후에야 내가 물었다. "네가 말한 세 전갈의 이름을 내가 맞혀뵈도 될까?"

"물론이지. 난 그 이름들을 언급한 적이 없다고 맹세할 거야. 네 질문에는 고개를 끄덕이거나 젓기만 할게."

"음, 내 생각에는 안티노오스, 에우리마코스, 그리고 그 입 비뚤어진 망나니 크테시포스일 것 같아."

프로크네가 세차게 고개를 끄덕였다.

"아겔라오스도 음모에 가담했어?"

그녀는 손을 마구 흔들며 아랫입술을 내밀었다. '꼭 그런 건 아니다'라는 뜻이었다.

"누가 그걸 알려줬지?"

"우연히 듣게 되었어. 우리 집 근처에 있는 가시덤불과 가시나무에서 양털을 모으고 있을 때였어(그런 핑계를 대고 산책을 나가는 거지). 마침 내가 덤불 뒤에 서 있을 때, 두 번째와 세 번째 전갈이 다가와 풀밭 가장자리에 눕는 거야. 사실 나는 두 사람이 말을 하기 전까지는 그들이 왔다는 것도 몰랐어. 그때는 도망가기 너무 늦은 것 같았고. 그래서 내가 나무라도 된 양 가만히 서 있었지. 에우리마코스, 아니 두 번째 전갈이 말하길, 마침내 네 아버지에게 복수할 기회가 왔다고 했어."

"아, 프로크네, 에우리마코스의 거친 언어를 뭐 하러 순화해주니? 분명 왕에게 아주 모욕적인 호칭을 썼을 거야."

프로크네가 얼굴을 붉혔다. "맞아, '수전노'니 '구두쇠'니 '흡혈귀'니 하는 불쾌한 표현을 쓰더라. 또 너희 아버지가 네 신랑감을 공개 모집해 놓고 허겁지겁 그리스로 떠나면서 너희 삼촌 멘토르에게 섭정을 맡겼는데, 자기들은 그에게 충성할 이유가 없다고도 했어. 엘리미나족의 홀은 아겔라오스의 무릎 위에 놓여야 마땅하다나 어쨌다나……. 뭐 그런 비슷한 표현이었는데 잘 기억이 안 나네. 어쨌든 에우리마코스는 그동안 왕이 열두 씨족을 부당하게 대우한 것에 불만을 표명해야 한다고 했어. 왕이 히리아 상인에게 사적인 이익을 취해놓고 공적인 선물을 주도록 강요한 것도 그런 경우라고 하면서. 뻔뻔한 거짓말을 사적인 이익으로 볼 수 있을지는 모르겠지만 말이야. 게다가 황금 고블릿 잔이 약속대로 증정되는 걸 보는 만족감마저 박탈당했다나. 또 왕이 네 지참금으로 소와 세발솥, 가마솥, 무늬가 새겨진 검, 금장 칼집, 은으로 된 대접 같은 전통적인 선물 대신, 성직자의 권리나 상업적 특권 같은 무형의 선물을 제안한 것에 대해서도 투덜대더라."

"그래서 어떻게 불만을 표명하겠대?"

"에우리마코스와 안티노오스는 모두가 궁에 모여 네

구혼자를 자처하면 아주 재밌을 것 같다고 했어. 너희 집 마당에 죽치고 앉아 궁 소유의 양이며 소며 포도주를 마음대로 탕진하겠다는 거지. 멘토르 경에게 자기들 지위에 걸맞은 대접을 해달라고 요구하면서 말이야."

"그러고 나서는?"

"그다음에는 네 남동생 클리토네우스를 자극해 폭력을 유발할 생각인 것 같아. 네 동생이 나이도 어린 데다 성미가 좀 급하고 고집이 세잖아. 칼을 잡으려고 손을 뻗은 순간 네 동생은 바로 살해될 거야. 아직 어린 텔레고노스는 사고를 당해 죽을 테고(배가 전복돼 거친 바다에 빠지게 될 거래). 안티노오스는 너와 결혼해 지참금을 요구하고, 에우리마코스는 크티메네랑 결혼해 라오다마스의 상속 재산을 챙길 거라고 하던걸. 네 아버지는 모래가 많은 필로스에서 돌아오는 길에 모티아 해협에서 매복해 있던 배의 습격을 받게 될 거야. 재산을 물려줄 사람이 아무도 없게 되었으니 네 아버지 땅은 분할되어 제일 비싼 값을 부르는 이에게 팔리게 될 테고. 그들은 자기들에게 유리하게 모든 걸 계획해 놓았어."

"그렇구나. 그럼 엘리미나족의 다음 왕은 누가 될 거래?"

"자신들의 사악한 음모에 반대하지 않는다는 조건으로

아겔라오스에게 홀을 약속했나 봐."

"프로크네, 넌 정말 진정한 친구야! 나 말고 다른 사람한테는 말 안 했지?"

"어머니한테도 말씀 안 드렸어."

"아, 이를 어째야 할까! 싸울 수 있는 나이의 믿을 만한 친구가 있으면 좋을 텐데! 멘토르 삼촌은 평화주의자고, 할아버지는 연세가 너무 많으셔. 클리토네우스는 너무 어리고……. 너희 아버지는 닷새 후에 엘바로 떠난다고 하셨지?"

"아버지가 너희 집에 충성을 다하긴 하지만, 여기 남는다 해도 뭘 하실 수 있을까?"

"그럼 너는, 프로크네?"

"그걸 물어봐야 알아, 나우시카? 난 세상 그 누구보다 널 사랑해! 내 목숨이 다할 때까지 날 믿어도 좋아."

"그게 내가 듣고 싶은 말이었어. 전에도 들어본 적 있는 말이긴 하지만. 지금 아테나 여신이 내게 기막힌 묘수를 귀띔해 주시면 좋을 텐데……."

"아버지가 손을 흔들고 있어. 당장 가봐야겠다. 안녕, 내 절친한 친구."

나는 프로크네가 클로버 밭을 가로질러 뛰어가는 모습을 지켜보다가 다시 빨래하는 여인들 곁으로 슬슬 걸어갔다. 벌써 정오였지만 박차를 가하면 한 시간 이내에 리넨 빨래를 끝낼 수 있을 것 같았다. 아버지는 하인들을 열심히 일하게 만드는 유일한 방법은 (고문과 협박을 논외로 친다면) 그들 옆에서 같이 일하면서 모범을 보이는 것이라고 늘 말씀하셨다. 그래서 나는 얼른 석조 통 안에 뛰어들어 열심히 시트를 밟고 몽둥이로 두들겨댔다. 하녀들의 시시콜콜한 수다가 내 귓가를 스치고 물살이 내 발 언저리에서 철썩이는 동안, 나는 아테나 여신에게 은총의 신호를 확실히 보여 달라고 조용히 기도했다.

신호는 정말 왔다. 아침 바구니에서 털어낸 빵가루 주위로 작은 새 떼가 모여들어 다툼을 벌이던 차에, 갑자기 매 한 마리가 달려들어 불청객들을 쫓아버리고는 나중에 느긋하게 먹을 놈을 한 마리 골라 발톱에 쥐고 날아간 것이다. 심장이 쿵 하고 뛴 나는 여신에게 바치는 찬미의 노래를 부르기 시작했다. 그러자 하녀들도 가세했고, 우리의 목소리는 아름다운 화음을 만들어냈다.

나는 세탁이 끝난 시트와 옷을 점검해 좀 더 문질러야 할 빨래를 몇 점 선별한 뒤, 하녀들을 도와 나머지 빨래를 해변에 펼쳐 놓았다. 햇볕이 뜨거워 저녁 전에는 다 마를 듯했다. 나는 손뼉을 두드리며 외쳤다. "여기엔 우리 밖에 없는 것 같으니까 옷을 다 벗고 레이트론에서 목욕을 해도 될 것 같아. 그러고 나서는 뭉친 등 근육도 풀고 밥 먹기 전에 식욕도 돋을 겸 좀 뛰어보자고. 모두 열심히 일했고 해가 지기 전까지는 집에 돌아가지 않아도 되니까 말이야."

이 말에 다들 기분이 좋아졌다. 우리는 빨래를 했던 둑 아래로 내려와 한참 사방을 조심히 살피다가, 허리띠를 풀고 옷을 벗은 뒤 서늘한 물속으로 첨벙 뛰어들었다.

"아니, 글라우케, 왜 이렇게 살이 쪘어!" 내 하녀들 중 한 명이 한 여직공의 포동포동한 배를 가리키며 외쳤다. "창피한 줄 알아야지. 아프로디테 여신이 오신 날에 그런 거야?"

"너 물에 한번 빠져볼래?" 글라우케가 받아쳤다. "정직한 지방과 부정한 지방을 구별할 줄도 모르다니! 내 배 속엔 콩과 좋은 빵, 그리고 무화과만 있을 뿐이라고."

"어디, 내가 한번 만져보자. 아니야, 누굴 속이려고 해! 여기엔 네 입으로 들어간 것 이상의 무언가가 있어. 그래, 그 운 좋은 남자는 누구야?"

그들은 드잡이를 하며 비명을 지르고 서로의 머리카락을 잡아당기면서 요란하게 웃어댔다. 글라우케는 곧 자신의 적수를 물속에 처박고 어깨로 내리눌렀다. "내가 네 친구 멜란토 같은 줄 알아?" 그녀가 외쳤다. "그런 거냐고?"

"그녀를 놔줘, 글라우케." 내가 명령했다. "장난이 좀 지나치잖아."

내 하녀는 헐떡대고 캑캑대며 물 위로 올라와 잠시 완전히 기가 꺾인 양 굴더니, 어느새 글라우케의 허를 찔러 그녀를 물속에 빠트렸다. 그저 신이 나서 그런 것일 뿐 둘 다 악의는 없었다. 그럼에도 나는 글라우케를 한쪽으로 데려가 물었다. "너 아까 뭐라고 했니?"

"아무 말도 안 했어요, 아씨."

"글라우케, 그건 거짓말이잖아. 잠시 욱해서는 하지 말아야 할 말을 했잖니. 내가 들었을까 봐 죄 지은 사람처럼 힐끔거리는 걸 다 봤단다."

"멜란토에게 안 좋은 감정은 없어요."

그때 아테나 여신이 나의 입을 통해 이렇게 말씀하셨다. "어쨌든 너희들은 내가 어제 아침에 공장을 방문했을 때 멜란토 얘기를 하고 있었어, 맞지?"

"전 아무 말 안 했어요, 아가씨."

"글라우케, 사실대로 말해. 그렇지 않으면 저 몽둥이로 얼굴을 흠씬 두들겨 맞는 수가 있으니까. 네 어머니가 '이 아가씬 누구지?'라고 물을 지경이 될 때까지."

"세상의 모든 신께 맹세하는데 전 정말 아무 말 안 했어요! 그냥 듣기만 했다고요."

"그래, 좋아. 그럼 무슨 말을 들었니?"

"아마도 거짓말이요. 분명 그건 사실이 아닐 거예요. 시장에 추문이 얼마나 많이 도는지 아시잖아요."

"물론 알지. 그래도 그 추문이 뭔지 나도 좀 들어야겠다! 멜란토는 우리 집 소치기 멜란티오스의 딸이자 크티메네 부인의 하녀잖니. 나에겐 그녀의 명예를 보호해야 할 의무가 있어."

나는 글라우케를 윽박질러 진실을 털어놓게 만들었다. 어느 더운 날, 모두 낮잠을 자고 있을 때 남쪽 항만의 끄트머리에 있는 보트 창고에서 멜란토가 살그머니 나오는 모습이 목격되었다는 것이다. 그녀가 누구와 같이 있었는지 본 사람은 아무도 없었지만, 사흘 후 그녀는 값비싸 보이는 금팔찌를 착용하고 있었다. 그녀 말로는 양상추를 뽑으러 집 뒤편에 있는 채소밭에 갔다가 주웠으며, 아버지에게 그것을 가져도 된다는 허락을 받았다고 했다.

나는 글라우케에게 물었다. "그 보트 창고는 누구 거지?"

"잘 모르겠어요."

"그럼 사람들이 누구 거라고 하디? 시장에 도는 소문들은 아주 구체적이잖아."

"제발요, 아씨……."

"지금이라도 몽둥이를 가져올까?"

"아씨의 구혼자이자 제 주인님인 에우리마코스가 소유한 창고예요."

"아주 잘했어, 글라우케. 나도 너처럼 이 이야기가 사실일 거라고 생각하지는 않아. 하지만 사람들이 무슨 이야기를 하는지 알아둘 필요는 있지." 나는 억지로 명랑한 웃음을 지은 뒤 외쳤다. "자, 이제 모두 물에서 나오도록! 샘물로 바닷물을 씻어내고 몸에 기름을 바르자꾸나. 기름은 나한테 있고, 때 미는 도구가 필요하면 가리비 조가비를 활용하도록."

우리는 떼를 지어 다시 샘으로 돌아와 몸을 씻고 기름을 바르고 때를 밀고 머리를 매만진 뒤, 식사를 차릴 천을 깔았다. 물을 많이 탔는데도 포도주가 꽤 독했는지 흥이 난 하녀들은 춤을 추고 싶어 했다. 클로버 밭에서 암말처럼 실컷 먹어놓고 말이다.

"지금은 아니야." 내가 말했다. "이제 좀 쉬어야지. 하지만 이 나뭇가지 그림자가 저 돌 끄트머리에 닿을 때까지 조용히 있어준다면 이따가 공놀이 춤을 추게 해줄게."

그들은 모두 고분고분하게 누워 선잠을 잤다. 하지만 나는 자지 않았다. 그림자가 돌을 향해 천천히 뻗어나가는 광경을 지켜보며 생각을 정리했다. 그러니까 멜란토가 에우리마코스와 은밀히 만나고 있었다는 거지? 에우리마코스가 그녀에게 시돈 선박을 봤다는 이야기를 하라고 시킨 거라면(분명 그랬을 것이다), 이 관계는 몇 달째 지속되고 있는 게 분명했다. 하지만 대체 왜? 그런 거짓말을 해서 얻을 게 뭐가 있지? 그의 어머니는 왜 그를 지지해줬을까? 답은 이미 알 것 같았다. 앞으로 닥칠 위험하고 견디기 어려운 상황에 어떻게 대처할 것인가가 문제였다. 나는 다시 한 번 여신에게 조용히 기도를 드리고 한결 든든해진 마음으로 일어나 하녀들을 깨웠다.

우리는 다시 해변으로 달려가 맨들맨들한 흰 모래에 미로 무늬를 그리고 우리의 그 유명한 트로이 공놀이 춤을 추기 시작했다. 미로를 헤쳐 나가며 노래를 부르다가, 음조가 바뀔 때마다 한 사람이 다른 사람에게 볼을 던지는 복잡한 춤이었다. 우리는 호흡이 완벽할 정도로 척척 맞았다. 그러다 내가 글라우케에게 공을 던졌는데 글라우케가 어설프게 너무 높게 뛰어오르며 엄지손가락으로 공을 쳐 물속에 빠트리고 말았다.

레이트론 만의 해류는 한편으로는 만으로 유입되는 샘의 영향을 받으며, 다른 한편으로는 밀물과 썰물에 의해 형성된다. 조수 간만의 차는 최대 1미터 가까이 된다. 우리는 공이 깊은 바다를 향해 떠내려가는 모습을 지켜봤다.

하녀들은 어찌할 바를 몰라 하며 소리만 질렀는데, 그들 중 수영할 수 있는 사람이 아무도 없었기 때문이다.

수영을 좀 하는 편인 내가 공(코르크에 흰 가죽을 입혀 꿰맨 후 빨간색으로 고리 무늬를 그려 넣은 것이었다)을 되찾아 오기 위해 옷을 막 벗으려던 찰나, 함성이 갑자기 비명 소리로 바뀌더니 여자들이 발을 동동 굴렀다. 내 곁에 남아 있는 사람은 공포에 질려 날 붙잡고 있는 글라우케뿐이었다. 뒤를 돌아보자 놀랍게도 전라의 젊은 남자가 둑을 내려와 비틀대며 나를 향해 다가오고 있었다. 한 손은 올리브나무 가지로 다소곳하게 자신의 중요 부위를 가리고 있었고, 다른 한 손은 탄원을 하듯 손바닥을 위로 향하게 펼쳐 보인 채였다. 우리가 저녁을 먹었던 곳에서 멀지 않은 덤불 속에 숨어 있었던 모양이었다.

잠시 침묵이 흐르는가 싶더니 글라우케가 킥킥거리며 떨리는 목소리로 외쳤다. "어머, 아씨, 저기 아씨의 아기가 오네요! 에우리클레이아가 아씨가 해변의 덤불 속에서 데려올 거라고 예언했던 그 아기요."

하마터면 이 멍청이의 목을 조를 뻔했다.

남자는 지쳐 보였고, 어찌 됐든 우리는 두려울 게 없었다. 몽둥이로 무장한 열 명의 튼튼한 여자는 절대 만만한 상대가 아니었으니까. 그래서 나는 가만히 서서 저 남자가 모래밭을 꿈틀꿈틀 기어와 탄원인답게 내 무릎을 잡기를 기다렸다.

그런데 그는 적당히 떨어진 거리에서 멈춰 서더니 팔꿈치로 몸을 지탱한 채 나를 빤히 바라보는 것이었다.

'대체 아테나 여신이 내게 누굴 보내신 걸까?' 나는 궁금해졌다.

6장. 벌거벗은 크레타인

그 벌거벗은 남자의 태도는 더할 나위 없이 적절했다.
"아씨." 그가 낯설지만 듣기 좋은 그리스어 억양으로 말했다. "저를 용서해 주소서! 피로와 바닷물에 눈이 침침해져서 당신이 여신인지 인간인지 판가름하지 못하겠습니다. 만약 여신이시라면 사냥의 여신 아르테미스임이 분명하겠군요. 호리호리하면서도 강인하고 위엄 있는 당신의 몸을 보면 말입니다. 만약 인간이시라면 이런 훌륭한 따님을 두신 부모님은 얼마나 행복할까요! 저는 덤불 속에서 당신이 춤추는 모습을 봤습니다. 동작 하나, 제스처 하나가 다 완벽하더군요. 달이 별보다 밝게 빛나듯 당신은 주변의 다른 모든 사람을 압도합니다. 하지만 당신의 부모님보다 훨씬 더 부러운 사람은, 당신 부모님에게 진귀한 선물을 안겨주며 자신을 사위로 삼게 만드는 데 성공한 남자일 겁니다! 그런 행운을 생각하기만 해도 지금의 제 비참한 상황이 떠올라 고통스러워지는군요. 보십시오. 저는 태어난 지 하루 된 갓난아기보다 더 가난합니다. 아기에게는 자신만의 요람과 집안 여성이 친절하게도 가문의 표장을 수놓아준 강보라도 있지요. 제게는 제 알몸을 가려줄 천조차 없습니다. 탐욕스러운 바다가 제게서 모든 걸 빼앗아 갔으니까요. 용기와 힘 센 이 두 손만 빼고 말입니다."

그는 자신의 말이 내게 어떤 효과를 내고 있는지 살피기 위해 잠시 말을 멈추었다. 나는 그에게 엷은 미소를 지어 보였다. 말투나 태도로 보건대 그는 명문가 출신임이 분명했다. 비록 몸은 긁히고 멍든 상처가 가득했으며 퉁퉁 붓고 소금 범벅이 되어 있었지만, 운동선수 같은 어깨와 허벅지, 붉은 기가 살짝 섞인 노란 곱슬머리는 신전 벽에 그려진 아폴론을 떠올리게 했다.

"당신의 유창한 말솜씨도 그대로 남겨준 것 같은데요." 내가 응수했다. "내 귀에 나쁘게 들리지 않는 걸 보니."

그가 눈을 내리깔며 말을 이었다. "그렇다면 그대의 기분을 상하게 할지도 모른다는 두려움을 내려놓고 감히 고백하겠습니다. 당신 앞에 엎드리고 있자니 어떤 종교적인 경외감 같은 것이 솟구치는군요. 당신의 날씬한 몸매와 꼿꼿한 지대에 견줄 만큼 압도적으로 아름다운 것은 지금껏 보지 못했습니다. 에리만토스산에서 처녀들과 춤추는 아르테미스의 모습이 딱 이러했을 것 같군요. 그녀를 지켜보려면 죽음도 감수해야 했을 테지만요. 너무 어지럽고 배가 고파서 제 감정을 제대로 전달하기 힘들지만, 그럼에도 저는 당신을 델로스섬의 아폴론 제단(아폴론 신께서 오로지 야생 염소의 뿔만 가지고 직접 만드신 제단이지요) 옆에 우뚝 솟아 있는 어린 종려나무에 비유하고 싶습니다. 바다에서 불어오는 산들바람에 종려나무 잎이 흔들리듯 당신의 길고 고운 머리카락이 나풀거리고 있으니 말입니다."

"그럼 델로스섬에 가봤다는 건가요?" 나는 큰 흥미를 느끼며 물었다. "아니면 아폴론의 신성한 섬에서 주로 활동한 호메로스의 아들들에게서 빌린 표현인가요?" 나를 어린 종려나무에 빗댄 이는 지금까지 아무도 없었다. 딱히 키가 크지도 날씬하지도 않은 데다, 머리카락이 길긴 해도 특별히 빼어나진 않기 때문일 것이다. 이 이방인은 결코 바보가 아니었다. 구혼자들은 내가 보기에도 그럭저럭 괜찮다 싶은 치아와 코, 눈썹, 발목, 손가락 정도만 칭찬하며 자기들이 생각하는 안전지대를 절대 벗어나려 하지 않았다.

"물론 저는 델로스섬에 가봤습니다. 지금보다 형편이 좋았던 시절, 레토가 낳은 쌍둥이 신께[✦] 전리품을 바쳤더랬지요. 처음 그 신성한 종려나무 묘목에 눈길이 머물렀을 때, 저는 금은보화를 땅에 떨어트리고 그 아름다움에 말없이 경탄했습니다. 필멸의 삶과 완전히 동떨어진, 무한한 미덕으로 가득한 그 모습에 저는 감히 그 껍질을 만질 수도 없었죠. 자칫 황홀경에 빠져 의식을 잃고 쓰러질 수도 있겠다 싶었습니다. 지금 저는 그때와 똑같은 감정에 휩싸여 있습니다. 당신의 탄원인이자 노예를 자처하면서 감히 당신의 무릎을 잡으려고 하는 것도 그래서입니다."

"시칠리아에는 어떻게 오게 되었나요?"

그는 어깨를 으쓱했다. "난파된 배에서 오직 한 사람만 살아남아 거의 죽을 지경이 된 상태로 당신의 발치에 내던져지게 된 연유는 오로지 은혜로운 신들만이 아시겠지요. 혹시 제가 당신을 대신해 행해야 할 어떤 영웅적인 과업이라도 있는 걸까요?"

심장이 다시 고동쳤지만 나는 최대한 태연하고 냉담하게 대꾸했다. "글쎄요. 난 당신을 보호할지 말지도 아직 결정하지 못했는걸요. 저 덤불 속에는 얼마나 오래 숨어

✦ 아폴론과 아르테미스를 말한다.

있었던 거죠?"

"동틀 녘부터요. 배는 이틀 전 해안에서 2킬로미터쯤 떨어진 곳에서 번개를 맞았습니다."

"당신 소유의 배였나요?"

"그런 척하는 건 참 쉬운 일이지만, 악운을 핑계 삼아 허풍을 떨어선 안 되겠죠. 아니요, 그 배는 크고 설비가 잘 갖춰진 코린토스 배로 리비아에서 고국으로 돌아가는 중이었습니다. 제가 그 배에 오르게 된 데는 고통스러운 사연이 있습니다만, 지금으로선 해 질 무렵 갑자기 폭풍이 일어나 짧은 시간이었지만 격렬하게 불어닥쳤다는 것 정도만 말씀드려도 충분할 것 같습니다. 아씨도 어쩌면 직접 보셨을 수도 있겠군요. 당시 저는 갑판 중앙부에서 자고 있었는데, 우르르 쾅 하는 천둥소리가 귀를 때리고 유황 냄새가 코를 강타하더니 차가운 바닷물이 저를 덮쳤습니다. 배를 버리고 물속으로 뛰어든 저는 난파선에 빨려 들어가지 않으려고 기를 쓰고 최대한 빨리 헤엄쳤지요. 배는 거의 즉시 침몰했습니다. 번개가 칠 때마다 물 위에서 깐닥대고 있는 수많은 머리들이 보였지요. 마치 연못에 나온 오리 같았습니다. 그러다 요란하게 비가 내리기 시작했고, 저는 동료 선원들이 물에 빠져 캑캑거리며 울부짖는 소리에 공포에 질려 한동안 미친 듯이 팔을 저었어요. 포세이돈 신에게 이렇게 외쳤던 게 기억나는군요. '대지를 흔드는 분이시여, 저를 살려주소서. 살려만 주시면 당신께 끝없이 제물을 바치겠습니다. 세상에서 제일 값비싼 제물을 바치고, 당신을 달래기 위해서라면 폭력도 마다하지 않겠습니다!' 하지만 기도를 채 마치기도 전에 늑골에 강한 충격이 전해지며 숨이 턱 막혀왔고, 저는 마침내 올 것이 왔다고 생각했습니다. 제 살은 게들이 먹어치울 테고 제 뼈는 바다 깊숙이 가라앉게 될 터였죠. 하지만 저는 수면 아래로 가라앉는 와중에도 필사적으로 손을 뻗었고, 원통형의 단단한 무언가를 기어코 움켜잡았습니다. 그것은 번개를 맞아 검게 탄, 7미터 정도 길이의 돛대로 밧줄이 두어 줄 매여 있었습니다. 신께서 보내주신 그 나무 기둥 위에 제가 무슨 정신으로 올라탔는지는 오직 하늘만 알고 계시겠죠. 어쨌든 그 덕분에 저는 해가 뜰 때까지 물에 떠 있을 수 있었습니다. 그러다 멀지 않은 곳에 빈 통 하나가 떠다니는 것을 발견했습니다. 바로 그 옆에는 배에서 쓰는 사다리도 떠 있더군요. 저는 밧줄로 통과 돛대를 단단히 묶고 사다리를 갑판 삼아 물에 반쯤 잠긴 채 누울 수 있었습니다. 돛으로 쓸 만한 건 아무것도 없었기 때문에 손발을 열심히 저어 저 멀리 보이는 해안을 향해 나아갔지요. 근처에서 돌고래들이 즐겁게 놀고, 가마우지 한 마리가 수면을 스치듯 날아가 물고기를 잡으러 물속으로 돌진했지만, 제가 불러 세울 수 있을 만큼 가까이 접근한 배는 한 척도 없었습니다. 저는 새벽부터 밤까지 비참하게 바다를 떠다녔지요."

나는 고개를 끄덕였다. "그러다 어젯밤 거센 남풍을 만났겠군요?"

"그렇습니다. 거대한 파도가 바위투성이 해안에 부딪치는 소리가 들려왔습니다. 돛대가 파도의 물마루에 오를 때마다 달빛을 받아 무서울 정도로 하얗게 빛나는 거대한 파도가 점점 더 가까이 다가오는 모습이 보이더군요. 저는 포세이돈 신께 다시 간청했습니다. 하지만 거대한 파도, 가히 모든 파도의 어머니이자 할머니라 할 엄청난 파도가 들이닥쳐 순식간에 통과 사다리를 제게서 빼앗아 갔지요. 파도에 휩쓸려 해안으로 떠밀려온 저는 돛대를 버리고 바위의 뾰족한 돌출부를 붙잡고 기슭을 기어오르려고 했습니다. 손은 이미 바위를 단단히 붙잡았지만 쓸려나가는 파도에 다시 끌려가고 말았죠. 마치 어부에게 무자비하게 뒷덜미를 잡혀 빨판에 자갈이 달라붙은 채 강제로 절벽의 번식 구멍에서 떼어진 3월의 오징어가 된 기분이었습니다. 그 와중에 오른쪽 손바닥 피부가 쭉 찢어졌지만 (보십시오!) 저는 아픈 것도 잊고 울퉁불퉁한 바위를 피해 다시

한 번 바다로 나아갔습니다. 파도의 물마루에 오를 때마다 길고도 치명적인 전선과 같은 파도의 빈틈을 찾으려 했지요. 그리고 마침내 빈틈을 발견해 그곳을 향해 헤엄쳤어요. 개울이 나오는 곳인지 물이 차더군요. 필사적으로 팔을 저어 도착한 그곳은 물살이 잔잔하고 육지에 둘러싸인 항만이었습니다. 이제 더는 못 가겠다 싶더군요. 제 소중한 생명이 달려 있는데도 말입니다. 그렇게 몸이 축축 가라앉는데 발밑에 모래의 감촉이 느껴졌습니다. 저는 멍하니 비틀대며 앞으로 나아갔지요. 기침을 하고 바닷물을 토해내면서요. 그러자 저 둑이 나타났어요. 저 둑을 겨우겨우 기어오르자 덤불숲이 나타났고요. 같은 줄기에서 자라는 올리브나무와 보리수나무 사이에 몸을 피할 만한 구석진 자리가 보였습니다. 저는 땅에 떨어진 잎사귀들을 치우고 그 자리에 누운 뒤 그 잎사귀들을 다시 제 몸 위에 덮었습니다. 그리고 그 즉시 잠에 떨어져 이제야 일어난 것입니다."

탄원인을 환대의 관습에 따라 대접하기 전에 그의 이름이나 씨족 또는 국적을 묻는 것은 예의에 어긋나는 일이다. "당신은 이제 안전합니다." 나는 그를 안심시켰다. "먹을 것과 마실 것을 바로 가져다주지요."

그는 크게 기뻐하며 내 무릎을 꽉 쥐고 감사의 말을 횡

설수설 쏟아내더니 간청했다. "여신님, 제가 한 말 중에 부적절한 말이 있었다면 북동풍에 실려 가게 해주소서."

내가 이 이방인에게 자비를 베풀기로 결정하자, 하녀들은 좀 더 가까이 모여들었고 과감히 동정과 격려의 말을 내뱉기도 했다.

그는 내 무릎에서 손을 떼고 고개를 돌리더니 씩씩하게 웃으며 이렇게 말했다. "여러분의 친절은 감사하지만, 아무리 허기와 갈증에 지쳐 있다 해도 감히 미풍양속을 해치고 싶지는 않습니다. 모두가 보는 자리에서 이렇게 맨 엉덩이를 드러내는 것만으로 충분히 부끄러운데 일어서려니 도저히 엄두가 나지 않는군요. 빨래 담을 때 썼던 것으로 보이는 저 낡은 부대를 건네주시면 제 벗은 몸을 가릴 수 있지 않을까 싶은데요."

누군가 그에게 부대를 건넸고, 그는 그것을 조심스럽게 허리에 두른 뒤에야 몸을 일으켰다.

"얘들아," 나는 씩씩하게 말했다. "이 탄원인이 몸을 씻을 수 있도록 샘터로 데려가고 이분이 입을 괜찮은 망토와 옷을 골라주렴. 빨래는 이제 다 말랐을 거야. 향유와 조가비도 챙겨 드리고, 옷을 갖춰 입으면 다시 이리로 데려오렴."

그는 목욕하는 동안 하녀들에게 자리를 피해 달라고

요청했다(이것만 봐도 그가 섬세한 사람이라는 걸 알 수 있었다). 그가 아버지의 수놓인 옷과 라오다마스의 진홍색 망토를 입고 다시 나타났을 때 나는 그보다 더 용맹해 보이는 사람은 본 적이 없다고 생각했다. 비록 근육질 몸에 비해 다리는 살짝 짧았지만 말이다. 하지만 아무리 신처럼 잘생겼다 해도 실제로는 사기꾼이나 멍청이일 가능성도 당연히 있었다.

우리는 그에게 구운 소고기와 빵, 포도주를 차려주었다. 다행히 음식이 많이 남아 있던 터였다. 아, 소고기를 찢는 그의 억센 흰 치아는 어찌나 탐욕스럽던지, 그리고 포도주는 어찌나 콸콸대며 그의 매끈한 갈색 목을 타고 넘어가던지!

그가 식사를 마치자 나는 물었다. "당신은 누구신가요? 고귀한 혈통임은 분명해 보입니다만. 그리고 어느 나라에서 오셨죠? 서로 낯을 붉힐 일을 피하기 위해서라도 우리 엘리미나족과 갈등을 빚은 적이 있다면, 즉시 말씀해 주세요."

"다행히 그런 적은 없습니다." 그가 대답했다. "당신과 당신의 숙련된 하녀들이 영광스럽게도 제가 처음으로 뵙는 엘리미나족입니다. 하지만 당신의 나라가 문명국가 중 가장 서쪽에 자리한 나라라는 건 알고 있습니다. 또 당신들이 해양 민족들 사이에서 구축한 대단한 명성에 대해서도 들은 적이 있고요. 저는 크레타 사람이고 카스토르의 아들 아이톤이라고 합니다. 극서부 출신의 진정한 크레타 사람으로, 살인을 저지르고 도주한 도망자이기도 하지요. 저 자신을 지키려다 타라 왕의 배신자 아들을 죽이고 8년의 추방형을 선고받았거든요. 이 나라 저 나라를 떠돌며 이제 그중 7년의 형을 마쳤습니다. 저도 당신의 이름을 여쭤봐도 될까요?"

"나는 나우시카라고 합니다." 내가 대답했다. "엘리미나 왕과 왕비의 외동딸이지요. 오빠 라오다마스는 유감스럽게도 바다에서 실종되었고, 아버지는 오빠를 찾기 위해 최근에 모래가 많은 필로스로 떠나셨습니다. 지금은 제 외삼촌인 멘토르 경이 섭정을 맡고 계시죠. 집에는 이제 겨우 청년이 된 남동생 클리토네우스와 아직 여자들의 보살핌을 받고 있는 막냇동생 텔레고노스도 있습니다. 잘 들으십시오! 당신이 내 보호를 원한다면, 여기 머무는 동안 무조건 내 말에 복종해야 합니다."

"그야 두말할 나위가 있겠습니까?" 아이톤이 동의했다. "당신은 제 목숨을 살려주셨어요. 그러니 원하신다면 얼마든지 저를 쓰셔도 좋습니다. 제가 해야 할 일이 무엇인가요?"

나는 답을 하기 전에 잠시 망설였고, 그는 순종적으로 머리를 조아렸다. 내가 어려운 상황에 처해 있다는 걸 어쩐지 아는 눈치였다. "먼저," 내가 입을 열었다. "우리와 함께 집에 가는 건 안 됩니다. 저기 보이는 곳 어귀를 따라 세워진 성벽에 다다를 때까지 적당한 거리를 두고 수레를 따라오세요. 드레파논 마을은 그 반대편인 두 항만 사이에 놓여 있습니다. 성문 근처에는 포세이돈 신전이 우뚝 솟아 있고, 신전 맞은편에는 포장길이 깔린 시장이 보일 겁니다. 부두와 조선소를 비롯해 노와 선구, 새끼줄 따위를 만들고 파는 상점이 길 양쪽에 늘어서 있을 거고요. 그곳은 또한 수많은 활동과 소문이 횡행하는 곳이기도 하죠. 내가 무슨 수를 써서라도 피하려고 하는 것이 바로 이 소문이라는 것입니다. 내가 당신과 같이 있는 모습을 남들에게 보이기 창피해한다고 생각하지는 말아주세요, 아이톤 경. 지금 상황이 극도로 미묘해서 그런 거니까. 아버지께 나와의 결혼 의사를 밝힌 젊은 엘리미나 남성이 여럿 있는데, 솔직히 말하면 유력한 그 구혼자들이 너무 싫으면서도 여전히 아무에게도 마음을 주지 못하고 있어요. 그런 마당에 당신을 데리고 마을에 들어가면 사람들이 흥분해서 나뿐만 아니라 당신도 난처하게 만들 겁니다. 새끼줄을 만드는 상인은 그물을 수선하는 사람에게 외치겠죠. '아니, 저기 좀 봐! 나우시카 공주와 같이 있는 저 키 크고 잘생긴 이방인은 누구지?' 그러면 사람들은 떠들어대겠죠. '대체 어디서 데려온 거래? 저 남자 한 번이라도 본 사람 있어? 그녀의 기도를 들어주기 위해 신께서 친히 올림포스에서 내려오시기라도 했나(공주가 자기는 너무 잘나서 겨우 인간 따위와 결혼할 수 없다고 생각한다는 건 다들 아는 사실이잖아). 그게 아니라면, 아마 이쪽이 좀 더 가능성이 있을 것 같긴 한데, 난파된 선원을 구출해 저 수레에 실린 옷가지 중 몇 점을 빌려주고는 지금 자기 어머니와 삼촌에게 데려가는 중인 걸까? "제 미래의 남편이에요." 그녀는 이렇게 말하겠지. "지금까지 소중하게 지켜온 처녀성을 방금 저 남자에게 주었어요. 저 사람을 진심으로 사랑하거든요." 아버지가 안 계신 틈을 타 꼼수를 부리는 거지. 안 그래?' 아니, 아이톤, 그렇게 얼굴을 붉히지 말아요. 나도 안 그럴 테니. 이것이 이곳의 무지한 사람들이 흔히 하는 생각이라는 걸 이해해야 해요. 나도 그런 그들이 정말 싫습니다. 그리고 혹여 내가 그런 무분별한 행동을 승인한다고는 생각하지 말아주세요. 순결에 대한 평판은 젊은 여성에게 무엇보다 중요하고 나는 내 평판을 흠잡을 데 없이 유지하려고 늘 애써왔으니까. 또 내가 운 좋게 딸을 낳으면 딸에게도 똑같이 하라고, 그렇지 않으면 내 사랑을 잃게 될 거라고 말할 겁니다."

아이톤이 미소를 지었다. "그렇다면 좋습니다, 공주님. 계속 지시를 내려주십시오. 성문 앞을 어슬렁거리며 강도에게 곤봉으로 머리를 맞아 기억을 모두 잃었다고 넋두리라도 해야 할까요? 그래서 내 이름과 출신지를 말해줄 친구를 찾아 헤매고 있다고요?"

"그것도 나쁘진 않군요. 하지만 그러다 일이 잘못 꼬일 수도 있어요. 불한당 같은 외국의 선장이 당신이 도망친 노예라고 하면 누가 그의 말을 반박할 수 있겠어요? 당신은 자기 이름도 기억하지 못한다고 했으니 당연히 아무 말도 할 수 없겠죠. 아니, 잘 들어보세요. 성벽에서 약간 떨어진 곳에서 우리는 아테나 여신에게 바쳐진 포플러 숲을 지날 거예요(나는 그분을 모시는 여사제입니다). 공원 한가운데에 자리 잡은 숲이지요. 거기에 밧줄과 참나무통이 놓인 우물이 하나 있을 겁니다. 그 너머에는 병아리콩과 살갈퀴가 자라는 밭이 있을 테고요. 공원은 왕가가 소유한 땅으로 기도하러 숲속에 들어온 사람은 아무도 건들지 않을 거예요. 그러니 우리가 궁에 도착했다 싶을 때까지 우물 근처에서 조용히 기다리세요(궁은 곧 끄트머리에 있답니다). 그런 다음, 성문을 지키는 경비에게 과감히 다가가 왕비에게 전할 개인적인 메시지가 있다고 하세요. 근처의 어린 아이들이 당신을 궁으로 안내해줄 겁니다. 마을에서 가장 크고 위풍당당한 건물이지요. 내 조부께서 잘 다듬은 돌을 사용해 지은 집입니다. 다른 모든 집은, 심지어 포세이돈 신전도, 시카니 식으로 목재로 짓고 외와 회반죽으로 벽을 마감했는데 말이지요. 마치 예전부터 잘 알던 곳인 양 제사 마당에 들어가세요. 이어서 연회 마당을 가로지르면 붉은 대리석으로 된 개 두 마리가 나타날 겁니다. 그 사이를 통과해 집무실 안으로 들어가세요. 노예들도 당신의 좋은 옷을 보면 감히 막아서지 못할 겁니다. 내 삼촌인 멘토르 경이 왕좌에 앉아 포도주를 마시고 계실 거예요. 그에게 예의를 차려 인사하고 바로 내 어머니에게 가세요. 어머니는 화롯가 기둥에 기대어 놓은, 발판이 달린 높은 상아 의자에 앉아 계실 겁니다. 반짇고리가 담긴 카트를 옆에 둔 채 자주색 천을 짜거나 자수를 놓고 계실 테죠. 그녀의 무릎을 잡고 나한테 한 이야기를 똑같이 들려드리세요. 당신의 성공은 어머니의 동정을 살 수 있느냐에 달려 있어요. 마을 의회의 손아귀에 붙잡히면 절대 안 됩니다. 거기 남자들은 자비라곤 없어요(그들을 말릴 수 있는 아버지가 계시지 않는 한요). 가장 높은 값을 부르는 이에게 노예로 팔아치울 수도 있다고요."

"아직까지는 노예로 팔리는 운명에 처해본 적은 없습

니다. 제우스 신께서 보우하사 앞으로도 그런 일은 없기를 바라고요. 분부대로 하겠습니다. 당신의 수호 여신인 아테나께서 제게도 호의를 베풀어 주시기를!"

이렇게 결정한 뒤, 나는 하녀들에게 리넨을 차곡차곡 개서 풀이 흩뿌려진 수레 안에 넣고 소지품도 다 챙기라고 지시했다(레이트론 만 건너편까지 떠내려간 공은 글라우케가 기다란 나뭇가지로 건져냈다). 아이톤이 우리를 도와 노새들을 잡아와 마구를 채웠다. 나는 수레에 올라타 채찍을 내리쳤다. 수레는 덜커덕거리며 초원을 달리다 다시 해안 길에 접어들었다.

나는 아이톤을 슬쩍 돌아보며 생각에 잠겼다. '징조와 경이로 가득한, 참 놀라운 하루였구나……. 아테나 여신이여, 제 기도를 들어주셔서 감사합니다! 아이톤이 당신이 바라는 제 결혼 상대인가요? 저는 이미 그와 반쯤 사랑에 빠졌습니다만, 어쩌면 그건 그가 저를 믿고 제게 탄원했기 때문인지도 모르겠습니다……. (라오다마스도 자신을 신처럼 따르고 자신이 집에 오면 꼬리를 치며 사족을 못 쓰는 사냥개 아르고스를 몹시 사랑했었죠.) 당신이 그를 보내 위기에 빠진 우리 집을 구하라고 한 건가요?'

그런데 이상한 일이 또 한 번 일어났다. 노새 두 마리가 뚜렷한 이유도 없이 갑자기 멈춰 선 것이다. 내가 채찍질을 해도 최소 스무 걸음을 뒷걸음질 치더니 부들부들 떨며 멈춰 섰다. 나는 아우게에게 노새 머리를 잡고 있으라고 이르고는, 수레에서 내려와 노새들이 무엇 때문에 겁을 집어먹었는지 알아보기 위해 주변을 살폈다. 하지만 아무것도 없었다. 길은 텅 비어 있었다. 흰 돌이나 노새들을 놀라게 할 만한 펄럭이는 넝마 조각도 보이지 않았다. 도랑에 버려진 저 낡고 더러운 염소가죽 주머니를 노새들이 개로 착각했다면 모를까.

나는 잠시 가만히 서서 기도하듯 두 팔을 뻗어 하녀들을 몹시 당황하게 만들었다. 그러고는 상냥하면서도 엄한 목소리로 그들에게 이렇게 말했다. "충직한 하인들이여, 다정한 친구들이여! 노새들은 길가에 모습을 드러내신 눈부신 아테나 여신을 보고 멈춰 선 것이다. 그녀의 모습은 오로지 그녀의 여사제 눈에만 보이는 법. 여신께서 내게 신탁을 전하셨는데, 그 내용은 이러하다. '나우시카 공주야, 내가 너에게 도움을 주기 위해 크레타의 전사를 보냈다는 사실을 네 하녀들 중 한 명이라도 자기 가족이나 친구 또는 지인에게 이야기하면 나는 그 계집의 눈을 멀게 하고 입술 위에 시커먼 수염이 나게 할 것이다! 그리고 아까 내린 명령은 취소되었음을 이방인에게 전하거라. 그는 드레파논 쪽으로는 한 걸음도 더 가지 말아야 한다. 대신

6장. 벌거벗은 크레타인

아직 날이 밝을 때 내륙으로 향해 에릭스 마을을 지나 동쪽에서 산을 올라야 할 것이다. 그에게 까마귀 바위에 살고 있는 네 아버지의 돼지치기를 찾아가라고 하거라. 그는 식용 참나무에 둘러싸여 수많은 돼지 떼를 키우고 있을 것이다. 나는 그 정직한 하인에게 그를 보호할 임무를 맡겼다. 그러니 내가 너의 입을 통해 아이톤에게 전할 메시지가 생길 때까지, 그는 에우마이오스의 보살핌을 받으며 그의 농가에서 지내게 하거라. 하지만 아이톤은 먼저 저 근사한 옷을 벗어야 한다. 왕비는 그 옷이 궁에서 나온 것임을 즉각 알아볼 것이고 훔친 물건이나 사랑의 선물로 판단할 것이다. 그러고 나서 아이톤은 그 수려한 몸에 소똥을 잔뜩 묻히고 허리에는 낡은 주머니를 둘러야 한다. 돼지치기들에게 자신의 이름이나 출신 국가를 드러내서도 절대 안 된다. 나는 그를 형편없는 몰골을 한, 이름 없는 거지로 궁에 데려갈 생각이니."

아이톤은 갑작스러운 신의 명령에 당황한 듯 보였으나 아무 의심 없이 그것을 받아들였다. 나는 그에게 까마귀 바위에 가는 법을 알려주면서, 에우마이오스가 기르는 사나운 마스티프종 개의 공격에 대비해 튼튼한 막대기를 하나 준비하고 버려진 주머니도 가져가라고 일렀다. 우리는 그 주머니에 빵 껍질과 치즈 부스러기, 먹다 남은 양고기다리 살을 넣어주었고, 덕분에 그는 이제 진짜 거지처럼 보였다.

이 변신을 목격한 이는 아무도 없었다. 곧 끔찍한 악당처럼 보이는 한 남자가 막대기를 손에 쥔 채 버드나무 숲속을 힘겹게 걸어가며 우리에게 손을 흔들어 인사했다. 몸도 성치 않은 아이톤에게 그 먼 길을 오르라고 하기는 싫었지만, 그는 젊고 용감했으며 질 좋은 음식을 든든히 먹어둔 터였다. 무엇보다 나는 신중을 기해야 했다. 에우리마코스와 그의 일당이 그가 추방된 크레타의 귀족이자 살인자이며 나의 보호를 받기 위해 그 어떤 일도 마다하지 않으리라는 것을 알게 되면, 그는 목숨을 보전하기 어려울 것이다. '뜻밖의 아군으로 그를 남겨놓는 것이 훨씬 더 나은 선택일 거야.' 나는 속으로 생각했다. 하녀들은 걱정하지 않아도 될 듯했다. 그들은 내가 초자연적인 힘을 가지고 있으며 신들과 끊임없이 교섭하고 있다고 진심으로 믿었으니까. 입을 잘못 놀려 눈이 멀고 수염이 자라는 불상사를 감수할 이는 아무도 없었다.

나는 노새들을 다정하게 쓰다듬으며 그들이 다시 출발할 때까지 기다렸다. 그리고 하녀들이 따라오기 적당한 속도로 민첩하게 노새를 몰았다. 아테나의 숲을 지난 후 우리는 문지기의 검문을 거쳐 마을로 들어올 수 있었다. 우리는 부두를 통과하며 앞으로 나아갔지만, 사람들은 우리에게 큰 관심을 보이지 않았다. 마침내 나는 궁 밖에서 노새를 멈춰 세우고 손뼉을 쳐 마부를 부른 뒤, 그날 무슨 일이 있었는지 듣기 위해 궁 안으로 뛰어들어 갔다.

집무실 벤치에 우울하게 앉아 있던 멘토르 삼촌이 나를 보고 울기 시작했다.

"무슨 일이에요?" 내가 외쳤다. "설마 누가 죽었거나 아픈 건 아니죠? 아니면 시쿨리족이 쳐들어오기라도 했나요? 삼촌, 왜 왕좌에 앉아 계시지 않은 거예요?"

"조카야, 나쁜 소식이 있단다. 아르테미스의 은총 덕분에 누가 죽거나 병에 걸리진 않았지만, 또 시쿨리족이나 페니키아인이 쳐들어오지도 않았지만, 그래도 아주 나쁜 소식이란다. 적이 내부에 있거든. 오늘 드레파논 의회에 참석했는데 사람들이 심술궂은 얼굴로 아주 험한 말을 하더구나. 씨족 우두머리들이 말하기를, 왕의 부재 시에는 왕과 같은 씨족의 사람 중 가장 지위가 높은 사람에게 홀을 넘겨주는 것이 관례라며 나더러 섭정을 포기하라는 거야. 나는 그렇게는 못 하겠다고 했지만, 엘리미나족이 똘똘 뭉쳐 내게 포기를 강요했다. 왕께서 직접 나한테 섭정을 맡겼는데도 말이다. 내가 회의실을 나서는데 이번에는 안티노오스가 통보하기를, 네 아버지의 뜻에 따라 자신을 비롯한 네 구혼자들이 머지않아 궁을 방문할 거라고 하더구나. 그러면서 자기들을 위해 연회 마당에 구운 고기와 포도주를 충분히 준비해 놓으라고 했어. 또 이 잔치는 매일매일 열릴 것이고 한 달이나 두 달, 심지어 그 이상 계속될 수도 있다고 했다. 그 무리 중에서 네 남편이 선택될 때까지 말이야. 또 왕도 인정했듯이 엘리미나 법에 따라 네 남편을 선택할 권한은 나에게 있다는 말도 했단다. 네 어머니와 나는 에가디 제도 출신이고 우리 섬에서는 삼촌이 조카를 결혼시키니까 말이야. 얘야, 나는 천성이 느긋한 편이지만 그런 나도 결코 물러설 수 없는 상황이라는 것이 있단다. 나는 네 아버지의 동의 없이는 네 남편을 선택할 수 없다고 딱 잘라 거절했다."

"고마워요, 멘토르 삼촌. 안티노오스가 크티메네 문제는 어떻게 해결할 건지에 대해서도 이야기했나요?"

"얘기했지. 주제넘게도 라오다마스는 죽었으니, 크티메네를 부키나에 있는 친정집으로 보내라고 하더구나. 나는 이번에도 안 된다고 했지. 크티메네가 여기 남기로 결정했고 이미 화롯가에 들어앉아 탄원을 하고 있으니 말이다. 지금 그녀를 내보내면 이 집에 저주가 들지도 몰라. 게다가 크티메네가 떠나든 말든 그게 그들과 무슨 상관이란 말이니? 뜻밖에도 에우리마코스가 내 편을 들어주었고 안티노오스도 한 발 물러섰다. 그런데 나우시카 너는 조금도 놀라지 않은 기색이구나?"

"요새 저는 웬만한 일로는 거의 놀라지 않는 것 같아요, 삼촌. 그래서 어쩌실 생각이세요?"

"먼저 이것부터 말해다오. 이 남자들 중에 네 마음에 드는 사람이 있니?"

"당연히 없죠. 그나마 덜 지루하다 싶으면 혐오스럽기 이루 말할 수 없고, 반대로 그나마 덜 혐오스럽다 싶으면 지루하기 짝이 없는걸요. 사랑하는 사람과의 결혼이 허락된다면 저는 이방인을 선택할 수밖에 없을 거예요."

"그렇다면 나도 누가 내 손에서 억지로 빼앗아 갈 때까지 홀을 사수해야겠구나. 네 구혼자들이 이 집에 들어오면 가벼운 식사를 제공한 다음, 이만 가달라고 정중히 요청해야겠다. 그들이 내 말을 거역하면 신들에게 해결해 달라고 하는 수밖에."

"확신하건대, 삼촌." 내가 말했다. "신들은 이미 우리 문제에 관여하고 있어요. 우리가 말과 행동을 조심해 신들을 화나게 하지만 않는다면, 신들은 무적의 방패 뒤에서 우리를 보호해주실 거예요."

삼촌은 예리한 눈으로 나를 빤히 바라봤지만, 나는 아무 감정도 담기지 않은 눈으로 그의 시선을 마주했다.

"네 말이 맞았으면 좋겠구나, 애야. 벌써부터 피비린내와 서까래 타는 냄새가 나는 것 같으니 말이야. 하지만 지금 당장 무슨 일이 생길 거라고 걱정할 필요는 없을 것 같다. 내일 나는 네 아버지의 급행 마차를 타고 아이게스타의 원로들을 만나볼 생각이다. 그분들은 드레파논 사람들과는 생각이 다를 수도 있겠지."

7장. 탐욕스러운 구혼자들

바로 그다음 날, 뻔뻔한 내 구혼자들은 마치 멘토르 삼촌이 보낸 것인 양 까마귀 바위에서 돼지를 치는 에우마이오스와 콘투라누스 동굴 근처에서 양을 치는 필로이티오스에게 전갈을 보냈다. 도축을 해야 하니, 살이 통통히 오른 놈으로 각각 수퇘지 여덟 마리와 숫양 열두 마리를 지체 없이 데리고 내려오라는 지시였다. 명령의 진실성을 조금도 의심하지 않았던 정직한 하인들은 시키는 대로 행했고, 소치기 멜란티오스는 자진해서 여기에 최상급 황소 두 마리를 추가했다. 이 동물들이 궁에 도착했을 때 나는 제사 마당에서 여자들의 가사 노동을 감독하고 있었다. 이 날은 하필 매트리스를 손보는 날이었다. 우리는 매년 한 번씩 리넨 커버를 뜯고 납작하게 뭉쳐 있는 양털을 꺼내 누르스름하게 변한 그 흰 털 뭉치가 다시 빵빵하게 부풀어 오를 때끼지 기다란 막대기로 두들긴다. 그러고 나서 다시 커버를 씌우고 표면이 매끄럽고 푹신해질 때까지 양털을 골고루 펴 넣은 후, 깔끔하게 단을 접어 가장자리를 꿰맨다. 쉬운 일은 아니다. 양털 먼지가 코에 들어가 재채기가 나오기도 하고, 이번처럼 바람이라도 불면 양털이 마당에 휘날려 짜증을 유발하기도 한다. 나는 이 작업을 마칠 때까지 대문을 잠그라고 지시했지만, 얼마 지나지 않아 누군가 요란하게 문을 두드리며 쉰 목소리로 "문을 열어라! 멘토르 경의 명령이다!"라고 외쳤다.

나는 한숨을 내쉬며 문지기에게 손짓했다. 그가 빗장을 풀자 남자와 동물이 뒤섞인 혼란스러운 무리가 밀려들어 왔다. 멜란티오스는 황소를, 에우마이오스의 아들은 돼지를, 필로이티오스의 사촌은 숫양을 데려왔고, 하인들이 무질서하게 그 뒤를 따랐다. 그중 궁 휘장을 달고 있는 이는 아무도 없었다. 이들은 노래를 부르며 매우 무례하게 웃어댔고 주위를 빤히 쳐다보며 내 하녀들에게 상스러운 농담을 던지기도 했다. 그때 거센 돌풍이 마당에 불어와 양털을 사방에 흩뜨렸다. 희생 제단 앞에서 흰 털 뭉치가 미친 듯이 날아다녔다.

"저 저주받은 대문 좀 닫아!" 내가 꽥 소리를 질렀다. 돼지 한 마리가 겁을 집어먹고 뛰쳐나가는 바람에 문지기가 아직도 문을 잡고 서 있는 중이었다.

"이 오합지졸의 책임자가 누구지?" 나는 이어서 말했다. "멜란티오스! 이 황소들은 대체 왜 데리고 온 거야? 정신이 나가기라도 한 거야? 아폴론 축제가 열리려면 아직 며칠은 더 있어야 하는데. 문지기, 어서 빨리 저 문을 닫아! 제멋대로 날뛰는 돼지 따위는 신경 쓰지 말고. 이것 좀 봐. 이 좋은 양털이 못 쓰게 되었잖아!"

멜란티오스는 돼지라도 찾아올 것처럼 슬쩍 자리를 떴지만, 에우마이오스의 아들은 이마를 긁적이며 앞으로 나와 바람이 몰아치게 해서 죄송하다며 아주 예의 바르게 사과했다. 비록 그것은 아버지 제우스조차 어찌할 수 없으며, 오로지 귀가 먼 운명의 세 여신만이 통제할 수 있는 문제라고 덧붙이면서도 말이다.

"네 고귀한 아버지가 저 돼지들을 보낸 이유가 뭐지?" 나는 한결 부드러워진 어조로 물었다. 우리 엘리미나는 돼지치기를 부를 때 늘 '고귀한'이라는 말을 붙인다. 시카니 돼지치기는 암퇘지의 행동을 보고 신탁을 내리는데, 에우마이오스는 태생은 이오니아일지언정 진짜 시카니보다 더 시카니적인 사람이 된 터였다.

"멘토르 경이 보낸 심부름꾼이 와서 가장 살찐 놈으로 돼지 여섯 마리를 보내라고 했기 때문입니다. 제 고귀한 아버지는 아이게스타에 가 계셨고, 저는 축하해야 할 좋은 소식이 뭔지 궁금했지요. 이웃 도시에서 사절단이 호화로운 선물을 가지고 방문했을까? 아니면 폐하께서 라오다마스 왕자님을 데리고 불시에 상륙하기라도 했나? 그런데 심부름꾼이 말하기를 이 가축들이 공주님의 결혼식 잔치에 쓰일 거라는 거예요. 그래서 분부대로 했습죠. 여기 필로이티오스의 사촌도 마찬가지고요."

"누군가 너희 둘을 단단히 놀리고 있구나, 친구들. 휴식을 조금 취한 뒤 바로 돼지들을 데리고 다시 올라가는 것이 좋겠다. 우선은 저것들을 밖으로 데리고 나가 뒷다리를 말뚝에 묶어두어라. 이게 다 무슨 낭비람. 괜히 먼 길을 걸어서 살만 빠지게 생겼구나! 황소들도 마찬가지고. 어서 데리고 나가! 새로 비질한 마당이 또 더러워지겠다."

그러고 나서 나는 주인 없는 하인들을 돌아봤다. "너희들, 네 녀석들은 여기 왜 온 거지? 설마 너희들에게도 누가 똑같은 한심한 장난을 친 건가? 아니, 나는 오늘 결혼하지 않는다. 내일도, 그 이후에도 왕께서 돌아오지 않는 한 내가 결혼할 일은 없을 거야. 내 결혼이니 당연히 내가 누구보다 잘 알지 않겠니? 그리고 똑바로 들어. 너희들 중 일부는 여기가 마치 축제가 한창인 아프로디테 성지라도 되는 양 행동하면서 정숙하고 예의 바른 내 하녀들을 신전의 창녀 취급하고 있구나. 너희들의 천박한 행동은 네 주인의 얼굴을 반영한다는 것을 잊지 말아라. 자, 이제 모두 썩 꺼지거라. 아겔라오스 경의 휘장을 달고 있는 너희 둘만 빼고! 둘 다 여기서 기다려. 사람들이 다 가고 대문을 닫으면, 네놈들의 무례한 등장 때문에 날아가버린 양털을 너희 둘이 회수해 주어야겠다."

에우마이오스의 아들이 또 한 번 이마를 긁적였다. "죄송합니다만 아씨, 멘토르 경의 직접적인 명령 없이 저 돼지들을 도로 집으로 데려갔다가는 제 고귀한 아버지께 가장 육중한 몽둥이로 등짝을 맞을 겁니다. 아씨도 제가 얻어맞기를 원하진 않으시잖아요, 그렇죠?"

"삼촌은 출타 중이시라 내일이나 돌아오실 거다. 네 고귀한 아버지와 마찬가지로 아이게스타를 방문 중이시지. 이 사실만으로도 그 지시가 삼촌이 내린 게 아니라는 걸 알 수 있잖니. 내 말을 못 믿겠다면 왕비님과 이야기를 나눠보던가."

돼지치기의 아들은 발을 끌며 불편한 기색을 보였다. "아씨만 괜찮다면 클리토네우스 왕자님과 상의하고 싶습니다. 제 고귀한 아버지와 저는 세상의 모든 여성 중에 아씨의 어머니를 가장 존경하고 아씨도 그에 못지않게 우러러보지만, 돼지와 관련된 사항은 늘 아씨 가문의 남성분들로부터 지시를 받아와서요. 무례를 범하고 싶지는 않습니다만."

"아니, 괜찮다." 내가 말했다. "그러면 돼지는 다른 사람에게 맡기고 너는 탑에 있는 방에 가보도록 해. 클리토네우스 왕자는 방패에 그려진 궁 표장을 손보고 있을 거야. 그런 일은 숙련된 화가에게 맡기지 왜 자기가 직접 하는지 모르겠다만."

나는 중간에 끼어든 하인들을 다시 돌아봤다. "뭘 기다리고 서 있지? 내가 이만 물러가라고 했을 텐데."

큰 키에 곱슬곱슬한 턱수염을 기르고 안티노오스 왕자의 휘장을 단 남자가 과감히 대답했다. "저희는 저희 주인님들을 위해 여기서 잔치를 준비하라는 명령을 받았습니다." 그가 허리띠에 찬 날카로운 도살용 칼을 가볍게 툭 쳤다.

"아, 그래? 어쩐다, 내 명령은 정확히 그 반대인데. 어서 빨리 나가지 못해! 너희들 때문에 지금 아침 작업을 못 하고 있잖아!"

하인들은 미심쩍은 눈으로 서로를 힐끔거리기만 했고, 나는 손뼉을 쳐 문지기를 불렀다. "문지기, 전령 메돈을 불러 마당을 비우라고 해라. 이 멍청이들이 내 말을 안 듣는데 그래도 전령의 말은 듣겠지."

하인들 몇은 이미 장작더미를 들쑤시고 삭정이를 나르고 있었다. 내가 끼어들면 사태는 더 악화될 게 뻔했기 때문에 나는 그들이 무엇을 하든 신경 쓰지 않고 양털 두드리기 작업을 감독하는 일에 집중했다. 그때 에우마이오스의 아들이 클리토네우스를 데리고 돌아왔다. 클리토네우스의 손은 그림에서 묻은 주홍색 안료로 물들어 있었는데, 이는 그의 입에서 흘러나온 첫마디와 어우러져 기분 좋게 불길해 보였다.

"허리띠에 도살용 칼을 차고 우리 궁에 함부로 들어온 철면피 놈들에게 경고한다. 때가 되면 너와 네 주인이 아니라 나와 내 부하들이 도살을 하게 될 것이니, 그렇게 알아라!"

그때 메돈이 이제 막 일어났는지 연신 눈을 깜박이고 하품을 하며 안으로 들어왔다. 잠은 그가 가장 좋아하는 취미 활동이었다. 그는 흰 지팡이(깃털 달린 샌들과 함께 그가 신성불가침한 존재라는 것을 보여주는 물건이었다)를 높이 들어 보이며 길고도 유려한 연설을 늘어놓았다. 가장 먼저 꺼낸 이야기는 엘리미나족에 대한 칭찬이었다. 그들이 얼마나 용감하고 정직하며 끈기가 강하고 상냥하고 예의 바른지, 그들의 선조들은 어떤 업적을 남겼으며 신들은 어떤 호의를 베풀었는지, 통치자들은 얼마나 지혜롭고 부족들은 얼마나 단결을 잘하는지, 공주들은 또 얼마나 아름다운지, 시장에서는 폭동이나 싸움, 소동이 얼마나 드물게 일어나는지에 대해서. 그러고 나서 그는 왕실 전령으로서의 자신의 지위에 대해 소상히 설명하기 시작했다. 평화를 지키기 위해 수행해야 하는 신성한 임무, 제물로 바쳐질 짐승들이 자발적으로 칼에 목을 가져다댔다는 이야기를 들었을 때 느꼈던 충격에 대해서……

과연 그는 언제쯤 본론으로 들어갈 것인가? 하지만 그에게 그럴 생각이 없다는 것이 곧 명백해졌다. 그냥 시간을 벌고 있는 것뿐이었다. 곧 하인들의 주인들이 도착할 것이고, 그러면 논쟁은 새롭고 보다 흥미로운 국면을 맞이할 터였다.

그래서 나는 메돈에게 그만하라고 하고 마지막으로 남자들과의 직접 대화를 시도했다. "너희가 지금 이 마당을 떠나면 주인의 말을 따르지 않았다고 매를 맞겠지. 하지만 지금이라도 떠나지 않으면, 복수의 여신들이 쇠 채찍을 휘두르며 너희를 쫓을 것이다. 너희가 아무리 멀리 도망가도 한 놈도 빠트리지 않고 따라다니며 죽도록 괴롭힐 거야. 이것은 내 이름이 나우시카라는 것만큼이나 자명한 사실이다. 나는 왕실 화로를 지키는 여사제이기도 하므로, 우라노스의 세 딸들[✦]은 나의 부름을 들으면 내 뒤로 몰려들 것이다." 나는 메돈의 손에서 지팡이를 낚아채 위협하듯 천천히 그들을 향해 다가갔다. 수시로 어깨 너머를 힐끗거리고 눈에 보이지 않는 복수의 여신들에게 격려의 미소를 지어 보이면서. 안티노오스의 수염 난 하인은 팔짱을 낀 채 미동도 하지 않았지만, 나는 그의 머리를 가격하고 사타구니를 힘껏 걷어찼다. 그는 "오! 오!" 하고 외치며 고통으로 몸을 구부린 채 절뚝이며 물러났고, 다른 이들도 일제히 대문을 향해 달려갔다. 에우마이오스의 아들과 필로이티오스의 사촌이 진작 가축을 데리고 나간 그 문으로. 겁을 먹은 살찐 황소 두 마리도 울부짖으며 그들을 향해 돌진해 재미를 더해주었다. 곧 나는 마당에서 그들을 모두 몰아내고 내 손으로 대문에 빗장을 가로질렀다.

"자, 동료들. 이제 흩어진 양털을 주웁시다." 나는 쾌활하게 지시를 내렸다. 하녀들은 웃음을 참으며 내 명령을 따랐다. 그런데 단 한 사람, 멜란토만은 마치 내 말을 못 들은 양 얼굴을 구긴 채 벤치에 앉아 있는 것이었다. 키가 크고 건장한 이 소녀는 나와는 달리 걷는 모습이 공주처럼

[✦] 복수의 여신 에리니에스를 지칭한다.

우아했다. 이 아름다운 걸음걸이는 그녀의 숨겨진 야망을 부추겼는데, 아쉽게도 그것을 실현하기에는 머리가 따라주지 않았다.

"너는 불운한 최후를 맞이하게 되겠구나, 딸아." 나는 예언했다. "자고로 보트 창고에서 시작한 일은 깊은 물속에서 끝나는 법이지." 나는 마치 속담을 인용하듯 말하고는 킬킬대며 웃는 다른 하녀들의 반응에 영문을 모르겠다는 표정을 지었다. "뭐가 그렇게 즐겁지?" 내가 정색하며 물었다. 멜란토는 소용돌이치는 양털을 붙잡기 위해 허리를 굽혔지만 눈에는 증오와 공포가 서려 있었다.

나는 클리토네우스를 한쪽으로 끌고 갔다. "마침내 우리의 적이 손안의 패를 꺼내 보이는구나. 그래도 너라면 나와 이 집의 명예를 지켜줄 수 있을 거라고 믿어. 이제 네가 아버지 역할을 대신해야 해. 내 추측인데, 멘토르 삼촌은 아이게스타에서 발이 묶일 테고 그러면 궁에 남은 남자는 너 밖에 없게 될 거야. 물론 할아버지가 계시긴 하지만, 할아버지는 귀가 잘 안 들리는 데다 기억력도 나빠지고 있잖니."

클리토네우스는 나를 살포시 안아주었고, 나는 다시 양털을 고르는 작업에 착수했다. 그런데 그때 뒤에서 메돈의 우렁찬 목소리가 다시 들려왔다. "아씨, 아씨의 아름다움과 국왕 폐하의 거듭된 초청에 힘입어 열두 씨족이 보낸 고매하신 구혼자분들을 소개해드려도 되겠습니까? 이분들은 아낌없는 환대를 기대하며 이 자리에 오셨습니다. 또 신중한 검토 후 그들 중 한 명이 아씨와 부부 침상을 함께 하는 행운을 거머쥐게 될 거라 확신하고 계십니다." 그들은 거기 우르르 모여 식료품 저장실에 몰래 들어갔다가 엄한 가정부를 맞닥뜨린 말썽꾸러기처럼 히죽거리고 있었다.

멜란티오스가 정원 문을 통해 그들을 데려온 것이었다. 그렇게 모여든 구혼자들이 112명에 달했다. 포카이아 씨족이 56명, 시카니 씨족이 24명, 혼혈 씨족이 20명, 그리고 트로이 씨족이 12명이었다.

나는 그들에게 보일 듯 말 듯하게 고개를 끄덕여 보이고 클리토네우스를 손짓해 불렀다. "동생, 왕실 가문의 대리 수장으로서 이 성급한 젊은 귀족분들에게 이렇게 말해줄래? 비록 지나치게 많은 사람이 아주 곤란한 시간에 예고도 없이 들이닥치긴 했지만, 궁의 공용 식당에서 가문비나무 술과 빵, 치즈, 올리브 정도는 대접할 수 있을 것 같다고 말이야. 곧 상을 차릴 테니 조금만 기다려 달라고 해."

"내 누님의 말은 곧 나의 말이다." 클리토네우스가 정면을 쏘아보며 외쳤다.

"공주님." 안티노오스가 교만한 웃음을 지으며 느릿느릿 말했다. "어찌 그리 자신의 본분을 모를 정도로 미숙하고 무지하다는 말입니까? 공주님과의 결혼을 희망하며 이렇게 많은 남자들이 왔는데 당연히 구운 고기와 최고급 포도주를 내셔야지요."

"우리 집 돼지치기, 소치기, 양치기에게 미리 지시를 내리지 않았기 때문에 굽고 싶어도 구울 고기가 없어요. 그리고 설사 나한테 여러분에게 좋은 포도주를 대접할 권한이 있다고 해도 빵과 치즈에 곁들이기는 아깝지요. 가문비나무 술은 몸에 좋을 뿐만 아니라 경제적이기도 하답니다."

"하지만 내 눈이 잘못된 게 아니라면 대문 밖 말뚝에 매여 있는 살찐 가축이 최소 열두 마리는 되어 보이던데."

"아, 그거요! 근데 그건 제물로 바칠 게 아니라서요."

"그 아버지에 그 딸이로군요!" 안티노오스가 외쳤다.

"왕비님도 늘 그렇게 말씀하셨죠. 현명한 자식은 자기 아버지를 잘 아는 법이니, 나의 정통성을 의심함으로써 내 어머니의 이름을 더럽히지 않겠습니다. 그래서 부탁드리니, 여러분께서는 이만 가주시기를 바랍니다. 폐하께서는 구혼자 문제에 대해서라면 내 의견을 신탁처럼 귀담아 듣겠다고 엄숙하게 약속하신 바 있습니다. 왕비님께서도 그 자리에 계셨고요. 아버지는 집안 문제로 동쪽으로 떠나셨지만, 아버지가 여기 계셨더라도 여러분을 위해 성대한 연회를 열 수는 없었을 겁니다. 여기 계신 분들의 얼굴을 대충 훑어만 봐도 이 중에 제가 선택하고 싶은 사람은 없다는 걸 인정할 수밖에 없기 때문입니다. 지금 여러분 얼굴에서는 무례함과 허영, 탐욕, 조롱, 반항 같은 것만이 보일 뿐이니까요. 하지만 당신이 말했듯, 나는 아버지의 딸이고 클리토네우스는 아버지의 아들이기 때문에 우리는 보편적인 환대의 의무를 저버릴 수 없습니다. 혹여 배가 많이 고파서 간소하게라도 꼭 드셔야겠다면 연회 마당으로 가 회랑 테이블에 앉으십시오. 매트리스 속을 채우는 일을 마치는 대로 상을 차려드리죠. 클리토네우스, 에우리클레이아에게 가서 120명 가까이 되는 비만한 젊은 남자들에게 제공할 치즈가 충분이 있는지 물어보렴. 어쩌면 페미오스가 노래를 불러줄 수도 있을 것 같은데."

나는 구혼자 무리에게 등을 돌리고 작업을 재개했다. "저 성깔 하고는!" 크테시포스가 굳이 목소리를 낮추려고 하지도 않고 외쳤다. "100명도 더 되는 우리 남자들이 저긴 손톱에 뺨이나 긁혀보자고 경쟁하고 있는 줄 아나!"

"나야 뭐 즐거울 뿐이죠." 나를 지나쳐 연회 마당으로 들어가는 남자들을 향해 나는 어깨 너머로 받아쳤다.

나는 우리가 침입자들을 상대하기에는 물리적으로 힘이 너무 약하다는 사실을 깨달았지만, 자존심 때문에라도 이런 부조리한 상황을 받아들이는 내색은 조금도 하지 않았다. 멜란티오스가 대문으로 가 빗장을 풀고 하인들을 들여보내려 하자, 나는 재빨리 뛰어가 즉시 대문에 빗장을 질렀다.

"멜란티오스, 내 명령을 거역하고 저 가축을 다시 들이면 폐하께서 돌아오신 후 즉시 네놈의 창자를 들어내고 사지를 절단한 후, 들개들에게 먹잇감으로 던져줄 터이니 그렇게 알아라."

"저는 아겔라오스의 명령에 따라 행동할 뿐입니다." 그가 바로 받아쳤다. "그분이 드레파논 의회에서 선출된 섭정이니까요."

"그래? 그럼 그분을 내게 데려오거라. 거짓말이 탄로나 두들겨 맞기 싫으면."

멜란티오스는 황급히 자리를 뜨더니 곧 아겔라오스를 데려왔다. 체구가 작고 뚱한 얼굴에 피부색이 어두운 아겔라오스는 좋은 혈통과 풍성한 머리숱, 그리고 코타부스를 잘한다는 것 말고는 딱히 내세울 게 없는 사람이었다. 코타부스는 술 마실 때 하는 놀이로 참가자들은 여러 개의 작은 은잔이 떠 있는 작은 연못에서 열 걸음 뒤로 물러나 자기 잔에 남아 있는 포도주를 뿌린다. 가장 많은 은잔을 가라앉히는 사람이 승자가 된다. 하지만 아버지는 누구도 (왕자든 손님이든 하인이든 노예든) 궁에서 코타부스를 하지 못하게 했다. 옷과 벽에 얼룩이 남고 좋은 포도주를 낭비한다는 이유에서였다.

나는 그를 맞이하며 이렇게 말했다. "아니, 친척! 폐하께서 안 계신 틈을 타 코타부스 놀이라도 하려고 왔어요? 내가 특별히 허락해줄 테니, 대신 가문비나무 술을 마시고 마당을 벗어나지 말아줘요. 하지만 먼저 이 막돼먹은 멜란티오스에게 밖에 매놓은 가축들은 착오로 잘못 데려온 것이니 좀 쉬었다가 다시 목장으로 데려갈 때까지 거기 그대로 놔두라고 해줘야겠어요."

아겔라오스는 얼굴을 붉혔다. "그런 말은 못 하겠소만! 저 가축들은 제물로 바쳐질 거요. 신들에게 비계와 넓적다리뼈를 바친 다음에는 당연히 우리가 구운 고기를 먹어야지요. 그리고 잊었나 본데, 나는 코타부스 놀이를 할 때 오직 최상급 포도주만 사용합니다."

"방금 '우리'라고 했는데, 누굴 말하는 건지요?"

"당신의 구혼자들이지요, 공주님."

"조심하세요, 아겔라오스." 내가 말했다. "무시당했다는 오해와 억울함 때문에 판단력이 흐려진 것 같은데, 아버지가 드레파논에 돌아오시면 그날로 당신을 찾아내 당신의 머리를 벨 겁니다……."

"돌아오시기만 한다면요." 아겔라오스가 불쑥 끼어들었다.

"아버지가 돌아오지 않으시더라도 당신 처지가 더 나아질 것 같진 않은데요. 안티노오스와 에우리마코스는 당신을 배신하기로 이미 작정했으니까요. 멧돼지 사냥 대회에서 클리토네우스를 겨눌 뻔했던 창이 당신의 어깻죽지 사이에 꽂히게 되면 어떨 것 같아요? 제우스가 우리의 트로이 조상인 아이게스테스의 손에 직접 쥐여주었던 홀을 포카이아인들에게 빼앗기게 된다면요? 너무 늦기 전에 저들의 반란 행위를 저지하세요!"

"뭘 많이 알고 있는 것 같군요." 그가 빈정거렸다.

"아테나 여신께서 감사하게도 절 믿을 만한 친구로 여기고 계시거든요."

아겔라오스는 잠시 머뭇거리더니 애써 왕다운 말투를 흉내 내며 외쳤다. "멜란티오스! 하인들에게 제물을 준비하라고 해라!"

"그래요, 알았어요. 선택은 당신의 몫이죠. 하지만 절도는 트로이 왕자의 짓이든 비천한 시쿨리 노예의 짓이든 똑같이 비난받아야 할 죄입니다."

하인들은 가축을 데리고 떠들썩하게 다시 궁 안으로 들어왔다. 제우스의 사제이자 내 구혼자 중 한 명인 레오데스가 황소를 번개의 신과 포세이돈에게 바쳤고 다른 가축은 헤라와 아폴론, 아프로디테, 헤르메스, 그리고 그 밖의 신들에게 바쳤다. 하지만 아테나의 여사제인 나를 비웃기라도 하듯 아테나는 야멸차게 빼먹었다. 나는 이에 깊은 만족을 느꼈는데, 아테나는 상상할 수 있는 최고의 아군인 동시에 노여움을 사기 쉬운 여신이기 때문이다. 제우스는 힘은 더 셀지 몰라도 게으름을 피우거나 다른 일에 정신이 팔려 있기 일쑤였다. 흔히 말하듯 제우스의 맷돌은 더디게 돌았다.

우리는 혼란 속에서 서둘러 마지막 매트리스를 꿰맸다. 곧 마당이 장작불에서 피어나오는 연기와 요리로 인한 소란으로 난장판이 되었기 때문이다. 나는 클리토네우스를 찾으러 갔다.

"난 최선을 다했어, 누나." 그가 말했다. "어머니의 조언에 따라 내일 아침 다시 회의를 소집해 달라고 드레파논 의회 서기에게 요청해놓은 상태야. 난 아직 어려서 의원이 될 수는 없지만, 할리테르세스가 그러는데 왕이나 섭정이 부재할 경우 왕자가 의회를 소집할 수 있대. 내일 궁 난입

행위에 대해 강력하게 항의할 생각이야. 그런데 저 악당들이 집사 폰토노오스를 을러대 기어이 포도주를 가져오게 만든 거 있지. 명령은 나한테서만 들으라고 그렇게 경고했는데 말이야. 에우마이오스와 필로이티오스에게는 각각 아들과 사촌을 통해 앞으로는 내 인장이 찍힌 서면 지시가 없으면 가축들을 내려보내지 말라는 전갈을 보냈어."

"현재로선 네가 할 수 있는 일이 거의 없는 것 같아. 의회가 과연 판결을 뒤집을지는 알 수 없지만 네가 항의했다는 걸 기록에 남겨두어야 해. 아버지를 만족시키기 위해서라도."

"쉿, 페미오스가 조율을 하네. 서사시의 마지막 이야기인 〈오디세우스의 귀향〉을 노래할 건가 봐."

페미오스는 데모도코스만큼 극적이거나 강렬한 공연을 선보이지는 않았지만, 목소리는 더 젊고 낭랑했다. 게다가 앞니도 전부 멀쩡해서 발음이 더 명확했으며 공연할 때마다 자신감이 올라가는 게 느껴졌다. 나는 그가 언젠가는 그 무리에서 가장 유명한 가인이 될 거라 예상했고, 부분적으로는 그런 이유로 내 서사시를 그에게 맡겼다.

관례적으로 무사 여신을 부른 뒤 페미오스는 이야기를 요약해서 들려주었다. 그리스의 지도자들이 트로이의 신성한 요새를 공격하고 불태운 것도 모자라, 아프로디테의 총아인 파리스를 죽여 전 세계의 헌신적인 연인들에게 큰 타격을 주자 아프로디테가 얼마나 분노했으며 어떻게 그 분노를 특히 오디세우스에게 잔인하게 표출했는지에 대한 이야기였다. 그녀는 사랑의 여신이기도 했지만 바다의 여신이기도 했으므로, 아이아스를 익사시켰듯 종종 적들의 배를 난파시키고 침몰시키는 것으로 만족하곤 했다. 또 스파르타의 메넬라오스의 경우에서 보듯, 역풍을 맞아 머나먼 땅으로 떠밀려 가 돌아오는 데 수년이 걸리게 하기도 했다. 리비아의 구네우스와 에페이로스의 엘페노르가 그랬듯, 악천후에 지친 나머지 아내와 아이들을 다시 만나기를 포기하고 눌러앉아 이국의 강 옆에 도시를 건설한 경우도 있었다. 하지만 그녀의 대표적인 복수는 그리스 원정대의 공동 지휘관이었던 아르고스인 아가멤논과 크레타인 이도메네우스에게 한 것처럼, 승리한 영웅을 집으로 돌려보내 자신의 아내가 정부를 왕좌에 앉혔다는 걸 발견하게 하는 것이었다. 다른 어떤 그리스인보다 그녀의 증오를 살 만한 일을 많이 했던 디오메데스와 오디세우스는 이중의 형벌을 당해야 했다. 난파를 당해 갖은 고초를 겪고 힘겨운 귀향을 한 뒤 아내의 부정까지 발견하게 했던 것이다. 하지만 오디세우스가 디오메데스보다 훨씬 더 모진 고통을 더 오래 겪어야 했다. 디오메데스의 아내 아이기알레이아는 단 한 명의 정부만 두었지만, 오디세우스는 정절을 지킬 거라 믿었던 아내 페넬로페가 50명도 넘는 자신의 신민과 난잡하게 사랑을 나누며 살고 있고 아들 텔레마코스는 노예로 팔려 어딘지도 모르는 곳으로 떠났다는 것을 알게 되었으니 말이다.

페미오스가 목을 축이기 위해 이야기를 중단하자 클리토네우스가 박수를 쳤다. "훌륭해, 페미오스. 존경스러운 데모도코스와 어깨를 나란히 할 최고의 가인이야! 오디세우스의 궁에 죽치고 앉아 돼지치기와 양치기에게 자기들이 먹을 가축을 도살하게 한 그 파렴치한 놈들 이야기를 좀 더 자세히 들려주면 더 좋았을 텐데. 후손들의 뺨을 붉게 타오르게 할 그 악명 높은 자들의 실명에 대해선 밝혀진 것이 없고? 이타카인들의 애정을 가로채기 위해 왕자를 시돈의 노예 시장에 판 것도 그들이었나?"

안티노오스는 저주의 말을 내뱉으며 벌떡 일어났지만 에우리마코스가 그를 만류했다. "클리토네우스가 아주 좋은 질문을 한 것 같은데. 페미오스가 뭐라고 답하는지 들어보지." 그가 히죽거리며 말했다.

페미오스는 침을 꿀꺽 삼키며 불편한 기색을 보였지만 이내 눈치와 재치를 십분 발휘했다. "제 선조이신 호메로스께서는 그 부분에 대해 별다른 정보를 남기지 않으셨습니다." 그가 사과조로 말했다. "하지만 기억하셔야 할 것은, 50명도 넘는 페넬로페의 정부들은 오디세우스가 통치한 섬들의 지배 계층이었으며 페넬로페에게 마력의 허리띠를 빌려준 아프로디테의 마법에 걸려 있었다는 사실입니다. 그때쯤 페넬로페는 가임기를 훌쩍 지난 살찌고 볼품없는 여자에 불과했지만, 그럼에도 그들은 그녀에게 홀딱 빠질 수밖에 없었죠. 그래서 암캐가 발정 났을 때 수캐가 그러듯 그녀가 자기를 침대로 불러주기만을 기다리며 둥글게 모여 앉아 있었던 겁니다. 그러다 보니 텔레마코스의 존재가 영 거슬렸죠. 그의 비웃음이 마음에 찔렸지만 그렇다고 살인자가 되고 싶지는 않았던 그들은 그에게 배를 타고 떠나 달라고 간청합니다. 그런데도 그가 떠나지 않고 침묵을 지키지도 않자 그를 노예 상인에게 팔아버렸죠. 상인은 그에게 인정 많은 주인을 찾아주겠다고 했고요. 텔레마코스가 궁에서 일어나는 일들을 못 본 척하고(한참 혈기왕성한 왕자로서는 참기 어려운 상황이었겠지만요), 사냥이나 하며 시간을 보냈으면 더 좋았을 겁니다. 자, 괜찮으시다면 이제 이야기를 계속하겠습니다."

"좋아, 페미오스!" 클리토네우스가 중얼거렸다. "네가 우리의 적들에게 넘어간 거라면, 네 지팡이와 깃털 달린 샌들도 영원히 널 지켜주진 못할 거야."

페미오스는 오디세우스의 여정에 대한 익숙한 이야기를 들려주었다. 그가 어떻게 프리아모스 왕에게 든든한 우군을 제공한 트라케 지역으로 항해해 이스마로스 시를 함락했는지에 대해 말이다. 그런데 그의 어리석은 선원들은 강탈한 금과 은이며 노예로 잡아온 여자들을 서둘러 배에 싣지 않고 바닷가에서 소와 양이나 잡아먹고 취하도록 포도주나 마시며 미적거렸다. 고통받는 이웃을 돕기 위해 언덕 위에 사는 다른 트라케인들이 일부는 전차를 타고 일부는 걸어서 몰려와 그리스군을 쳤고, 오디세우스는 배는 꽉 채웠지만 전리품은 아무것도 챙기지 못한 채 겨우 선원들만 다시 배에 태울 수 있었다. 곧 이어 불어닥친 폭풍에 돛이 갈기갈기 찢긴 채 펠로폰네소스반도의 발치에 있는 (그리고 가는 길에 있기도 했던) 말리아 곶으로 향한 그는, 나흘레 후 로토스를 먹는 나사모네스족이 사는 리비아 해안을 발견할 때까지 항해를 멈추지 않았다. 거기서 부하 몇 명은 그가 물을 길어 오라고 내륙으로 보냈을 때 탈영을 시도하기도 했다. 오디세우스는 그들에게 쇠사슬을 채워 다시 한 번 바다로 나갔다. 그러자 이번에는 아프로디테가 폭풍을 일으켜 그의 함선을 모조리 파괴했다. 오로지 오디세우스만 겨우 헤엄쳐서 판텔레리아 또는 코시라섬이라고도 하는 황폐한 섬에 이르렀는데(날씨가 좋은 날에는 에릭스산 정상에서 남쪽 저 멀리에 있는 그 섬을 볼 수 있다), 그는 거기서 조개와 수선화 뿌리, 바닷새 알을 먹으며 7년의 세월을 보냈다. 매일같이 바닷가에 앉아 무릎에 턱을 괸 채 텅 빈 수평선을 응시하며 말이다. 하지만 주위를 지나가는 얼마 안 되는 배 중 그의 광적인 구조 신호를 알아챈 배는 단 한 척도 없었다. 그러다 마침내 노가 서른 개 달린 타포스 선박이 입항했다. 이 섬은 무인도였기 때문에 교역을 하기 위해서는 아니었고 가끔 빗물이 고이는 걸 제외하면 강도 없었기 때문에 물을 길러 온 것도 아니었다. 그들은 신들에게 미움을 산 것으로 의심되는 선원 중 한 명을 무인도에 버리러 온 것이었는데, 오디세우스의 딱한 사정을 동정하는 척하며 그 선원 대신 오디세우스를 데려가기로 했다. 이탈리아를 경유해 아드리아해로 향한 그들은 거기서 히페르보레이오스의 호박을 사고 키르케 여신(아이아이에서 아이올로스의 신탁을 맡고 있었다)을 모시는 여사제에게 그를 팔아버리는 배신을 저질렀다. 여사제는 그에게 온갖 허드렛일을 시키는 것도 모자라 동침까지 강요했는데, 그녀가 워낙 못생긴 데다 탐욕스럽기까지 해서 오디세우스는 곧 판텔레리아에 홀로 갇혀 있었던 것만큼이나 자신의 처지를 끔찍하게 여기게 되었다.

그는 마침내 도도나에 있는 제우스의 사제에게 몰래

전갈을 보냈고 사제는 그의 석방을 지시했다. 그리하여 테스프로티아족의 배가 기진맥진하여 반쯤 죽어가는 그를 데리러왔다. 그는 아프로디테의 제국을 확장함으로써 여신의 마음을 달래주라는 도도나 신탁을 받은 후, 노를 어깨에 둘러메고 내륙으로 들어가 한 마을에 이르렀다. 그곳에 사는 이들은 바다를 알지 못했으므로 노를 도리깨로 오인했다. 그는 양치기들에게 아프로디테가 바다 거품에서 태어났다는 사실을 알려준 후 그녀에게 공개적으로 희생 제물을 바치고 용서를 간청했으며, 마침내 길조를 상징하는 짝짓기를 하는 제비 한 쌍을 볼 수 있었다. 그 후 서둘러 고향인 이타카로 돌아온 그는 페넬로페의 새 남편이 될 사람을 뽑는 대회에서 한때 아폴론의 것이었던 활로 그녀의 50명의 정부를 모두 쏴 죽이는 복수를 감행했다. 또한 페넬로페는 불명예를 안은 채 아버지인 이카리오스 왕에게 돌려보내졌다. 어느 날 예언자 테이레시아스는 오디세우스가 바다에서 온 죽음을 맞이하게 될 것이라고 예언했는데, 그것은 현실이 되었다. 노예로 살다 탈출해 아버지를 찾아 사방팔방을 떠돌던 텔레마코스가 예고도 없이 한밤중에 이타카에 상륙했다가 오디세우스를 페넬로페의 정부 중 한 명으로 착각해 돌이 많은 해변에서 독침 달린 창으로 아버지를 찔러 죽인 것이었다.

대학살에 대한 페미오스의 이야기는 지나치게 간략하고 세부 사항이 결여되어 있었다. 오디세우스가 어떻게 50명이나 되는 검객을 차례차례 쏘아 죽였는지 좀 더 자세히 들려주었으면 좋았을 텐데. 활을 당기고 조준한 화살을 쏘아 보내는 데는 시간이 걸린다. 네다섯 명쯤은 오디세우스가 처리할 수 있었다 쳐도 나머지는 그동안 무얼 하고 있었던 걸까? 용감한 남자들이었다면 무기가 없더라도 수적 우세를 앞세워 그를 에워싸서 제압했을 것이고, 겁쟁이였다 해도 최소 30~40명은 무사히 탈출할 수 있었을 것이다. 오디세우스가 최고의 책략가이자 최고의 궁사라는 설명만으로는 부족하다. 그런 칭찬을 하려면 상세한 증거가 필요하다.

그날 저녁 나는 오디세우스의 활과 관련된 의문점들에 대해 클리토네우스와 의견을 나누다가 아이디어를 하나 떠올렸고, 그것을 실제 행동으로 옮기면 어떨지 확인해보고 싶은 강렬한 욕구를 느꼈다. 우리 궁에도 아주 유명한 활이 하나 있었다. 지금까지 이 이야기는 의도적으로 하지 않았는데, 서두에서 설명했듯 포카이아인들이 아이게스타를 건설했을 때 크리미사에서 한 무리의 친척들이 도착했다. 그들은 헤라클레스가 오이타산에서 죽기 전 자신들의 선조인 필록테테스에게 물려준 활을 가지고 있었다. 트로이가 함락되기 직전에 파리스에게 치명타를 날린 바로 그 활이기도 했다. 아내의 정부에게 쫓겨 자신의 고향인 테살리아의 멜리보이아를 떠난 것으로 추정되는 필록테테스가 (이 모든 이야기는 늘 똑같은 패턴을 따르는데, 그는 대체 왜 그 자리에서 정부를 쏘지 않은 걸까?) 남부 이탈리아 부근에 페텔리아와 크리미사를 건설했기 때문이다. 크리미사인들은 아이게스타에 이 활을 가져와 내 선조인 히페레이아 왕에게 충정의 표시로 선물했다. 그때부터 이 활은 우리 집 창고에 걸려 있었다.

8장. 의회 회의

어스름이 찾아와 연회가 끝나자, 배부르게 먹고 술에 잔뜩 취한 구혼자들은 코타부스 놀이의 흔적이 적나라하게 남아 있는 차림으로 비틀대며 궁을 나섰다. 나는 제사 마당에서 안티노오스의 소매를 붙잡았다. 그는 이것을 애정 표현으로 착각했지만, 나는 이렇게 말해 재빨리 그를 착각에서 빠져나오게 했다. "안티노오스 경, 당신을 이 술 취한 젊은 귀족들의 우두머리이자, 우리 왕실을 상대로 무례한 음모를 계책한 주동자로 상정하여 말씀드립니다. 저들이 말하듯 매일 여기 와서 폭식을 하는 것이 정말 당신의 의도라면, 나는 두 가지를 분명히 말씀드릴 수밖에 없겠군요. 지금 꼴을 보아하니 아주 단순한 그리스어 문장조차 이해할 수 있을지 모르겠지만요. 첫 번째는 당신들 입으로 들어가는 가축과 포도주의 양을 우리가 꼼꼼히 기록하고 있으며, 엘리미나 법에 따르면 도둑은 자신이 훔친 물건의 네 배를 물어주어야 한다는 겁니다. 다시 말씀드립니다. 곱하기 1이 아니라 곱하기 4예요. 두 번째는 궁의 하인들은 당신들의 시중을 조금도 들어주지 말라는 지시를 받았으니, 앞으로는 당신네들이 어지럽힌 건 당신네 하인들이 치워야 할 거라는 겁니다. 그러니 하인들의 부축을 받아 귀가해 잠자리에 들기 전 그들에게 그렇게 전하세요."

그는 내 면전에 대고 트림을 했고, 나는 그의 얼굴에 침을 뱉었다. 내 눈에 어찌나 큰 분노가 서려 있었던지 그도 감히 내게 손찌검을 하지는 못했다. 그는 다시 트림을 하려다 포도주와 미처 소화되지 않은 고깃덩어리를 잔뜩 토해냈다. "이건 어떻게 할 거예요?" 나는 혐오감을 느끼며 더럽혀진 문지방을 가리켰다.

"그건 당신이 가져." 그가 딸꾹질을 했다. "장부에서도 빼주고."

집무실로 돌아와 보니 어머니가 평소처럼 냉정을 유지하며 베틀 앞에 앉아 계셨다. "사랑하는 나우시카야, 네가 위층에 가서 크티메네를 위로해줘야겠다. 아까 페미오스가 노래할 때 자기 방 창가에서 듣고 있다가 오디세우스가 아무도 없는 섬에서 무릎에 턱을 괴고 앉아 끝없이 펼쳐진 수평선만 바라봤다는 대목에서 억장이 무너졌던지 자기 머리를 쥐어뜯고 자기 뺨을 할퀴었나 보더구나. 이제는 라오다마스도 똑같은 운명에 처했다고 확신하는 것 같아. 배를 한 척 구해서 트로이부터 타르테소스까지 알려진 섬이란 섬은 다 수색하자고 하고 있어."

"어머니, 멘토르 삼촌에게 무언가 심각한 일이 일어났을 수도 있다고 생각하시나요?"

"아니, 그렇지 않단다! 삼촌이 아이게스타에서 발이 묶인 건 두 시의회 사이에서 싸움을 부추기지 못하게 하기 위해서일 거야. 어쩌면 지금쯤 에우리마코스의 손아귀에 붙잡혔을지도 모르지. 그렇다고 족쇄를 차거나 모욕을 당하거나 하진 않았을 테고 그저 구금만 되었을 거야. 화가 난 네 삼촌이 충성파의 무장봉기를 일으킬까 봐 두려워서겠지. 멘토르 삼촌은 인내할 줄 아는 사람이지만, 아이게스타의 원로들을 만나지 못하게 되면 네 아버지처럼 성마른 사람보다도 더 펄펄 뛸 거라는 건 모두가 다 아는 사실이잖니. 그래, 딸아. 나도 지금 상황이 아주 거북하다는 건 알아. 하지만 우리의 적은 절대 급하게 본색을 드러내지 않을 거다. 먼저 피를 흘리고 우리에게 굴욕을 주려고 하겠지. 말이 나와서 하는 말인데, 네가 널 핑계 삼아 이곳에 오는 그들을 도둑이나 침입자 취급하는 건 충분히 이해하지만, 클리토네우스에게는 절대 먼저 칼을 뽑거나 직접적으로 그들을 모욕하지 말라고 했다. 한참 혈기왕성한 나이에 칼자루에 손을 대지 않는 게 쉬운 일은 아니라는 건 안다. 하지만 칼을 뽑으면 그 아인 지게 되어 있어. 그들은 자신을 방어하기 위해 그를 죽였다고 말할 게다. 그러니 인내심을 가지렴. 신들이 우리를 보호하고 있으니 말이야. 자, 이제 크티메네에게 가보거라."

나는 가련한 새언니를 위해 내가 할 수 있는 일을 했다. 라오다마스가 돌아와서 이토록 마르고 창백한 데다 뺨에 상처가 나고 눈 주위가 거무스름하게 변한 아내를 보면 얼마나 실망하겠느냐고 하면서 말이다. "그건 그날 밤 일은 언니가 잘못했다는 걸 고백하는 것이나 마찬가지라고요." 내가 교활하게 운을 뗐다. "반대로 언니가 살이 보기 좋게 오르고 명랑하게 지내면서 눈물도 흘리지 않으면 오빠는 그런 언니를 존중해 다시는 언니의 심기를 건드리지 않을 거예요. 내 생각이지만 오빠가 집을 떠나 겪은 모험이 그리 즐겁기만 했을 것 같지는 않거든요."

이 같은 새로운 관점에 기분이 좋아진 크티메네는 나를 덥석 껴안았다. "그럼 아가씨도 생각이 바뀌어서 라오다마스가 잘못했다고 생각하는 거죠?"

"부부 싸움에 딱히 누구 편을 들고 싶지는 않아요. 특히 내 직계 가족이 관련된 경우에는요." 내가 대답했다. "하지만 언니와 몇 달간 결혼 생활을 했음에도 오빠가 언니를 잘 이해하지 못했다는 건 확실해 보이네요."

크티메네는 이 말에 만족했고, 나는 나 자신은 그녀를 너무 잘 알 것 같다는 말을 덧붙이고 싶은 것을 참았다. 내가 아는 그녀는 게으르고 속이 좁고 히스테리가 심한 여자였다. 그녀가 이 세상에 이바지할 수 있는 유일한 방법은 아이를 낳는 것뿐이라는 말을 좀 전에 클리토네우스에게 하기도 했다. 그러고 나서는 시어머니에게 육아를 떠넘겼을 테지만 말이다. 그마저도 임신을 해야 가능한 일인데 그것도 불가능한 듯했다. 나는 그녀가 부키나로 돌아가기를, 짧게라도 다녀오기를 진심으로 바랐다. 그녀가 그렇게 끊임없이 징징대지 않아도 지금 상황만으로 충분히 골치가 아팠으니 말이다.

클리토네우스는 드레파논 의회가 회의를 소집하는 데 동의했다고 알려주었다. 어떤 면에서는 좋은 징조였지만 만족할 만한 결과가 나오리라는 희망을 품기는 어려울 듯했다. 장소는 평소와 마찬가지로 포세이돈 신전이었다. 하얗게 칠해진 이 대형 목재 건물에는 조각된 기둥이 세워져 있었고, 광택이 나는 돌로 만든 벤치가 놓여 있었으며, 벽에는 아이게스테스의 탄생부터 드레파논 건설에 이르기까지 이 나라 역사의 주요 장면들이 그려져 있었다. 연기가 자욱한 내부의 사당 안에는 무화과나무로 만든 포세이돈의 조각상이 있었다. 얼굴에는 붉은색 진사를 칠했고, 몸은 먼저 옻칠을 한 다음 푸른 청금석 가루를 뿌렸으며, 손에는 금박을 입혔다. 한 손에 쌍날 도끼를 들고 긴 회색 가발을 쓴 형상이었다. 건물 밖은 법정으로 사용되었다. 아버지는 이곳에서 갖가지 소송 사건들을 해결하며 상당히 많은 시간을 보내다가 늦은 시간에야 집으로 돌아와 저녁을 드시곤 했다. 마음이 상하고 몸은 지칠 대로 지친 채.

클리토네우스가 탄원인의 신분으로 낡은 옷을 입고 올리브 가지를 손에 든 채 문에서 가장 가까운 벤치에 앉았을 때, 회의장 안에는 다양한 연령대의 의원들이 40명 가까이 모여 있었다. 의회 의장인 아이깁토스는 80세도 더 된 포카이아인으로 이 신전의 건설 과정을 자기 눈으로 본 사람이었다. 우리는 그를 좋은 친구로 생각했지만, 그의 세 손자 중에 한 명이 내 구혼자였다. 그는 희미한 미소를 지으며 클리토네우스를 환영했다. "아니, 이게 누구야. 이렇게 젊은 왕자가 의회를 찾아온 건 역사상 처음 있는 일인 것 같은데. 물론 법규에 어긋나는 일은 전혀 아니지만 말이야. 자네의 시민 정신에 경의를 표하네. 혹시 자네의 모험가 형 라오다마스에 관한 좋은 소식이라도 가져왔는가? 아니면 영광스러운 우리 국왕 폐하께서 여행을 서둘러 끝내고 뱃머리를 돌리기라도 하셨는지? 태양 한가운데로 날아간 독수리가 비행을 마치고 둥지로 돌아오듯 말이야. 그것도 아니라고? 그러고 보니, 얼굴에 수심이 가득 차 있고 탄원인의 복장까지 했구나. 그렇다면 공적으로 우려되는 어떤 부분에 대해 문제를 제기할 모양이지? 그게 무엇이든 신들이 네가 원하는 바를 들어주시기를 기도하마."

클리토네우스는 회의장 한복판으로 성큼성큼 걸어갔다. 자신이 헤르메스 신의 후손이라고 주장하는 전령 페이세노르가 방해받지 않고 탄원할 수 있는 권리를 상징하는 흰 홀을 그에게 건네주었다. 클리토네우스는 원로들에게 경의를 표한 뒤 크고 날카로운 목소리로 말하기 시작했다.

"고귀하신 아이깁토스 의장님, 그리고 우리 왕실의 든든한 동맹자 여러분들, 제 부족한 연설로 여러분의 시간을 낭비하지는 않겠습니다. 제가 제기하려는 문제는 여러분이 동의해주시기만 한다면 다 같이 해결할 수 있습니다. 저는 그것을 탄원하기 위해 이렇게 누더기 옷을 입고 올리브 가지를 들었습니다. 저희에게 이중의 불행이 닥쳤습니다. 그중 적어도 첫 번째 불행에 대해서는 여러분께서도 많이 안타까워해 주신 걸로 압니다. 제 아버지인 폐하께서 1년 전에 수수께끼처럼 사라진 제 형 라오다마스의 행방을 수소문하기 위해 모래가 많은 필로스로 떠나버리셨으니까요. 이에 더해 한 무리의 게으른 청년들이 왕의 부재를 틈타 제 누나 나우시카에게 원치 않는 관심을 보이며 누나를 괴롭히고 섭정인 멘토르 경을 모욕하고 있습니다. 이들은 어제 대규모로 떼를 지어 궁에 몰려와서는 거절을 거절로 받아들이지 않고, 불시에 찾아온 손님들에게 제공되는 소박한 식사마저 싫다고 하면서 궁의 황소와 돼지, 양을 멋대로 도살하고 포도주를 축내며 연회 마당에서 시끌벅적한 오후를 보냈습니다. 그러고는 해가 지고 나서야 자신들이 흘린 포도주와 토사물을 치우지도 않고 비틀거리며 궁을 떠났지요. 그리고 이제는 제 삼촌인 멘토르 경마저 아이게스타에 갔다가 자취를 감췄습니다. 이틀 전, 명예로운 이 의회에서 내린 결정의 법적인 문제에 대해 그곳 원로들과 상의를 하려고 떠나신 거였지요. 저는 삼촌이 지금 여기 계신 의원 중 한 명 또는 여러 명에 의해 강제 구금되었다고 생각합니다."

"아니 얘야, 그런 터무니없는 주장을 뒷받침할 수 있는 증거라도 있니?" 아이깁토스가 물었다. "정말 우리들 중 한 명이 네 삼촌 멘토르를 납치해 감금했다고 믿느냐 말이다. 지난밤의 연회에 대해 난 그것과는 완전히 다른 이야기를 들었다. 내 소중한 동료들인 안티노오스와 에우리마코스가 (왕께서 직접 이 두 사람을 네 누나의 구혼자로 받아들이고 이들에게 예외적인 특권을 부여했으니, 너도 이 두 사람을 각별히 존중해야 할 것이다) 내게 모든 상황을 설명해 주었지. 그들이 말하기를, 왕께서 작별 인사를 하실 때 슬픔의 눈물을 흘리며 거듭 입맞춤을 하면서 자신이 떠나 있는 동안 언제든 궁에 와서 식사를 하라고 간절히 청했다는구나. 왕께서 이렇게 말씀하셨다는군. '고대의 에가디 관습에 따라 내 처남 멘토르에게 나우시카 공주의 결혼을 주선하게 하겠다. 내가 그의 선택에 반해 어느 한 구혼자를 편애하는 일은 없을 것이다. 자네 둘처럼 훌륭한 귀족 청년도 예외가 될 수 없다. 그러니 드레파논과 에릭스, 아이게스타, 할리카이, 그 밖에 내가 통치하는 모든 지역에서 신랑감을 불러 궁 안마당에 모이게 하라. 그중 한 명이 선택될 때까지 (바라건대 신속하게) 거기서 최고의 음식과 술을 즐기도록 하라. 멘토르가 어떤 결정을 내리든 나는 그것을 사전에 승인한다."

"아이깁토스 의장님." 클리토네우스가 항변했다. "아버지께서 언급된 그분들에게 그런 말씀을 하셨다면, 존경스러운 제 어머니와 정숙한 제 누나, 고귀하신 제 삼촌, 그리고 보잘것없는 저 자신에게는 전혀 다른 말씀을 하셨습니다. 당신이 부재하는 동안 검소하게 지내고 과한 접대를 피하며 중요한 결정은 모두 미루라는 조언을 남기셨거든요."

"아, 하지만 명령이 서로 상충될 경우 법적으로 중요한 건 마지막 명령이지! 배가 닻을 올리기 직전에 왕께서 마음을 바꾸셨다고 증언해줄 증인들이 여기 두 명이나 있고."

클리토네우스는 그물에 잡힌 새끼 멧돼지가 된 기분이었다. 사냥개들이 그를 에워싼 채 짖어대고 사냥꾼들은 반짝이는 창을 들고 점점 다가오는 형국이었다. 하지만 그는 예의와 용기를 잃지 않았다. "아이깁토스 의장님, 그분들이 의장님의 연륜을 마땅히 존중하지 않고 파렴치하게 의장님을 속인 것은 아닐까요? 제 삼촌 멘토르와 (그가 사라진 것에 대해선 아무 설명이 없으시군요) 존경하는 제 어머니, 제 누나, 제 형수 모두 왕께서 떠나실 때 그 자리에 있었지만, 아버지께서 안티노오스 경과 에우리마코스 경을 한쪽으로 데려가 입을 맞추고 귓속말을 하는 광경은 보지 못했습니다. 그런 광경을 볼 수 있었던 사람은 아무도 없었을 겁니다. 그 두 분은 군중들이 울면서 아버지를 배웅할 때 부두에 나타나지도 않았으니까요. 아, 아버지가 이 자리에 저희와 함께 계셨으면 얼마나 좋았을까요! 이것은 왕권을 해치는 참을 수 없는 모욕입니다. 아버지의 신뢰를 받는 의원으로서 부끄러워해야 할 일이며, 국제적으로 나라 망신을 시키는 일입니다. 올림포스 신들이 이 일을 알게 되면 어떤 복수를 할지 두렵지도 않습니까? 저는 이 자리에서 전능하신 제우스, 그리고 문명 세계에서 의회를 소집하고 해산하는 일을 하시는 그의 고모 테미스 여신의 이름으로 탄원합니다. 이 일에 개입해서 진실을 밝혀주십시오! 멘토르 삼촌의 섭정권을 박탈했을 때처럼 약탈의 책임을 이 의회에 물을 수 있었다면 저도 대처하기가 훨씬 더 수월했을 겁니다. 그러면 공적으로 해결하면 될 것이고, 결국 의회는 배상을 해줄 수밖에 없을 겁니다. 우리는 엘리미나 의회에 항소해 저희가 입은 손실과 피해를 낱낱이 공개할 예정이니까요. 하지만 저희는 현재 막무가내로 몰려든 개인들에게 약탈을 당하고 있는 실정입니다. 무리의 우두머리들이 이 명예로운 의회의 구성원인 것은 사실이지만, 우리가 소송을 제기할 수 있는 특정 단체에 속한 것은 아닙니다. 저의 억울함을 부디 양해해주시기 바랍니다!"

클리토네우스는 와락 울음을 터뜨렸고, 흰 홀이 바닥에 쿵 하고 떨어졌다.

회의장에 있던 대부분의 사람은 마음이 움직였고 위로의 말을 중얼거리기도 했지만 아무도 감히 나서서 말을 하지 못했다. 그때 안티노오스가 앞으로 나와 홀을 주워 들었다.

"클리토네우스, 축하하네!" 그가 말했다. "웅변가 기질을 타고났군그래. 단지 자네가 그런 재능을 나쁜 목적을 위해 악의적으로 사용한다는 것이 애석한 일이지. 자네의 거짓된 고통에 마음씨 여린 내 동료 몇 명이 넘어간 것 같으니 말이야. 자네 누나가 우리 구혼자들 중 누구를 선호하는지 밝히기를 완강히 거부하는 것이 우리의 잘못인가? 선택지가 너무 적다고 불평을 할 수도 없을 텐데 말이야. 멘토르 경도 그녀에게 의무감을 심어주는 데 실패하고 이 모든 일에 학을 떼면서 자신의 고향인 히에라섬으로 떠나 버렸다는군. 그녀가 결정을 내려 자신의 소임을 다할 때까지 절대 돌아오지 않겠다고 맹세하면서 말이지. 진실을 말해보게, 클리토네우스. 나우시카 공주가 그 자주색 혼례복을 완성하는 대로 남편을 선택하겠다고 어머니께 약속하지 않았던가? 그녀가 세 땀을 수놓을 때마다 (그것도 최대한 늑장을 부려가며) 두 땀을 도로 풀더니 결국에는 작업을 아예 중단했다는 건 사실이지 않은가?"

클리토네우스가 벌떡 일어나 외쳤다. "그런 사적인 정

보를 어떻게 입수했습니까, 안티노오스 경? 에우리마코스에게 들었습니까? 그럼 에우리마코스는 보트 창고에서 검은 눈의 멜란토에게 그 이야기를 들었나요?"

"뭐라고?" 하는 함성이 터져나왔고, 모든 시선이 에우리마코스에게 쏠렸다. 에우리마코스는 무슨 말이라도 해야 할 입장이었다. "검은 눈의 멜란토라는 사람이 누군지 난 전혀 모르겠는데." 그가 무뚝뚝하게 말했다. "이름으로 봐서는 자네 집에서 일하는 소치기 멜란티오스의 딸이 아닌가 싶네만. 물론 그 정보는 그에게서 온 것으로, 자네 추측대로 난 그걸 여기 있는 내 동료에게 전했네. 하지만 보트 창고에 대해서는 전혀 들은 바가 없는데. 혹시 그의 딸이 돛을 수선하는 일을 하나?"

그의 말이 끝나자 아이깁토스는 클리토네우스에게 정숙을 명하면서, 안티노오스가 홀을 가지고 있을 때는 그가 말하는 동안 방해하면 안 된다고 주의를 주었다.

클리토네우스는 사과했고, 안티노오스는 말을 이었다. "의장님, 절차도 아직 제대로 모르고 자제력과 기억력마저 형편없는 이 어린 청년에게 아량을 베풀어 주십시오. 다시 한 번 말씀드리지만, 우리 구혼자들은 왕의 직접적인 초청을 받고 궁을 방문했습니다. 또 우리는 나우시카 공주에게 오랫동안 기다려온 대답을 들을 때까지 매일 그곳에

갈 생각입니다. 그로 인해, 112명의 구혼자 중 111명이 낙담을 하게 되더라도요. 공주는 더 이상 우리의 인내심을 시험하거나 아테나 여신에게 받은 놀라운 재능을 악용하지 말아야 할 겁니다. 이를테면 아름다움과 총명함, 손재주, 가족의 반대에도 불구하고 뭐든 자기 뜻대로 하고야 마는 비상한 재주 같은 것들 말입니다. 이 방면에서 그녀를 따라갈 여사제는 아무도 없지요. 포세이돈의 신부인 티로나 제우스의 신부인 알크메네도 그녀의 상대가 되지 못할 겁니다. 하지만 놀라울 정도로 영리한 이 아가씨는 제 꾀에 스스로 넘어가고 말았습니다. 그녀가 '조만간'이라는 말로 우리를 속이려 드는 한, 우리는 왕께서 에우리마코스와 저에게 작별의 입맞춤을 하며 약속한 후한 대접을 계속해서 즐길 겁니다. 불필요한 막대한 비용이 발생하겠지요."

클리토네우스는 손짓으로 홀을 요청했고, 감정을 완전히 추스른 뒤 천천히 그리고 조용히 말했다. "강제 결혼을 거부하는 것은 제 누나만이 아닙니다. 이런 문제에 관한 한 제가 복종할 수밖에 없는, 그리고 드레파논에서 다른 누구보다 왕의 심중에 대해 잘 알고 계신 제 어머니도 그렇게 생각하십니다. 안티노오스의 설명과 달리 멘토르 삼촌도 같은 생각이시고, 저 또한 마찬가지입니다. 우리는 모두 이들의 음모에 충격을 받았지만 가만히 당하고만 있지는 않을 겁니다. 의원님들에게 간절히 청하오니, 오늘 제가 드린 말씀을 잘 기억해 두었다가 아버지가 돌아오시면 부디 알려주십시오. 제 누나의 구혼자를 가장하는 사람들이 사악한 의도로, 또는 탐욕이나 어리석음으로 인해, 그것도 아니면 아이깁토스 의장님의 손자처럼 그저 아무 생각 없이 벌이는 짓은 1급 강도 행위로 엘리미나 법에 따라 네 배의 배상을 요한다는 것을 말입니다. 안티노오스와 그의 공범인 에우리마코스는 사흘 전 주목나무 밑에서 음모를 계책했는데, 그 나무 위에 앉아 있던 아테나의 부엉이가 그들의 이야기를 전부 들었습니다. 그들은 제 누나 나우시카보다 자신들이 더 똑똑하다고 생각하겠지만, 제 꾀에 스스로 넘어간 것은 누나가 아니라 이 두 사람입니다! 그들이 벌이는 터무니없는 짓은 지금은 재밌게 보일지 몰라도 누구도 상상하지 못할 만큼 큰 대가를 치르게 될 겁니다.

안티노오스 경, 에우리마코스 경, 그리고 크테시포스 경, 당신들에게 일말의 수치심이나 신에 대한 경외심이 있다면, 궁에 발길을 끊고 다른 곳에서 잔치를 즐기십시오. 코타부스 놀이를 하려거든 자기 집 포도주로 하시고, 위장이 꽉 차서 먹은 걸 도로 입 밖으로 내어놓고 싶거든 어디 다른 곳에 가서 하세요! 하지만 당신들에게 수치심도 신에 대한 경외심도 없다면, 말씀하신 대로 실컷 먹고 마시십시오. 저는 존경하는 제우스에게 어서 빨리 심판의 날이 오게 해달라고 빌 것입니다. 그날이 오면 저희 가문의 모든 적들은 완전한 파멸을 맞이하게 될 겁니다. 의원님들은 이 전조를 어떻게 생각하십니까? 어제 나우시카 공주가 페리보이아 샘 근처에서 하녀들과 함께 빨래를 할 때 독수리 한 마리가 급강하하더니, 궁에서 가져온 빵을 신나게 먹고 있던 뻔뻔한 참새 떼를 덮쳐 한바탕 큰 소란이 일어났다고 합니다. 그 자리에 있던 사람들 모두가 그 광경을 봤고 신기해했다죠."

노령의 할리테르세스가 일어나 홀을 받았다. "드레파논 시민 여러분, 이 전조 현상이 실제로 일어난 일이라면 (보고를 확인하는 건 간단한 일일 겁니다), 이에 대한 해석은 하나뿐입니다. 참새는 왕의 사비로 먹고 마시며 즐거워하는 구혼자들이겠죠. 그들은 제재를 받아야 합니다. 이 징조는 예언이라기보다는 경고에 가깝기 때문이죠. 경험이 풍부한 사람의 말을 들으면 상황이 나빠지기 전에 파멸을 피할 수 있습니다. 독수리가 덮쳐 무시무시한 파괴를 초래하기 전에 말이죠. 징조는 항상 주의 깊게 보아야 합니다. 작년 어느 날 저녁에 저는 이상한 광경을 봤습니다.

어린 숫염소가 절벽에서 떨어져 바다에 빠졌는데, 큰 파도가 들이치는 와중에도 녀석은 필사적으로 해안가로 올라오려고 몸부림을 치더군요. 염소들은 걸음걸이가 워낙 안정적이어서 웬만하면 넘어지지 않는다고 하는데, 아마도 비가 계속 와서 지반이 약해져 있었던 모양입니다. 제가 너무 나이가 많은 데다 파도까지 높아서 그 불쌍한 동물을 구해주지 못한 게 못내 마음이 아프더군요. 그래서 곰곰 생각하며 자문해 보았죠. '어떤 청년이 위험해지려고 이럴까?' 그런데 다음 날 새벽에 라오다마스 왕자가 사라졌다는 소식이 들리더군요!"

에우리마코스가 대답했다. "할리테르세스 경, 당신은 여느 점쟁이처럼 매일 50개 이상의 현상을 관찰하십니다. 그중 일부를 몇 달이나 몇 년 뒤 예언으로 끼워 맞추고는 마치 선견지명의 증거라도 되는 양 내놓으시죠. 나머지는 편리하게 잊어버리고요. 새들은 하늘에서든 나무에서든 원래 늘 아무 의미 없이 이상한 짓을 합니다. 그중 상당수는 맹금류이고요. 종다리가 날개를 퍼덕거릴 때마다 또는 독수리가 참새를 잡아먹을 때마다 그것이 어떤 불운을 예고하는지 걱정하며 다음 한 달을 보내야 한다면, 삶은 불가능한 일이 될 겁니다. 족제비며 산토끼며 여우며 염소의 행동은 또 어떻게 봐야 할까요? 동물 점의 세계는 끝이 없습니다. 저기 저 기둥 뒤에서 이상한 짓을 하고 있는 개 두 마리를 보십시오! 어르신, 얼른 집으로 달려가세요. 저 징조는 당신에게 뭔가를 말하고 있어요. 부디 손주들이 큰 해를 입지 않게 하십시오! 하지만 그에 앞서 당신에게 경고합니다. 왕실의 후한 선물을 바라며 이 고집 센 젊은이 클리토네우스 왕자의 폭력 행위를 유발하지 마십시오. 그가 왕의 손님인 우리에게 이제 겨우 자라기 시작한 자신의 뿔을 쓰려 한다면 우리는 무력도 불사할 것이고, 당신은 살인을 선동한 죄로 어마어마한 벌금을 치르게 될 겁니다……. 그건 그렇고, 당신의 설교는 갈수록 우리의 존경을 앗아가는군요. 마치 북동풍에 대고 소리를 지르는 것과 같습니다. 안티노오스와 저는 왕가의 환대를 즐길 생각이고, 그 무엇도 우리를 멈추게 할 수 없습니다. 왕자의 어린애 같은 위협이나 당신의 지루하기 짝이 없는 점술도 말입니다!"

클리토네우스가 마지막으로 흰 홀을 가져갔다. "신들과 드레파논의 시민들 앞에서 제 탄원의 변을 올렸으니, 이제 저는 여러분의 신중한 판결을 기다립니다. 저는 아직 이 무리의 구성원이 아니기 때문에 투표를 하지 못하지만요. 여러분이 행동에 나서기를 거부한다면 저는 엘리미나 의회에 항소할 것입니다. 하지만 먼저 이 사건의 주요 요

점을 다시 정리해 보겠습니다……."

그가 막 설명을 시작했을 때 벤치에서 웅성거리는 소리가 들려왔다. 멘토르 삼촌이 회의장에 들어와 인사하고 자신의 평소 자리에 가 앉았던 것이다. 그의 등장에 힘을 얻은 클리토네우스는 더 유창하게 발언을 이어갔다. 그가 발언을 마치자, 멘토르가 손짓으로 흰 홀을 요청하고 이렇게 말했다. "여러분 중 몇 분은 내가 여기 온 것을 보고 놀랐을 겁니다. 어제 나는 왕실 마차를 타고 아이게스타로 향하던 중 긴급한 전갈을 받았습니다. 내 고향인 히에라섬에서 붉은 소들이 경련 증상을 보여 나를 급히 찾는다면서 여기서 멀지 않은 해안에 노가 여섯 개 달린 배를 대놓았으니, 그 배를 타면 즉시 출발할 수 있을 것이라고 하더군요. 여기에 어떤 거짓이 있을 거라고는 생각하지 못했기에 나는 여행을 중단하고 배에 올랐습니다. 하지만 히에라에 상륙해 처남의 집으로 달려가 소가 몇 마리나 죽었냐고 걱정스럽게 물어보았더니, 처남이 웃으며 답하기를 가축들은 다 건강하다는 겁니다. 그러면서 내가 곧 도착할 거라는 전갈을 받았다고 하더군요(누가 보냈는지는 알아내지 못했습니다). 드레파논에 남으면 죽을 운명이라는 신탁을 받아서 여기로 몸을 피할 거라고요! 안도감과 짜증이 교차하는 가운데 나는 해변으로 발길을 돌렸지만 노가 여섯 개 달린 배는 어디론가 사라지고 없었습니다. 그 배의 선원들은 에우리마코스 경의 가문 휘장을 달고 있었는데 말이죠. 게다가 그 일대의 어부들 중에서도 나를 드레파논으로 데려다주겠다는 사람이 아무도 없었습니다. 아무리 높은 가격을 불러도 소용이 없었지요. 히에라를 떠나면 내 목숨이 위태로워질 거라는 협박을 들었기 때문이었습니다. 나는 처남과 밤을 보냈지만 날이 밝아오자 내 일이 걸려 있는 이곳으로 돌아오기로 결심했습니다. 히에라에는 내 소유의 작은 범선이 한 척 있는데, 나는 그것을 굴림대에 실어 물 위에 띄운 후 돛대를 세우고 돛을 올린 다음 거의 두 시간도 채 안 돼 바다를 건너왔습니다.

의원님들, 나는 여러분의 세심한 관심을 간절히 요청합니다. 여러분이 보기에는 내가 더 이상 섭정이 아닐지 몰라도 왕을 존경하고 왕에게 복종하는 모든 정직한 엘리미나족은 여전히 나를 섭정으로 볼 것입니다. 내가 아이게스타에 가면 나를 막으려고 한 자는 큰 타격을 입게 될 겁니다. 속임수는 결국 실패로 끝났으니까요. 폐하께서는 아침에 떠나시기 전에 나를 섭정으로 공개적으로 임명하셨고, 여러분은 이에 아무런 이의를 제기하지 않았습니다. 그러고는 나를 히에라에 고립시키려는 계략을 꾸몄지요. 나는 아이게스타 사람들에게 여러분이 왜 이런 짓을 했는지 나 대신 이유를 밝혀 달라고 요청할 생각입니다. 내 조카 클리토네우스가 제기한 구혼자들 문제에 관해서라면, 나는 그의 의견을 전폭적으로 지지합니다. 그렇다고 내 조카의 소위 구혼자라는 사람들과 싸우고 싶지는 않습니다. 그저 궁을 떠나줄 것을 다시 한 번 부탁드리고, 나를 무시하는 행동은 죽음을 의미한다는 것을 경고하고 싶습니다. 농담이 도를 넘고 있으니 말입니다. 그들은 흥이 많은 청년들로 자신들이 얼마나 심각한 일을 벌이고 있는지 대부분 깨닫지 못하고 있습니다. 하지만 가장이자 원로라는 분들이 왕궁이 멋대로 짓밟히고 왕실 재산이 강탈을 당하고 왕가가 모욕을 받는 광경을 보고도 못 본 체하는 건 완전히 다른 이야기지요. 클리토네우스의 연설을 듣는 동안 여러분의 입에서 동정의 표현이 한 마디라도 흘러나왔나요? 구혼자들의 행동이 대낮의 도둑질이자 반역이며 반란이라는 사실을 준엄하게 꾸짖은 분이 한 분이라도 있었나요?"

"자, 자, 멘토르 경." 아이깁토스가 말했다. "말이 좀 지나치군요. 당신이 며칠간 누린 특권이 불법적으로 수여된 것으로 판명이 났으니 당연히 기분이 안 좋겠지요. 하지만 문제를 혼동하지 마십시오. 이 의회는 누군지도 알 수 없는 사람이 친 장난을 공식적으로 인정할 수 없습니다. 당신은 히에라 사람이니 당신이 지금 있어야 할 곳은 히에라다, 뭐 그런 의미에서 그런 장난을 친 것 아니겠습니까? 또한 구혼자들에게는, (그중에는 내 손자도 있다는 걸 인정합니다. 그 아이가 최종 선택을 받기를 바라고요) 정당한 권리가 있는 것으로 보입니다. 당신이 갑자기 극렬하게 증오하게 된 두 의원님의 증언에 따르면, 왕은 출항하는 날 아침에……"

구혼자들의 수가 워낙 많았고 드레파논의 거의 모든 가족에 구혼자가 한 명쯤은 있었기 때문에, 회의는 예정된 수순을 밟았다. 자기 가족을 적으로 돌리고 싶지 않았던 원로 의원들은 112명이나 되는 젊은이들이 무리에 합류했다면 그럴 만한 타당한 이유가 있었을 거라고 결론을 내린 것이다.

역시 내 구혼자인 레이오크리토스가 마무리 연설을 했다. "이런 말도 안 되는 소리는 그만합시다! 밥 한 끼 먹은 거 가지고 이게 무슨 난리랍니까! 왕이 1년간 매일 이런 연회를 연다 해도 가축이 워낙 많아서 줄어봤자 티도 별로 안 날 거라고요. 워낙 인색해서서 딸에게는 빵과 치즈, 가문비나무 술만 내주라고 이르고 구혼자들에게는 막대한 지참금을 요구하는 분이긴 하지만요. 이만 폐회합시다, 아이집토스 경. 그리고 각자 할 일을 합시다! 클리토네우스는 결혼을 하려면 아버지가 계셔야 한다고 자꾸 고집을 부리는데, 그러면 그가 직접 배를 타고 모래가 많은 필로스로 가 왕을 모셔오면 될 일입니다. 필요한 게 있다면 멘토르 경과 할리테르세스 경이 처리해 주겠지요. 클리토네우스가 겉으로는 허풍을 떨지 몰라도 실제로 드레파논을 떠날 배짱이 있을 것 같지는 않습니다만. 자, 안티노오스, 에우리마코스, 크테시포스, 이제 오늘의 연회를 즐기러 슬슬 궁에 갈 시간입니다. 왕실 목부들에게 가축들을 더 데려오라고 일러두었지요."

클리토네우스는 바닷가로 터덜터덜 걸어가 파도에 손을 씻고 아테나에게 자신을 이끌어 달라고 기도했다. 아테나는 전과 마찬가지로 재빨리 그를 도와 멘토르에게 그를 찾아 나서게 했다. 클리토네우스가 뒤를 돌아보자 그가 다가왔다.

"내 소중한 조카야." 멘토르가 외쳤다. "네가 정말 자랑스럽다는 말을 하고 싶어서 이렇게 왔다. 늘 바라왔던 것처럼 넌 겁쟁이도 아니고 바보도 아니야. 네 아버지의 강한 의지, 네 어머니의 정의감과 품위를 모두 물려받았구나. 그러니 탐욕스럽고 부정직한 구혼자들에 대해선 잊어버리렴. 그들은 깡패를 따라다니는 바보들일 뿐이니까. 신들이 그들을 파멸시킬 것이다. 너는 그냥 레이오크리토스의 조언을 따르는 척하도록 해. 궁으로 가서 그리스로 떠나는 양 식량을 챙겨라. 포도주와 보리, 치즈 같은 것들 말이야. 나는 네 아버지와 나에게 충성하는 평민들 중에서 선원을 모집해보마. 네가 적들을 모욕했으니 이제 드레파논에 계속 머무는 건, 아무리 궁 안에만 있는다 해도 위험할 것 같구나."

클리토네우스가 물었다. "'그리스로 여행을 떠나는 양'이라니요? 실제로는 모래가 많은 필로스로 떠나지 말아야 한다는 뜻인가요?"

"정확히 그 뜻이다."

"그러면 어디로 가요? 저더러 가족을 버리고 떠나라는 뜻은 아니겠죠?"

"아니다. 내가 바라는 건, 긴급 군사 원조를 요청하는 것이야. 가능성을 기대해볼 만한 곳은 딱 한 곳 밖에 없지. 듣자 하니 구혼자들이 벌써 아이게스타와 에릭스에 대표들을 보내 시민들이 우리에게 등을 돌리도록 수를 썼다고 하니 말이야. 에릭스는 이미 내가 섭정으로 임명된 것이 법에 위배된다고 판결을 내렸다는구나. 너는 미노아에서 시쿨리족의 전쟁 지휘관으로 선출된 네 형 할리우스에게 가거라. 오래전 가혹한 결정을 내린 아버지에게 원망이 남아 있다 해도, 네 형은 사랑하는 어머니와 여동생 나우시카를 지키기 위해서라도 달려올 수밖에 없을 거야. 나우시카가 어렸을 때 할리우스가 그 애를 업고 다니곤 했거든. 떠나야 했을 때도 통한의 눈물을 흘렸지."

"그럼 삼촌은요? 삼촌도 그들의 위협을 무시하고 저 못지않게 대놓고 그들을 모욕했잖아요."

멘토르는 어깨를 으쓱했다. "내가 왕을 위해 무엇을 해야 할지는 명확한 것 같구나." 그가 단호한 어조로 말했다.

9장. 떠나는 클리토네우스

 무거운 마음으로 궁에 돌아온 클리토네우스는 상황이 자신들이 바라는 대로 돌아가 사기가 오른 구혼자들을 발견했다. 상당수는 의회에서 단호하게 개입할 수도 있을 것이라고 우려하던 터였다. 그들은 바깥마당의 회랑에서 작은 쇠고리를 던지거나 주사위놀이를 하면서 빈둥거리고 있었고, 그들의 하인들은 거대한 제단 근처에서 염소 가죽을 벗기고 살찐 돼지의 털을 불에 지지고 있었다. 안티노오스가 쾌활한 미소를 지으며 어슬렁거리며 다가와 클리토네우스의 손을 붙잡았다. "아니, 왕자님!" 그가 희색이 가득한 얼굴로 외쳤다. "우리와 함께하기 위해 이렇게 와 주다니 이렇게 황송할 수가! 아까 포세이돈 신전에서는 무슨 스튜 냄비마냥 열을 뿜어대고 부글대더니 말이야. 하지만 이제 의회에서도 네 이의 제기에 퇴짜를 놓았으니 너도 이성을 되찾고 우리가 여기에 온 데는 정당한 이유가 있다는 것을 인정해주어야 할 거야. 자, 자, 신출내기가 연설하느라 얼마나 진이 빠졌겠어. 감히 말하건대 우리 왕자님도 배가 좀 고프겠는데? 곧 저녁 식사가 준비될 테니, 너에게 가장 맛있는 부위가 돌아가도록 해주지. 그런데 왕을 찾으러 떠날 거라니, 의왼데? 우리가 정당한 권리를 행사하고 있다는 사실이야 왕이 확인해 주겠지만, 너도 여행을 통해 색다른 경험을 하고 근심을 떨쳐낼 수 있기를 바라. 혹시라도 적당한 선박을 찾지 못하면 나한테 말하고. 내가 배를 제공해줄 수도 있으니까."

클리토네우스는 안티노오스의 손을 맞잡는 대신 부리나케 자기 손을 뺐다. "내가 당신들 사이에 껴서 먹고 마실 생각이 조금이라도 있을 것 같다고 생각했다면," 그가 단호하게 말했다. "단단히 착각한 거야. 그건 아버지 재산에 대한 파렴치한 도둑질을 묵인하는 것이나 마찬가지일 테니. 의회가 아직 최종 결정을 내린 건 아니라는 건 당신도 잘 알겠지. 모래가 많은 필로스에 도착해 폐하께 자초지종을 전하면 당신의 거짓은 바로 탄로 날 거야. 그리고 배를 구하는 데 애를 먹더라도 당신한테 도움이나 조언을 구할 일은 없어."

"싸움을 원하는 거라면 기꺼이 받아들이지. 내 손을 거부했으니 장수하긴 어렵겠어."

다른 구혼자들도 클리토네우스를 비웃기 시작했다. 크테시포스가 외쳤다. "말로는 모래가 많은 필로스로 떠날 거라고 호언장담하지만 내 보기에 왕자는 속으로 다른 여행을 궁리하고 있는 것 같은데. 어쩌면 메데이아가 그 유명한 약방을 남긴 코린토스로 갈지도. 치명적인 독이 가득 담긴 작은 주머니를 가져와 우리가 술에 취해 있을 때 음식에 섞을지 어떻게 알겠어."

레이오크리토스가 맞장구를 쳤다. "헤르메스에게 맹세하건대 자네 말이 맞네. 하지만 클리토네우스가 자기 형 라오다마스처럼 다시는 돌아오지 못하게 된다면 얼마나 안타까울꼬! 그러면 우리는 그를 찾기 위해 이 집안의 가장 어린 꼬마를 보내야 할 테고 궁에는 여자들만 남게 되겠지. 꼬마가 배에 올랐다가 바다에 빠지기라도 하면 우리가 왕가의 재산을 분할해 주사위를 던져 나눠 가질 수밖에. 나는 과수원에 눈독을 들이고 있네만. 과일 가게를 하면서 도박장을 겸할 수 있을 것 같거든. 헤라클레스에게 맹세하건대, 왕자의 암망아지가 정말 잘 뛰던데. 자네가 직접 훈련을 시킨 건가?"

레이오크리토스의 농담은 이들이 아버지가 돌아올 경우 살인을 시도하고 우리 가족의 남자들을 몰살하려 할지도 모른다는 내 추측이 괜한 걱정이 아님을 확인해 주었다.

클리토네우스는 대꾸하지 않고 집 안으로 들어가 에우리클레이아를 한쪽으로 데려갔다. "보모, 포도주 열두 병을 준비해줘. 가장 좋은 것 말고 그다음으로 좋은 것으로. 보리 가루를 가득 채워 넣은 가죽 자루도 열두 개 챙겨주고. 멘토르 삼촌의 제안에 따라 나는 아버지를 모셔오기 위해 모래가 많은 필로스로 떠나려 해. 내가 항구를 떠날 때까지 아무에게도 이 사실을 발설하면 안 돼. 어머니한테도."

에우리클레이아가 울음을 터뜨렸다. "아니, 도련님마저 떠난다고요? 그러면 우리는 완전히 무방비한 상태에 놓이게 될 텐데요? 저 파렴치한 귀족 청년들이 오밤중에 우리를 살해하고 궁을 치면 어떻게 하나요?"

"멘토르 삼촌이 이곳을 지켜주실 거야. 의원이자 왕비의 남동생인 멘토르 삼촌이 계신데 누가 감히 여기 사람들을 해칠 수 있겠어? 살림 형편은 좀 어려워질 수도 있겠지만, 할아버지께서 잘 감시하실 수 있을 테고, 일꾼들도 충직한 편이잖아. 목부들도 멜란티오스를 제외하면 다 충직하고."

"아, 그 철면피 같은 멜란티오스!" 그녀가 외쳤다. "오늘 아침에는 그 녀석 목덜미를 잡고 창고에서 끌어내야 했다니까요. 마치 자기 집인 양 서슴없이 들어오지 뭐예요! 게다가 딸년인 멜란토는 어떻고요! 매춘부가 따로 없지. 최악은 다른 몇몇 여자아이들도 이미 멜란토에게 나쁜 영향을 받았다는 거예요. 어제는 회랑에서 남자들이랑 같이 술을 마시고 있지 뭐예요! 남자들 손을 잡고 입을 맞추며 테이블 밑에서 발을 맞대면서 말이에요. 내가 창문을 통해 다 봤어요. 한참 그러다가 옆문을 통해 정원으로 빠져나가더니 잡초가 우거진 풀밭에서 구혼자들과 그 짓거리를 하는 것 같더라고요. 아이고, 도련님 누이에게 구애해야 할 귀족 젊은이들이 하녀들을 건드리다니 참 잘하는 짓이다 싶었지요. 그렇게 사생아가 나오면 그 아이들은 누가 길러 준답니까? 세상이 아주 요지경이 되어가는 것 같아요. 왕비님께 그 사실을 말씀드렸더니 왕비님께서는 그저 이렇게 말씀하시더군요. '불쌍한 것들, 그 아이들은 찰나의 쾌락을 선택한 거야. 아프로디테 같은 강력한 여신을 누가 당해낼 수 있을까? 그 여자애들은 더 이상 어린 애가 아니다. 자신이 잘못하고 있다는 걸 스스로 알고 있지. 이제 너무 늦었어. 순결은 한 번 깨지면 복구할 수 없는 법이지.' 아, 도련님, 도련님이 어디로 가는지 어머니에게 말씀드리지 않는 것이 현명한 결정인지 모르겠네요."

"삼촌에게 아무에게도, 심지어 어머니에게도 말하지 않겠다고 약속했어."

나는 문 뒤에서 듣고 있다가 이 시점에 안으로 들어갔다. "클리토네우스, 솔직하게 말해봐. 나도 그럴 테니까. 우리 둘 다 혼자서는 이 문제들을 해결할 수 없으니 서로에게 솔직해져야 해. 에우리클레이아, 자리 좀 비켜줄래? 지키기 어려운 비밀은 듣지도 않는 게 좋을 것 같은데."

에우리클레이아는 훌쩍이며 밖으로 나갔고, 나는 클리토네우스를 압박했다. "동생아, 네가 모래가 많은 필로스로 떠난다는 소문이 정말 사실이니? 그렇다면 그건 아주 어리석은 행동일 거야. 하지만 혹시 네가 향하는 곳이 다른 곳이라면 내게 말해줘. 한 손으로 다른 손을 씻으면 두 손 다 깨끗해지는 법이잖아."

"누나는 그 대가로 나한테 뭘 말해줄 건데?"

나는 눈살을 찌푸렸다. "우리가 무슨 흥정하는 상인들은 아니잖아. 엄청난 역경에 직면한 남매일 뿐이지. 서로가 서로를 전적으로 믿지 않으면 우린 길을 잃을 수밖에 없어. 오레스테스와 그의 누이 엘렉트라가 왕위를 찬탈한 아이기스토스의 파멸을 위해 제각기 움직였다면 미케네에서 무슨 일이 일어났을까?✦ 나를 겁쟁이나 바보, 비밀도 못 지킬 것 같은 사람으로 여긴다면 지금 당장 그렇게 말해줘. 내 처지를 깨달을 수 있게."

클리토네우스가 사과했다. "물론 누나를 믿지. 당연히 누나에게는 비밀을 말하려고 했어. 방금 전에는 내가 어머니가 아닌 누나한테 비밀을 털어놓는다는 사실을 에우리클레이아에게 들키고 싶지 않아서 그런 거야. 어머니에게는 미노아에 있는 할리우스에게 부탁하러 간다는 말을 감히 못 할 것 같거든. 어쩌면 할리우스가 우리를 도와줄지도 몰라. 멘토르 삼촌이나 나 할리우스 말고는 마땅한 사람이 전혀 떠오르지 않더라."

"나도 할리우스에게 접근하는 방법을 생각해보긴 했어. 마지막 보루로 남겨두긴 했지만. 이곳에 외국의 군대, 특히 시쿨리족의 군대를 부르는 것은 위험한 선례가 될 수도 있으니까. 설사 성공해도 우리 왕조가 사랑이 아닌 무력으로 엘리미나족을 통치한다는 인상을 심어줄 수 있거든. 그러면 포카이아인들의 역모는 더욱 힘을 얻겠지. 나야 할리우스를 다시 받아주고 싶은 마음이 간절하고 할리

✦ 오레스테스와 엘렉트라는 아가멤논과 클리타임네스트라의 자녀들로, 아가멤논을 죽인 어머니와 그의 정부 아이기스토스를 죽여 아버지의 원수를 갚는다.

우스도 어머니에게 복종하고 싶은 마음이 크겠지만, 할리우스가 이곳을 떠날 때 자신에게 내려졌던 저주를 잊었을리 없어. 더 끔찍한 건 그때 그 어부를 잔인하게 죽인 범인은 그가 아니었다는 사실이야. 크테시포스가 그 불쌍한 사람을 죽였대. 한두 달 전쯤 우연히 알게 된 사실이야."

"그게 정말이야? 그런데 왜 그를 고발하지 않았어?"

"그러려고 했지. 근데 내가 할리우스의 이름을 언급하자마자 아버지가 노발대발하셔서 더는 말을 꺼낼 수 없었어. 나는 자문했지. '반쯤 아문 상처에 소금을 뿌리는 게 무슨 의미가 있을까? 할리우스는 이제 집 없는 방랑자도 아니고 미노아 왕의 딸과 결혼해 왕위를 이을 후계자가 되었는데. 분명 그는 충분히 행복할 거야. 그리고 이제는 더이상 엘리미나족이 아닌 시쿨리족으로 생각하고 행동할 테고.' 게다가 나에게는 크테시포스가 어부를 살해했다는 결정적 증거가 부족했어. 크테시포스에게 매수되어 할리우스에게 불리한 증언을 한 것으로 보이는 여자가 죽어가면서 남긴 자백뿐이었지. 어머니께 내가 알게 된 모든 것을 말씀드리자 어머니도 불의를 바로잡기 위해 할 수 있는 일은 아무것도 없다는 데 동의하셨어."

"그럼 누나는 내가 가지 말아야 한다고 생각해?"

"미노아까지 가는 데 얼마나 걸리지?"

"풍향이 바뀌지만 않는다면 노와 돛의 힘을 빌어 이틀 정도면 될 것 같아. 130~140킬로미터쯤 가야 하거든. 역풍을 만나게 된다면 돌아올 때는 그보다 훨씬 더 걸리겠지."

"할리우스가 즉시 함대를 제공해줄 수는 없을 것 같으니 돌아올 때는 육로를 택하는 게 좋겠어. 네가 다시 나타나면 사람들이 놀랄 거야. 할리우스가 어떤 결정을 내리든 국경까지는 널 호위해줄 텐데, 바닷길로 돌아오면 적과 거래한 혐의로 선원들이 널 의회에 고발할지도 몰라. 아테나 여신이 호의를 계속 베풀어 준다면 일주일 안에는 돌아올 수 있겠지. 내륙으로 난 길을 따라오다가 에우마이오스의 돼지 농장에서 만나자. 내가 어디에도 보이지 않는다면 눈물을 흘려야 할 거야. 난 죽거나 능욕을 당했을 테니."

"내가 미노아에서 어떤 결과를 가져와야 할까?"

"구혼자들이 당장 궁을 떠나고 우리에게 피해 보상을 하지 않으면 시쿨리족이 쳐들어올 거라는 협박."

"할리우스가 그런 협박을 하지 않으려 한다면?"

"할리우스는 거절하지 않을 거야."

"그리고 배 말이야, 구할 수 있을지 아직 확실히 모르겠지만, 만약 구한다면 미노아에 도착한 다음 선원들에게 어떤 명령을 내려야 할까?"

"그건 네가 알아서 해. 단, 그들이 돌아오는 건 네가 드레파논에 돌아오고 최소 2, 3일이 지난 후여야만 해."

클리토네우스는 강인하지만 남에게 쉽게 휘둘리는 아이였다. 주관 없이 화만 가득 차 있던 동생은 내 계획이 멘토르 삼촌의 계획과도 잘 맞아떨어지자 순순히 내 제안을 받아들였다. 그러고 나서는 배를 어디서 빌리고, 어떻게 선원들을 모집할 것이며, 아르고스와 라이라프스를 산책시키는 일을 누구한테 맡기고, 할리우스에게 무슨 선물을 할 것인지 같은 문제들에 완전히 사로잡혀 내 믿음의 은밀한 근거가 무엇이고 그가 돌아오고 배가 도착할 때까지의 시간을 어떻게 보낼 것인지에 대해 물어보는 것을 깜빡했다. 나는 솔직해지기로 했으니, 클리토네우스는 조만간 크레타인 아이톤을 만나게 될 터였다. 하지만 내 머릿속에서도 아직 확실하게 수립되지 않은 계획으로 동생의 머릿속을 복잡하게 하는 건 지금으로서는 무의미하게 보였다.

클리토네우스는 뜻밖의 행운을 얻었다. 우리 씨족 중 한 명인 노에몬이라는 젊은 귀족이 당장 사용할 수 있는 배를 한 척 가지고 있었던 것이다. 다리가 길고 얼굴이 창백한 이 소년은 나와 사랑에 빠져 클리토네우스에게 배를 빌려주고(배는 남쪽 항구의 황량한 구석에 끌어 올려져 있었다), 안티노오스와 에우리마코스에게 이 사실을 숨기면 우리 집과 나에 대한 충성심을 보여주고 문제가 해결된 뒤

우리에게 호감을 살 수 있을 것이라고 생각했다. 하지만 불행히도 그는 궁을 드나들지 말라는 내 경고를 무시했다. 자신이 먹고 마신 것은 모두 변상할 것이며 창가에 서 있는 내 모습을 잠깐이나마 볼 수 있기를 바라는 마음에서 온 것뿐이라고 멘토르 삼촌에게 개인적으로 설명했다고는 하지만 말이다. 나는 노에몬에게 약간의 연민과 고마움을 느꼈다. 산토끼처럼 크고 튀어나온 눈을 가진 노에몬. 하지만 그가 내 남편이 될 일은 절대 없을 것이다. 나는 제우스도 두려워하는 저승의 여신 헤카테에게 우리 집에 초대받지 않고 들어와 우리의 친절을 악용한 남자와는 어떤 상황에서도 결혼하지 않겠다고 엄숙히 맹세했기 때문이다.

어쨌든 우리는 필요한 배를 얻었고, 에우리클레이아가 식량을 준비해 주었으며, 멘토르 삼촌은 선원들을 고용했다. 비밀이 어찌나 철저히 지켜졌던지 몇 시간 뒤, 구혼자들이 여전히 회랑에서 흥청망청하고 있을 때 클리토네우스는 정원 문을 통해 궁을 슬그머니 빠져나가 누구의 괴롭힘도 없이 배에 승선할 수 있었고, 노와 돛을 이용해 곧 남동쪽을 향해 순조롭게 나아갔다. 그가 없어진 것을 뒤늦게 알아챈 우리의 적들은 적잖이 동요했다. 안티노오스와 에우리마코스는 그에게 노 네 개 달린 배조차 빌려주는 이가 아무도 없을 것이며, 설사 누가 빌려주더라도 선원들을 위협해 배가 항구 밖으로 못 나가게 할 거라고 큰소리를 쳤던 터였다. 그들이 생각하는 최악의 상황은 왕이 고국의 사정을 알게 되는 것이었다. 왕이 모래가 많은 필로스에서 군사 원조를 요청하고 대규모 정벌군을 데리고 돌아오면 어떡하지? 왕이 아무 의심 없이 부두에 발을 디딘 순간 그를 치는 것이 그들의 계획이었는데, 이제 그들은 계획을 변경해야 했다. 그러나 그들은 노에몬을 공개적으로 비난해 자신들의 꿍꿍이를 드러낼 수는 없었다. 게다가 대부분의 구혼자에게 왕실의 가축과 포도주를 멋대로 축내는 일은 여전히 그저 장난처럼 여겨질 뿐이었다. 후한 환대를 약속해놓고 떠나기 전 철회하기를 잊어버린 지나치게 인색한 왕이 치러야 할 비용에 불과했다. 따라서 노에몬은 자신이 우리의 적에게 심각한 타격을 입혔다는 사실조차 알지 못했다. 그들은 해안을 따라 파수꾼을 세우고 왕이 보이면 봉화를 올리라는 지시를 내렸다(해마가 장식된 뱃머리와 자주색 줄무늬가 쳐진 돛으로 왕의 배를 알아볼 수 있었다). 그러면 서둘러 배를 보내 모티아에서 매복해 있다가 공격하는 것이 그들의 새로운 계획이었다.

다음 날 아침, 어머니는 나에게 의미심장하게 인사하고는 하녀들을 내보낸 뒤 이렇게 물었다. "클리토네우스에게 모험을 떠나게 한 게 누구니? 너니, 멘토르니? 아니면 둘 다니?"

나는 아직까지 한 번도 어머니를 제대로 속여본 적이 없었기에 이렇게 답했다. "멘토르 삼촌이 그렇게 제안하면서 아무한테도 말하지 말라고 했대요. 어머니랑 저에게도요."

"에우리클레이아에게도?"

"에우리클레이아는 보리와 포도주를 챙겨줘야 했어요."

어머니가 한숨을 내쉬었다. "하지만 모래가 많은 필로스로 가는 건 당연히 아니겠지?"

"왜 '당연히'라고 하세요?"

"내 전갈도 가져가지 않고 어찌 아버지 얼굴을 보겠니? 게다가 내가 알아본 바에 따르면 멘토르가 고용한 조타수는 해안을 다녀본 경험만 있다더구나. 클리토네우스는 이오니아 만에 수차례 다녀온 조타수 없이 떠나는 위험을 무릅쓰지 않을 거야. 그리고 내게 솔직히 털어놓지 못한 걸 보면 아버지가 금지하는 특정 행동에 대해 내 허락을 요청함으로써 문제를 일으키고 싶지 않았던 거겠지. 그러니 그 앤 미노아로 떠났을 거야. 내 말이 맞니?"

나는 고개를 끄덕였다.

"그렇구나." 어머니가 한숨을 쉬었다. "그 아이의 용기를 칭찬하지 못하는 건 오로지 네 아버지에 대한 의리 때문이다."

어머니는 멘토르 삼촌에게는 아무 말도 하지 않았다. 그는 이제 시쿨리족 노예 두 명을 경호원으로 데리고 다녔다. 그들은 삼촌에게 강한 애착을 가지고 있었고 허리띠에 칼을 차고 다녔다. 구혼자들은 시쿨리족이 듣는 자리에서 그를 모욕하지 않으려 주의했다. 그런데 하루나 이틀 뒤쯤 에우리마코스의 부추김을 받은 아겔라오스가 대담하게도 집무실에 들어와 왕홀을 가져가더니 자신이 왕좌에 앉는 사건이 벌어졌다. 어머니는 베틀 앞에 앉아 있다가 벌떡 일어나 날카롭게 외쳤다. "지금 당장 왕좌에서 일어나게! 그건 그냥 평범한 의자가 아니야. 한 번만 더 그래봐!"

어머니는 그에게 달려가 따귀를 때리고 다리를 붙잡고 그를 끌어냈다. 늘 차분하고 왕비답고 아름답기만 했던 내 어머니가 화내는 모습을 처음 본 아겔라오스는 너무 놀라서 척추에 타박상을 입은 채 대리석 바닥에 대자로 뻗어 있다가 허둥지둥 일어나 어기적대며 자리를 떴다. 그는 너무 창피해서 친구들에게 자신이 겪은 불운을 이야기하지도 못했다. 하지만 그 후 그에게 왕좌는 뱀으로 둘러싸인 불타는 의자 못지않게 무시무시하게 느껴졌다. 또 다른 거만한 찬탈자 테세우스가 앉아 저승의 왕비인 페르세포네가 내린 영원한 고통을 받고 있다는 그 의자 말이다.

그날은 구혼자들이 멧돼지 사냥을 한 날이었다. 드레파논에서 3킬로미터쯤 떨어진 산에서 큰 멧돼지가 목격되었다는 소식에 구혼자들은 아침 일찍 일어나 그놈을 잡으러 갔다. 사냥에 대해서는 딱히 기록할 사항이 없다. 안티노오스가 아르고스와 라이라프스를 빌려갔는데, 불쌍한 라이라프스가 용맹하게 멧돼지의 코를 물었다가 배가 갈려 죽고 말았다는 것을 제외하면 말이다. 그게 안티노오스였으면 얼마나 좋았을까! 서투른 사냥꾼들이 너무 서둘러 덤불에 그물을 치는 바람에 멧돼지는 도망갔고 작물과 포도원에 상당한 피해를 끼쳤다(다행히 궁 소유지는 무사했다). 그러다 우연히 좁은 길에서 그 멧돼지를 마주친 우리 집 양치기 필로이티오스가 기민하게 창을 던져 그 녀석을 죽이는 영예를 얻었다.

그동안 구혼자들의 하인들은 제사 마당에서 여느 때처럼 어마어마한 식사를 준비하고 있었다. 나는 우연히 들은 단편적인 대화를 통해 최근에 에우마이오스가 돼지를 데려오기를 한사코 거부해서 하인들이 강제로 가축들을 데려오라는 명령을 받았다는 사실을 알게 되었다. 오늘 아침에는 양과 염소를 더는 못 내준다고 딱 잘라 거절한 필로이티오스와 싸움이 나기까지 했으며, 그의 사촌은 머리에 큰 부상을 입었다고 했다. 에우마이오스의 농장에 거지가 머물고 있다는 소식은 듣지 못했지만, 아이톤이 내 지시를 따라 신중히 몸을 피하고 있다고 확신했다. 그는 타고난 전사이자 용사로 마음만 먹으면 어중이떠중이 같은 하인 무리 따위야 나뭇가지로도 무찌를 수 있었을 테니 말이다. 그의 맑은 눈과 근육질의 팔……. 이런 생각을 하는 걸 보면 나는 아무래도 사랑에 푹 빠져버린 게 틀림없다. 그렇지 않다면 아이톤의 힘과 용기를 그렇게 신뢰할 이유가 어디 있겠는가? 지금까지 이런 경험이 전무했던 나는 약간 이상한 기분에 휩싸이기 시작했다. 자신감이 떨어진 건 아니었지만 좀 당황했다고 해야 할까. 아이톤의 목숨과 명예가 갑자기 나 자신의 그것만큼 큰 의미를 가지게 된 이후 (과장해서 말하자면) 내적 영혼과 외적 영혼을 다 가지게 된 기분이었다. 내가 그를 단호하게 대한 것은 실로 다행이었고, 앞으로도 그래야 했다. 그래야 이후 아테나 여신이 우리에게 승리를 허락하고 내가 그의 아내가 된다 하더라도 그가 나를 얕보지 않을 것이다. 내가 아무리 그를 숨김없이 사랑한다고 해도 말이다. 일이 순조롭게 진행된다면 우리는 곧 다시 만날 테고, 그러면 그의 능력을 높이 평가한 내 첫 판단이 옳았는지 틀렸는지 확인할 수 있을 것이다.

꼬리에 꼬리를 물던 생각은 제사 마당에서 들려오는 고함 소리에 의해 중단되었다. 사냥꾼들이 줄줄이 궁으로 들어오고 있었다. 나는 그들을 피하기 위해 탑으로 몸을 피했다. 멧돼지가 뒹굴었던 진흙 웅덩이에 발이 빠진 에우리마코스가 다리에 시커먼 오물을 묻힌 채 무례하게도 여자들 구역까지 들어와 발을 씻겨 달라고 했다. 마침 어머니는 과수원에서 정원사 돌리오스에게 지시를 내리고 계셨고, 멘토르 삼촌은 판매용으로 나온 노새를 살펴보러 출타 중이었다. 결과적으로 집에 남아 있는 가족은 크티메네가 유일했다. 나라면 에우리마코스를 호되게 질타했겠지만, 크티메네는 자기를 위해 나서준 그에게 고마움을 느꼈던지 에우리클레이아에게 뜨거운 물을 가져와 그의 시중을 들라고 했다. 에우리클레이아는 제 분수를 알았기에 명령에 토를 달지는 않았지만 노골적으로 싫은 내색을 하며 지시를 따랐다. 그녀는 커다란 구리 대야에 찬물을 한 통 붓더니 하녀를 부엌으로 보내 같은 양의 뜨거운 물을 가져오게 했다. 준비가 끝나자 에우리마코스는 의자에 앉아 두 발을 대야에 넣었다.

"노파, 말이 참 없군." 그가 빈정거렸다.

"제가 무슨 할 말이 있겠습니까, 젊은 귀족 나리."

"거기다 뚱하기까지 한데."

"그게 어디 제 탓인가요?" 에우리클레이아가 솔을 집어 들더니 그의 발을 벅벅 문질러 닦기 시작했다.

"어이!" 그가 소리를 꽥 질렀다. "그만! 산 채로 내 껍질을 벗길 셈이야? 대체 그건 무슨 솔이지?"

"돼지가죽을 세척할 때 쓰는 딱딱한 솔인데요. 여성용 스펀지라도 썼어야 했나요?"

순간 그녀가 비명을 지르며 그의 발을 놓고 내의 자락을 움켜쥐더니, 깔끔하게 꿰맨 자리를 비난하듯 가리켰다. 그 와중에 에우리마코스의 발꿈치에 맞아 대야가 뒤집어지면서 방바닥에 더러운 물이 흥건하게 고였다.

그가 그녀의 멱살을 잡았다. "네까짓 게 감히!" 그가 사납게 으르렁거렸다.

창가에 서 있던 크티메네는 상황을 오해했다.

"세상에, 에우리클레이아!" 그녀가 외쳤다. "정신이 나가기라도 한 거야? 높으신 분한테 이게 무슨 짓이야? 처음엔 피부를 벗겨낼 기세로 발을 벅벅 문지르더니 이젠 발을 떨어트려 대야를 뒤엎기나 하고! 조심 좀 하지 그래, 채찍질 당하고 싶지 않으면."

"그리고 그 이 빠진 입을 얌전히 다물고 있지 않으면," 에우리마코스가 외쳤다. "채찍질보다 더한 걸 당하게 될 거야. 서까래에 목을 매달게 될지도!"

"나리, 앞으로 조심하겠습니다." 에우리클레이아가 혼비백산한 척하며 훌쩍거렸다. "돌덩이나 쇳덩이처럼 조용히 있을게요."

"앞으로는 말을 잘 들을 거예요, 에우리마코스 경." 크티메네가 장단을 맞췄다. "지금 당장 따뜻한 물을 더 가져와, 에우리클레이아. 부드러운 천도!"

사실 에우리클레이아는 그 꿰맨 자리가 자신이 직접 바느질한 것이며, 그가 입은 내의는 라오다마스가 사라지기 전에 가져간 내의 세 벌 중 하나라는 사실을 알아본 것이었다. 그런데 어째서 에우리마코스가 그 옷을 입고 있는 걸까? 살인이라도 일어난 걸까?

강요된 약속은 약속이 아니었으므로 에우리클레이아는 즉시 나에게 그 소식을 전했고, 어머니와 크티메네에게도 이 사실을 알려야 하는지 물었다.

"크티메네는 비밀을 간직할 수 없을 거야. 그리고 클리토네우스가 집에 돌아올 때까지는 어머니에게 아무 말씀도 드리지 않는 게 좋겠어. 충격을 완화해야 하거든."

"그럼 아씨 생각에 라오다마스는……?"

나는 참담하게 고개를 끄덕였다.

"에우리마코스가 또 한 번 발을 씻겨 달라고 하기만 해 봐요!" 그녀가 소리쳤다. "그물과 도끼를 가져와 그놈을 도살해버릴 테니. 클리타임네스트라가 아가멤논을 도살한 것처럼 말이에요. 낯선 사람에게서 새끼를 보호하는 암캐라도 된 양 심장에서 자꾸 으르렁 소리가 나네요."

"아니, 그러지 마, 에우리클레이아. 피의 복수는 클리토네우스와 내 몫이야. 우리가 꾸물거리면 오빠의 혼령이 우리를 무자비하게 괴롭힐 거야. 최근 궁에 이 모든 불행을 가져온 것도 어쩌면 오빠였을지도 몰라. 보모의 도움이 필요하면 말할게."

10장. 늙은 흰 암퇘지

 멘토르 삼촌에게 말했듯이 여름에 아무도 모르게 궁에서 빠져나가기 가장 좋은 시간은 자정이 지나고 한 시간 뒤, 문지기만 빼고 모두가 자고 있을 때와 점심 식사를 마치고 한 시간 뒤, 문지기를 포함해 모두가 낮잠을 자고 있을 때이다. 우리는 낮잠 시간을 골랐다. 어머니에게는 우리가 어디에, 왜 가는지 알려드렸다. 어머니는 내게 다정하게 입을 맞추었지만 말씀은 아끼셨다. 그저 "네가 열병에 걸려 몸져누웠다는 걸 크티메네가 믿어야 할 텐데"라고만 하실 뿐.
 "부디 할리우스가 우리를 도와주기를!" 우리가 올리브 나무에 몸을 숨긴 채 마구간을 빙 둘러 갈 때 삼촌이 중얼거렸다. 우리는 둘 다 막일을 할 때 입는 작업복과 튼튼한 신발 차림이었다. 짙은 색의 거친 모직물에는 반짝거리는 일체의 장식이 생략되어 있었다. 삼촌은 검과 식량 가방을 챙겼고, 나는 드레스 안쪽에 단검을 숨겼다.

우리는 아무도 모르게 전용 부두에 도착하는 데 성공했다. 거룻배가 준비되어 있었고, 우리는 노를 저어 남쪽 항구를 가로질러 멀리 떨어진 해변으로 향했다. 성문을 피하기 위해서였다. 그다음에는 내륙으로 들어갔는데, 아테나의 은총 덕분에 습지를 건너는 동안 아무하고도 마주치지 않았다. 곧 우리는 에릭스 시를 왼쪽에 끼고 히페레이아와 그 너머의 아프로디테 사원으로 향하는 점진적인 오르막길에 접어들었다. 햇볕이 맹렬할 정도로 뜨겁게 내리쬤지만 우리는 되돌아갈 수 없는 여행을 떠난 터였다. 이마에 맺힌 땀이 먼지투성이 뺨을 타고 줄줄 흘러내렸다.

"삼촌." 마침내 내가 말했다. "어린 시절에 클리토네우스와 제가 산을 오르면 삼촌이 저희 힘내라고 이야기를 들려주셨잖아요. 제가 제일 좋아했던 이야기는 죽지 않는 왕에 대한 것이었어요. 그 이야기를 다시 들려주세요."

"이 더위에, 이 언덕을 오르면서 말이니? 사냥감을 몰던 사냥개처럼 숨을 헐떡이면서?"

"제 부탁을 들어주시면 가방은 제가 들게요. 세상만사

걱정이라곤 없었던 시절을 다시 떠올려보고 싶어서 그래요."

"그래, 좋다. 그런데 가방은 내가 계속 들어도 될 것 같구나. 곧 향기로운 소나무 숲에 다다를 텐데 그때쯤 되면 좀 괜찮아지겠지……. 그래, 그 왕은 이름이 율리시스라고 했다. 아우톨리코스✦의 손자이자 포카이아인의 선조로 여겨지는 사람이지."

"오디세우스처럼요."

"그래, 오디세우스처럼. 그래서 오디세우스와 율리시스를 혼동하는 사람들도 있지. 이 이야기는 아이게스타의 비법 전수자에게 들은 것이다. 예전에 한여름에 췄다는 춤을 설명하다가 나온 이야기였지.

포키스 사람인 아우톨리코스는 한때 도둑질의 명수였단다. 어떤 가축을 훔치든 자유자재로 둔갑시킬 수 있는 능력을 헤르메스에게서 전수받았다고 해. 뿔을 없애거나 생기게 하고, 검은색을 흰색으로, 또는 흰색을 검은색으로 바꾸는 식이었지. 그래서 이웃 나라인 코린토스의 왕 시시포스는 자신의 가축 떼가 점차 줄어드는 반면, 아우톨리코스의 가축 떼는 계속 늘어나고 있다는 것을 알고도 몇 달

✦ 헤르메스의 아들로 『오디세이아』에서는 오디세우스의 할아버지로 나왔다.

간이나 그에게 죄를 물을 수 없었어. 결국 어느 날 그는 소 발굽 하나하나에 'CO' 모양의 표식을 새기기에 이르지. '아우톨리코스가 훔쳤음'이라는 글자를 새겼다고 말하는 이들도 있지만 말이다. 그날 밤 아우톨리코스는 평소처럼 소 떼를 훔쳤고, 동이 트자 시시포스는 발굽 자국을 추적해 목격자를 소환하기에 충분한 증거를 수집할 수 있었지. 그는 아우톨리코스의 마구간을 찾아가 발굽에 새겨진 표식으로 도둑맞은 가축을 식별한 후, 도둑을 추궁하는 일은 자신의 지지자들에게 맡기고 집을 빙 돌아 현관으로 들어갔어. 그리고 밖에서 격렬한 논쟁이 벌어지는 동안 아우톨리코스의 딸이자 아르고스인 라에르테스의 아내인 안티클레이아를 유혹했지. 그녀가 낳은 아들이 바로 율리시스였단다. 율리시스가 잉태된 방식을 생각해보면 그의 교활함이 납득이 갈 정도였지. 그의 별명인 '힙시필론'은 '중요한 문'이라는 뜻이란다.

그런데 어느 날, 강의 신 아소포스의 딸 아이기나와 사랑에 빠진 제우스가 아카이아 왕자로 변장해 몰래 그녀를 납치하는 사건이 벌어졌어. 슬픔에 빠져 아이기나를 찾아 나선 아소포스는 제일 먼저 코린토스에 가서 시시포스 왕에게 딸의 행방을 아느냐고 물었지. '알고말고요.' 시시포스가 대답했어. '하지만 대답을 듣고 싶으면 먼저 내 성채에 마르지 않는 샘이 솟아나게 해줘야 합니다.' 아소포스는 이에 동의하고 아프로디테의 사원 뒤에서 페이레네 샘이 콸콸 솟아나게 해주었어. '서쪽으로 8킬로미터 떨어진 숲에 가보십시오. 제우스가 당신 딸을 안고 있을 겁니다. 아, 참고로 제우스가 무기는 깜빡하고 안 가지고 온 모양입니다.' 시시포스가 말했어.

추적을 시작한 아소포스는 한창 유혹 중이던 제우스를 기습해 그가 굴욕적으로 도주하게 만들었지. 하지만 시야에서 멀어지자 제우스는 곧 바위로 변신해 움직이지 않고 가만히 있다가, 아소포스가 지나간 뒤 몰래 올림포스로 돌아와 안전한 성벽 안에서 그에게 번개를 던졌어. 그 불쌍한 이는 그때 입은 상처로 아직도 다리를 전다지. 그의 강바닥에서 종종 석탄이 나오기도 한다는구나. 그러고 나서 제우스는 형 하데스에게 시시포스를 저승으로 끌고 가 신성한 비밀을 누설한 죄로 영원한 형벌을 받게 해달라고 했어. 하지만 두려움을 모르는 시시포스는 수갑을 어떻게 사용하는지 설명해 달라고 하면서 도리어 하데스에게 수갑을 채웠지. 그렇게 하데스는 시시포스의 집에서 며칠간 감금되었단다. 그 며칠간 참수가 되고 몸이 갈기갈기 찢겨도 아무도 죽지 못하는 실로 어처구니없는 상황이 벌어졌어. 마침내 행동에 나선 것은 그로 인해 타격을 입게 된 전쟁의 신 아레스였어. 그가 헐레벌떡 와서 하데스를 풀어주고 시시포스를 손아귀에 넣었지.

하지만 시시포스에게는 또 다른 비책이 있었어. 저승으로 내려가기 전 아내 메로페에게 절대 자기를 땅에 묻지 말아 달라고 한 거야. 하데스의 궁에 도착한 후 그는 곧장 페르세포네에게 가 자신은 땅에 묻히지 않은 사람이기 때문에 그녀의 왕국에 있을 자격이 없으며, 스틱스강의 후미진 구석에 버려졌어야 했다고 한탄했어. '잠깐 위에 갔다 올게요.' 그는 간청했지. '가서 제 장례를 준비하고 저를 방치한 이들에게 복수를 해야겠습니다. 저는 이곳에 있어서는 안 될 존재예요. 사흘 안에는 반드시 돌아오겠습니다.' 페르세포네는 속아서 그의 간청을 들어주었지만, 시시포스는 다시 햇빛을 받은 순간 자신의 약속을 저버렸어. 급기야 헤르메스가 그를 다시 끌고 오라는 부름을 받았지.

율리시스는 시시포스의 진정한 아들이었어. 자기 아버지한테 속은 그 많은 신과 인간이 끊임없이 그를 적대했음에도 좀처럼 죽지 않았거든. 아폴론 신은 그가 파르나소스산에서 사냥을 하고 있을 때 멧돼지를 가장해 그를 덮치고는 아도니스의 허벅지를 찢었을 때처럼 그의 허벅지를 찢기도 했단다. 율리시스는 그 흉터를 무덤까지 가져갔고 덕분에 거기서 유래한 이름까지 얻었지만(율리시스는 '다친 허벅지'를 뜻한단다), 몰리[*]라는 약초로 자신을 치료할 수 있었어. 그를 보호해준 유일한 존재이자 그의 증조할아버지인 헤르메스가 준 선물이었지. 헤르메스의 조언에 따라 그는 추방자들과 모험가들을 불러 모아 배를 타고 그리스를 떠났어. 올림포스 신들의 힘이 미치지 않는 곳에 식민지를 건설하겠다는 희망을 가지고 말이지. 그들은 수많은 섬을 방문했어. 제일 처음 간 곳은 오기기아섬이었는데, 그곳의 여왕 칼립소는 율리시스를 거대한 동굴로 유인하고는 자신과 동침하면 불로장생의 사과를 주겠다고 했지. 그는 그렇게 했지만 속아 넘어가지는 않았어. 사과를 먹기는 했지만 몰리도 같이 먹음으로써 죽음의 주문을 물리친 거야. 이후 그들은 북쪽 끝에 있는 킴메르족의 섬으로 향했어. 해 질 녘에 밤과 낮이 만나고, 소위 거대한 빙산이 안개 낀 바다를 떠다니며 그 사이에 낀 배를 찌부러뜨리는 곳이었지. 그들은 머나먼 관문이라는 항구에 닻을 내렸어. 식인종 왕의 딸 카립디스가 그를 환영하며 자신의 침대로 이끌었지. 그날 저녁 그의 피를 빨고 산 채로 잡아먹을 수도 있었지만, 그의 숨결에서 풍겨져 나오는 몰리 향에 그녀는 계획을 접어야 했단다.

---

[*] 그리스 신화에 나오는 흰 꽃과 검은 뿌리를 가진 전설상의 약초.

그러고 나서 간 곳은 통곡의 섬이었어. 그 섬의 여왕 키르케는 그를 융숭히 대접한 후 지팡이로 그를 쳐 돼지로 변신시키려고 했지만, 몰리 때문에 아무 효과를 거두지 못했지. 또 세이렌의 섬에도 갔단다. 반은 여자, 반은 새의 모습을 한 이들이 죽은 자의 뼈에 둘러싸여 달콤한 노래를 불러댔지. 하지만 그는 자신과 동료들의 귀를 밀랍으로 막고 항해를 계속했어. 그리하여 도착한 아이올리스섬은 영혼이 곧 바람인 곳이었지. 여왕은 그를 환대하는 척하면서 그의 영혼을 훔쳐 가죽 주머니에 가두려고 했지만, 이번에도 몰리가 그를 구해주었단다. 개들의 섬에서는 그를 연인으로 삼은 사랑스러운 스킬라가 갑자기 귀가 붉은 흰 사냥개 여섯 마리로 변해 입에 거품을 물고는 낑낑거리며 그를 쫓아오기도 했어. 하지만 율리시스는 몰리로 냄새를 지워 개들을 따돌릴 수 있었단다. 마지막으로 그 약초는 흰 물보라의 여신 이노로부터 그의 목숨을 구해주기도 했어. 그녀는 매혹적인 인어의 모습으로 뱃전에 앉아 있다가, 그의 목에 스카프를 감고는 그를 바다 깊은 곳에 있는 자신의 동굴로 끌고 갔어. 하지만 율리시스는 입술 사이에 몰리를 물고 있었기 때문에 익사하지 않았지. 그는 여행하면서 일곱 번이나 죽음을 모면했고 그럴 때마다 아버지 제우스에게 염소를 제물로 바쳤어. 이제 그는 서쪽 끝에 있는 트리

나키아섬에 이르렀지. 님프 람페티에가 태양신의 신성한 소를 돌보고 있는 곳이었어. 예전에 헤라클레스가 그랬듯 그는 이 소들을 훔치고 무사히 빠져나왔지. 그런데 람페티에가 그가 자는 동안 머리카락을 침대 기둥에 묶어놓고 자신의 오빠 에우리티온을 불러 그의 머리를 베라고 한 거야. 하지만 강력한 몰리 덕분에 머리카락을 묶은 매듭이 저절로 풀렸지. 율리시스는 훔친 소를 전부 신들에게 바쳤고, 신들은 그에게 감탄하며 올림포스에 올라와 살라고 청했어. 그는 절대 죽지 않을 운명이었기 때문이지."

이 이야기를 다시 들으며 나는 어릴 적 내가 아이다운 상상력을 발휘해 사건들을 뒤섞고 장소를 익숙한 곳으로 바꾸는 등 이야기를 개조했다는 걸 깨닫고 깜짝 놀랐다. 가령 머나먼 관문은 오래전 아버지가 순행을 가시면서 날 데려갔던, 아이게스타의 해안에 있는 세팔로에디움의 항만과 요새라고 생각했고, 키르케의 궁은 다름 아닌 우리 궁이지만 어찌 된 일인지 에우마이오스의 돼지 농장 한가운데에 있다고 상상했다. 태양신의 신성한 소는 한때 레이트론 근방에서 해적이 훔쳐가려고 하기도 했던, 아버지가 무척 아끼는 얼룩소였고, 아이올리스섬은 북서쪽에 홀로 동떨어져 있는 오스테오데스였다. 날씨가 좋을 때 오스테오데스는 에릭스산 정상에서 보이기도 했는데, 강이 없기 때문에 물개나 가재를 잡는 용도로만 쓰였다. 그리고 이례적으로 맑은 날에만 보이는, 리비아 방향으로 저 멀리 남쪽에 떨어져 있는 판텔레리아가 칼립소의 섬일 거라고 여겼다.

"근데 몰리가 뭐예요?"

"노란 꽃이 피는 마늘 비슷한 거란다."

"전 몰리가 백설처럼 하얗고 4월의 시클라멘 같은 향이 날 거라고 늘 상상했는데! 그게 왜 그렇게 유명해진 거죠?"

"그야 황금빛 색깔 덕분이겠지. 다른 식물들과 달리 달이 이울 때 더 빨리 자라기 때문이기도 할 거야. 그래서 율리시스가 만난 온갖 무시무시한 여신들의 마법이 통하지 않았던 거지. 달의 영향을 받지 않는 정어리도 비슷한 효력을 가진단다. 정어리의 간은 저주와 마녀를 물리칠 수 있지."

"예전에도 이것과 똑같이 이야기해주신 게 확실해요?"

"그렇고말고. 앞으로 10년 후에 다시 들려준다고 해도 토씨 하나 틀리지 않고 그대로 이야기할 수 있을 것 같은데? 이건 거인 콘투라누스 이야기 같은 근거 없는 이야기가 아니라 신화니까 말이다."

"무슨 말씀이신지 모르겠어요."

"신화 편찬자들의 설명에 따르면, 통치가 끝난 후에도 죽기를 거부했던 코린토스 왕이 실제로 있었다고 하는구나. 과거에는 매년 새로운 왕이 임명되었고, 임기가 끝난 왕은 멧돼지의 엄니로 거세를 당한 뒤 달의 여신 헤라✦에게 바쳐졌거든. 하지만 이 코린토스의 왕 율리시스는 전통을 무시하고 8년 동안이나 통치를 했지. 그는 매년 국왕의 서거일을 기념하기도 했어. 네 아버지가 하루 동안 안치되고 제우스에게 염소를, 저승의 신들에게 돼지를 바치는 날 말이다. 일곱 개의 섬을 방문하는 것도 그가 일곱 번 죽음을 피한 것에 대한 알레고리인 셈이지. 여덟 번째 해가 끝나갈 무렵 율리시스는 자기 아버지 시시포스처럼 지하 세계로 내려가야 했어. 하지만 신의 섭리로 자신의 타고난 수명을 다 누릴 수 있었지. 결국 신들이 그에게 불멸을 부여한 셈이야. 하지만 아홉 번째 해가 돌아올 때마다 고대의 관습을 기념해 염소 대신 얼룩소를 제우스에게 바쳤다고 해. 네 아버지가 그러는 것처럼 말이야."

배은망덕하게도 나는 외삼촌이 설명을 덧붙여 이야기를 망치지 않았으면 좋았겠다고 생각했다. "전 알레고리니 상징이니 하는 것들은 딱 질색이에요. 그런데 삼촌, 국

✦ 근동 지역에서는 헤라를 달의 여신으로 칭하기도 한다.

왕의 서거일에도 왕이 돌아오지 않으면 어떻게 돼요?"

"섭정이 그 역할을 대신하지. 그건 좀 불길하다고 여겨지긴 하지만. 그러니 네 아버지는 30일 안에는 돌아오실 거다. 혹시……."

"혹시 뭐요?"

"아, 나우시카야, 가끔은 우리 중 아무도 이 시련을 이겨내지 못할 것 같다는 생각이 드는구나."

우리는 침울하게 오르막길을 올랐다. 종종 걸음을 멈추고 쉬기도 했는데, 오르막길이 거의 1킬로미터에 육박했기 때문이다. 나는 산에 거의 오르지 않았고, 삼촌은 마차 사고로 한쪽 다리를 절었기 때문이기도 했다. 하지만 우리는 아무와도 마주치지 않았고 전망은 환상적이었다. 율리시스가 방문했던 섬들처럼 섬들이 우리 앞에 시원스레 펼쳐져 있었다. 아이구사 뒤에 숨어 있다가 마침내 온전히 모습을 드러낸 히에라섬이 서쪽 수평선에 또렷이 걸려 있었다. 우리는 길가 샘에서 물을 마시고 가져간 음식을 조금 먹었다. 곧 산꼭대기 동쪽 끝에 있는 히페레이아가 시야에 들어왔다. 히페레이아는 성벽으로 둘러싸인 중요한 도시였지만, 살고 있는 가구는 몇 세대 안 되었다. 거기서 60미터쯤 내려온 지점에 까마귀 바위, 아레투사 샘, 그리고 에우마이오스의 돼지 농장이 있었는데, 그곳으로 가려면 매우 험난한 길을 통과해야 했다. 아, 에우마이오스의 사나운 사냥개 네 마리가 우리를 발견하고 어찌나 무시무시하게 짖어대던지! 삼촌은 에우마이오스에게 개들을 철수시키라고 목청껏 외쳤다. 개들이 우리를 향해 맹렬히 뛰어오자 삼촌은 막대기를 내려놓고 바위에 앉고는 나도 그 옆에 앉게 했다.

"석상이라도 된 양 가만히 있어야 해." 삼촌이 말했다. "그렇지 않으면 저놈들에게 찢어발겨질 거야."

다행히 에우마이오스가 삼촌의 목소리를 알아들었다. 그는 손질한 돼지가죽을 길게 두 조각 잘라 양쪽 모서리에 구멍을 뚫어 자신이 신을 샌들을 만드는 중이었다. 삼촌의 외침에 그는 가죽 나부랭이를 내팽개치고 대문 밖으로 부리나케 달려와 욕설을 퍼붓고 돌을 던지며 사냥개들을 쫓았다. 개들이 고분고분해져서는 슬금슬금 돌아가긴 했지만 어찌나 놀랐던지! 최근 구혼자들이 보낸 심부름꾼의 방문을 거의 매일 같이 받고 있던 에우마이오스는 사냥개들이 그들을 시카니 도적 취급해도 그냥 내버려두고 있었던 터였다. 네 마리 모두 덩치가 송아지만 했고 송곳니는 늑대처럼 뾰족했다. 에우마이오스는 무뚝뚝하게 사과했고, 개들에게 우리가 친구라는 것을 알게 하기 위해 우리 냄새를 맡게 했다. 개들은 곧 우리가 가방에서 꺼내준 음식을 받아먹고는 꼬리를 흔들었다.

농장은 널찍했다. 울퉁불퉁한 돌담의 한쪽 면은 가파른 절벽을 따라 세워져 있었고, 다른 한 면은 야생 배나무 울타리에 덮여 있었으며, 조밀하게 엮인 참나무 울타리가 그 바깥을 둘러싸고 있었다. 에우마이오스는 마당에 큰 우리 열두 개를 지어 암퇘지와 새끼 돼지가 밤에 들어가 잘 수 있게 했고, 수퇘지는 돌벽과 참나무 울타리 사이 공간에 몰아넣었다. 그가 우리를 오두막 안으로 초대하자 나는 아이톤을 다시 볼 수 있다는 희망과 그가 더 이상 이곳에 없을지도 모른다는 두려움에 갑자기 심장이 고동치기 시작했다.

오두막은 어둡고 악취가 났으며 창문이 없었다. 간이 테이블 하나, 의자 하나, 짚을 덮어 침대로 쓰는 커다란 나무 상자 두 개를 제외하고는 가구도 없었다. 에우마이오스의 아내는 하나뿐인 아들(그 아이가 우리에게 돼지를 몰고 오곤 했다)을 낳다가 세상을 떠났고 집 어디에서도 여자의 손길은 느껴지지 않았다. 트로이 전쟁이 시작된 지 10년째 접어들었을 때, 그리스군의 막사는 상당히 더러웠겠다는 생각이 불쑥 들었다. 여자 포로들이 대신 나서주지 않았다면 말이다. 파리가 꼬일 만한 쓰레기를 버리고, 막사 주변에 꽃과 향기 나는 관목을 심고, 쇠붙이를 반들반

들하게 닦고, 바닥을 쓸고, 창틀을 만들고 기름칠한 양피지로 덮어 바람을 막고 빛을 들이는 일을 누군가는 해야 하는 법이니까. 이 돼지치기들은 오로지 가죽만 걸쳤다. 날씨가 추울 때는 양가죽 외투를 입었고 침대에도 양가죽을 깔았다. 그들은 돼지처럼 먹고 돼지처럼 잤으며 말을 하기보다는 돼지처럼 꿀꿀거렸지만, 단순하면서도 예리한 통찰력을 가지고 있었고 드레파논의 귀족들보다 훨씬 인간적이었다.

에우마이오스가 왕의 딸인 나에게 깍듯이 인사하고 있을 때 누군가가 어둠 속에서 내 뒤를 지나가며 나뭇단을 쿵 소리를 내며 내려놓았다. 내가 놀라서 펄쩍 뛰며 뒤를 돌아보았더니, 에우마이오스의 아들이 침대에서 짚을 한 아름 가져와 나뭇단 위에 펼쳐놓고 그 위에 털 없는 염소가죽을 깐 다음 나에게 거기에 앉으라고 간청했다. 나는 기꺼이 그렇게 했지만, 벼룩이 이미 나를 산 채로 잡아먹고 있었고 공주로서 차마 가려운 곳을 긁지도 못하고 있었다.

"저, 나리." 에우마이오스가 굳은살이 박인 두 손을 비비며 말했다. "저희와 함께 베이컨과 빵, 포도주를 드시면 어떻겠습니까?"

"저녁에 저녁 식사를 하는 건 나쁘지 않지." 삼촌이 웃었다.

"그런데 제 사냥개들 때문에 하마터면 큰일 나실 뻔했습니다! 나리와 공주님께서 침착하셨기에 망정이지 녀석들이 눈 깜짝할 사이에 달려들었을 거예요. 그랬으면 제가 책임을 져야 했겠지요. 지금도 이미 괴로운 일투성이인데 말입니다. 폐하가 라오다마스 왕자를 찾으러 떠나고 클리토네우스 왕자가 폐하를 찾으러 떠난 것도 모자라, 괘씸한 귀족들은 두 분이 돌아올 때 숨어서 기다리고 있다가 해치울 계략이나 짜고 있으니까요……."

"그걸 어떻게 알았나?" 삼촌이 날카롭게 물었다.

"늙은 흰 암퇘지가 며칠 전에 제게 알려주었습니다. 게다가 그 철면피들은 나리의 이름으로 최상급 돼지를 요구하며 제가 거부하면 목을 베겠다고 협박까지 하고 있지요! 아주 머리가 하얗게 셀 지경입니다. 그 사람들이 나리를 죽일 음모도 꾸미고 있어요."

"그걸 자네가 어떻게 알았지?" 삼촌이 재차 물었다.

"늙은 흰 암퇘지가 말해줬습지요. 제가 정말 놀라운 이야기를 들려드릴까요? 얼마 전에 한 거지가 여기에 왔는데, 사냥개들이 짖지를 않는 겁니다. 녀석들이 멍청하기는 하지만 그 사람이 친구라는 걸 알아보는 것 같았습니다. 그리고 늙은 흰 암퇘지도 그를 보더니, 진창에서 일어나 목을 긁어 달라고 내미는 게 아니겠습니까. 저는 돼지가 알아들을 수 있게 시카니어로 말했습니다. '늙은 암퇘지여, 당신이 이토록 사랑하는 저 거지는 대체 누굽니까?' 그러자 돼지가 자신의 방식으로 이렇게 답하더군요. '살인자이자 야생의 사나이이며, 내가 선택한 전사다!'"

"그 거지가 아직도 여기에 있나?"

"수퇘지들과 함께 참나무 아래에 있습니다." 에우마이오스가 대답했다. "게다가 그는 자라 등딱지와 죽은 족제비의 내장으로 리라를 뚝딱 만들어내 돼지들에게 아름다운 음악을 연주해주고 이국적인 언어로 노래도 불러주고 있답니다. 자기가 누구며 어디에서 왔는지에 대해서는 말을 삼가고 있는데, 왠지 그가 헤르메스나 아폴론 같은 신일 것 같아서 감히 캐묻지도 못하고 있습니다."

"늙은 흰 암퇘지는 지금 그에 대해 뭐라고 말하는가?" 포도주가 든 염소가죽 부대, 덩굴나무로 만든 그릇, 너도밤나무로 만든 잔을 서둘러 가져오는 에우마이오스를 향해 삼촌이 물었다.

"처음과 똑같습니다, 나리."

"이 근사한 식사를 함께할 수 있게 그를 초대해줄 수 있겠나?"

"나리, 제가 나리의 허락도 미리 구하지 않고 이미 그럴 생각으로 제 아들놈을 보냈습니다."

이렇게 신이 난 건 실로 오랜만이었다. 고귀한 태생의 노련한 사제가 새나 황소의 내장을 보고 판단하는 점도 물론 믿을 만하지만, 나에게는 시카니족의 피가 흐르고, 시카니족은 '늙은 흰 암퇘지는 바람이 어느 방향으로 불지 말해줄 수 있고 절대 틀리는 법이 없다'는 말을 믿는다.

멀리서 리라 줄 튕기는 소리와 뜻밖의 꾸밈음을 곁들여 우렁차고 달콤하게 부르는 구슬픈 노래가 들려왔다. 나는 시칠리아의 여느 그리스 여자처럼 크레타어를 거의 몰랐지만, 그것이 사랑 노래라는 것을 알아채고 감정을 억누르기 위해 입술을 깨물었다. '나우시카.' 나는 나 자신에게 일렀다. '조심해! 네 마음을 들키면 안 돼. 방이 어두우니 뒤로 기대면 얼굴은 어둠 속에 숨길 수 있겠지만 적어도 목소리는 조절해야지.'

아이톤이 들어왔다. 그는 눈치 빠르게 삼촌에게 인사하기 전 내 방향으로 정중하게 고개를 살짝 숙여 보이기만 했다. 에우마이오스에게 빌린 더럽고 낡은 검댕투성이 옷에 무두질하지 않은 사슴가죽 외투를 걸친 차림이었다.

"에우마이오스의 아들에게 들었습니다." 아이톤이 말했다. "드레파논의 섭정인 그 유명한 히에라의 멘토르 경을 만나뵙게 되어 영광입니다. 제 거친 차림새로 신분을 평가하지는 않으셨으면 합니다. 저도 제 고국에서는 지위가 있는 사람이고, 비록 지금은 너무 유복한 삶을 산 죄로 신들에게 벌을 받는 중이지만 머지않아 신들도 저주를 풀고 저를 원래 자리인 상아 의자로 돌려보내 주실 거라고 믿습니다."

삼촌은 아이톤에게 오른손을 내밀고 그에게 나를 소개해 주었다. 그는 허리를 깊이 굽혀 절했고, 나는 약간만 굽혔다. 그때 에우마이오스가 양해를 구하고 다시 샌들을 만들기 위해 밖으로 나갔다. 자기보다 신분이 높은 사람들의 대화에 끼어 삼촌을 난처하게 하고 싶지 않았을 것이다.

아이톤은 자신에 대한 진실을 털어놓는 것이 마땅하다고 생각했다. "저는 카스토르의 아들 아이톤이라고 합니다." 그가 말했다. "타라 출신의 크레타인이지요. 제 어머니는 비싼 값에 해적들에게서 사온 첩이었습니다. 원래는 히에라 사람으로 고귀한 가문에서 태어났지요. 어머니 이름은 에린나로 아버지는 본부인보다 어머니를 더 사랑하셨습니다······."

멘토르 삼촌이 벌떡 일어나 엄숙한 얼굴로 아이톤을 포옹했다. "그게 정말인가? 그녀가 아직 살아 있소? 내 사촌 에린나, 해변에서 공놀이를 하다가 시돈 해적들에게 납치됐었지."

몇 달 전 마지막으로 들은 소식에 따르면, 그의 어머니는 살아 있고 건강하다고 했다.

분위기는 즉시 밝아졌다. 이제 아이톤을 목숨과 안전을 내게 빚지고 있는 내 개인 소유물로 볼 수 없게 되었다는 점은 아쉬웠지만 말이다. 그는 이제 공식적인 친척이었고, 어쩌면 삼촌이 나 대신 그의 보호자가 될 수도 있었다.

"좀 더 자세히 말씀해 주세요, 사촌." 자신감을 얻은 내가 말했다.

"제 아버지는 저를 적자들과 똑같이 대해주셨습니다. 하지만 아버지가 돌아가시자 그들은 재산을 나누고 제비를 뽑아 자기들끼리 나눠 가졌지요. 저와 제 어머니에게는 밭 두어 개와 다 허물어져 가는 오두막 한 채만 주고 말입니다. 하지만 저는 권투와 레슬링, 양궁에 두각을 보여 부자 아내를 얻었고 곧 이복동생들보다 더 부유해지고 유명해졌습니다. 아내가 시누이의 마법에 걸려 조산으로 세상을 떠나자, 슬픔에 빠진 저는 바다로 나가 페니키아 해안을 습격하며 어머니의 원수를 갚았지요. 그리고 세 차례의 원정에서 엄청난 보물을 가지고 무사히 돌아왔습니다. 노예무역을 몹시 싫어했음에도 저는 주저하지 않고 그곳의 부유한 여성들을 잡아다가(정중히 대하기는 했습니다) 몸값을 받고 팔기도 했습니다. 어느 날은 타라 왕의 아들이 대규모 아스칼론 정벌을 나서는 데 함께 가자고 청하더군요. 불행히도 우리는 적의 우월한 군사력에 밀려 퇴각했고 부상병 열두 명을 데리고 귀환했습니다. 포로로 잡힌 이들은 그보다 훨씬 더 많았고요. 타라 왕이 제게 실패의 책임을 물으려 하자 저는 대담무쌍하게 말했습니다. 그의 아들이 부녀자를 능욕해 아스칼론 사람들의 화를 돋웠으며, 헤라클레스 신의 금고를 약탈해 그의 심기를 건드렸다고요. 또 그가 함대를 지킬 병사를 남겨놓지 않은 것이나, 근무 중 음주를 중형으로 다스리지 않은 점에 대해서도(저는 그렇게 해서 문제를 사전에 예방했습니다) 비판했습니다. 저는 이렇게 말했지요, '제가 지휘한 배들은 단 한 명의 선원도 잃지 않고 구리 주괴와 홍옥수, 공작석을 대량으로 가져왔습니다'.

선장들은 모두 제 편을 들어주었고, 왕의 아들은 수모를 당했지요. 그날 밤 그가 어두운 뒷골목에 잠복해 있다가 저를 습격했습니다. 저는 그에게서 검을 빼앗아 그의 배를 찔렀고요. 그런데 목격자가 아무도 없었기에 제가 공격한 사람이 되고 말았지요. 의회는 저에게 더 호의적이었지만 왕의 심기를 거스르고 싶어 하지 않았고, 결국 저는 8년의 추방형을 선고받았습니다.

저는 키프로스 사람인 척하면서 유대 왕국과 이집트

사이에 흐르는 이집트 강 하구의 아카이아 정착지에서 한 해를 보냈습니다. 그러다 이집트와의 국경 전쟁 때 포로로 붙잡혀 파라오 군대의 용병 장교가 되었지요. 6년 후에는 페니키아 상선의 선장이 되어 리비아로 향했습니다. 그런데 출항하자마자, 한때 아스칼론을 습격해 자신의 구리 주괴를 훔친 사람이 저라는 걸 알게 된 배의 소유주가 제게서 좋은 옷을 벗기고 넝마를 입히더니 제 손에 노를 쥐여 주었습니다. 절 노예로 팔 계획이었지요. 저희는 타라를 후방에 둔 채 크레타의 남쪽 해안을 따라 항해했습니다. 그리운 언덕의 윤곽이 보이자 어찌나 애가 끓던지요! 그런데 시칠리아와 아프리카 사이의 해협을 지나던 중 거친 파도와 악천후를 만나게 되었습니다. 큰 돛이 찢어지면서 날아갔고, 뱃머리를 바람이 부는 방향으로 돌리려고 고군분투하는 동안 높은 파도가 목재를 바스러뜨렸습니다. 곧 퍼내는 것보다 더 빨리 배에 물이 차기 시작했지요. 그런데 이제 다 끝났구나 생각했을 때, 어디선가 갑자기 코린토스 선박이 나타나 바람이 불어오는 쪽으로 50미터쯤 떨어진 곳에 멈춰 서는 게 아니겠습니까. 충돌의 위험이 있어 그 이상 가까이 올 수는 없었어요. '가라앉아요, 가라앉아요!' 페니키아인들이 자신의 모국어로 소리를 질렀어요. '거기 그리스인 선원은 없습니까?' 코린토스인 선장이 큰 소리로 물었어요. '만약 있다면 바다에 뛰어들어 이 줄을 붙잡으세요.' 그는 긴 밧줄을 돛대 발치에 단단히 묶고는 허공에 던졌어요. 저는 뱃전에서 뛰어내려 용감하게 헤엄쳐 구명줄을 붙잡았고 결국 배 위로 끌어 올려졌지요. 그러자 코린토스 배는 페니키아 선박이 가라앉게 내버려둔 채 방향을 틀어 핵 가버렸습니다."

나는 아이톤이 일전에 내게 해준 이야기를 마저 들려주기를 기다렸다. 배가 번개에 맞아 난파되었고 그는 표류하다 레이트론에 떠내려 왔다는 이야기. 하지만 내가 삼촌에게 난처한 질문을 받고 싶어 하지 않으리라는 것을 알아챈 그는 새로운 이야기를 꾸며냈다. 코린토스 선장도 그를 노예로 팔 생각이었고, 모티아를 향해 해안을 따라 반쯤 내려왔을 때 물을 길어 오기 위해 상륙하면서 그를 꽁꽁 묶어 벤치 아래에 두고 갔다는 이야기였다. "제 튼튼한 이로 밧줄을 물어뜯어 도망칠 수 있었지요." 아이톤이 말했다. "헤엄쳐서 어느 해변에 닿은 후 언덕을 올랐습니다. 그리고 신들의 안내를 받아 험난한 길을 오른 끝에 마침내 이 고귀한 돼지치기의 오두막에 이르렀지요. 멘토르 경, 저는 한때 부자였지만 이제는 가난뱅이가 되었습니다. 하지만 어쩌면 경은 될성부른 나무의 떡잎을 알아보실 수 있는 분인지도 모르겠군요. 저는 물에 빠져 죽을 뻔했지만 살아남았고 죽음보다 더 나쁜 노예 상태에서도 벗어났습니다. 그리고 지금 여기 당신을 위해 무엇이든 할 준비가 되어 있습니다. 만약 담대한 마음, 강인한 검객의 팔, 명사수의 눈이 지금의 곤경을 타개하는 데 경과 제 친척인 나우시카 공주에게 보탬이 된다면 말씀만 하십시오. 왕가를 무너뜨리기 위해 계략을 꾸미고 있는 무자비한 악당들에 대해서는 에우마이오스에게 들었습니다."

삼촌은 즉석에서 결정을 내렸다. "아이톤, 자네는 우리 씨족을 빼닮았네. 자네의 용기는 곧 우리의 용기고, 자네의 자부심은 곧 우리의 자부심이지. 자네와 내 조카가 허락한다면 나는 구혼자들에게 이렇게 알리려고 하네. 왕이 모래가 많은 필로스에서 나우시카의 남편감으로 자네를 보냈고, 나우시카도 나도 그의 결정에 동의한다고, 그러니 이제 그들이 궁 마당에서 진을 치고 있을 이유가 없다고 말이야. 자네도 이해하겠지만 이건 단지 편의적인 발표에 불과하네. 왕이 자네를 사위로 받아들이면 좋겠지만 그렇게 될 거라는 보장은 없어. 게다가 왕은 딸이 싫어하는 남자를 남편으로 강요하지 않겠다는 약속도 했는데, 내 조카가 나처럼 자네를 높이 평가하는지는 알 수 없는 노릇이지. 그러니 일단은 자네가 신붓값을 가져오라고 크레타에 심부름꾼을 보냈으며, 그때까지는 결혼식을 치를 수 없다고 해두겠네. 그러면 잠시 곤경을 피할 수는 있겠지. 자, 이제 나는 가보겠네. 내 조카 클리토네우스가 여기로 올 때까지 나우시카를 잘 부탁하네. 어쩌면 오늘 밤 올지도 모르겠군. 그 아이는 자기 형 할리우스에게 군사 원조를 요청하기 위해 미노아로 떠났거든."

"임무를 기꺼이 받아들이겠습니다. 제가 할 일이 무엇입니까?"

"구혼자들이 내 말을 따른다면 자네가 좋은 첫인상을 남길 수 있게 수놓은 예복과 멋진 붉은 신을 올려 보내겠네. 허나 그들이 말을 듣지 않으면, 내가 무기와 갑옷을 보낼 때까지 여기 숨어 있게. 그리고 나우시카는 그를 데리고 올 때 장미 말고 몰리 꽃을 머리에 꽂고 아이톤의 손바닥에도 몰리를 문질러 헤르메스의 보호를 받을 수 있게 하렴. 내가 무슨 소식을 전하든 클리토네우스가 할리우스에게서 어떤 전갈을 가져왔는지 최대한 빨리 알려줘야 해. 나무껍질 조각에 칼로 전언을 새겨 에우마이오스의 아들에게 주고 빵과 치즈가 든 주머니에 넣어 가져오게 해라. 그리고 우리 모두 신들의 뜻을 믿어보자!"

"잠깐만요, 삼촌. 아직 저녁도 안 드셨잖아요."

"기다릴 수가 없구나. 가면서 먹을 음식이 아직 가방에 남아 있고, 발걸음도 한결 가벼워졌단다. 헤르메스의 깃털 달린 샌들이라도 신은 양 훌쩍 산을 내려갈 수 있을 것 같아."

삼촌은 내게 다정히 입을 맞추고 아이톤의 손을 꽉 쥔 뒤 에우마이오스를 찾으러 나갔다. 그리고 내가 안전상의 이유로 오두막에 머물 것이며 가족을 제외한 누구에게도 내가 여기 있다는 사실을 알리면 안 된다고 일렀다.

나는 삼촌이 멀어지는 모습을 지켜보다가 가볍게 한숨을 쉬었다. 오두막으로 돌아오자 에우마이오스가 울고 있었다. 왜 우는지에 대해서는 말이 없었다.

11장. 할리우스가 준 화살

 그날 저녁 음산하게 꿀꿀거리며 우는 암퇘지와 새끼 돼지를 우리에 넣고 수퇘지도 울타리 안에 몰아넣은 뒤, 에우마이오스와 그의 아들, 그리고 아이톤과 나는 저녁을 먹기 전 한 시간 가량 함께 오두막에서 포도주를 마셨다. 그러는 동안 울음소리는 점차 잦아들었고 돼지들도 곧 잘 준비를 하는 듯했다. 저녁 식사는 훌륭했다. 에우마이오스가 나를 위해 최상급 수퇘지를 잡았기 때문이다. 이제 다섯 살이 된 살찐 수퇘지는 실로 가슴이 미어지게 울어댔다. 에우마이오스의 부하들이 잔뜩 쌓인 마른 장작이 이미 불꽃을 내며 타고 있는 화로로 돼지를 끌고 갔다. 에우마이오스는 돼지의 털을 깎고 자른 털 한 다발을 불 속에 던졌다. 우리 가족이 곧 다시 만나기를 기원하며 불사신들에게 기도한 뒤, "공주의 결혼 문제가 잘 해결되길 바란다"며 조심스럽게 덧붙이기도 했다. 그러고 나서 나뭇단으로 수퇘지의 두개골을 내리쳐 돼지를 기절시켰다. 그러자 그의 아들이 돼지의 멱을 땄고, 이어서 숙련된 솜씨로 겉 표면을 살짝 태워 껍질을 벗기고 고기를 큰 덩어리로 잘랐다. 각각의 덩어리에서 얇게 잘라낸 살점은 두둑한 비계 위에 얹어 보릿가루를 뿌린 뒤 불 속에 던져 케르도 여신에게 제물로 바쳤다. 통나무 도마 위에서 고기가 작은 정사각형 조각으로 잘리자, 우리는 모두 나무 꼬챙이를 손에 든 채 화롯불을 둘러싸고 쭈그려 앉아 육즙이 흐르는 돼지고기를 노릇노릇하게 구웠다. 에우마이오스는 아이톤에게 자기 인생 이야기를 들려주었는데, 나도 단편적으로만 들었지 처음 듣는 이야기였다.

"저도 태어나기는 나리 못지않게 좋은 집안에서 태어났지요." 그가 말문을 열었다. "그런데 나리보다도 훨씬 어린 나이에 신들의 질투를 사고 말았습니다. 제 아버지인 크테시오스는 작은 이오니아 도시인 시라코와 오르티기아를 다스렸습니다. 오르티기아는 시칠리아 동쪽의 큰 항만 맞은편에 있는 섬에 세워진 도시고, 시라코는 근처의 본토에 있지요. 오르티기아는 기후가 매우 좋고 양과 소를 많이 기르며, 보리와 포도가 많이 나는 곳이랍니다. 제가 여섯 살도 채 안 됐을 때, 페니키아 상인들이 이집트에서 예쁜 물건들을 싣고 오르티기아에 입항했지요. 그때 페니키아 출신의 노예였던 제 유모가 항해사와 사랑에 빠졌습니다. 유모는 얼굴이 반반하고 키가 훤칠했는데, 항해사는 적당한 지참금을 가져오면 그녀를 데리고 자신의 고향인 시돈으로 가 결혼을 하겠다고 약속했죠. 그리하여 어느 날 저녁, 제 어머니가 자기 마음에 쏙 든 호박과 금목걸이를 놓고 그와 흥정을 벌이고 하녀들이 모두 모여들어 구경을 하고 있을 때, 잔인한 유모는 제 손을 잡고 슬그머니 궁 밖으로 나갔습니다. 연회장에서 막 잔치가 열렸던 터라 그녀는 먹다 남은 고기들이 잔뜩 쌓여 있는 테이블을 지나갔지요. 아버지와 아버지의 손님들이 회의장에 간 틈을 타 그녀는 값비싼 고블릿 잔 세 개를 훔쳐 품 안에 숨겼지요. 그리고 저를 데리고 서둘러 항구로 향했습니다. 얌전히 있으면 페니키아 선박을 보여주겠다면서요. 저는 신이 나서 그녀 옆에서 종종걸음을 쳤죠. 배에 오르자마자 아름다운 장난감에 정신이 팔렸고(머리와 꼬리가 움직이는, 보석으로 된 말이었어요), 이내 배가 닻을 올리면서 저는 포로 신세가 되고 말았죠. 그들은 제가 소리를 지르지 못하게 입에 재갈을 물리기까지 했어요. 그때까지 과할 정도로 늘 저에게 다정했던 유모는 제 뺨을 때리며 이렇게 말하더군요. '자, 이 버르장머리 없는 성가신 꼬마야, 이제 너도 나처럼 노예 생활의 쓴맛을 봐야지.' 저는 당시 아직 어린아이일 뿐이었지만 천지 분간은 했기에 이렇게 답했습니다. '유모, 나는 유모한테 잘못한 게 없잖아. 신들이 내 원수를 갚아줄 거야!' 그러자 그녀가 저를 어찌나 무자비하게 때리던지 선장이 나서서 저를 보호해 주어야 했습니다. 떠난 지 겨우 이레째 되던 날, 그 사악한 여자는 강풍에 배가 기울자 갑판에서 중심을 잃고 화물창으로 추락해 머리를 부딪쳐 죽고 말았지요.

저는 완전히 혼자가 되었고, 시돈 선장은 저를 로도스 상인에게 팔았습니다. 이듬해에 그 상인은 큰 보상을 기대하며 저를 다시 오르티기아로 데려왔습니다. 저는 아버지의 하나뿐인 자식이었거든요. 하지만 그사이 아버지는 돌아가셨고 왕위는 제 사촌에게 계승되었지요. 그 악독한 자는 제가 실종된 왕자가 아니고 그런 척만 하는 것이라며 제 어머니도 배에 오르지 못하게 했습니다. 이후 로도스 상인은 저를 적당한 가격에 당시 드레파논 왕이었던, 나우시카 공주의 할아버지에게 팔았지요. 그분은 저에게 친절을 베풀고 당신의 자식들과 함께 궁에서 키워주셨습니다. 하지만 노예인 제가 신분 상승을 꿈꿀 수는 없었지요(첫째 공주를 무척 사랑했고, 그녀도 저를 사랑했지만 말입니다). 생계를 꾸릴 나이가 되자 저는 머리에 향유를 바르고 좋은 망토와 옷차림으로 사냥개를 데리고 다니며 빈둥거리는 대신, 고상하게 자란 제 과거를 뒤로하고 작업복 차림으로 왕실 소속의 시카니 돼지치기 밑에서 일을 배워야 했습니다. 그것도 나름대로 괜찮은 삶이었지요. 왕과 왕비의 우정에 늘 기댈 수 있었고, 수석 돼지치기의 딸과 결혼해(오래전에 세상을 떠났지만요) 그의 지위를 물려받기도 했으니까요. 하지만 가끔은 제가 왕자로 태어났다는 것을 떠올리며 칼과 방패로 큰일을 하는 꿈을 꾸기도 합니다. 여기 오기 전 저는 나우시카 공주의 훌륭한 아버지의 지휘 아래 군사 훈련을 하곤 했습니다. 어쩌면 전투에서 빛을 발할 재주와 힘이 아직 저에게 있는지도 모르지요. 그러나 아버지의 유산을 되찾을 수 있을지도 모른다는 마지막 희망은 작년에 완전히 사라졌습니다. 코린토스인들이 왕가의 분쟁을 틈타 시라코와 오르티기아를 점령해 시라쿠사라는 새 도시를 세우고 전함 30척으로 그곳을 지키고 있으니까요."

"어르신," 아이톤이 말했다. "어르신이 아까 그 돼지에게 가한 일격을 보니 투구를 쓴 자를 상대해도 삽시간에 하데스에게 보내버릴 수 있을 것 같습니다."

11장. 할리우스가 준 화살

다 구워진 고기를 꼬챙이에서 뺀 뒤, 에우마이오스는 너도밤나무로 만든 접시 일곱 개를 꺼내 고기를 수북이 담았다. 첫 번째는 나에게, 두 번째는 아이톤에게, 세 번째는 자기 자신에게, 네 번째는 자기 아들에게, 다섯 번째는 메사울리오스라고 하는 시쿨리족 노예에게 돌아갔다. 그는 곧 죽을 사람처럼 보여 에우마이오스가 숯장수에게서 헐값에 사온 노예였는데, 산에서 캔 약초와 좋은 음식을 먹으며 금세 건강을 회복했다. 여섯 번째와 일곱 번째 접시는 산의 님프들과 목자 헤르메스를 위해 남겨두었다. 이들은 춘분이 돌아오면 히페레이아 숲에서 비밀 주신제를 연다고 했다. 메사울리오스는 보리빵을 넉넉히 나누어 주었고, 벼룩만 아니었다면 더 바랄 것이 없는 훌륭한 식사였을 것이다. 하지만 나는 벼룩에게 물어뜯겨 죽을 지경이었고, 오두막에서 하룻밤을 꼬박 지낼 생각을 하니 눈앞이 캄캄해졌다. 아이톤도 나 못지않게 고통스러워하는 모습에 그나마 조금 위로가 되었을 뿐이다. 마침내 메사울리오스가 음식을 치웠고, 에우마이오스는 이제 잠자리에 들 시간임을 알렸다. 날씨가 쌀쌀했고 세찬 비바람이 굴뚝에 들이쳐 타다 남은 장작이 쉭쉭거렸지만, 에우마이오스는 내가 남자와 같은 공간에서 자는 것은 부적절하다는 결론을 내렸다. 아무리 임시변통으로 커튼을 친다 해도 말이다.

그는 나에게 자신의 침대와 자기가 가진 가장 따뜻한 거친 방모 망토를 담요 대신 제공하고 침입자에 대비해 문에 빗장을 지르는 법을 알려준 뒤, 엄숙하게 나의 숙면을 빌어주고는 나에게 난로와 벼룩만 남겨둔 채 일행들을 데리고 나갔다. 그들은 대문 근처의 툭 튀어나온 바위 아래에 자리를 잡고 바닥에 땔나무를 널찍하게 깐 뒤 짚을 한 무더기 쌓았다. 시카니 도적이 들이닥칠 수도 있었기 때문에 한 명씩 돌아가면서 망을 보았다. 어차피 에우마이오스의 사냥개들이 가만히 있지 않았을 테지만 말이다. 아이톤이 어찌나 부럽던지! 난롯가에는 벼룩이 들끓을 텐데, 아이톤은 오두막에서 벼룩을 데려가지만 않았다면 편안하게 잘 수 있을 것이다. 에우마이오스와 그의 부하들은 이제 벼룩 따위는 신경 쓰지 않는 눈치였다. 그들의 피가 벼룩의 독에 적응이 된 것일 수도 있고 피부가 너무 거칠어져서 벼룩이 뚫지 못하는 것일 수도 있었다.

나는 한숨도 자지 못하고 난롯가 의자에 앉아 몸을 긁으며 내 하얀 피부를 괴롭히는 검은 벌레를 떼어냈다. 이상한 일이지만 그때 내 머릿속에 아름답고 유려한 6보격 시가 물밀듯이 밀려들어 왔다. 율리시스가 아이아이에를 방문해 아테나를 마주쳤고 그녀가 그에게 몰리를 주었다는 이야기였는데, 당연히 나는 몰리를 마늘이 아닌 시클라

멘처럼 묘사했다. '시인이 되는 건 쉬운 일이구나.' 나는 생각했다. '하룻밤 사이에 시 한 절을 지을 수도 있겠어.' 하지만 나는 60행에서 멈추고 그것을 머릿속에 저장했다. 거기서 더 나아갔으면 아마 지은 것을 모두 잊어버렸을 것이다. 내 위대한 서사시는 이때 시작한 것이었다. 비록 당시에는 그것이 어떤 모습으로 구체화될지 알 수 없었지만 말이다. 나중에 에우마이오스에게 이 이야기를 하자 그는 돼지치기를 보호할 뿐만 아니라 시와 신탁에도 영감을 주는 케르도 여신의 덕을 보았을 거라고 했지만, 진짜 감사해야 할 대상은 날 못 자게 한 벼룩들이었다. 굴뚝을 통해 새벽의 첫 기운이 비치는 즉시 나는 빗장을 풀고 싸늘한 농장으로 나갔다. 그리고 돌담 위로 올라가 클리토네우스가 오는지 살폈다. 그는 할리키아이에서 구불구불한 서쪽 길을 택해 곧 이곳에 도착할 터였다. 기다린 지 얼마 되지도 않았을 때 그가 내 이름을 불러 날 놀라게 했다. 클리토네우스는 내 바로 뒤에 서 있었다. 사냥개들은 그를 잘 알았으므로 평소와 달리 매섭게 짖어대며 그의 도착을 알리지 않았다. 그가 오자, 에우마이오스는 메사울리오스에게 포도주와 빵, 차가운 고기를 가져오라고 외쳤다. 우리는 오두막에 들어가 난로를 때고 아침 식사를 했다. 하지만 클리토네우스는 노변의 성소에서 폭풍을 피했다는 것 말고는 여행에 대해 아무 말도 하지 않았고, 나 또한 궁금해 죽을 지경이면서도 질문을 삼갔다. 그러자 에우마이오스가 돼지들을 돌보기 위해 밖으로 나갔다.

"좋은 소식이야?" 내가 문을 닫으며 물었다.

"좋은 소식이지." 클리토네우스가 시큰둥하게 대답했다. "할리우스를 만났고, 그가 도와주기로 약속했어. 무슨 일이 있었는지 말해줄게. 릴리바이움 곶을 지나자마자 순풍이 멈췄고 우리는 이튿날 오후에야 미노아에 도착했어. 당연히 시쿨리족 항만 수비대는 우리를 수상하게 여겼지 (그곳에 엘리미나 선박이 나타난 건 5년 만에 우리가 처음이었을 거야). 하지만 내가 할리우스에게 급히 전할 이야기가 있다고 하자 태도를 바꾸더라. 할리우스는 왕에게 그리스 양식의 궁을 지어주었더군. 우리 궁이랑 비슷한데 좀 더 작았어. 내가 도착하자 예쁜 노예 소녀 몇 명이 날 씻긴 뒤, 기름을 발라주고 깨끗한 리넨을 가져왔어. 그러고는 윤이 나는 올리브나무 테이블에 의자를 놓고 각종 생선과 고기, 긴 소고기 등뼈, 소스, 설탕절임, 그리고 황금 고블릿 잔에 담긴 포도주를 가져다주었지. 이건 여담인데, 글쎄 소고기를 제공해준 암소의 뿔에 금도금을 했더라. 시쿨리족이 섬기는 달의 여신 카르도를 기리기 위해서라는데, 에우마이오스가 섬기는 케르도 여신과 비슷한 것 같았어.

마침내 할리우스가 등장해 내 맞은편에 앉았지. 날 못 알아보는 척하면서 내가 식사를 마칠 때까지 아무 말도 하지 않았지만, 날 유심히 살펴보는 시선을 느낄 수 있었어. 그는 건강해 보였고 잘 살고 있는 것 같았어. 어느 그리스인도 고국에서 받아보지 못했을 대단한 존경을 미노아인에게 받고 있는 것 같더라. 마침내 식사가 끝났고, 한 소녀가 따뜻한 물이 담긴 은그릇을 가져와 기름 묻은 내 손을 씻기고 리넨 천으로 닦아주었어.

그러자 할리우스가 조심스럽게 물었어. '댁은 누구신지요? 그 망토로 보건대 왕가의 혈통이 흐르는 것 같습니다만. 당신의 장비들도 그렇고요. 나에게 전할 전갈이 있는 모양인데, 보내는 이가 누군지 아직 모르겠군요.'

'할리우스 형, 날 못 알아보는 거예요?' 내가 외쳤어. '당신의 동생 클리토네우스잖아요. 당신의 어머니와 당신의 여동생 나우시카가 나를 여기로 보냈어요.' 굳었던 그의 얼굴이 풀어졌고, 그는 자주색 예복 자락을 눈가로 가져가 눈물을 훔쳤어. 그러고는 누나가 건강한지 묻더라. 이것도 여담인데, 할리우스는 거대한 체구만 아니었으면 그가 엘리미나족이라는 걸 아무도 알아채지 못할 정도로 시쿨리족에게 철저히 동화되었어. 처음 그곳에 도착했을 때 굉장한 행운이 따라준 모양이야. 미노아에서는 건국자를 기리는 경기가 매년 열리는데, 의회가 결정하길 왕의 사위 겸 왕위 계승자를 거기서 뽑아야 한다고 했다는 거야. 그런데 경기에 나선 두 명뿐인 후보 중 한 명은 레슬링 경기에서 한쪽 눈이 뽑히고 다른 한 명은 칼싸움에서 한쪽 귀가 잘리고 말았다지 뭐야. 그러자 카르도의 신탁을 내리는 여사제가 몸이 성하지 않은 사람은 미노아를 다스릴 수 없으며, 여신이 선택한 후계자가 가슴에 분노를 품은 채 서쪽에서 서둘러 오고 있다고 했대. 그 분노를 반드시 누그러뜨려야 한다면서 말이지. 바로 할리우스를 말한 것이었지. 할리우스가 그러는데, 그 여사제는 체계적인 지식보다는 신기에 의존하는 부류였다나 봐."

"네가 가져온 소식이 정말 좋은 소식이었다면 중요하지 않은 이런 이야기는 나중을 위해 남겨놓았겠지." 내가 툴툴거렸다. "그래서 할리우스가 뭘 약속했는데?"

"누나가 형을 변호하려고 애썼지만 아버지가 좀처럼 들으려 하지 않으셨다고 했더니, 형은 깊은 한숨을 쉬며 이렇게 말했어. '아버지는 내가 잔인한 범죄뿐 아니라 위증도 불사할 사람이라고 믿으셨지. 내가 제우스와 테미스의 이름을 걸고 결백하다고 맹세했거든. 아버지는 나에게 저주를 내리고 날 집에서 쫓아내셨지. 그러니 아버지께서 직접 오셔서 사면과 보상을 해주지 않는 한, 내가 자식으로서 무슨 도리를 지킬 수 있겠니? 하지만 너에게는 애틋한 마음을 가지고 있다. 어머니와 여동생을 위해서라면 기꺼이 내 목숨을 내어줄 수도 있고.' 그러더니 부관을 시켜 청동 촉이 달린 화살 112개를 가져오게 했지. 화살통 한 개당 화살이 여덟 개씩 들어 있었어. 그는 엄숙하게 이것을 건네고 이렇게 말했어. '구혼자들의 심장에 하나씩 꽂힐 이 시쿨리족의 화살을 보여주며 경고해라. 즉시 궁을 떠나 훔친 것을 네 배로 변상하지 않으면, 그들 중 누구도 목숨을 건지지 못할 거라고. 내가 직접 나서서 그들을 처단할 것이다.' 또 누나에게 선물을 전해 달랬어. 카리아에서 들여왔다는 이 상아 빗이야. 여기 붉은 스핑크스 좀 봐! 이 장식 거울은 어머니 선물이고. 나는 수놓은 담요와 은그릇, 멧돼지 잡을 때 쓰는 창을 받았는데, 배에 두고 왔어. 할리우스가 나를 마차에 태워 할리키아이 접경 지역까지 데려다주었지."

"그가 동원할 수 있는 함대의 전력은 어느 정도지?"

"내가 그 질문을 했더니 자신의 협박은 공수표나 마찬가지라고 솔직하게 털어놓던걸. 시쿨리 배가 드레파논의 노가 50개 달린 배에 맞서는 일은 없을 거라면서 말이야. 적어도 2대 1의 승산이 있지 않다면 말이지. 같이 드레파논을 쳐서 전리품을 나눠 갖자고 해안 동맹국들을 꼬드기지 않는 한 대규모 함대를 동원하는 건 불가능할 거라고도 했는데, 그건 우리가 원하는 바도 아니었고."

"다시 말해 원점으로 돌아왔다는 얘기네?"

"그런 것 같아. 구혼자들이 그의 협박에 겁을 집어먹지 않는다면. 그럴 가능성도 있으니까."

"클리토네우스, 네가 없는 동안 중요한 일이 일어났어. 어쩌면 이게 더 중요해서 구혼자들에게 화살 이야기는 하지 않아도 될지도 몰라. 내일 식사 자리에서 삼촌이 내 결혼을 발표할 거야. 모래가 많은 필로스에서 예기치 않게 찾아온 외사촌과 이미 결혼을 약속했다고 말이지."

클리토네우스는 멍하니 나를 바라봤다. 하지만 내가 아이톤을 만난 이야기를 들려주자(레이트론에서 처음 만난 이야기는 생략했는데, 아이톤이 삼촌에게 이미 다르게 이야기했기 때문에 그의 진실성을 해치지 않기 위해서였다), 그의 의심은 주의 깊은 관심으로 바뀌었고 관심은 곧 흥분으로 바뀌었다.

"나도 삼촌처럼 그 크레타인을 높이 평가하게 될 것 같은데." 클리토네우스가 마침내 말했다. "하지만 혹시라도 그가 안티노오스와 에우리마코스와 한배를 타면 어떻게 해? 누나와의 결혼을 포기하는 대가로 고향으로 돌아가겠다고 하면?"

"그는 지금 참나무 아래에 있어." 내가 말했다. "그가 한 입으로 두말할 사람인지 네가 가서 직접 확인해봐. 늙은 흰 암퇘지도 그를 아주 우러러본다던걸."

클리토네우스는 잠시 후 돌아와 아이톤과 나의 결혼 계약이 그저 속임수로 끝나지 않기를 진심으로 바란다고 하면서, 첫눈에 이렇게 호감을 가지게 된 사람은 그가 처음이라고 말해주었다.

그의 말에 당황한 나는 서둘러 이렇게 말했다. "그래, 아주 매력적인 사람이긴 하지. 하지만 이런 상황에서 다르게 행동할 수 있을까? 친구 하나 없는, 누더기 차림의 거지가 노예선에서 탈출해 외국 땅에 떨어졌는데, 두 부유한 귀족이 그를 사촌으로 대접해주고 있잖아. 그런 상황에서 성급함이나 게으름, 잔인함, 질투 같은 결점을 어떻게 드러내겠어? 그리고 나는 어떻게 그를 남편감으로 평가할 수 있겠어? 자, 클리토네우스, 현실적으로 생각해! 그가 탐욕스럽거나 배신을 할 사람이 아니라는 건 인정해. 그렇게 생각했으면 멘토르 삼촌이 그를 이런 방식으로 이용하게 내버려두지도 않았을 거야. 또 대중적인 기준에서 봤을 때 용모가 준수하고 체격이 건장하다는 것도 사실이지. 하지만 아버지를 위시한 우리 집안의 몇몇 남자들을 제외하고, 잘생겼는데 똑똑하고 허영심 없는 사람을 본 적이 있어?

괜히 흥분하지 마, 동생! 이 계획은 오로지 시간을 벌기 위한 것이지 네가 존경할 수 있는 내 남편을 찾기 위한 게 아니야. 아이톤 자신도 이 점을 잘 알고 있어. 물론, 늙은 흰 암퇘지는 그에 대해 아주 좋게 이야기했지만."

"아이톤도 누나에 대해 아주 좋게 이야기하던데."

"자기 역할을 연습하는 거지. 나도 그런 감정을 느끼는 척해야 할 테고."

"그럼 누나는 그가 싫어?"

"신들의 이름으로 말하는데, 부디 그가 그런 의심을 품지 않기를! 하지만 설사 네가 무심코 그런 말을 해도 그는 네 말을 믿지 않을 거야. 아이톤 같은 남자는 여자들이 다 자기와 사랑에 빠질 거라고 생각하거든. 몸에서 돼지 냄새가 나든 헝클어진 머리에 짚이 삐죽 튀어나와 있든 말이지."

"제대로 차려입고 무장한 그의 모습을 보고 싶다. 아주 근사할 것 같아."

"그에게 그런 기회가 곧 찾아오기를 바라보자."

"에우마이오스와 그의 아들은 믿을 만한 것 같아?"

"우리를 위해서라면 죽음도 불사할걸. 구혼자들의 반응이 어땠는지 삼촌이 소식을 보내오면, 에우마이오스에게 비밀을 어느 정도 털어놓을 생각이야. 당연한 이야기지만 그는 우리가 여기모인 것에 어리둥절해하고 있어. 지금 벌어지고 있는 이 모든 일에도."

"구혼자들이 아이톤을 누나의 예비 남편으로 받아들일 가능성이 얼마나 될 것 같아?"

"일부는 집에 가겠지, 그건 확실해. 하지만 대부분은 궁에 남을 거야. 에우리마코스, 안티노오스, 크테시포스 일당은 물러서기에는 너무 멀리 와버렸거든. 그리고 클리토네우스, 네가 당장 직면한 문제도 결코 호락호락하지 않을 거야. 압도적으로 불리한 싸움에 휘말리지 않으면서 에우리마코스를 해치우는 일 말이지."

"왜 콕 집어 에우리마코스야? 거짓말로 할리우스 형을 추방시킨 비열한 크테시포스는 어쩌고?"

"에우리마코스가 라오다마스를 살해했기 때문이지!"

내가 그가 입고 있었던 꿰맨 내의에 대해 이야기해주자, 클리토네우스는 당장이라도 뛰쳐나가 복수를 할 기세였다. 그래서 나는 그가 마음을 가라앉힐 수 있게 참나무 숲과 아레투사 샘을 산책하면서 아이톤이 괜한 오해를 하지 않게 분노를 감추라고 했다. 다행히 클리토네우스는 내 기분을 맞춰주었고, 우리는 곧 리라 연주에 맞춰 춤을 추었다. 아이톤이 포로가 된 자신의 어머니로부터 우리의 국가를 배운 덕분이었다. 춤 동작까지는 배우지 못했지만 말이다. 이후 클리토네우스와 아이톤은 창던지기를 했고, 이어서 우리는 등이 초록색인 딱정벌레 세 마리를 잡아 경주를 시키기도 했다. 노랑나비와 붉은 네발나비 몇 마리가 나풀나풀 주변을 맴돌았고, 도마뱀은 따뜻한 바위 위에서 햇볕을 쐬고 있었다. 날이 화창해서 저 멀리 남쪽에 있는 칼립소의 섬이 또렷이 시야에 들어왔다. 우리는 매우 기분 좋게 아침나절을 보냈고, 사냥개들은 참나무 숲 근처에서 귀를 쫑긋 세우고 침입자들을 경계하며 우리에게 안정감을 심어주었다.

그때 멀리서 누군가 외치는 소리가 들려왔다. "멘토르 나리의 명령이다. 살찐 돼지 여섯 마리를 즉시 데려와라."

에우마이오스가 맞받아쳤다. "와서 직접 데려가게!"

"당신네 저주받은 사냥개들 때문에 그렇게는 못 하겠다!"

나는 얼른 달려가 중재를 했다. "에우마이오스, 저들이 더 가까이 오지 못하게 하는 게 낫겠어! 이번만큼은 삼촌이 정말 저 명령을 내렸다고 생각하자. 그리고 아들에게 돼지들을 몰고 내려가라고 하면서, 이 전갈을 삼촌에게 전하라고 해. 주머니 속에 잘 숨겨서 가져가야 할 거야."

나는 '도움을 약속함'이라는 문구가 새겨진 나무껍질 조각을 건넸다. 좀 더 자세히 쓰면 오히려 삼촌의 용기를 꺾을 것 같았다.

그러자 에우마이오스는 이렇게 외쳤다. "기다리시오. 내가 돼지를 보낼 테니." 그러고는 가장 상태가 안 좋은 돼지 여섯 마리를 골라 보냈다.

* * *

나는 아이톤이 나를 위해 잘라준 버드나무 장작개비의 부드러운 껍질에 전날 밤에 지은 시를 새기기 시작했다. 각각의 장작개비에 4행을 썼고, 쓰면서 고치기도 했다. 이를 지켜본 돼지치기들은 충격에 휩싸였는데, 아마 나를 마녀로 알았을 것이다. 작업을 막 마치고 나무 밑에서 한숨 자려고 하는데, 에우마이오스의 아들이 예기치 않게 돌아와 떨리는 입술로 내게 인사하더니 내가 준 전갈을 도로 건넸다.

나는 거기에 삼촌의 답변이 새겨져 있는지 들여다봤지만, 새로 추가된 건 아무것도 없었다. "멘토르 경이 뭐라고 대답하셨니?" 내가 물었다.

그가 고개를 저으며 울먹이면서 더러워진 손을 구부려 눈물을 훔쳤다.

에우마이오스가 빠른 시카니어로 아들에게 뭐라고 묻

더니 슬퍼하며 내게 이렇게 말했다. "나우시카 공주님, 제가 어젯밤에 운 것은 공주님의 고귀한 삼촌을 살아서 다시 보지 못할 것이라는 신탁을 받았기 때문입니다. 적들이 향기로운 소나무 숲이 있는 산기슭에 매복하고 있다가 바위 뒤에서 창을 던질 것이고, 그것이 멘토르 나리의 넓은 어깨를 꿰뚫을 거라고 했습니다. 헤르메스가 깃털 달린 신발을 신고 산비탈을 스치듯 날아서 그의 혼령을 데려갔지요. 안티노오스 짓이었습니다. 그의 하인들은 멜란티오스가 시체를 발견했을 때, 그가 아직 집에서 아침 식사를 하는 중이었다고 맹세했지만요."

클리토네우스와 아이톤, 그리고 나는 서로를 멍하니 쳐다보면서 속으로 각자 피의 복수를 다짐했다.

12장. 장례 연회

우리는 누구를 믿어야 할까? 평화적인 방법이 실패로 돌아간 지금, 누가 우리에게 군사 지원을 해줄 수 있을까? 아이톤, 클리토네우스, 에우마이오스, 곤봉 말고는 다룰 수 있는 게 없는 에우마이오스의 아들이 있다. 젊었을 때 무기 다루는 훈련을 받은 필로이티오스도 여전히 잘 싸울 수 있을 것이다. 하지만 이 다섯 명이 112명의 구혼자들과 그들의 많은 하인을 상대해야 한다. 절대 많다고 할 수는 없었다.

"우리가 불리한 건 사실입니다." 아이톤이 냉정하게 말했다. "정면 승부를 한다면 말이지요. 하지만 대량 학살은 상황이 전혀 다릅니다. 그런 상황에서는 다섯 명이 수백

명을 물리칠 수도 있지요. 칼로 머리를 베거나 적의 몸에 꽂힌 창을 도로 뽑는 것과 같은 동작을 계속 반복하다 보면 어느 순간 지치긴 하겠지만 말입니다. 가령 이집트에서 포로로 붙잡히기 얼마 전 저는 이집트인을 40명 넘게 죽인 적이 있습니다. 그때 우리는 펠루시움 공공 도로를 따라 도주하는 어중이떠중이 무리를 뒤쫓고 있었고, 그들의 목덜미에 칼날을 들이대기만 하면 되었죠. 하지만 그들을 다 해치우기도 전에 팔이 아파오더군요. 또 하나 염두에 두어야 할 점은, 출구가 막혀 있는 폐쇄된 장소에서 기습 공격을 하지 않는 한 큰 승리를 거두긴 어려울 것이라는 점입니다. 친애하는 친족 여러분, 우리 다섯 명 중 이런 유의 경험을 해본 사람은 저 밖에 없으니 제가 여러분의 지휘관이 되어 치밀한 작전을 짤 수 있게 해주십시오. 여러분 모두가, 특히 나우시카 공주가 저를 도와주셔야겠지만, 먼저 저에게 명령을 내릴 수 있는 권한을 주시고 여러분이 그 명령에 무조건 따라주어야 할 것입니다. 그렇지 않으면 온전한 성공을 약속할 수 없습니다."

나는 아이톤의 말을 듣고 잠시 주저했다. 나의 노예이자 볼모, 말 잘 듣는 도구였던 그가 이제 내 주인이자 구원자, 엄격한 독재자가 될 수 있게 해달라고 당당히 요구하고 있었다. 변화가 너무 급격해서 어리둥절했지만, 이제 멘토르의 친족으로 자리 잡은 그가 클리토네우스 못지않게 완강하게 피의 복수를 맹세하는 것은 당연했다. 해변으로 소풍을 떠나는 일이나 아테나 여신의 대축제를 준비하는 일 등 나는 수많은 일에 관여했지만, 전쟁은 내 분야가 아니었다(헥토르가 죽기 전날 안드로마케에게 일깨워 주었듯이 말이다). 그러니 나로서는 동의 말고는 다른 대안이 없었다. 게다가 클리토네우스도 열렬히 찬성했다. 이후 우리는 에우마이오스를 불러 그에게 우리의 비밀을 털어놓았다. 말을 전하는 것은 나의 몫이었다. "에우마이오스, 당신이 자랑하는 그 강력한 일격을 선보일 때가 다가온 것 같아. 하지만 물떼새처럼 신중하고 당신의 사냥개들처럼 순종적이어야 해. 클리토네우스 왕자와 나는 전투를 앞두고 있어. 우리의 형제 라오다마스를 죽인 것부터 사랑하는 우리 삼촌을 죽인 것에 이르기까지 우리에게 행해진 모든 잘못을 되갚아줄 거야. 왕의 군대는 여기 있는 아이톤이 이끌 거야. 그는 내 외사촌이지만 바로 이런 목적으로 변장하고 온 거였어."

클리토네우스는 아이톤이 처음 도착했을 때부터 나의 보호를 받았다는 사실을 여전히 알지 못한 채 나를 멀뚱히 쳐다봤다.

나는 말을 이었다. "그의 강력한 오른팔이 필요해지기

전까지 그를 위험에서 보호해야 하기도 했지. 클리토네우스와 나는 아이톤 경이 시칠리아의 그 누구보다 훌륭하게 임무를 완수해줄 것이라 믿고 그를 지휘관으로 임명했어. 그가 작전을 세우는 동안에는 조용히 하고 아무 말도 하지 말아야 해. 그러고 나서는 우리 모두 힘을 합쳐 그것을 실행에 옮겨야 할 것이고. 자, 이제 케르도의 이름으로 대담하고 충실하고 끈기 있게 싸우겠다고 맹세해줘."

남자의 얼굴이 그토록 엄숙한 기쁨으로 빛나는 것을 그때 나는 처음 봤다. 에우마이오스는 단호한 어조로 맹세한 뒤 여신에게 어린 수퇘지를 바쳤으며, 그녀의 호의를 얻기 위해 남은 고기를 모두 태웠다. 우리는 그 광경을 엄숙하게 지켜봤다.

그러고 나서 클리토네우스는 아이톤에게 미노아를 다녀온 이야기를 들려주고 화살통을 보여주었다. 아이톤은 화살을 하나 꺼내 손가락 끝에 올려놓고 깃털과 화살촉의 품질을 살폈다. "이 화살을 만든 시쿨리족이 전문가라는 건 확실한 것 같군요." 그가 평가를 내리고는 클리토네우스에게 물었다. "할리우스의 이름으로 적을 위협하겠다는 생각은 여전합니까?"

"그렇게 약속했지요."

"그렇게 하는 게 우리에게도 유리할 것 같군요. 이 화살들을 그냥 보여주기만 하면 구혼자들은 할리우스가 해전에 약하다는 걸 알고 코웃음을 칠 겁니다. 여기에 활과 시위가 더해지면 살상 무기가 될 수 있다는 건 생각하지 못하고 말이지요."

나는 흡족해하며 웃었다. "아이톤, 당신의 계획은 내 계획과 일치하는군요. 마치 잘린 배의 반쪽이 나머지 반쪽과 맞아떨어지듯이요. 일전에 〈오디세우스의 귀향〉을 들으면서 그가 어떻게 활 하나로 그 많은 구혼자들을 해치웠는지 궁금히 여겼던 적이 있었지요. 클리토네우스와 나는 이 문제에 대해 토론을 하기도 했는데, (그렇지, 동생?) 그때 아테나 여신이 내게 대학살의 장면을 보여주셨습니다."

내가 필록테테스의 활에 대해 이야기하며 그것을 어떻게 사용할 생각인지 설명하자 아이톤은 그저 이렇게 답했다. "신들도 우리 못지않게 적극적으로 이 일에 관여하고 있는 것 같군요. 그들이 우리에게 어떤 도움을 주든 우리는 그저 감사히 받아야 합니다. 특히 아테나의 도움을요. 그녀는 전쟁의 신 아레스보다 늘 한 수 위에 있지요. 아레스가 완력만 믿고 전략을 무시하기 때문이지요……. 공주, 우리보다 먼저 드레파논으로 내려가 어머니에게 클리토네우스가 돌아왔다는 소식을 전하는 게 어떻겠습니까? 에우마이오스의 아들이 당신을 호위해줄 겁니다. 그리고 필로이티오스를 불러내 에우마이오스에게 한 것처럼 적절한 수준에서 비밀을 알려주시고 제 지휘를 받게 해주십시오. 장례식은 틀림없이 오늘 아침에 거행될 겁니다. 살해당한 이의 혼령은 시신을 즉각 불태우기를 요구하기 때문이지요. 『일리아스』에서 파트로클로스의 혼령이 그랬던 것처럼 말입니다. 장작더미에서 피어오르는 연기 기둥이 멀리서 보이면(마지막 작별 의식에 참석하지 못하는 점에 대해서는 몹시 애석하게 생각합니다), 나도 내일 이 산을 내려와 현장을 살펴보고 계획을 세운 뒤 당신과 접선하도록 하지요. 셋째 날, 당신과 내가 만반의 준비를 끝낸 뒤에는 클리토네우스에게 에우마이오스와 함께 이 아름다운 화살을 지정된 장소로 가져가게 하십시오. 대학살이 시작될 곳으로요."

"그렇게 서두르지 말아요, 사촌." 내가 말했다. "클리토네우스는 먼저 화살을 보여주고 경고의 메시지를 전달해야 해요. 아직 염치와 신들에 대한 두려움이 남아 있는 구혼자들에게 에우리마코스와 크테시포스를 살인 혐의로 체포해 의회로 데려가라고 명해야 합니다. 그들이 명을 따르면 왕의 이름으로 그들의 어리석은 짓을 용서해주기로 약속해야 할 테고요. 하지만 그들이 거부한다면, 그리하여 범죄를 명백히 묵인한다면 그때는 사정이 달라지겠지요.

그러면 죽음의 화살이 그들에게 날아가게 될 겁니다. 우리가 어리석은 젊은이들을 존중해주고 인내심 있게 대한다면 신들도 기뻐하실 거……."

"그 대신 기습의 기회를 놓치게 되겠지." 클리토네우스가 끼어들었다. "그들은 다 유죄야. 예외는 없어."

아이톤은 나와 의견을 같이했다. "아, 아닙니다. 그렇지 않아요." 그가 외쳤다. "죄에도 경중이 있는 법이고, 적 중에서도 죄질이 덜 나쁜 사람을 설득해 살인자와 반란자에 맞서 싸우게 할 수 있다면 그 편이 훨씬 좋을 거예요. 그리고 나우시카 공주와 내가 기습을 하지 말자는 이야기가 아닙니다. 그들에게 화살을 보여주면 그들은 시쿨리족의 침략에 대해서만 생각하지, 우리가 곧바로 공격할 수 있을 거라고는 생각하지 못할 겁니다. 또 우리의 전력을 과소평가할 테고요. 클리토네우스, 그대는 잔디밭에 자갈을 놓아 궁 평면도를 그려주십시오. 문이며 창문이 어디에 달려 있는지 내 집처럼 속속들이 알 수 있게 말입니다. 그리고 어둠 속에서도 적을 알아볼 수 있도록 구혼자들의 인상착의를 한 명 한 명 말해주십시오. 궁에 어떤 무기가 있는지도 빠짐없이 알려주셔야 합니다. 그래야 싸우기 전에 전투에서 승리할 수 있습니다. 나는 다리를 저는 거지 행세를 할 생각입니다. 구혼자들이 나를 자기네처럼 한가하고 게으른 존재로 여기고 얕보게 하기 위해서지요."

우리는 클리토네우스의 생각이 틀렸다는 것을 곧 설득했고, 한 시간 후 나는 에우마이오스의 아들의 호위를 받으며 올라올 때와 똑같은 길을 택해 드레파논으로 향했다. 배는 해변에 그대로 남아 있었다. 에우마이오스의 아들은 노를 저어 나를 전용 부두로 데려가주었고, 아테나의 은총 덕에 아무에게도 우리의 도착을 들키지 않았다.

점점 커지다 한 번씩 대성통곡으로 이어지는 줄기찬 울음소리가 궁 방향에서 들려왔다. 정원 문을 통해 궁 안으로 들어온 나는 통로에서 크티메네를 마주치자 방금 침대에서 일어난 척했다. "이제 몸이 좀 괜찮아진 것 같아요." 내가 말했다. "수면제를 먹고 잤더니 열이 가라앉았네요."

크티메네가 눈물을 흘리며 물었다. "저 통곡 소리 안 들려요?"

"안 그래도 저 소리 때문에 깼어요. 누가 죽었어요? 설마 우리의 친구나 친척은 아니겠죠?"

"아가씨 삼촌 멘토르 경이······." 그녀가 힘없이 외쳤다. "에릭스로 향하는 길목에서 누군가 실수로 던진 창에 맞아 돌아가셨어요! 시신은 우리가 이미 씻기고 향유를 발라서 대문 밖 침대에 기대어 놓았고요."

"용서해 주세요." 나는 예를 지키기 위해 머리카락을 한 움큼 뽑고 양쪽 뺨을 손톱으로 긁었다. "왕비를 찾아가 애도를 표해야겠어요."

평소보다 창백하기는 했지만 어머니는 여전히 차분해 보였다. 그녀는 나에게 가까이 오라고 손짓하고는 내게 입을 맞추었는데, 좀처럼 보기 드문 어머니의 입맞춤에 나는 울음을 터뜨렸다. 내가 눈물을 흘리는 일은 어머니가 입을 맞추는 일보다 더 드물었다.

"얘야, 열은 좀 내렸니? 어제 정오부터 오늘 정오까지 널 혼자 내버려둔 게 잘한 일이었는지 모르겠구나."

"제게 꼭 필요한 시간이었어요, 어머니. 그리고 보시다시피 다리가 약간 휘청거리기는 하지만 다시 건강해졌답니다."

하녀들이 듣고 있었기 때문에 클리토네우스가 돌아왔다는 소식을 전할 수는 없었지만, 삼촌을 살해한 범인이 곧 대가를 치르게 될 거라고 단언하자 어머니는 좋은 소식이 있다는 것을 이내 알아차렸다.

"바보 같이 동생의 죽음을 애도하다 쓰러지고 말았지 뭐니. 그래서 여기 와서 잠시 쉬고 있는 거란다. 잠시 후 다시 나가봐야지. 너도 몸 상태가 괜찮으면 나가서 곡을 해야 할 거다. 사람들 입방아에 오르기 싫으면 말이야. 크티메네는 아주 물 만난 고기처럼 울어대고 있구나."

나는 어머니의 조언대로 했다. 시신은 수놓은 예복을 입고 푸른빛 화환을 쓰고 있었으며 인자한 표정을 짓고 있었다. 침대 주위에는 나중에 무덤에 같이 넣을 포도주와 기름 단지가 놓여 있었고, 머리가 셋 달린 케르베로스[*]를 달래줄 간식거리도 보였다. 곳에는 장작으로 쓸 유목이 이미 한가득 쌓여 있었다. 내가 곡하기 시작한 지 한 시간이 채 안 되었을 때, 장례 행렬이 리넨 공장을 지나 움직이기 시작했다. 남자 상주들이 앞장섰고, 우리 여자들은 피리 소리에 맞춰 장송곡을 부르며 그 뒤를 따랐다. 삼촌의 침대를 운반하던 여덟 명의 건장한 노예들이 마침내 그것을 평평한 장작더미 꼭대기에 내려놓았다. 그 옆에는 수탉과 검은 양, 삼촌의 총애를 받았던 사냥개 등의 희생 제물과 무기, 갑옷, 상감 세공한 체스 판(삼촌은 드레파논의 체스 챔피언이었다)이 놓였다. 귀가 안 들리는 연로하신 내 외할아버지 피탈로스가 떨리는 목소리로 작별 인사를 했다. 아들의 너그러움과 용기를 칭찬하며 무서울 정도로 갑작스러운 죽음을 애석해했지만, 사건의 전모를 아직 파악하지 못했기에 정체불명의 살인자에 대한 복수를 요구하지

---

[*] 하데스의 지하 세계를 지키는 개.

는 않았다. 할리테르세스가 기름에 적셔진 장작더미에 횃불을 가져다 댔고, 나는 내 머리카락을 한 줌 더 불 속에 던진 후 부끄러움도 모르고 목 놓아 울었다. 거센 바닷바람이 불길을 부채질해서 우리는 열기를 피하기 위해 뒤로 30걸음 가까이 물러나야 했다. 시신이 다 타자 우리는 즉시 잉걸불에 물을 끼얹고 재가 된 뼈를 긁어낸 뒤, 포도주와 기름으로 그것을 씻어 커다란 청동 유골함에 담았다. 외할아버지는 우리가 건넨 유골함을 멍하니 받았다. 이제 이 유골함은 히에라로 옮겨져 무덤 밑에 묻히게 될 터였다. 이후 우리는 스스로를 정화하기 위해 계속 노래를 부르며 서글피 궁으로 돌아왔다. 뻔뻔한 구혼자들도 초대받지 않은 장례 연회에는 감히 참석하지 못했다. 우리는 의회의 원로들만 초청했다. 그들이 도착하자 우리는 화로에 제물을 바쳐 저승의 신들을 달랬고, 고귀한 삶을 갑자기 멈추게 한 잔인한 운명을 한탄하는 목소리가 사방에서 쏟아져 나왔다. "무엇보다 원통한 것은 그 창이 누구의 것인지 추적하는 게 불가능하다고 판명되었다는 점입니다. 어쩌면 공개적인 조사에 착수해야 할지도 모르겠군요." 아이깁토스가 말했다.

"그 철면피를 얼른 잡아넣지 않으면," 할리테르세스가 이를 갈며 말했다. "죽은 이의 혼령이 드레파논 전역에 재앙을 가져올 거요. 빨리 행동에 나서는 게 좋을 것 같소."

"시카니 도적이 저지른 짓이 분명합니다. 아니면 앙심을 품은 노예의 짓이던가." 아이깁토스가 말을 이었다. "엘리미나족이 고의로 그런 끔찍한 살인을 저질렀을 리 없어요. 사고였다면 자백을 하지 않았을 리가 없고."

"아이깁토스 경," 할리테르세스가 말했다. "경의 순진함이 부럽군요. 하지만 내게는 그 혼령을 달래기 위해 철철 흐르는 피의 강물이 보입니다. 화살이 날아갈 때 여러분의 가족이 부디 그 자리에 없기를 바랍니다!"

"경은 봄날의 황소개구리처럼 꽥꽥대는군요." 아이깁토스가 심술궂게 받아쳤다. "반쯤 자고 있는 저 시종이나 불러 우리 잔이나 다시 채우라고 하시오."

그들은 다음 날 거행될 장례 경기에 대해 논의하기 시작했다. 이제 이론의 여지가 없는 섭정이 된 아겔라오스는 아테나의 숲 부근에 있는 들판에서 달리기와 높이뛰기, 역도, 권투, 그리고 레슬링 경기를 열자고 제안했다. 내 외할아버지가 값진 상을 제공할 것으로 예상되었다.

어머니의 침실에 어머니와 단 둘이 있게 된 나는 클리토네우스가 할리우스를 만나 어떤 이야기를 들었는지 전해주었다. 하지만 어머니는 내 말을 중간에 잘랐다. "딸아, 그건 나랑은 상관없는 문제란다. 네 아버지는 이미 수년

전에 내 사랑하는 아들의 거취에 대한 결정을 내렸고, 나는 다시는 그 아이의 이름을 언급하지 않겠다고 맹세했어. 그리고 난 내 말을 지키는 사람이고. 네 말대로 미노아의 군 지휘관이 엘리미나 왕비에게 선물을 보내왔다면, 그건 무척 고마운 일일 거야. 하지만 그 이야기는 거기서 끝나야 한단다."

어머니는 잠시 말을 고른 후 덧붙였다. "딸아, 그의 협박이 통하지 않으면 그래도 그가 정말 우리를 도우러 올 것 같니? 너는 현명한 아이니 그 미개한 시쿨리족이 우리 궁을 불태우고 약탈하는 꼴을 보느니, 차라리 네 구혼자들에게 돼지고기와 소고기를 좀 더 먹이는 편을 택할 것 같은데. 네가 그 생각을 미처 못 했을 리는 만무하니, 아무래도 너한테는 또 다른 계획이 있는 모양이구나. 네가 신뢰하는 사람이 누구니? 그는 용기와 경험을 갖춘 고귀한 사람이 틀림없겠지. 남자 중의 남자 말이야. 나우시카 넌 여자일 뿐이고, 클리토네우스는 아직 어린애에 불과해. 그리고 불쌍한 내 늙은 아버지는 이미 무덤에 한 발을 걸치고 계시지. 사실 요즘 아버지의 수의를 몰래 짜고 있단다. 아무래도 내년 겨울을 넘기지 못하실 것 같거든. 우리를 지켜줄 사람이 또 있었다면 일이 이렇게 되기 훨씬 전에 나서주었을 거야. 그런데도 넌 지금 흥분을 억누른 채 여기 이렇게 앉아 있구나. 마치 내 사랑하는 아들 라오다마스가 돌연 다시 나타나기라도 한 것처럼. 하지만 그럴 리는 없지. 에우리클레이아가 내게 숨기려고 헛되이 애를 썼지만, 나는 이제 그 아이가 살해되었다는 걸 안다. 또 네가 라오다마스뿐 아니라 멘토르의 복수를 하려고 단단히 벼르고 있다는 것도 알고 있지. 또 하나 알고 있는 게 있는데(비록 여기 하루 종일 앉아서 실을 잣고 베를 짜고 있지만, 내 오감은 여전히 살아 있단다), 그건 네가 평생 처음으로 사랑에 빠졌다는 사실이야. 우리 집에 쳐들어온 구혼자들은 절대 남편으로 받아들이지 않겠다고 맹세했음에도 불구하고 말이지. 너는 원칙을 중시하는 아이이고 유혹에 빠져 어리석은 짓을 저지르거나 한 입으로 두말할 일은 없을 테니, 네가 사랑하는 남자, 너의 또 다른 계획을 실행해줄 남자는 우리가 원래 알던 사람이 아니라는 결론에 이를 수밖에 없구나. 어쩌면 이 용감한 이방인을 곧 나에게 소개해줄 수도 있겠지?"

어머니에게 비밀을 숨기려 해봤자 소용없는 일이었다. 어머니는 모든 것을 알고 있다. "그래요, 어머니." 내가 말했다. "내일 그가 어머니를 뵈러 올 거예요. 아시겠지만, 제가 어머니가 반대하는 남자와 결혼하는 일은 결코 없을 거예요."

어머니는 탐색하듯 나를 바라봤다. "그가 네 아버지가 만족할 만한 신붓값을 제공할 수 있을까?"

나는 어머니의 눈을 마주 봤다. "네, 어머니. 그는 거지이지만 신붓값은 제공할 수 있을 거예요. 우리 집을 구원해줄 테니까요."

순간 의심이 스쳐갔다. 마치 내가 시카니 산적 두목이나 그 못지않게 부적합한 사람과 사랑에 빠지기라도 한 것처럼. 하지만 어머니는 곧 나에 대한 믿음을 회복하고 대답했다. "그래, 어쩌면 그걸로 충분할 수도 있겠구나. 혈통이 고귀하기만 하다면."

"그 사람은 어머니의 가까운 친척이니 그 점에 대해서는 걱정하지 않으셔도 돼요. 전 이만 가볼게요. 거지로 변장한 그를 만나거든, 멘토르 삼촌이 그렇게 갑자기 죽지만 않았어도 어머니와 구혼자들에게 그를 제 약혼자로 소개했을 거라는 점을 기억해 주세요."

어머니는 어깨를 으쓱했다. "네가 이 일을 신중히 계획하고 준비한 것 같으니 더는 묻지 않고 네 손에 맡기겠다. 내 도움이 필요하면 말하고. 네 아버지의 뜻을 거스르지 않는 선에서 내가 할 수 있는 모든 걸 다하마. 이리 와서 다시 한 번 입을 맞춰주렴. 넌 좋은 아이야. 내게 수많은 괴로움과 슬픔을 안겨주는 아들 녀석들 외에 거의 늘 기쁨만 안겨주는 너 같은 딸이 있어서 얼마나 다행인지 모른다."

어머니가 언제 내게 이런 칭찬을 해주셨던가? 어머니는 관대했지만 신중하기도 했다. 내게 희망을 북돋아주는 한편, 여전히 내 마음을 괴롭히는 한 가지 걱정에서 나를 해방시켜 주었다. 내가 어머니와 상의도 하지 않고 이런 대담한 계획을 세웠다는 사실을 알게 되면 어머니가 언짢아하실 수도 있다는 걱정 말이다. 어머니는 당신이 나를 믿는다는 것을 보여주기 위해 우리 집의 구원자로 떠오른, 신비에 싸인 이방인의 이름조차 물어보지 않았고 그와 자신의 친족 관계에 대해서도 캐묻지 않았다. 하지만 이 문제에 대해 몇 시간이고 골똘히 생각하셨을 게 분명했다.

나는 아래층으로 내려가기 전에 말했다. "어머니, 에우마이오스와 그의 아들은 목숨이 다할 때까지 우리와 함께 싸우겠다고 맹세했어요. 필로이티오스에게도 같은 맹세를 하게 해주시겠어요? 그도 이미 상황을 짐작하고 있겠지만, 이제 삼촌이 안 계시니 클리토네우스나 저보다는 어머니에게 직접 명을 받는 편이 좋을 것 같아요."

"그가 뭐라고 할지 그려지는구나. '궁 하인들의 명예를 위해 멜란티오스를 죽일 수 있게 허락만 해주십시오. 그러면 기꺼이 맹세하겠습니다'라고 하겠지."

그리고 필로이티오스는 정확히 그렇게 말했다.

다음 날 장례 경기가 거행되었다. 크티메네와 나는 망자에 대한 예를 지키기 위해 참석했다. 크티메네는 어딘가 묘한 분위기를 풍기며 명랑한 어조로 내게 이렇게 말했다. "나우시카, 나는요, 아버님께서도 남편의 소식을 가져오지 못하면 그가 죽었다는 걸 받아들이기로 했어요. 아가씨 생각은 어때요? 그와의 작별 의식을 성대하게 치르고 위령탑을 세운 뒤에는 나도 이제 눈물을 거두려고요. 1년간 슬퍼했으면 충분한 거 아닌가요. 게다가 어젯밤에는 새의 머리를 한 세이렌이 내 침대 난간에 앉아 이렇게 말하더라고요. '크티메네야, 라오다마스는 이제 세상에 없단다. 넌 아직 젊잖니. 그를 잘 보내주고 다시 결혼을 하렴.' 아버님이 내 신붓값을 전부 돌려주시면 부키나에 계신 아버지께 돌아가려고 해요."

나는 물었다. "왜 갑자기 마음이 바뀐 거예요, 크티메네? 혹시 우리에게 닥친 슬픈 일과 관련이 있는 건가요?"

그녀가 얼굴을 붉히며 버럭 소리를 질렀다. "솔직히 말해 그래요! 이 집안이 신들의 저주를 받아 점차 쇠퇴해가는 게 눈에 보인다고요. 할리우스는 추방됐고, 내 사랑하는 남편 라오다마스는 흔적도 없이 사라졌지요, 모래가 많은 필로스로 떠난 왕은 다시는 돌아오지 못할 거라는 소문이 파다해요. 게다가 고집 센 어린 도련님 클리토네우스는 의회에서 엘리미나 지도자들을 거리낌 없이 모욕하더니 아버지의 뒤를 따랐고, 아가씨 외삼촌은 섭정 자리를 박탈당하고 신의 손에 죽음을 맞아 하데스로 내려갔잖아요. 궁에 이렇게 저주가 감돌고 있는데, 아가씨는 남편을 선택하는 일도 거부하면서 상황을 더욱 악화시키기만 하고 있고요."

크티메네가 어찌나 가증스럽게 입을 놀렸던지 나는 다른 어떤 감정보다 놀라움에 압도되었다. 그녀에게 무언가 새로운 변수가 생긴 모양이었다. 하지만 어리석은 크티메네는 계속 말을 시키면 알아서 자신의 비밀을 술술 털어놓을 게 뻔했기 때문에, 나는 신중하게 대답했다. "그래요, 크티메네. 어쩌면 언니 말이 맞을 거예요. 나도 사랑하는 라오다마스가 돌아올 거라고는 더 이상 확신하지 못하겠어요. 새언니처럼 젊고 아름다운 데다가 결혼의 즐거움을 이미 경험해본 여자가 죽음의 손길에 싸늘하게 식어버린 큰 침대에 매여 있는 건 못할 짓이긴 하죠. 나야 상황이 다르지만요. 난 아내가 되어본 적이 없기 때문에 내 좁은 침대에 완벽히 만족할 수 있거든요. 새언니가 라오다마스를 사랑하고 존중했던 것만큼, 내가 사랑하고 존중할 수 있는 고귀한 남자를 만날 때까지 말이에요. 아, 저기 심판들이 달리기 경주를 준비하고 있네요."

달리기 경주는 보통 이렇게 진행된다. 아홉 명의 심판이 큰 원 모양으로 자리를 잡고 서면, 샅바 차림의 선수들은 그들 바깥쪽에서 달린다. 그렇지 않으면 실격 처리된다. 흔히 부정 출발이 몇 차례 반복되다가 인도호랑이에게 쫓기기라도 하는 양 전력 질주를 해 우승자가 결정된다. 그러면 이런저런 시비가 붙고 논란이 일다가 결국 상이 수여된다. 하지만 이 경주는 보통의 방식으로 진행되지 않았다. 몇 안 되는 선수들은 모두 내 구혼자였는데, 이들은 게으른 생활 습관으로 인해 도무지 빨리 달릴 수가 없었기 때문이다. 게다가 그들의 행동은 망자를 모욕하고 도시의 명예를 더럽히기까지 했다. 열두 명쯤 되는 이 남자들은 망토도 벗지 않은 채 코스를 따라 한가롭게 거닐었고, 서로 주먹질을 하거나 남을 넘어뜨리고 소리를 치거나 손을 잡고 깡충거리는 등 유치한 장난을 쳤다. 여덟 번째 심판이 서 있는 곳에 다다르자 그들은 급기야 쭈그린 채 빙 둘러앉아 히죽거리며 투구 속에서 제비를 뽑기까지 했다. 거기서 결정된 승자가 어슬렁거리며 결승선까지 걸어와 구리 가마솥을 상으로 받았다.

다음은 멀리뛰기였다. 내 열렬한 구혼자인 노에몬이 이 종목에서 두각을 나타내 2등보다 세 걸음 이상 더 멀리

뛰었지만, 심판으로 나선 안티노오스는 노에몬이 뛸 때마다, "반칙이야! 출발선을 밟았잖아!"라고 외쳐댔다. 결국 상은 크테시포스에게 돌아갔다.

그 뒤를 이은 역도는 다른 종목보다는 진지한 분위기에서 진행되었는데, 여기에 요구되는 기술이 대식가들에게 유리하면 유리했지 불리하지는 않았기 때문이다. 그때 누가 봐도 형편없는 몰골의 아이톤이 구경꾼 사이에 섞여 있는 모습이 보였다. 그는 역기 중 하나를 들어 올렸다가 고개를 절레절레 저으며 다시 내려놓았는데, '이렇게 큰 돌덩이를 들어 올리다니 힘이 아주 센가 보군'의 의미라기보다는 '크레타에서는 이것보다 세 배는 큰 역기를 쓰는데'의 의미가 담겨 있는 듯했다. 그는 깊은 생각에 빠진 얼굴로 역시 엉망진창으로 진행된 레슬링 경기를 지켜봤다. 에우리마코스가 데모프톨레무스라는 청년에게 도전장을 내밀었는데, 목 누르기나 업어 던지기 같은 기술을 써서 정정당당하게 붙지 않고 마치 그와 사랑에 빠진 척 키스를 시도하고 야하게 귀를 깨물고 그의 위에 올라타는 등 차마 눈 뜨고 못 볼 외설적인 행위를 자행했던 것이다. 나는 역겨워하며 돌아서서 가버렸지만, 크티메네는 눈물이 뺨을 타고 흘러내릴 때까지 웃어댔다.

권투 경기는 그나마 볼 만한 유일한 경기였다. 크테시

포스가 이성을 잃고 자신의 상대이자 시카니 혈통의 조용한 청년인 폴리보스를 거칠게 다루기 시작했던 것이다. "그만해!" 폴리보스가 외쳤다. "이건 스포츠지 싸움이 아니야." 크테시포스가 거친 플레이를 계속하자 폴리보스는 민첩하게 무릎을 들어 올려 그의 사타구니를 가격했다. 그것으로 경기는 끝났지만, 승패를 놓고 돈내기를 한 포카이아인과 시카니족 간에는 난투가 벌어졌다.

그러자 심판들은 자리를 비우고 멘토르를 기리는 춤 공연을 시작하게 했다. 늙은 데모도코스가 리라를 들고 비틀거리며 나왔고, 이제 막 무기를 들기 시작한 한 무리의 소년들이 인류 부활의 희망을 표현한 미로 춤을 선보였다. 놀랍도록 정확한 그들의 발동작과 우아한 몸가짐은 상처 난 시민으로서의 내 자부심을 달래주었다. 우리 엘리미나족은 항해술은 뛰어날지 몰라도 운동 실력은 변변치 못한 게 사실이다. 하지만 할리우스와 라오다마스가 이 자리에 있었더라면, 그리하여 그들이 발군의 실력을 자랑하는 그 유명한 우리의 공놀이 춤을 보여주었더라면, 아이톤도 그들의 날랜 움직임과 공 다루는 솜씨에 감탄했을 것이다.

크티메네의 경우, 누군가 그녀에게 결혼을 제안한 것이 확실해 보였다. 그리고 그 사람이 에우리마코스라는 것도 마찬가지로 자명해 보였다. 클리토네우스와 아버지가 제거되고, 안티노오스가 나와 결혼해 재산의 3분의 1을 가져간다면, 에우리마코스는 라오다마스의 과부와 결혼함으로써 또 다른 3분의 1을 가져가기 좋은 위치를 차지하게 될 것이다. 마지막 몫은 왕위 계승자인 내 막냇동생 텔레고노스를 대신할 섭정 아겔라오스에게 돌아갈 터였다. 그 아이마저 익사시키려 할 때까지는 말이다. 크티메네가 에우리마코스의 레슬링 경기를 보면서 그렇게 크게 웃어댄 것도 놀랄 일은 아니었다.

나는 내 이론을 시험해 보았다. "아까 에우리마코스 정말 웃기지 않았어요? 근데 새언니 생각이 좀 바뀌었나 봐요. 저번에는 그가 거액의 돈을 사취한 리비아 상인에게서 수수료를 받았다고 비난했던 것 같은데."

그러자 크티메네가 답했다. "아, 하지만 에우리마코스는 그 리비아인이 한 짓과는 아무 상관이 없는 걸로 밝혀졌어요. 그리고 내가 신붓값을 전부 돌려받을 수 있게 도와주겠다고 했고요. 지금은 그때랑은 생각이 많이 달라졌지요."

"참 잘생기긴 했어요." 내가 말했다. "아주 똑똑하기도 하고요!"

"설마 그를 남편감으로 생각하고 있는 건 아니겠죠?" 그녀가 갑자기 경계하며 물었다.

아, 크티메네, 크티메네! 크티메네 같은 여자가 세상을 망친다.

13장. 구걸하는 아이톤

그날 아침 에우마이오스와 아이톤은 제물로 바칠 돼지 여섯 마리를 몰고 내려가다가, 둥글넓적한 바위 위로 폭포수가 떨어지는 산기슭 교차로에서 잠시 걸음을 멈추었다. 오래된 오리나무로 둘러싸인 그 바위에는 세 개의 제단이 세워져 있었는데, 우리의 선조인 아이게스테스가 직접 님프들에게 바친 것이었다. 나그네들은 그곳을 지나갈 때면 꽃이나 과일 같은 작은 선물이라도 꼭 남기곤 했으므로, 에우마이오스도 땔나무에 불을 피우고 돼지 턱살을 태워 님프들을 달랬다. 그때 마찬가지로 여섯 마리의 살찐 염소를 몰고 오던 멜란티오스가 볼썽사납게 욕을 하며 그의 기도를 방해했다. "바보 같은 녀석." 멜란티오스가 외쳤다. "저 악취하고는! 내가 염소들을 몰고 내려갈 때마다, 너와 벼룩이 들끓는 불결한 네 동료들을 늘 이 교차로에서 마주치는 불행을 겪어야 하는 이유가 대체 뭘까?"

"한 가지 해결책이 있지." 에우마이오스가 뒤도 돌아보지 않고 대답했다. "좀 더 일찍 일어나면 돼. 네 농장은 여기서 멀지 않은 곳에 있으니까 나와 똑같은 시간에 출발하면 나보다 두 시간 먼저 이곳을 지나갈 수 있을 거야."

"네 옆에서 다리를 절뚝거리는 저 역겨운 놈은 누구냐?" 멜란티오스가 신랄한 어투로 물었다.

"산에서 만난 거지. 도시로 가는 길을 알려주고 있지."

"얼간이는 얼간이끼리, 더러운 놈은 더러운 놈끼리 통한다는 건 만고불변의 법칙인가 봐. 설마 저 밥만 축내는 놈을 궁에 데려가는 건 아니겠지?"

"그러면 안 될 건 또 뭔가? 거긴 이미 밥만 축내는 사람이 수두룩해서 한 명 더 가도 티도 안 날 것 같은데. 게다가 그들의 저장실엔 치즈며 참다랑어 같은 식료품이 꽉 채워져 있어서 매일 같이 우리 주인님 댁에서 고기를 축낼 이유도 없을 텐데 말이야. 반면 이 불쌍한 자는 굶주리고 다리를 저는 데다 집도 없지."

"너 지금 감히 이 작자를 우리 엘리미나족 중에서도 가장 고귀한 분과 비교하는 것이냐? 저놈에게 일이 필요한 거라면 나한테 보내지 그래. 난 늘 일손이 부족하고, 저자도 초목을 베고 마구간을 쓸고 그 밖의 쓸모 있는 일을 하면서 유청 한 그릇 정도는 벌 수 있을 것 같은데. 하지만 저런 얼간이는 일하는 걸 죽음보다 더 무서워하지. 해안을 따라 떠돌아다니며 그 더러운 어깨를 문설주에 비벼대고 음식 부스러기를 주면 사라져 주겠다고 하는 게 업일 테니 말이야. 저런 사람은 내가 잘 알아. 문을 두드렸다가 집에 아무도 없다는 걸 알면 옷이며 신발이며 심지어 더 귀한 것도 제멋대로 취할 놈이지. 내 경고를 잘 듣게. 저자를 궁에 데려가면 발판이 날아올 것이고, 갈비뼈 두어 곳만 부러진 채 도망갈 수 있다면 다행일걸세."

멜란티오스는 그렇게 말하며 아이톤의 엉덩이를 걷어찼다. 아이톤은 침착하게도 보복에 나서지는 않았지만 진짜 거지처럼 끙끙대며 멍든 곳을 어루만지고 숨죽인 채 투덜거렸다. 한편 에우마이오스는 님프들을 향해 이렇게 외쳤다. "제우스의 따님들이여, 저의 주인님이신 왕이 기름이 두둑하게 낀 넓적다리뼈를 태워 이 제단에 올린 적이 한 번이라도 있다면 부디 그가 빨리 돌아오게 해주시고, 낯선 자들의 폭정과 동료 하인들의 모욕에서 저를 해방시켜 주소서."

멜란티오스가 받아쳤다. "그가 돌아오기 전에 드레파논에 좋은 변화가 많이 생길 거야. 왕의 땅은 그보다 더 자격이 있는 사람들에게 분배될 것이고, 왕좌는 다른 이의 차지가 되겠지. 그의 가족은 멸족을 당할 테고. 그리고 너, 무례하기 짝이 없는 이 돼지치기야, 넌 새 주인에게 충성한 보상으로 내게 주어진 노예가 될 거야. 그러면 나는 너를 박박 문질러 닦고 엉겨 붙은 머리를 빗겨 깨끗한 흰 샅바를 입힌 다음에 시돈 노예상에게 팔아버릴 거다. 그쪽에서 얼마를 부르든 말이지. 바보를 사는 바보, 엄청난 바보를 사는 엄청난 바보는 늘 있는 법이니까. 그러니 나를 위해 네 목숨을 소중히 간수하고 있으라고!"

에우마이오스는 대꾸도 하지 않았다. 늙은 흰 암퇘지가 멜란티오스가 곧 끔찍한 죽음을 맞이할 거라는 사실을 알려주며 그를 이미 위로해 주었기 때문이다. 멜란티오스는 서둘러 염소를 몰고 궁으로 향했고, 에우마이오스와 아이톤은 그보다 천천히 앞으로 나아갔다. 앞서 설명했듯이 그들은 경기를 지켜봤고 이후 돌아오는 무리에 합류했다. 덕분에 아이톤은 누구의 시선도 끌지 않고 돼지를 몰며 성문을 통과할 수 있었다. 궁 근처에 다다르자 에우마이오스가 물었다. "먼저 들어가시겠습니까, 아니면 제가 나리가 들어오실 수 있게 준비를 해야 할까요?"

"쫓겨나는 걸 감수할 수는 없다. 그리고 멜란티오스가 내가 자네와 같이 있는 걸 이미 봤으니 자네가 날 보증해 주는 게 좋겠어. 자네에게 불똥이 튈까 걱정이 되긴 하지만."

"먼저 돼지들부터 놓고 와야겠습니다." 에우마이오스가 말했다. "그다음에는 여신이 시키는 대로 뭐든 해야겠지요."

아이톤이 퇴비 더미 옆을 지나며 말했다. "저 사냥개는 코가 참 잘생겼구나. 사냥을 아주 잘하겠는데. 그런데 저 녀석은 왜 퇴비 더미에 누워 몸을 긁고 있는 것이냐?"

"불쌍한 아르고스! 클리토네우스 왕자가 떠난 후 아무도 그를 데리고 나가주지 않았지요. 주인 없는 사냥개만큼 처량한 신세는 또 없을 겁니다. 아비 없는 아이를 빼면 말이지요."

바로 그때 아르고스가 귀를 쭈뼛 세우더니 반갑게 짖으며 잽싸게 달려갔다. 뒤를 돌아보자 손에 창을 든 클리토네우스가 그들을 향해 급히 다가오다가, 펄쩍펄쩍 뛰며 애교를 부리는 아르고스에게 가로막혀 멈칫하고 있었다. 그가 지나가면서 에우마이오스에게 중얼거렸다. "왕에 대한 소식이 있네. 내가 부를 때까지 잠시만 여기서 기다리게."

13장. 구걸하는 아이톤

클리토네우스가 아르고스를 데리고 연회 마당에 들어서자 좌중은 술렁였다. 하지만 그는 구혼자 무리를 꿋꿋이 헤치고 나아가 할리테르세스에게 인사하기 위해서만 멈춰 섰다. 그는 클리토네우스가 없는 동안 궁 전반의 일을 맡아주었다.

"아니, 얘야!" 할리테르세스가 외쳤다. "벌써 돌아온 거니? 아버지는 만나 뵈었고?"

"모래가 많은 필로스에는 애초에 가지도 않았어요. 내일 모든 걸 말씀드릴게요. 오늘은 너무 지친 데다 사랑하는 삼촌이 돌아가셨다는 소식에 마음이 무너지네요. 양해해 주십시오, 고귀하신 할리테르세스여!"

클리토네우스는 집 안에 들어가 어머니에게 입을 맞추었고, 어머니는 그를 자신의 침실로 데려갔다. "그래, 어떻게 됐니?" 어머니가 물었다.

"아버지께서 오고 계세요. 시라쿠사에서 배를 수리하고 계시니 나흘 안에는 도착하실 거예요. 나우시카가 산을 내려간 직후에 미노아에서 이 소식을 전해왔어요. 하지만 안티노오스가 시쿨리족의 접경 지역까지 모든 해안을 따라 파수꾼을 세워놓았고, 노가 50개 달린 배가 모티아 해협에서 매복하고 있어요. 그러니 우리도 서둘러야 해요. 오늘 저녁 사람들이 다 가고 나면 아이톤을 어머니께 보낼

게요……. 아, 어머니, 삼촌이 살해당했다는 소식에 가슴이 미어질 것 같아요. 케르도 여신의 이름으로 그의 원수를 갚겠다고 맹세했어요."

어머니는 부드럽게 물었다. "너도 그 사람이 (그 사람 이름이 아이톤이니?) 괜찮은 사람이라고 생각하니? 나우시카의 남편이 되기에 너무 거친 사람이라고 생각하지는 않고?"

"지금은 얌전히 있을 상황이 아니잖아요."

"네 말이 맞는 것 같구나. 얼른 나가서 에우리클레이아에게 뜨거운 목욕물과 갈아입을 리넨을 준비해 달라고 해라."

그는 목욕을 하고 하녀에게 에우마이오스를 불러 달라고 한 다음, 할리테르세스 옆에 다시 앉았다. 노에몬이 다가와 배를 어디에 두었는지 물었다. "모티아 해변에 대놓았어." 클리토네우스가 대답했다. "물이 새는 곳을 때우는 중이지. 내일이나 모레쯤이면 여기로 가져올 수 있을 거야. 배를 빌려줘서 진심으로 고마워."

이어서 할리테르세스가 큰 소리로 예언을 했지만, 주변이 시끄러워 오직 클리토네우스만 그 말을 들었다. "이상한 광경이 보이는구나. 사자가 자리를 비운 굴에 암사슴이 자기 새끼들을 놓고 가고, 사자는 허탕을 치고 집으로 돌아오고 있다. 굶주린 자신의 눈앞에 무엇이 기다리고 있을지도 모른 채……."

"사냥꾼들이 사자 굴로 통하는 길에 그물을 치지 말아야 할 텐데요." 클리토네우스가 슬프게 말했다.

"사자는 그 어떤 그물도 뚫고 나올 수 있을 것이다."

"부디 그 말이 아테나가 당신의 입을 빌려 하는 말이기를 바랍니다, 할리테르세스 경!"

이후 에우마이오스가 들어왔고, 클리토네우스는 손짓으로 그를 가까이 불렀다. 곧 시종이 고기가 담긴 나무 접시와 빵이 담긴 바구니를 가져다주었다. 아이톤은 다리를 절뚝거리며 에우마이오스의 뒤를 바짝 따라왔지만 두 마당을 연결하는 물푸레나무 문지방을 차마 넘어오지 못하고 기둥에 등을 기댄 채 앉았다. 클리토네우스는 빵 한 덩어리와 두툼하게 썬 소고기 한 조각을 에우마이오스에게 건넸다. "자네가 데려온 저 불쌍한 자에게 이걸 가져다주게. 그리고 이곳을 한 바퀴 돌면서 구걸을 더 하라고 하게."

"그는 피치 못할 사정으로 거지가 된 것이지, 구걸을 업으로 삼고 있는 자가 아니므로 부끄러워할 것입니다."

"거지는 부끄러워할 여유가 없다고 전하게."

아이톤은 선물을 받고 걸신들린 듯이 음식을 먹기 시

작했다. 그동안 페미오스는 스파르타의 메넬라오스 왕에 대한 노래를 들려주었다. 그가 어떻게 파로스의 모래섬을 다스리는 바다의 노인이자 예언자 프로테우스를 찾아가 물개 가죽을 뒤집어쓰고 물개들과 같이 잠을 잤는지에 대한 이야기였다. 나는 탑 창가에서 노래를 듣고 있었는데, 술에 취한 크테시포스가 내게 새된 소리로 외치며 노래를 중단시켰다. "이봐요, 우리 여주인님. 당신도 물개들이랑 같이 자고 싶나요?" 참고로 포카이아인은 자신을 '물개'로 칭한다. 페미오스가 리라를 내려놓았고 모든 눈이 일제히 나에게 쏠렸다. 나는 천천히 또박또박 대답했다. "그런 생각은 안 드는데요, 크테시포스 경. 그보다는 시카니 돼지들이 냄새도 향긋하고 행동도 점잖은 편이지요. 악취야 독한 향수를 천에 듬뿍 적시면 잠재울 수 있겠지만, 음란하고 폭력적인 물개들로부터 어찌 나 자신을 지킬 수 있겠어요."

그날 우리가 목표로 한 일 중 하나는 적들의 분란을 조장하는 것이었는데, 내가 재치 있게 던진 이 말은 소기의 성과를 거두었다. 시카니족이 포카이아족을 비웃으며 자지러지게 웃어댄 것이다. 페미오스가 마침내 노래를 마치자(호메로스의 아들들은 장내가 시끄러울 때는 노래를 하지 않는다는 원칙에 자부심을 가지고 있다), 아이톤이 구혼자들에게 음식을 구걸하러 돌아다니기 시작했다. 몇몇 구혼자들은 그가 어디서 왔는지를 놓고 실없는 추측을 하기 시작했고, 그러자 멜란티오스가 끼어들었다. "나리, 초대받지 않은 잔치에 와서 흥을 깨는 저놈은 돼지치기가 데려온 놈입니다. 그러니 돼지치기가 저자에 대해 말해줄 수 있을 겁니다."

안티노오스가 에우마이오스에게 물었다. "이봐, 왜 그랬지? 우리 저녁을 망치고 싶었어? 아니면 주제넘게도 곳간을 탕진하는 데 일조라도 하고 싶었나? 고맙지만 도움은 필요 없네만. 근데 저 사람은 누군가?"

"나리는 좋은 집안에서 태어나셨는지는 몰라도," 에우마이오스가 과감히 말했다. "가정 교육을 잘 받지는 못한 모양입니다. 그게 아니라면 부유하고 행복한 사람을 돕는 것은 미덕이 아니라는 사실을 잘 아셨겠죠. 그들은 어딜 가든 환대를 받을 것이고 상대도 그들로부터 답례를 기대할 테니까요. 하지만 거지에게는 모든 문이 꽁꽁 닫혀 있습니다. 오직 마음이 고귀한 사람들만 그 문을 열어놓고 있지요. 저는 클리토네우스 왕자님이 난파를 당한 이 상인을 불쌍히 여기실 거라는 확신을 가지고 이자를 여기로 데려왔습니다. 그런데 나리께서는 무슨 자격으로 그분의 관대한 마음을 비판하고 그분의 손님 이름을 묻는 겁니까?"

클리토네우스가 개입했다. "자, 자, 고귀한 돼지치기여, 조심하게. 저 사람의 심술궂은 농담에 신경 쓸 거 없네! 그리고 안티노오스, 자네가 저 거지에게 빵과 고기를 나누어주면 그건 자네 청구서에서 빼달라고 내가 아버지께 부탁해보지."

"그럴 생각은 없는데."

"그럴 줄 알았네." 클리토네우스가 말했다. "포카이아인들은 다 똑같아. 하도 먹고 마셔서 배가 터질 지경이 되더라도, 남은 음식을 조금만 달라고 간청하는 불쌍한 거지를 위하느니 자기 목구멍에 고기 한 덩어리를 더 쑤셔넣어 죽는 편을 택하겠지."

"조심하게, 클리토네우스." 안티노오스가 을러댔다. "내가 저자에게 원하는 만큼 준다면, 그러니까 이것부터 시작해서 말이야." 그가 테이블 밑에서 발판을 끄집어내 위협적으로 들어 보였다. "저자는 최소 석 달간 거동도 못 할 테니까."

하지만 시카니와 트로이 혈통의 구혼자들이 이내 아이톤의 주머니를 채워주었고, 그는 무사히 자신의 자리로 돌아갈 수도 있었다. 안티노오스를 다시 자극하라는 아테나의 계시를 받지만 않았어도 말이다.

"부탁합니다." 아이톤이 간청했다. "이렇게 많은 사람

중에 당신이 유일한 구두쇠일 수는 없지 않습니까. 옷차림으로 보나 몸가짐으로 보나, 당신이 가장 부자처럼 보여서 다른 사람보다 두 배는 더 많이 주실 거라 기대했는데 말이지요. 나리, 저는 키프로스의 명문가에서 태어났습니다. 7년 전만 해도 수많은 노예를 거느렸고 누릴 수 있는 사치는 다 누렸지요. 당시 거지들이 제 문 앞에 모여들면 그 누구도 빈손으로 돌아가는 일이 없었습니다. 그럼에도 제우스는 기어이 저를 남쪽 해역으로 원정을 보냈고, 저는 한 달도 안 돼 이집트 카노포스에서 포로로 붙잡히고 말았습니다. 그로부터 몇 년 후, 갖은 시련과 고생 끝에 고향으로 향하는 배에 올랐지요. 하지만 천둥의 신은 저에게 더 큰 굴욕을 줄 생각이었던지 배를 항로에서 이탈하게 하고, 급기야 이곳 해안에서 난파를 당하게 했습니다. 그렇게 저는 절름발이가 되어 집집마다 돌아다니며 구걸을 하게 된 것입니다."

안티노오스가 버럭 화를 내며 외쳤다. "제우스가 설마 악취를 풍겨 우리를 내쫓으라고 이 성가신 놈을 보내기야 하셨을까? 문지방으로 썩 돌아가라, 이 개만도 못한 놈아. 저세상으로 떠나고 싶지 않으면!"

아이톤은 천천히 뒷걸음질 쳤다. "제가 나리의 화려한 옷차림만 보고 잘못된 판단을 내렸다면 죄송합니다, 나리.

구걸을 업으로 하는 거지는 얼굴을 읽는 데 능해서 이런 실수를 하지 않았을 텐데요. 아마 그들은 나리가 자기 노예에게도 소금 한 자밤 주지 않을 위인이란 걸 대번에 알아봤겠지요. 저는 이 끔찍한 업종에 이제 갓 발을 들인 초보라서 말이지요."

약이 오를 대로 오른 안티노오스는 발판을 집어 들고 아이톤을 향해 냅다 던졌다. 아이톤은 어깨를 맞았지만, 마치 파리를 떨쳐내듯 살짝 꿈틀대기만 하고 다시 문지방의 자기 자리로 가 앉았다. 거기서 그는 일장 연설을 했다. "제 말을 들어주십시오, 훌륭한 엘리미나족이여! 자기 재산을 지키거나 적국을 습격할 때는 고생이 따르기 마련이지요. 그건 너무 당연한 일입니다. 하지만 오늘 같은 굴욕은 처음입니다! 한때 부를 누렸던 귀족이 빵을 구걸하는 상황에 처하는 건 그것만으로 충분히 끔찍합니다. 거기에 굳이 욕설과 폭력을 더하지 않더라도 말이지요. 올림포스 신들 중에 거지를 대신해 복수해줄 신이 있다면, 부디 지금 나와 주시기를 간청합니다!"

"앉아서 조용히 먹기나 해, 이 부랑자야." 안티노오스가 소리쳤다. "다리를 잡힌 채 궁에서 끌려 나가 산 채로 껍질이 벗겨지기 싫으면."

이처럼 야비한 위협에 항의가 터져 나왔다. 암피노모

스라고 하는 트로이 청년(클리토네우스를 멧돼지 사냥에 초대한 사람이 그였다)은 마당을 가로질러 가 안티노오스의 면전에 대고 말했다. "저 발판을 손님에게 던진 건 자네가 잘못한 것 같네. 그가 변장한 신이기라도 하면 어쩌려고 그러는가? 신들은 인간이 똑바로 행동하는지 지켜보기 위해 이승의 땅을 어슬렁거린다고 하지 않나. 제우스도 아르카디아에서 인육을 먹는다는 소문을 접하고 그곳을 직접 방문한 적이 있지. 소문이 과장이 아니라는 걸 확인하고 별로 큰 홍수를 일으켰고 말이야."

"또 한 번의 홍수가 이 마당을 덮칠 것이오." 할리테르세스가 끼어들었다. "그것도 피의 홍수가. 여러분이 행실을 바꾸지 않으면 말이오!" 어머니도 거지에게 가해진 이유 없는 폭행으로 우리 집의 명예가 실추되었다는 소식을 접하고 진저리를 치며 이렇게 외쳤다. "아, 내 기도가 이루어진다면, 내일 이맘때쯤이면 저 중 살아남은 사람이 거의 없을 겁니다."

그러고 나서 어머니는 눈치 빠르게 에우마이오스에게 전갈을 보냈고, 노예가 그것을 공개적으로 전달했다. "고귀한 돼지치기여, 온갖 곳을 돌아다니다 자네의 친구가 된 거지가 우리 손님 중 한 분에게 큰 모욕을 당했구나. 어쩌면 그가 내 아들 라오다마스에 대한 소식을 알고 있을지도 모르겠다. 그에게 물어볼 것이 있으니 집무실로 오라고 전하라." 이것은 어머니가 아이톤과 단 둘이 이야기할 구실을 마련하는 한편(내가 말한 거지가 그라는 걸 바로 알아채신 모양이었다), 에우리클레이아가 살인에 대해 입도 뻥긋하지 않았음을 암시해 에우리마코스를 안심시키기 위한 조치였다.

에우마이오스는 아이톤에게 전갈을 전했다. 그가 덧붙였다. "왕비님께서 당신에게 따뜻한 옷과 망토를 주실 겁니다. 설령 당신이 아무 소식도 가져오지 않았다 할지라도요. 그분은 이 궁을 찾는 고귀한 혈통의 사람들을 늘 환영하시지요. 그 어떤 불행을 겪었든 말입니다."

"아닌 게 아니라," 아이톤이 장단을 맞추었다. "라오다마스가 크레타 중부 어딘가에서 목격되었다는 소문을 듣기는 했습니다. 그게 사실인지 아닌지는 왕비님께서 판단하실 수 있겠지요. 저는 그 젊은 왕자를 직접 뵌 적이 없어서요. 그런데 왕비님께 조금만 인내심을 가지고 기다려 달라고 해주십시오. 연회가 끝난 뒤 자랑스럽게 그분을 뵈러 갈 생각이지만, 그때까지는 이 문지방 자리를 지키는 게 더 안전할 것 같아서 드리는 말씀입니다. 제가 마당을 가로질러 가면 저 높으신 분들이 이번에는 발판이 아니라 칼을 던질지 누가 알겠습니까? 안도 밖도 아닌 지금 이 자리가 제게는 편합니다."

"편할 대로 하십시오." 에우마이오스가 말했다. "당신이 조금 늦게 가도 왕비님은 용서하실 겁니다." 그러고 나서 그는 클리토네우스를 돌아봤다. "왕자님, 저는 이만 돼지들에게 돌아가 봐야겠습니다. 부디 몸조심하세요. 제가 해야 할 일은 더 없나요?"

클리토네우스가 목소리를 높여 대답했다. "고귀한 돼지치기여, 내일 아침 일찍, 남아 있는 돼지 중 가장 살찐 놈을 골라 데려와주게. 내일 내 누이 나우시카 공주가 자신과 결혼할 남자에게 화환을 씌워줄 것이거든. 아주 중요한 날이지. 아, 그리고 필로이티오스의 집에도 들러 살찐 숫양 여덟 마리를 데려오라고 전해주게. 신들이 그대와 함께하길!"

클리토네우스와 내가 사전에 합의한 이 선언에 장내는 흥분으로 들썩였다. 하지만 클리토네우스는 무표정하게 앉아 여기저기서 쇄도하는 질문에 그저 이렇게 답할 뿐이었다. "내 누이가 당신들 중 누구를 선택할지 누가 알겠어요? 밤을 지새며 자신이 섬기는 여신의 조언을 구하겠지요."

해지기까지 한 시간도 채 남지 않았고, 구혼자들은 보통 어둠이 내리는 즉시 자리를 뜨곤 했지만, 이 연회는 끝나려면 아직 한참 남은 듯했다.

　드레파논에는 마침 코린토스 출신의 아르나이오스라고 하는 거지가 구걸을 업으로 삼아 활동하고 있었다. 그는 잡역부를 자처하며 쉽게 배를 채울 일을 찾아 시장을 돌아다니곤 했다. 이를테면 길 잃은 돼지가 사원에 들어가지 못하게 막고, 사냥개나 말을 돌보고, 연애편지를 전달하고, 어선이 들어오면 잡은 고기를 나르는 척 거들고, 누가 공개적으로 장기 자랑을 하면 (침 뱉기나 방귀 뀌기 같은 하찮은 장기일지라도) 박수를 이끌어내는 일을 했다. 사람들은 그를 이로스라는 애칭으로 불렀는데, 이는 신들의 전령인 무지개 여신 이리스의 남성형에 해당했다. 그는 드레파논의 동네북 같은 존재였다. 안티노오스는 장난삼아 하인을 시켜 이 이로스라는 거지에게, 또 다른 거지가 궁에서 음식을 한 보따리 챙겼으며 구혼자들이 그를 좋게 생각하고 있다는 말을 전하게 했다. 그러자 이로스가 아이톤을 내쫓을 생각으로 무거운 몸을 이끌고(그는 덩치가 컸지만 살만 쪘지 근육은 물러 보였다) 궁으로 왔다. "그 문지방에서 썩 꺼지지 못해, 이 게으른 놈아!" 그가 소리쳤다. "여기 계신 분들이 다 너 때문에 짜증이 나셨잖아. 안티노오스 나리가 왜 네게 음식을 안 주셨는지 모르겠어? 그분은 네가 아니라 나를 후원하시기 때문이야. 나를 알고 믿으시니까."

아이톤이 대꾸했다. "뉜지는 모르겠지만 내가 당신에게 잘못한 일은 없는 것 같소만. 당신도 나처럼 불운한 자라면, 누가 당신에게 뭘 주든 내 알 바 아니오. 이 문지방에는 우리 두 사람이 앉을 자리가 충분하니 조용히 하시오. 아니면 다치는 수가 있소."

이로스는 가성으로 소리를 꽥 질렀다. "다치는 수가 있다고? 거참, 다치는 사람이 누가 될지 궁금하네그려. 이 주먹을 좀 보라고. 그 하얀 이빨을 잘 간수하고 싶으면 알아서 피하시지! 뭐라고? 내 도전에 응하겠다고? 그럼 그 누더기를 걷어 올리고 밖으로 나오든가. 한판 붙자."

"삶에 대한 애정이 그리도 없다면, 내가 기꺼이 당신을 해치워주지." 아이톤이 지긋지긋하다는 듯 말했다.

안티노오스는 자신이 연출한 장면에 신이 잔뜩 난 모습이었다. "자, 친구들. 대결이다, 대결! 이거 놀라운데! 신들이 우리를 위해 특별히 막간극을 준비해주신 모양이야. 키프로스인과 이로스의 권투 시합이다. 내가 장담하는데, 이게 오늘 아침에 있었던 경기보다 훨씬 볼 만할 걸세. 어서 둥글게 모여보게!"

그의 포카이아 지지자들이 달려와 두 사람을 에워쌌다. 안티노오스가 말했다. "자, 이긴 사람은 지금 불에서 구워지고 있는 염소 내장 요리를 상으로 받는다. 그리고 이 마당에서 독점적으로 구걸할 수 있는 권한도."

모두가 이 제안에 찬성했다. 하지만 아이톤은 외쳤다. "저는 평화주의자이지만 염소 내장 요리를 위해서라면 뭐든 해야지요. 좋습니다, 도전에 응하겠습니다. 다만 안티노오스 나리가 공정한 싸움을 위해 맹세를 해주셔야겠습니다. 제가 이 비곗덩어리를 해치우는 동안 나리의 지지자들이 저를 넘어뜨리거나 발로 차는 일은 없어야 할 것입니다."

"제우스의 이름으로 맹세하지." 안티노오스가 미소를 지었다. "내 동료가 경기를 방해하면 내가 반쯤 죽여버리겠네."

클리토네우스가 끼어들었다. "나도 동의하는 바네. 내가 이 연회를 주최한 사람이니 내 말대로 해야 할 것이야."

아이톤이 누더기를 추켜올리고 이로스를 향해 자세를 취하자 이로스는 잔뜩 겁을 집어먹은 나머지 하인들에게 끌려가다시피 링 안으로 들어갔다. 아이톤은 그를 한 방에 해치울지 아니면 그냥 기절시키기만 할지를 두고 고민했다. 결국 좀 더 자비를 베풀기로 결정한 그는(희생자가 아무리 무가치한 사람이더라도 살인에는 늘 성가신 일과 경제적 비용이 뒤따르는 법이니까), 기선을 제압하기 위해 먼저 왼 주먹을 날린 다음 이어서 오른 주먹을 휘둘러 이로스의 턱을 비스듬히 후려쳤다. 이로스는 도살당한 황소처럼 쓰러지더니 피와 이빨을 뱉어내고 고통에 몸부림치며 발꿈치를 바닥에 두드려댔다. 아이톤은 그의 발을 잡고 그를 문지방 너머로 끌고 가 바깥마당의 담장에 기대어 놓았다. "이제 거기 앉아 돼지랑 개나 쫓으시오. 그리고 마치 무슨 거지들의 왕이라도 된 양 으스대는 짓도 그만하시고. 안 그러면 내가 당신의 다른 쪽 얼굴도 뭉개버릴 테니까."

얄궂은 환호 속에서 아이톤은 절뚝거리며 앞으로 나아가 안티노오스로부터 내장 요리를 받았다. 암피노모스는 그의 승리를 진심으로 축하하고는 그의 건강을 기원하며 황금 잔을 들어 올렸다. "나그네여, 당신의 행운을 위해 건배를. 당신은 직업을 바꾸는 게 좋겠소." 그가 아이톤에게 술을 권하자 아이톤은 그를 연민 어린 시선으로 바라보며 나지막하게 말했다. "그럼 나리는 친구를 바꾸시는 게 좋을 것 같군요. 솔직하고 마음이 따뜻하신 분 같은데, 누가 제 소원을 들어주지 않는 한 오래 사시긴 힘들 것 같으니 말입니다."

"당신은 예언자요?"

"경험이 많은 사람이라고 해두죠. 거의 비슷한 말이긴 하지만요. 그런데 아까 경기장에서 들었는데, 왕이 돌아오고 있다는 소문이 돌고 있더군요."

"하지만 내일 나우시카 공주가 자신과 결혼할 사람을 발표한다지 않소."

"내일은 너무 늦을지도 모릅니다. 왕이 오늘 밤 도착하면 어떡할 겁니까?"

아이톤은 황금 잔을 받아 마신 뒤, 멘토르 삼촌의 혼령을 위해 술을 따랐다. 암피노모스는 음울하게 고개를 저으며 자리를 떴는데, 아이톤은 그가 분별력을 발휘해 힌트를 알아차리기를 바랐다.

그때 참석자들이 갑자기 소곤거리기 시작하더니 일동이 자리에서 일어났다. 어머니가 현관 앞에 등장해 손을 들어 올리고 장내를 조용히 시키고 있었다. 사람들은 어머니를 사랑하거나 두려워했는데, 대부분은 두려워하는 쪽이었다. 어머니는 말과 행동을 매우 아꼈지만 그런 어머니가 말을 하고 행동을 할 때는 주의를 기울이는 것이 현명하다.

"여러분." 그녀가 말했다. "나는 지나칠 정도로 인내심이 강하고 관대한 편이지요. 지금까지는 여러분을 철없는 청년 무리로 생각해 여러분의 거친 행동을 참아주고 있었습니다. 여러분이 끼친 피해는 당연히 보상해 주겠거니 확신하면서요. 하지만 그런 나도 용납할 수 없는 행동이 있습니다. 가령 음식을 구하러 궁을 찾은 거지에게 폭력을 가하는 행위가 그렇지요. 클리토네우스, 너는 어째서 저 발판을 던진 분을 내쫓지 않은 거니?"

"제게는 그럴 힘과 권력이 없으니까요, 어머니." 클리토네우스가 항변했다. "여기 있는 사람들은 아무도 제 편을 들어주지 않았을 겁니다."

"신들은 네 편을 들어주었을 거다, 얘야. 너도 당연히 그걸 알 텐데? 그리고 여러분, 또 하나 말씀드릴 게 있어요. 내일 내 딸이 결혼할 남자를 발표하기로 했습니다. 그런데 여러분이 이 결혼을 일방적인 계약으로만 생각했다면 그건 크게 잘못 생각한 겁니다. 나는 나우시카의 어머니로서 그 아이가 후한 대접을 받기를 바랍니다. 보통은 구혼자들이 미래의 장인 집에 돼지와 양, 소 등을 가져오는 것이 관례이지요. 매일 같이 공짜 밥이나 먹으려고 하지 않고 말입니다. 또한 귀한 선물도 제공하지요. 그러니 지체 없이 하인들을 보내 선물을 가져오게 하세요. 하인을 데려오지 않은 분은 본인이 직접 가서 선물을 가져오시고요. 그러면 이후 내가 딸에게 선물과 선물 증정자의 명단을 주도록 하지요. 여러분이 과도하게 흥분한 상태이고,

아까 딸아이가 탑 창가에 모습을 드러냈을 때 모욕을 주기까지 했으니 그 아이가 선물을 직접 받으러 다시 모습을 드러낼 일은 없을 것 같군요."

그들은 나지막하게 투덜거리며 어머니의 분부대로 했다. 30분 뒤 어머니 앞에는 상상할 수 있는 최상의 구혼 선물이 한 무더기 쌓였다. 안티노오스는 자수가 놓인 긴 진홍색 리넨 예복을 선물했는데, 각기 다른 짐승 또는 새를 상징하는 열두 개의 황금 브로치가 달려 있었다. 또 에우리마코스는 크티메네가 탐냈던 호박과 금으로 된 목걸이를 선물했고, 진주 귀걸이와 상아 빗, 황금 왕관, 구슬이 박힌 은팔찌를 바친 이들도 있었다. 암피노모스는 뱀의 비늘 같은 것으로 만들어진 진기한 허리띠를 선물하기도 했다. 어머니는 엄숙하게 감사를 표하고는 다시 집 안으로 들어갔고, 그러자 구혼자들은 노래하고 춤추며 코타부스 놀이를 하기 시작했다.

해가 졌는데도 그들이 여전히 갈 생각을 하지 않자 클리토네우스는 삼발이 화로를 가져오게 했다. 하녀 두세 명이 그것을 마당 한복판에 가져와 바짝 마른 소나무 장작을 집어넣었다. 그들은 농담을 주고받으며 웃음꽃을 피웠다.

"여긴 젊은 처자들이 있을 곳이 아니오." 아이톤이 다리를 절며 그들에게 다가가 말했다. "이 일은 내게 맡기고 어서 위층의 주인에게 가보시오."

그 자리에 있던 하녀 중에는 멜란토도 있었다. "지금 나한테 훈계하는 거야, 구역질 나는 늙은 거지 주제에?" 그녀가 소리쳤다. "포도주 때문에 머리가 어떻게 됐나 봐. 높으신 분들을 위해 얼른 자리나 비켜드리지."

"그럼 왕비님을 찾아뵐 때 당신의 소행에 대해 이야기해도 괜찮겠소?" 아이톤이 묻자 멜란토는 겁을 먹고 다른 하녀들과 함께 허둥지둥 자리를 떴다. 이에 에우리마코스의 심기가 불편해졌는데, 그는 멜란토를 데리고 정원으로 나갈 계획이었기 때문이다.

"어이, 이봐." 그가 말했다. "내 밑에서 일하면서 도랑을 파거나 묘목을 심는 일을 하는 건 어때? 힘쓰는 일 좀 할 것 같은데. 아니면 구걸하는 게 밥벌이하기 더 쉽나?"

"에우리마코스 나리," 아이톤이 대답했다. "작물을 수확하거나 밭을 가는 일이라면 언제든 나리께 도전할 용의가 있습니다. 누가 먼저 나가떨어질지는 알 것 같지만요. 아니면 페니키아 민병대에 맞서 나리와 나란히 싸운 뒤 각자 몇 명을 죽였는지 세어볼 수도 있겠지요. 누가 더 많이 죽였는지도 이미 알 것 같습니다만. 에우리마코스 나리, 당신은 허풍이나 치며 약자를 괴롭히는 사람이지요. 그런데도 본인은 자신이 큰사람이라고 생각합니다. 한 번도 자신의 용기를 시험해본 적이 없기 때문이지요."

에우리마코스는 화가 폭발했다. "네놈이 지금 그 떠버리 이로스를 쓰러뜨렸다고 나를 무슨 노예 대하듯이 하는구나. 자, 이거나 받아라!"

그가 아이톤의 머리를 향해 발판을 던졌다. 그러나 아이톤은 재빨리 피했고, 발판은 암피노모스의 잔을 채우고 있던 집사 폰토노오스에게 날아갔다. 그는 신음하며 쓰러졌고, 그의 손에서 포도주 병이 떨어졌다. 시카니족과 트로이인은 에우리마코스가 거지와 싸워 그날 밤의 잔치를 망쳤다며 소리 높여 비난했다. 아이톤은 음모의 주역인 두 사람을 우스꽝스럽게 보이게 만들고 나머지 사람들 사이에서 불협화음을 일으키는 성과를 거두었다.

클리토네우스가 창 자루로 땅바닥을 두드리며 외쳤다. "여러분, 이제 그만 좀 하십시오! 갈수록 아수라장이 되어가는군요. 이제 모두 집에 돌아가 술기운을 떨쳐내고 주무시지요. 내일은 중요한 날이니 정갈한 마음으로 맞이해야죠."

"지당한 말입니다." 암피노모스가 맞장구를 쳤다. "마지막으로 한잔하고 헤어집시다. 우리의 친선과 장수를 위해 건배. 그리고 훌륭하지만 운이 따라주지 못했던, 클리토네우스 왕자의 삼촌의 혼령을 위해 술을 올립시다."

그것으로 잔치는 파했고, 구혼자들은 비틀대며 어두운 거리를 걸어갔다.

14장. 꽃과 피리는 없지만

 클리토네우스와 아이톤은 어두워진 마당에 함께 남겨졌다. "보세요, 사촌 클리토네우스." 아이톤이 말했다. "여기 벽에 걸려 있는 무기들은 치워야겠습니다. 구혼자들이 검을 가져오는 걸 막을 수는 없겠지만, 검은 백병전을 치를 때만 유용한 법이고, 나는 일대일 싸움은 피할 생각입니다. 한데 그들이 창과 방패를 손에 넣으면 우리는 첫 기습 이후 유리한 고지를 잃게 되겠지요."

 "투구는요?"

 "그것도 같이 치워야지요. 다 치우고 투구만 남겨놓으면 이상하게 생각할 겁니다."

 "의심은 어떻게 하든 피할 수 없을 거예요. 나우시카의 선택을 받지 못한 자들이 질투에 눈이 멀어 유혈 사태를 일으키는 걸 방지하기 위해 어머니가 무기를 치우라고 지시했다고 하면 모를까요."

"그거 괜찮은 생각이군요. 그런데 그보다 더 좋은 방법은, 하녀들을 시켜 내일 아침 일찍 벽에 흰 칠을 하게 하는 겁니다. 마치 결혼식을 준비하는 것처럼 말이지요. 벽에 칠을 할 땐 무기를 치워야 하니까요."

"당장 에우리클레이아에게 그렇게 지시할게요."

에우리클레이아가 마당에 들어오자 클리토네우스가 말했다. "보모, 내일 결혼식 전에 회랑 벽에 흰 칠을 하려고 하는데, 그러려면 무기를 치워야 할 것 같아. 칠을 하는 김에 다 해야 할 테고, 어차피 무기는 치우는 게 좋을 것 같거든. 누이의 구혼자들이 오늘 저녁에 그랬던 것처럼 또 싸울 수도 있는데, 그러다 서로에게 무기를 사용할 수도 있잖아."

"그러라지요, 고얀 놈들 같으니! 근데 밤도 늦었는데 지금 그 일을 하진 마세요. 하녀들을 보내 거들라고 할 테니."

"하녀들? 아니야. 귀한 무기들을 그들에게 맡길 수는 없지. 멜란토에게 내 투구를 닦으라고 줬더니 그걸 떨어뜨려서 투구 한쪽이 움푹 파였다고. 하인들이 해야 할 일을 내가 하고 있을 때 그들이 옆에 있는 것도 싫고 말이지. 그러니 내가 무기들을 창고로 나르는 동안 여자 숙소 문을 잠가주면 좋겠어."

"통로가 너무 어두울 텐데요."

"이 거지가 횃불로 길을 밝혀줄 거야. 나한테 밥을 얻어먹어서 밥값을 해야 하거든. 창고 열쇠 좀 줘봐."

"끝나면 돌려주세요, 도련님."

에우리클레이아가 하녀들을 못 나가게 하고 있는 동안 아이톤과 클리토네우스는 창과 방패, 투구를 벽에서 떼어내 통로로 날랐다. 이 일에는 힘이 많이 들었는데, 우리 가족은 해적의 급습에 대비해 이 집에 사는 모두가 무장을 할 수 있을 만큼 많은 무기를 보유하고 있었기 때문이다. 에우리클레이아는 두 사람이 일을 마칠 때까지 기다렸고, 클리토네우스는 일을 마친 뒤 아르고스를 개집에 넣으러 갔다. 그러자 에우리클레이아는 빗장을 풀고 하녀들을 마당으로 불러내 남은 음식을 치우고 바닥을 쓸고 테이블을 닦게 했다. 어머니는 손님들이 아무리 늦게 가도 어지럽혀진 것을 다음 날 아침까지 치우지 않고 그대로 두는 것을 결코 용납하지 않았다. 이번에도 어머니가 직접 나와서 염소 내장이 구워지던 자리에 평소처럼 의자를 놓고 하녀들에게 지시를 내렸다.

어머니의 지시대로 잔을 확인하던 에우리클레이아는 최고급 황금 고블릿 잔 두 개가 없어졌다는 것을 발견했다. 레이오크리토스와 크테시포스 앞에 놓인 잔이었다. 어머니는 희미한 미소를 지었다. "레이오크리토스와 크테시포스, 이 두 사람은 자기들이 내 사위로 선택될 가능성이 없다는 걸 눈치 챈 모양이구나. 자기들의 구혼 선물을 돌려받을 때까지 그 고블릿 잔을 인질로 잡아둘 생각인 게지. 참 꼼꼼도 해라!"

멜란토는 아이톤이 화로에서 재를 퍼내고 잉걸불에 새로 땔감을 넣고 있는 것을 발견하고 활활 타오르는 횃불을 낚아채 협박조로 외쳤다. "아직도 여기 있었어? 왜, 우리를 괴롭히고 모욕하려고? 어서 꺼져, 이 건달아. 엉덩이를 그을린 채 거리로 쫓겨나기 싫으면."

그때 어머니가 돌아서서 크게 화를 내며 말했다. "지금 당장 그 횃불을 내려놓아라, 이 추잡한 계집아. 안 그러면 그을리는 건 네 엉덩이가 될 테니." 그러고 나서 어머니는 아이톤에게 물었다. "당신이 내 잃어버린 아들의 소식을 가져왔다는 사람이죠?"

"그냥 소문을 들었을 뿐입니다, 왕비님." 아이톤이 겸손하게 대답했다. "그리고 그 이야기는 왕비님께만 전하고 싶은데요. 이 하녀들이 왕비님의 며느리에게 이야기를 부풀려 전달할 수도 있으니 말입니다. 그분이 저 때문에 괜한 희망을 가지게 된다면 저 자신을 결코 용서하지 못할 겁니다. 대가를 바라고 거짓말을 하는 사람이라는 오해를 사고 싶지도 않고요. 아무리 배가 고파 죽을 지경이라 해도……."

"저기, 에우리클레이아." 어머니가 말을 가로챘다. "내 신중한 손님을 위해 긴 의자를 가져오고 그 위에 양가죽을 깔아주게. 그리고 나우시카 공주와 클리토네우스 왕자를 불러주게. 그 아이들도 소문을 들어보고 거기에 어떤 진실이 있는지 다 같이 생각해보는 게 좋겠어. 하지만 다른 사람은 아무도 못 오게 해야 해. 마침 하녀들도 일을 다 마쳤나 보군. 다들 빨리 자러 가게! 에우리클레이아도 잘 자고!"

곧 우리 넷은 화로 옆에 모였다. 내가 이렇게 안절부절못하는 건 좀처럼 드문 일이었다. 우리는 모두 어머니의 말씀을 기다렸고, 잠시 후 어머니가 아이톤에게 물었다. "그럼 내 아들 라오다마스에 대한 소식은 없는 건가요?"

"그렇습니다, 왕비님. 왕비님의 아드님과 따님에게 들은 이야기를 제외하면요. 왕비님과 단 둘이 이야기하기 위해 꾀를 부린 점을 용서해 주십시오. 그리고 왕비님의 친척으로서 애도를 표할 수 있게 해주십시오."

"댁은 누구신지요?"

"제 아버지는 타라 지역의 크레타 귀족이었습니다. 어머니는 해적에게 납치된, 왕비님의 사촌 에린나이고요."

어머니는 그를 위아래로 훑어보더니 마침내 손을 내밀었다. "우리 집안사람들과 아랫입술이 똑같군요. 나우시카도 그런 아랫입술을 가지고 있지요. 어쩌면 그래서 이 아이가 당신을 사랑하는지도 모르겠네요. 당신의 얼굴에서 자신의 얼굴을 보고 자연스럽게 좋은 느낌을 가지게 된 거죠. 이런 입술은 변치 않는 의지를 나타낸다고 하니, 부디 당신도 이 아이와의 결혼이 싫지 않은 마음이기를 바랍니다."

아이톤은 갈라진 석류처럼 얼굴이 빨개진 반면, 나는 하얗게 질렸던 것 같다. 난데없이 이런 이야기를 하다니, 최악이었다. 이 말을 한 사람이 어머니가 아닌 다른 사람이었다면 나는 인정사정 봐주지 않고 달려들었을 것이다. 아이톤은 침을 한두 번 꿀꺽 삼킨 후 대답했다. "저의 친척이자 예언자이신 왕비님, 절 놀리시는 게 아니라면 제 고마운 마음을 어떻게 전할 수 있을까요? 아닌 게 아니라 제 마음은 그녀의 마음과 같습니다. 제 입술이 그녀의 입술을 닮았듯이 말이지요. 단지 타고난 운명이 다를 뿐입니다. 사랑스러운 나우시카를 처음 본 순간부터 저는 그녀의 풍요로움과 저의 초라함 사이의 간극을 어떻게 메울 것인가 하는 생각뿐이었습니다."

"아이톤." 어머니가 부드럽게 말했다. "당신에게 내 영원한 호의와 지지를 약속하지요. 대신, 라오다마스와 멘토르의 혼령을 대신해 복수를 해주세요."

"그들은 제 친척이기도 합니다. 그리고 저는 크레타 출신이라 피의 복수를 할 때는 끝장을 볼 때까지 싸우는 사람이고요."

그는 우리에게 크레타에 대해 말해주었다. 그곳은 전 해상에서 가장 영광스러운 섬으로 인구 밀도가 높았다. 90개가 넘는 도시들이 있고, 서로 다른 방언을 구사하는 다섯 종족(아카이아인, 펠라스기인, 페니키아의 키도니아인, 각각 데메테르와 아폴론, 헤라클레스를 숭배하는 도리아인의 세 씨족, 그리고 타라의 진정한 크레타인)이 사는 곳. 아이톤이 말하기를, 드레파논은 타라를 떠올리게 했는데 둘 다 서쪽에 위치해 있고 바다에서 이름을 떨쳤으며, 높은 성벽과 비옥한 해안을 지녔기 때문이다. 어린 시절의 아폴론과 아르테미스가 자신들의 어머니인 레토를 죽이려 한 거대한 뱀 피톤을 죽인 후, 불순한 기운을 정화하기 위해 간 곳이 바로 타라라고 아이톤은 자랑했다. 이 두 신을 기리기 위해 타라인은 수세기 동안 활쏘기를 연마해 이제는 궁술의 대가로 인정받고 있다고 했다.

"그러는 당신은요?" 어머니가 물었다.

"저는 처음 무기를 들었을 때 아폴론의 종이 되었습니다. 비법 전수자들은 갈매나무로 저를 정화하고 어떤 의식을 치른 뒤 제 손에 뿔활을 쥐여 주었지요. 저는 먼저 일렬로 놓인 열두 개의 양날 도끼의 구부러진 날 사이로 화살을 쏜 뒤 기어가는 뱀의 목을 꿰뚫어야 했습니다. 둘 다 절대 불가능한 일처럼 보였는데, 아폴론의 이름으로 활을 쏘면 신참자도 결코 실패하는 법이 없었지요."

클리토네우스가 깜짝 놀라는 것을 보고 아이톤은 설명했다. "풋내기 궁수는 머리를 씁니다. 활의 강도나 화살의 무게, 바람, 거리를 잘못 가늠하게 하는 빛의 착시 효과, 목표물의 속도와 방향 같은 것을 고려하지요. 하지만 머리로 활을 쏘면 오로지 쉬운 목표물만 맞힐 수 있습니다. 반면 숙련된 궁수는 목표물이 아무리 작고 빨리 움직여도 맞힐 수 있지요. 머리를 쓰는 게 아니라 불사의 아폴론에게 영감을 받기 때문입니다."

"그래도 잘 이해가 안 가는데요."

"사나운 몰로시아 사냥개가 당신을 향해 달려들 때 겁에 질려 돌을 던졌는데, 주둥이를 정통으로 맞힌 적이 한 번이라도 있었나요? 만약 그랬다면, 당신은 신이 들렸던 겁니다. 한번은 가자 근처에서 블레셋 사람 스무 명이 우리 중대 앞을 가로질러 달려와 측면에서 우리를 포위한 적이 있습니다. 저는 서두르다 그들의 지휘관을 놓치고 말았지만, 아폴론을 불러낸 후에는 나머지 열아홉 명을 차례차례 쏴 죽일 수 있었지요. 갑옷 차림으로 뛰어다니는 사람을 맞히는 것은 절대 쉬운 일이 아님에도 불구하고 말입니다."

우리는 못 믿겠다는 듯 아이톤을 바라봤지만 그는 전혀 당황하지 않았다. "크레타인은 다 거짓말쟁이라는 말도 있지만, 우리가 활쏘기의 대가라는 사실을 누가 감히 부정할까요?"

긴 침묵이 이어지는가 싶더니 마침내 어머니가 말했다. "얘들아, 이제 잠자리에 들 시간이다. 세 사람이 무슨 일을 꾸미든 난 듣고 싶지 않구나. 그저 이 집의 명예를 찾고 사랑하는 우리 혼령들이 만족할 수 있기를 바랄 뿐이다. 아이톤, 당신에게 접이식 침대와 담요, 시트, 거위 털 베개를 가져다주라고 할게요."

"감사합니다, 왕비님. 하지만 저는 거친 환경에서 자는 것에 익숙합니다. 괜히 신경 써주셨다가 입방아에 오를 수도 있고요."

"그래도 발은 씻으셔야죠."

"에우리클레이아가 해주겠다고 한다면······."

"에우리클레이아는 지시대로 할 겁니다. 안녕히 주무세요. 가자, 나우시카!"

우리는 집 안으로 들어갔고, 에우리클레이아는 양초를 들고 클리토네우스를 침대로 데려다준 뒤 그가 입었던 옷을 단정하게 갠 다음, 아이톤의 발을 씻어주러 돌아왔다. 그들은 한 시간 가까이 나에 대해 이야기했고, 아이톤은 그녀의 마음을 사로잡았다. 에우리클레이아는 잔뜩 흥분한 채 내 침실에 벌컥 들어왔다. "우리 아씨, 결국 아이톤은 거지가 아니었군요. 변장만 그렇게 했을 뿐 사실은 크레타의 귀족으로 아주 용감하고 유능한 사람인 것 같아요. 저에게 은밀히 물어본 질문들로 봤을 때 그 사람은 아씨를 미친 듯이 사랑하는 게 분명해요. 아, 그가 아씨의 정식 구혼자들 중 한 명이었으면 좋았을 텐데! 폐하께서 두 분의 결합을 반대하시면 어떡하죠. 아씨의 감정이······." 그녀가 말을 도중에 멈추고는 날 떠보듯 다정하게 웃었다.

클리토네우스와 멘토르 삼촌이 나와 아이톤을 결혼시키려 했을 때 나는 당황했고, 어머니가 내가 그를 사랑한다는 걸 알아차리고 공개적으로 그렇게 말했을 때는 더 곤혹스러웠지만, 에우리클레이아마저 그런 식으로 이야기하자 나는 화가 머리끝까지 치밀어 이렇게 쏘아붙였다. "그 크레타인 모험가가 무슨 질문을 했든 보모는 모호하게 대답했을 거라고 믿어. 요새 보모가 자기 신분을 너무 망각하고 있는 것 같아. 노예들이 주인의 일에 대해 자기들끼리 쑥덕거리는 거야 누가 뭐라고 하겠어? 하지만 낯선 사람에게 주인의 비밀을 털어놓는 건 아주 나쁜 짓이라고!"

"아니, 아씨. 아씨를 무릎에 앉혀 어르고, 아씨가 넘어져 코가 깨지면 눈물을 닦아주고, 데이지 목걸이를 만드는 법을 알려준 늙은이에게 무슨 말을 그렇게 하세요? 난 그 고귀한 크레타인에게 아씨가 비밀로 하고 싶어 할 만한 건 한 마디도 하지 않았다고요. 그런데 그분 발을 씻어주다가 그분이 아가씨 외가 쪽 친척이라는 걸 바로 알아차렸지요. 외가 분들은 다들 발등이 높고 두 번째 발가락이 길잖아요. 그런데 세상에, 그분이 가여운 에린나의 아들이었지 뭐예요! 에린나가 어떻게 납치되었는지는 제가 여러 번 말씀드렸잖아요. 그 슬픔과 충격에서 헤어 나오기까지 몇 년이 걸렸다고요. 아이톤은 아씨의 사촌이에요. 그의 아랫입술만 봐도 알 수 있어요!"

"그 아랫입술은 까마귀나 주라고 해!" 내가 외쳤다. 하지만 에우리클레이아가 내 말에 상처받은 것을 보고 그녀를 끌어안고 흐느끼기 시작했다. "아, 보모. 나 너무 괴로워. 내가 그와 결혼할 수 있을까? 구혼자들을 달래고 우리 집을 수렁에서 구하기 위해 남편을 지명하기로 약속했단 말이야. 그들은 내일 밤 결혼식을 올려야 한다고 고집을 부리고 있고. 신들의 중재로 아버지가 그 전에 돌아오시지 않는 한 내가 무슨 수로 소원을 이루겠어?"

에우리클레이아는 내 어깨를 두드리고 내 머리칼을 쓰다듬어 주었다. "그분이랑 결혼하기로 했다고 발표하면 안 되나요?"

"말도 안 되는 소리 하지 마. 그들은 절대 동의해주지 않을 거야."

"음, 그럼, 메데이아가 드레파네에서 한 일을 아씨는 드레파논에서 하셔야겠네요."

나는 이맛살을 찌푸렸다.

"데모도코스가 2년 전 여름에 〈황금 양털〉을 노래해 줬잖아요." 에우리클레이아가 상기시켜 주었다. "기억하시죠?"

"아, 사랑하는 보모. 여신께서 당신의 말라비틀어진 입술로 말씀하시고 있구나. 바로 그거야!"

이야기는 이러했다.

이아손과 함께 콜키스에서 달아난 메데이아는 알키노오스가 왕으로 있는 드레파네로 몸을 피했다. 그녀를 쫓아온 콜키스의 제독이 메데이아의 항복과 그녀와 이아손이 훔친 황금 양털의 반환을 요구하자, 알키노오스는 그다음 날까지 답변을 보류했다. 이에 메데이아를 불쌍히 여긴 아레테 왕비는 그녀를 콜키스로 돌려보내면 잔인한 죽음이 기다리고 있을 거라며, 그녀의 딱한 사정을 참작해 달라고 왕에게 간청했다. 그러자 알키노오스는 자신은 어떤 약속도 해줄 수 없지만 공정하게 시비곡직을 가리겠다고 했다. 하지만 아레테는 그를 설득해 메데이아의 도피가 법적으로 어떤 결과를 낳을 수 있는지 설명해 달라고 했는데, 그것은 이렇게 압축될 수 있었다. '메데이아가 아직 처녀라면 콜키스로 돌아가야 하지만, 처녀가 아니라면 이아손과 함께 있을 권리가 있다.' 이에 아레테는 서둘러 마크리스 동굴에서 연인의 결혼식을 올려주었고, 다음 날 아침 알키노오스가 판결을 내렸을 때 그들은 이미 부부가 된 뒤였다. 결국 콜키스인들은 넌더리를 내며 떠났고, 이아손과 메데이아는 코린토스로 가 그곳의 왕과 왕비가 되었다.

그때 속삭이는 소리와 함께 맨발로 복도를 가로지르는 듯한 부드러운 발소리가 들려왔다. 에우리클레이아가 성을 내며 자리에서 일어났다.

"저게 무슨 소리지?" 내가 물었다.

"멜란토랑 매춘부 같은 하녀들이 자기 정부를 만나러 가는 거겠죠. 아씨가 침실로 간 뒤 누군가 현관 빗장을 몰래 잡아당기는 소리가 들리더군요. 저들은 연회 마당을 통해 정원으로 빠져나갈 거예요. 옆문은 내가 빗장을 지르고 잠가놓기까지 했으니까요."

"그래서 어떻게 하려고?"

"잡아야죠! 그리고 내일 왕비님께 허락을 받아 저것들을 호되게 매질해야죠."

"아니. 이 일은 나한테 맡겨, 에우리클레이아. 저들이 앙갚음을 할지도 몰라."

나는 침실을 몰래 빠져나와 하녀들과 적당한 거리를 두고 계단을 내려가 연회 마당에 이르렀다. 마지막 하녀가 막 정원으로 사라진 참이었다. 나는 그들 뒤로 문을 닫고 빗장을 질렀다. 그때 갑자기 불길이 확 일어났다. 아이톤이 마른 대팻밥과 소나무 고갱이 장작을 화롯불에 던졌던 것이다. "그 자리에 멈추시오." 그가 중얼거렸다. "머리가 박살나고 싶지 않으면." 그가 육중한 나뭇단을 휘두르며 내게 덤벼들었다. 나는 웃음을 터뜨렸다. 그도 웃으면서 두 손으로 내 손을 잡았다.

"불빛에서 보니 참으로 아름답군요." 그가 말했다.

"네, 불빛이 햇빛보다는 자비로운 편이지요." 나는 그의 말에 동의했다. "그런데 내 창백한 안색과 고르지 않은 이목구비를 떠올리게 하는 건 무슨 이유에서인지요?"

"불빛이 비쳐 짙은 그림자가 드리우니," 그가 평정을 잃지 않고 설명했다. "당신의 콧대와 광대뼈의 우아한 윤곽이 더욱 살아나는 것 같군요……."

"그건 당신의 얼굴도 마찬가지지요." 내가 손을 빼내며 말했다.

"다른 이야기를 할까요? 문으로 나간 이들은 누굽니까?" 그가 물었다.

"멜란토가 이끄는 어리석은 여자들 무리이지요. 아까 당신에게 무례하게 굴었던 하녀 말이에요. 그들의 정부들이 나무 밑에서 기다리고 있을 거예요. 그들이 뭘 바라고 이런 행동을 하는 건지 모르겠어요. 어쩌면 남자한테서 자기를 첩으로 인정하고 우리 재산이 팔리는 대로 대가를 지불하겠다는 약속을 받았는지도 모르지요. 그들이 사랑의 기술에 재능을 보일 경우, 아프로디테 사원의 신성한 창부가 될 수 있게 해주겠다고 했을 수도 있고요. 그건 존경받을 만한 직업이고, 더욱이 초심자에게는 매우 흥미진진하게 여겨질 테니까요. 하지만 시간이 흐를수록 그들도 베틀과 실패, 청소 솔 같은 것이 그리워질 걸요."

"나는 잠이 도통 안 와서 소가죽이 깔린 긴 의자에 누워 계속 뒤척이고만 있었습니다. 불 위에서 구워지고 있는 염소 내장처럼 말이지요."

"내일 일이 걱정되시나요? 경험 많은 군인인 줄 알았는데요?"

"내일의 전투를 말씀하시는 겁니까? 아니요, 그렇지 않습니다! 계획을 세운 뒤로는 그 문제에 대해 두 번 다시 생각하지 않았습니다. 승리를 거두면 무엇을 해야 하는지는 신들만이 아시겠지만 말입니다. 우리가 이 나라를 떠나든가 엘리미나족의 군대에 맞서 싸우든가 해야 할 테니까요. 하지만 그게 무슨 상관입니까? 공주, 내가 잠을 이루지 못한 건 당신 때문입니다. 레이트론에서 당신의 아름다움을 찬미했을 때 당신은 내가 수사학적으로 말하고 있다고 생각했겠지요. 사실 그 연설에 인위적인 점이 없지는 않았습니다. 사적인 대화가 아니라 공개적으로 하는 말이었기 때문이지요. 하지만 그건 첫눈에 반한 사랑이었습니다. 하녀들의 존재와 당신을 난처하게 할지도 모른다는 두려움 때문에 지금처럼 열정적으로 말하지 못했을 뿐이지요. 사랑하는 그대, 당신은 내 눈의 빛이요, 내 핏줄의 피요, 내 폐의 숨결입니다."

그가 억센 팔로 나를 끌어안았지만, 나는 그를 뿌리치며 내가 진심이라는 것을 보여주었다. "내 이름은 멜란토가 아니라 나우시카예요." 나는 숨 가쁘게 말했다.

"당신의 명을 따르지요."

"그럼 저 계단을 올라 클리토네우스가 자고 있는 탑 방으로 가세요. 그를 깨워 이리로 데려와요."

"왜죠?"

"일단 데려오세요."

곧 클리토네우스가 아이처럼 눈을 비비며 비틀비틀 걸어왔다. 고된 하루를 보낸 뒤 자다 깨서 기분이 좋지 않은 눈치였다. 그 나이 때 남자아이들은 될 수 있는 한 많이 자야 하는 법이다.

"동생, 아이톤과 나는 오늘 밤 결혼할 거야. 네가 나를 인계해줄 수 있겠어?"

클리토네우스는 충격을 받은 듯했다. "아니, 이렇게 급하게?"

"급하게 할 수밖에 없어. 아니, 저 사람이 벌써 날 유혹한 건 아니야. 그게 궁금한 거라면."

"하지만 약혼이며 구혼 선물은 어쩌고?"

"그의 주머니에 반쯤 식은 염소 내장이 들어 있을 거야. 그걸 받도록 해. 그게 그가 가진 전부니까. 가진 것 이상을 줄 수는 없잖아."

"그럼 혼례복은?"

"죽은 삼촌의 가장 좋은 옷을 입게 하자. 두 사람은 체격이 비슷하고, 삼촌의 혼령도 기뻐하실 거야. 자, 동생.

이제 더 이상의 반대는 그만. 내가 구혼자들 중 한 명을 선택하지 않으면서 그 합당한 이유로 제시할 수 있는 건, 내가 이미 결혼을 했다는 것뿐이야. 내가 결혼하면 그들도 더 이상 여기 올 핑계가 없어질 테고."

"아버지께서 뭐라고 하실까?"

"아이톤이 우리를 승리로 이끌면 아버지도 그를 기쁘게 받아들이시겠지. 실패하더라도 이 결혼을 축하했다고 질책을 받을 사람은 아무도 없을 테고. 우린 다 죽었을 테니까. 너와 아이톤은 내 구혼자들 손에, 나는 나 자신의 손에."

"그럼 어머니는? 어머니가 허락하실 거라고 확신해? 누나가 아이톤의 신부가 되는 건 나도 몹시 바라는 바이지만, 어머니의 생각을 감히 거스를 수는 없어."

"아이톤이 왕국을 구하는 대가로 지금 당장 결혼할 것을 제안하면 어머니도 거절하실 순 없을 거야."

그때 어머니는 에우리클레이아와 함께 문간에 서서 우리가 하는 이야기를 조용히 듣고 있었다. "클리토네우스," 그녀가 말했다. "제사 마당의 남자들을 깨워서 그들에게 헤라와 아르테미스, 그리고 운명의 여신들에게 평소에 바치는 희생 제물을 가져오게 해라. 이유는 말할 필요 없다. 어디 보자, 가시나무 횃불은 탑 어딘가에 몇 개 있을 거다.

꽃과 피리? 그건 됐다. 죽은 자에 대한 예의를 지키려면 셋째 날까지 그 두 가지는 어차피 금해야 해. 설탕에 절인 모과? 그건 식료품 저장실에 한 상자 남아 있을 거다. 님프들의 샘에서 정화수를 떠왔으면 좋았을 것을. 됐다, 그들은 나중에 달래면 돼. 물은 그냥 우리 샘에서 떠오는 걸로 하자."

"크티메네는요?" 클리토네우스가 물었다.

크티메네가 늘 문제였다. 그녀가 비밀을 터놓으면 안 되는 상대라는 건 사실이었다. 하지만 사람들이 왔다 갔다 하고, 운명의 여신에게 바칠 돼지를 잡고, 아무리 목소리를 낮춘들 히메나이오스✦의 축가를 부르는 와중에 그녀도 잠에서 깨지 않을까?

결국 우리는 약혼식 증인으로 그녀를 부르기로 했다. 나는 위층으로 달려가 그녀의 침실 문을 두드렸다. 아무런 대답이 없었다. 나는 방 안에 들어가며 "크티메네, 크티메네!" 하고 외쳤다. 여전히 대답이 없었다. 나는 조심스럽게 침대로 다가가 그녀의 어깨를 향해 손을 뻗었다. 침구에는 아직 온기가 남아 있었지만, 침대에는 아무도 없었다. 내가 다시 내려왔을 때 그녀의 부재를 설명할 길은, 부끄럽

✦ 결혼 행렬을 인도하는 신.

게도 그녀가 하녀들과 같은 용건으로 정원에 나갔다는 것 말고는 없었다. 하지만 우리에게는 한가롭게 추측이나 하고 있을 시간이 없었다.

어머니와 클리토네우스, 에우리클레이아가 지켜보는 가운데 우리는 아버지의 왕좌 앞에서 혼인을 약속했다. 아이톤은 신붓값으로 염소 내장이 든 낡은 가죽 주머니를 엄숙하게 클리토네우스에게 건넸다! 하녀들과 하인들은 눈을 동그랗게 뜨고 근처에 서 있었다. 그들은 침묵을 지키기로 맹세했으니 그 맹세를 깨느니 차라리 죽음을 택할 것이다. 아이톤과 나는 각각 하녀들과 하인들의 시중을 받으며 대문 근처의 샘에서 길어온 샘물로 몸을 씻는 의식을 치른 뒤, 혼례복을 입고 잎으로 장식한 화환을 썼다. 혼례복 뒷자락에 놓였어야 할 자수가 아직 완성되지 않았지만, 그게 무슨 대수란 말인가? 클리토네우스는 서둘러 짐승을 도축했고(누가 지나가다 돼지들이 꽥꽥대는 소리를 들었더라도, 멘토르에게 희생 제물을 바치나 보다 생각했을 것이다), 나는 아테나 여신에게 작별을 고하며 또다시 머리카락 한 움큼을 불 속에 던졌다. 그녀를 숭배하는 마음은 여전하지만 이제는 그녀의 처녀 여사제가 될 수 없기 때문이었다. 그러고 나서 아이톤과 나는 아프로디테를 위해 설탕에 절인 모과 한 조각을 나눠 먹었고, 화로에서 가시나무 햇불에 불을 붙인 뒤 설탕 절임을 나누어 주었다. 그동안 하인들은 히메나이오스의 축가를 불렀다. 노랫소리가 정원으로 새나가지 않도록 목소리를 한껏 낮춘 채. 그리고 우리는 꿀을 탄 포도주를 마셨다. 마침내 하녀들이 햇불을 들고 나를 연회 마당으로 데려갔고, 나에게 입을 맞춘 뒤 조용히 물러났다.

양초를 손에 들고 뒤따라온 아이톤은 화로 옆에서 바들바들 떨고 있는 나를 발견했다. 그는 내 허리띠를 풀고 알몸이 된 나를 들어 올려 자신의 침대로 쓰던 긴 의자의 흰 소가죽 위에 내려놓았다.

우리는 둘 다 한 마디도 하지 않았다. 아프로디테 여신의 압도적인 힘을 나는 그때 처음 느꼈다. 모든 걸 집어삼키는 열정 속에서 고통과 쾌락, 사랑과 증오, 기쁨과 분노는 하나가 되었고, 일체의 부끄러움이며 지나간 날의 기억이며 미래에 대한 걱정은 모두 한 줌의 재가 되었다. 그럼에도 나는 불쌍하고 어리석은 크티메네를 떠올리며 여신에게 맞서려고 애썼다. 여자로서의 내 자존심을 지켜야 했다. 내가 세상 그 무엇보다, 나 자신보다, 아테나 여신을 제외한 그 어떤 존재보다 그를 사랑한다는 것을 아이톤에게 들켜서는 안 되었다. 나는 내게 힘을 줄 것을 간청하며 조용히 아테나 여신을 불렀다.

사위가 희끄무레하게 밝아올 무렵, 나는 아이톤 곁을 떠나 다시 집 안으로 들어가 에우리클레이아를 깨웠다. 에우리클레이아는 서둘러 아이톤의 혼례복과 까맣게 타고 남은 가시나무 횃불의 밑동이며 그 밖의 예식의 흔적을 치웠다. 그러고는 사전에 합의한 대로 하녀들을 시켜 회랑 벽에 흰 칠을 하게 했다. 나는 내 좁은 침대로 돌아가 황금 양털 꿈을 꾸며 정오가 다 될 때까지 잤다. 하지만 아이톤은 우리가 첫날밤을 치른 긴 의자에 남아 내 꿈을 꾸었다.

15장. 복수의 날

 분주한 아침이었다. 획획 붓을 놀리며 칠을 하는 소리 (우리는 당나귀 털로 붓을 만든다)와 여자들의 나지막한 웃음소리에 잠에서 깬 아이톤은 제사 마당으로 가 크레타의 제우스에게 조용히 기도했다. "신이시여, 중차대한 밤이 지나고 결전의 날이 밝았습니다. 제게 두 가지를 허락해 주십시오. 오늘 처음으로 만난 사람에게서 행운의 말을 들을 수 있게 해주시고, 하늘이 내린 행운의 징조를 보여 주십시오!"

 믿기 어렵겠지만, 그가 이 말을 채 마치기도 전에 구름 한 점 없는 파란 하늘에서 천둥소리가 아득하게 울려 퍼졌다. 이에 우리 집에서 일하는 시쿨리족 노예 중 한 명이 육중한 맷돌로 밀과 보리를 갈다가 고개를 들어 그에게 행운의 말을 건넸다. 참고로 이 여자 노예는 상체 힘이 약해서, 각자 할당된 몫의 곡식을 갈던 여섯 명의 하녀들 중 동이 트기 직전에 가장 마지막으로 일을 마친 사람이었다. 다른 이들은 잠시나마 눈을 붙이려고 이미 자기 짚자리로 기어 들어 간 뒤였다. 우리 집 하녀들은 모두 가끔 맷돌을 돌려야 했다. 그것은 좋은 운동이기도 했다. 아버지의 말을 빌리자면, '노예는 매일 땀을 흘려 체내의 탁한 체액을 제거하지 않으면 정신이 탁해질 것이고 이내 병이 도질 것'이라고 하니 말이다. 하지만 아폴론의 사제들이 말하듯 '모든 일에는 정도가 있는 법'이다. 구혼자들이 우리 집에 몰려와 이례적으로 많은 양의 빵을 먹어치우기 시작한 뒤로 맷돌 작업은 이전보다 열 배는 더 오래 걸리는 지루한 일이 되고 말았다.

그녀가 던진 행운의 말은 이러했다. "아버지 제우스여, 당신은 누구의 말에 동의하며 천둥을 치시는 겁니까? 그것도 이렇게 맑은 하늘에요! 고뇌에 빠진 고귀한 분이 당신께 올린 기도에 기분이 좋아지시기라도 한 건가요? 그렇다면 이 불쌍한 시쿨리족 노예의 말도 들어주시고 이왕이면 소원도 하나 들어주십시오! 자비로운 제우스여, 무례한 자들이 궁에서 흥청망청 벌이는 잔치는 오늘로 끝나게 해주소서! 맷돌에 제 삶이 갈리고 제 허리가 부러지고 있습니다. 탐욕스러운 구혼자들이 이 맷돌에서 떨어지는 밀가루를 다시는 먹지 못하게 해주십시오!"

아이톤의 가슴 속에서 심장이 고동쳤다. 그는 아폴론에게 큰 소리로 기도했다. "저의 주인이신 궁술의 신 아폴론이여, 당신의 복수를 기리는 날, 저에게 은혜를 베풀어 주소서!" 우리가 이날을 복수의 날로 정한 것은 이날이 아폴론이 피톤에게 거둔 승리를 축하하는 날이었기 때문이기도 했다.

한편 클리토네우스는 거치대에서 창을 꺼내 들고 아폴론의 공개 제사에 참석하러 갔다. 아르고스가 그의 뒤를 따랐다. 에우리클레이아는 하녀들을 계속 바쁘게 만들었다. 한쪽 벽을 다 칠한 후 하녀들은 물을 길어 왔고, 긴 의자에 자주색 덮개를 씌웠으며, 테이블에 고블릿 잔과 손잡이가 두 개 달린 잔, 나무 접시를 놓았고, 갓 자른 노간주나무 가지를 길 위에 흩뿌렸다. 얼마 후 에우마이오스가 최상급 돼지 세 마리를 몰고 왔고, 필로이티오스는 히에라에서 배로 들여온 암소 한 마리와 살찐 염소 몇 마리를 몰고 왔다. 에우마이오스가 필로이티오스에게 인사를 건네며 말했다. "정직한 친구여, 왕비님께서 좀 보자시네."

필로이티오스가 돌아왔을 때 멜란티오스는 또다시 아이톤을 모욕하고 있었다. "너 아직도 안 갔냐, 이 말썽꾼아?" 멜란티오스가 호통을 쳤다. "음식은 어제 충분히 모았을 텐데? 그 커다란 염소 내장을 하룻밤 만에 다 먹어치웠다는 말도 안 되는 소리를 하려거든 집어치우고! 자, 똑바로 들어라, 이 녀석아! 너 또 무슨 이상한 짓을 하면 이번엔 나랑 한판 붙어야 할 거야. 내가 이로스보다는 주먹이 세거든."

하지만 필로이티오스가 둘 사이에 끼어들었다. "이 사람은 왕비님의 보호를 받고 있다. 라오다마스 왕자님의 소식을 가져와 왕비님을 기쁘게 해드렸거든. 그의 말이 사실이라면 우리의 고생도 곧 끝나겠지. 폐하와 왕자님께서 이 저주받은 악당들을 쫓아내시고 너 같은 배신자들에게 벌을 내리실 것이다!"

그러고는 아이톤에게 다가가 그의 손을 꼭 쥐며 말했다. "저는 필로이티오스라고 합니다. 무슨 일이든 시켜주십시오."

멜란티오스는 마당을 슬그머니 빠져나갔다. 필로이티오스는 그가 싸우고 싶은 상대가 아니었다.

약 한 시간 후, 클리토네우스가 궁에 들어섰다. 뒤이어 들어온 구혼자들은 망토를 긴 의자에 던지기가 무섭게 에우마이오스와 필로이티오스가 데려온 짐승을 제물로 바쳤다. 배가 고팠던 그들은 하인을 시켜 간과 콩팥, 골 등의 부위를 커다란 불판에 굽게 해 골수가 든 뼈 위에 올려놓게 했고, 포도주와 빵을 잔뜩 가져오게 했다. 화로에서는 돼지 족발, 소 발굽과 혀, 양 머리, 보리와 콩과 야채를 넣은 창자 따위가 든 시커먼 대형 가마솥 두 개가 보글보글 끓고 있었다. 나머지 고기는 석류나무 꼬챙이와 끝이 다섯 갈래로 갈라진 기다란 포크에 꽂힌 채 구워졌다. 에우마이오스와 멜란티오스, 필로이티오스가 시중을 들었는데, 다른 하인들은 아직 마구간이나 정원에서 일을 하고 있었기 때문이다. 아직 식사 시간이 되기도 전이었다.

클리토네우스가 아이톤에게 큰 소리로 외쳤다. "거지여, 여기로 와서 이 테이블에 나와 함께 앉으시지요!" 그의 테이블은 붉은 대리석 개가 지키고 있는 현관 바로 앞 문지방에 놓여 있었다. 그가 아이톤을 위해 황금 잔에 포도주를 따라주며 큰 소리로 말했다. "키프로스인이여, 내가 그대를 폭언이나 폭행으로부터 보호해줄 테니 안심하십시오. 여기 계신 이 불청객들은 이곳이 시골 선술집이 아니라 궁이라는 사실을 자꾸 잊어버리고 부적절한 행동을 하고 있지요. 경들, 듣고 계신가요?" 그가 에우마이오스에게 손짓하자, 그는 다른 누구보다 먼저 아이톤에게 김이 나는 스튜 한 그릇을 가져다주었다.

좌중이 어처구니없어 하며 웅성거렸지만, 이미 꽤 취한 채 도착한 안티노오스가 이를 제지했다. "거참, 클리토네우스 왕자가 잘난 척하는 꼴을 조금만 더 참아드립시다. 운명의 여신들이 그에게 긴 수명을 재단해 주지는 않은 것 같으니 말입니다."

크테시포스가 깔깔대며 외쳤다. "동지들이여, 우리의 공인된 거지님께서는 이미 대장간의 모든 대장장이를 먹이고도 남을 음식을 제공받았소. 게다가 클리토네우스 왕자님께서 이 대단하신 외국인에게 큰 친절을 베풀어 주시니, 나도 그를 본받지 않을 수 없군. 자, 여기 내가 주는 것도 받게. 자네처럼 위장이 타조처럼 튼튼한 사람도 이건 못 먹겠다면, 거위 치는 여자 고르고나 다른 천한 것들에게 주도록 하게."

멜란티오스가 그에게 수프를 가져다주자 크테시포스는 거기서 소 발굽 한 개를 집어 (국물이 매우 뜨거웠기 때문에 우리의 최고급 자주색 덮개를 장갑처럼 사용했다) 아이톤에게 던졌다. 아이톤은 사르데냐에서 수입한 뿔 달린 인간 형상의 청동상에서 볼 법한 억지웃음을 지으며 머리를 옆으로 숙였고, 소 발굽은 대신 벽에 맞았다.

클리토네우스가 창을 움켜쥐며 버럭 소리를 질렀다.

"내 손님이 저 발굽에 맞지 않은 걸 행운으로 알아라, 크테시포스! 그가 제때 피하지 못했다면, 새끼 돼지를 꼬챙이에 꿰듯 내가 널 꿰뚫어버렸을 테니. 참는 것에도 한계가 있는 법이야. 여기서 더하면 폭발하는 수가 있어. 물론 네놈들은 나를 죽일 생각이겠지. 하지만 조심해라, 내가 하데스에 갈 때 가더라도 네놈들 중 한두 명은 데리고 갈 테니. 아겔라오스 경, 나 다음으로 가장 고귀한 신분의 트로이인인 당신은 나를 도와 질서를 유지해야 하지 않겠습니까? 의회가 당신을 왕의 섭정으로 임명했을 때 왕의 아들이 공개적으로 모욕을 당하는 광경을 지켜보고만 있으라고 하던가요?"

아겔라오스는 히죽거리며 대꾸했다. "크테시포스가 오늘 기분이 좋은가 보군. 그냥 장난일 뿐이니 너무 신경 쓰지 말게. 워낙 생기발랄하고 인심이 후해서 저러는 거야. 그리고 나의 친족이여, 오늘 우리가 자네의 초대를 받고 아폴론을 기리는 마을 축제에도 불참하고(첫 기도를 올리고 희생 제물을 바치는 것만 보았을 뿐이지) 이리로 왔다는 걸 기억해주게. 자네가 오늘 나우시카 공주가 누구와 결혼할 것인지 확실히 밝힐 거라고 약속하지 않았나. 적어도 2년 전에 이미 했어야 할 일이긴 하지만 말이야. 그녀가 선택을 하면 연회는 끝날 것이고 이런 불쾌한 상황이 반복되는 일도 없을 거야. 나도 자네 못지않게 그런 행동을 규탄하지만, 일이 이렇게 된 데에는 자네의 책임도 크네."

구혼자들 중 오직 한 명만이 회랑 벽에 걸려 있던 무기들이 사라졌다는 사실을 알아차렸다. 시카니족인 테오클리메노스였다. 한쪽 벽을 하얗게 칠했음에도 그는 속지 않았다. 그가 클리토네우스에게 질문하듯 예리한 시선을 던지자 클리토네우스는 경고의 의미로 창 자루를 땅에서 한 뼘 정도 들어 올리고 옆문을 가리켰다.

테오클리메노스는 몸을 부르르 떨며 의자에서 일어났다. "눈앞이 어두워지는군." 그가 말했다. "마당에 혼령이 가득하고 바람결에 곡소리가 들려오고 있어. 동지들, 미안하지만 난 시장에서 아폴론 신을 부르기 위해 먼저 가봐야겠네." 그는 거의 뛰다시피 마당을 가로질러 갔다.

모두가 그를 쳐다봤다. 하지만 안티노오스는 딸꾹질을 하며 이렇게 말했다. "맹세하는데, 방금 저건 지금까지 들어본 것 중 단연 깔끔한 변명이었어! 갑자기 뒤가 마려워 테이블에서 실례를 하고는 저렇게 감쪽같이 위장을 하다니……." 역겨운 그의 나머지 연설은 왁자지껄한 웃음소리에 묻혀 들리지 않았다.

나는 잠시 침실에서 서성였다. 정원사 돌리오스가 멜

론 밭 근처의 과수원 구석에서 긴 풀에 덮인 크티메네의 주검을 우연히 발견한 터였다. 나는 그에게 아무에게도 말하지 말고 그녀를 그 자리에 그대로 두라고 지시했다. 내가 누구와 결혼할 것인지 발표하기 전에는 장례식을 치를 수 없기 때문이라고 설명했다. 누가 크티메네를 죽였는지, 왜 죽였는지는 끝내 알아내지 못했다. 그녀는 한쪽 귀에서 다른 쪽 귀까지 목이 베여 있었고, 누군가 그녀를 여기로 끌고 와 시신을 숨기려 한 게 분명했다. 내 생각을 말하자면, 크티메네는 멜란토가 에우리마코스와 바람을 피우고 있다고 의심해 하녀들 무리에 합류했는데, 어둠 속에서 아무도 그녀를 알아보지 못한 것 같다. 멜란토의 뒤를 밟은 그녀는 의심이 사실로 드러나자 자기 손으로 목을 그었거나, 에우리마코스(그는 살인을 주저하지 않는 사람이니)에게 죽임을 당했을 것이다. 누가 죽였건 그건 중요하지 않았다. 호박 목걸이의 저주가 크티메네를 비정한 하데스로 끌고 내려가 라오다마스와 재회하게 했다는 사실이 중요할 뿐.

이 소식은 나를 고요한 분노로 들끓게 했다. 나는 아무도 없는 집무실에 들어가 현관 바로 뒤에 있는 의자에 살그머니 앉았다. 여기서는 밖에서 들려오는 모든 소리를 들을 수 있었다. 술에 취한 웃음소리로 미루어 보아(필로이티오스와 에우마이오스는 내 명령대로 폰토노오스를 도와 손님들의 술잔을 계속 가득 채워주고 있었다), 마침내 행동에 나설 때가 되었다는 것이 분명해지자 나는 다시 밖으로 나가 에우리클레이아를 불렀다.

"에우리클레이아, 창고 열쇠를 가져와!"

에우리클레이아가 나를 수행했다. 문고리의 가죽 끈을 푼 뒤 자물쇠를 따고 문을 당겨 열자, 경첩에서 앙심에 찬 듯 울부짖는 소리가 났다. 신성한 황소가 자신의 목초지를 침범한 낯선 사람을 보고 울어댈 때처럼 우렁찬 소리였다. 나는 이것을 길조로 해석했다. 중요한 날에는 오만 것에서 신의 뜻을 찾는 법이다. 하지만 신은 자신의 진짜 의도를 숨긴 채 모호하게 표현하기를 좋아하니 여기에 속지 않으려면 주의를 기울여야 했다.

나는 클리토네우스가 이곳에 숨겨놓은 시쿨리족의 화살통 열네 개를 찾아냈고, 궁에서 고리 던지기 놀이를 할 때 쓰는 황동 고리와 쇠고리 한 상자를 챙겼다. 그리고 떨리는 손으로 고대의 그림이 새겨진, 반짝이는 곡선형의 기다란 황금 활집에 손을 뻗었다. 내 소중한 친구 프로크네가 궁에 와주어 다행이었다(그녀의 아버지는 엘바로 떠난 터였다). 그녀와 에우리클레이아가 무거운 고리 상자를 함께 들었고, 나는 황금 활집과 화살통을 운반했다. "가자." 내가 말했다. 우리는 고요한 집무실을 일렬로 가로질러 사람들로 북적이는 연회 마당으로 나갔다. 천천히, 그리고 앞만 보면서. 마침내 나는 회랑 지붕을 받치는 중심 기둥 옆에 멈춰 섰다. 나 자신도 놀랄 만큼 한 치의 흐트러짐도 없는 모습이었다.

구혼자들은 혼례복 차림에 싱싱한 생화로 만든 화환을 쓴 나를 보고 (이날은 장례를 치른 지 사흘째 되는 날이었다) 깜짝 놀란 동시에 기뻐하며 칼자루로 테이블을 두드리고 환호성을 질러댔다. 나는 고개를 살짝 끄덕여 이에 화답한 뒤 물건을 내려놓고 그들에게 말했다. "클리토네우스 왕자는 아버지의 뜻을 거스를 것을 염려해 자신이 직접 내 남편을 선택하지 않고 나에게 결정을 맡겼어요. 이것은 나에게도 무척 까다로운 과제였기에 아테나 여신에게 도움을 청했지요. 그러자 여신께서 어젯밤 내 꿈에 나타나 이렇게 말씀하셨어요. '얘야, 너희 집 안마당에 앉아 있는 사람 중 가장 손이 안정적이고 눈이 밝은 남자를 선택해라. 그리고 내일은 궁수 아폴론의 축제이니 필록테테스의 활을 기억하라!' 이보다 더 명쾌한 지침이 있을까요? 호메로스는 이산데르와 히폴로코스가 리키아 왕국을 차지하기 위해 활쏘기 시합을 벌였던 것을 묘사한 적이 있지요. 그대들이 받을 상은 그것보다는 작지만 경쟁은 그에 못지않게 치열할 겁니다. 100명도 넘는 귀족이 내 사랑을 얻기 위해 경쟁하고 있으니 말이지요."

나는 면도날처럼 예리하게 말했다.

"이렇게 많은 경쟁자가 하나의 활을 가지고 겨루면 시합이 너무 늘어질 수밖에 없을 겁니다. 그렇지만 누가 먼저 할 것이냐를 놓고 싸움이 일어나서는 안 되겠지요. 그러므로 참가자 수를 제한하기 위해 간단하게 손재주를 겨루는 시합을 제안합니다. 내 동생 클리토네우스가 마당에 말뚝 열두 개를 일렬로 박을 것입니다. 고리를 던질 수 있는 기회는 단 한 번입니다. 가장 멀리 떨어진 말뚝에 고리를 던져 넣은 세 명이 도끼날 사이로 활을 쏘는 활쏘기 시합에 나설 수 있습니다. 여러분이 사용할 활은 우리 집 가보인 필록테테스의 활입니다. 시칠리아에서 가장 유명한 영웅의 유물이라 할 수 있지요. 원래 헤라클레스의 것이었지만 오이타산에서 장작더미에 오를 때 필록테테스에게 물려주었지요. 필록테테스가 파리스를 쏜 바로 그 무기입니다. 처음에는 손에, 그리고 이어서 오른쪽 눈에 활을 쏘아 트로이 전쟁에 사실상 종지부를 찍었지요."

내 연설은 상당한 혼란을 일으켰다. 다들 내가 아버지가 점찍은 구혼자 중 한 명을 선택할 거라고 예상했기 때문이다. 구혼자 일동이 내가 제시한 (그리고 신이 허락한)

이 방법을 받아들인다면 그들도 결과에 승복하고 계획을 변경할 수밖에 없을 것이다. 신부에게 그다지 좋은 선물을 바치지 못했던 젊은 청년들은 이 기회에 판세를 뒤집어보 겠다는 듯 목이 터져라 찬성의 목소리를 냈다. 클리토네우 스는 즉시 곡괭이를 가지고 나와 마당의 다진 흙을 파서 길게 도랑을 내고, 세 걸음 간격으로 가지런하게 말뚝을 박 은 뒤 신발로 흙을 꾹꾹 다졌다. 그런 다음 고리를 던질 때 넘지 말아야 할 선을 표시했다. "이제 시작해도 됩니다." 클리토네우스는 이렇게 말하고 자기 자리로 돌아갔다.

안티노오스는 취한 와중에도 잔머리를 굴려 반대할 명 분을 생각해냈다. 아폴론이 쇠고리로 히아킨토스라는 소 년을 실수로 죽인 적이 있다는 사실을 상기시키며, 아폴론 의 축일에 공개적으로 고리 던지기 게임을 하는 것은 죽음 을 초래하는 짓이나 마찬가지라고 주장한 것이다. "우리 중 한 명은 히아킨토스와 같은 운명을 맞이하게 될 겁니 다. 하지만 활쏘기 시합이 지루할 거라는 말에는 동의할 수 없군요. 그리고 순서는 이 포도주 단지가 놓인 곳부터 시작해 태양이 움직이는 방향으로 돌아가면서 활을 쏘면 될 일입니다. 포도주를 따라주는 순서대로 말이지요. 화살 은 충분히 있는 것 같군요. 과녁은 제사 마당으로 통하는 저 문에 쇠고리를 매달아 쓰도록 합시다." 이 말은 곧 그와 그의 친구들이 가장 먼저 활을 쏘겠다는 이야기였다. 전날 거행된 장례 경기에서 그들이 보인 행태로 봤을 때 이 시합 또한 익살극으로 전락할 게 불 보듯 뻔했다.

하지만 내 격렬한 반발에도 불구하고 클리토네우스는 그가 원하는 대로 하도록 내버려두었다. 그러고는 내 손에서 황금 활집을 가져가 걸쇠를 풀고 경건하게 활을 꺼냈다. 사실 나는 그때 그 활을 처음 보았다. 실로 무시무시해 보이는 무기였다. 크기는 사람만 했고, 크레타 야생 염소의 뿔 중에서도 가장 큰 뿔 한 쌍을 청동으로 이어붙인 형태였다. 아이톤은 창고에 갔을 때 이미 활을 살펴보고 아마로 꼬아 만든 줄을 내어준 터였다. 보통의 시위보다 네 배는 더 튼튼한 그 줄은 양 끝에 고리가 달려 있었고 딱 맞는 길이로 잘려 있었다.

살아 있는 염소의 뿔은 어느 정도 유연하지만, 시간이 지나면 다소 단단해지고 몇 세기가 흐른 뒤에는 수사슴의 뿔만큼이나 딱딱해진다.

가장 먼저 활을 든 것은 레오데스였다. 제우스의 부사제인 그는 최근 제사를 모두 주재한 덕분에 거대한 포도주 단지 옆에 앉는 영예를 누렸다. 시위를 메기지 않은 활과 화살이 그에게 건네졌고, 에우마이오스는 문에 쇠고리를 걸었다. 그러자 클리토네우스가 외쳤다. "필로이티오스,

저 문은 밖에서 봉쇄하는 게 좋겠어. 누가 예기치 않게 들어왔다가 다치면 안 되잖아." 필로이티오스는 통로를 빙 돌아 문 밖으로 나가 분부대로 했다.

레오데스는 문턱에 서서 두 손과 무릎까지 사용해 활대에 시위를 걸어보려고 애를 썼지만 허리만 삐끗했을 뿐이었다. "친구들." 그가 신음했다. "나는 이 돌 같이 단단한 무기에 두 손 두 발 다 들었네. 이 무기를 다룰 수 있는 사람은 아무도 없다는 데 10대 1로 포도주와 소고기를 걸지. 이걸 당기려면 아무리 강인한 사람이라도 심장이 터질 수밖에 없을 거야. 나우시카 공주가 우리에게 또 속임수를 썼어."

그는 활을 문에 기대어 놓고 화살은 그 옆에 내려놓은 뒤 자기 자리로 돌아와 털썩 앉았다. 안티노오스가 그를 꾸짖었다. "말도 안 되는 소리! 필록테테스가 활시위를 메울 수 있었다면, 그의 후손들도 당연히 할 수 있지 않겠어? 옛날 사람들이 우리보다 더 힘세고 용감했다는 미신 같은 이야기에는 절대 동의할 수 없네. 그냥 활이 조금 뻣뻣해진 것뿐이야. 따뜻하게 하고 기름칠을 하면 해결될 일이지. 자네야 달도 안 뜬 캄캄한 밤에 태어나(그건 자네 어머니를 탓할 일 아닌가?) 체질이 허약하고 팔목과 어깨에 힘 쓸 줄도 모르는 데다, 주사위놀이나 코타부스 말고는 운동도 전혀 하지 않으니 그렇다 치지만……. 좋네, 내가 자네의 내기에 응하지. 내가 저걸 해낸다는 데 20대 1로 황소 두 마리와 포도주 두 단지를 걸겠네. 멜란티오스, 돼지기름을 냄비 가득 가져와 불에 데우도록 해라. 활에 기름을 충분히 칠하면 탄성이 회복된다는 걸 곧 보게 될 걸세. 세월은 모든 걸 굳게 하지만, 돼지기름은 모든 걸 녹일 수 있거든."

멜란티오스는 지시를 따랐고, 이후 안티노오스의 무리 중 두세 명이 차례로 활시위를 메우려 했지만 조금의 진전도 보지 못했다. 이쯤에서 엘리미나족이 활쏘기에 강한 민족은 아니라는 사실은 말해두어야 할 듯하다. 구혼자들 중 대부분은 전투용 활을 평생 잡아보지도 못했을 테니. 한편 에우마이오스와 필로이티오스는 사전에 약속한 신호를 받고 아무도 모르게 옆문으로 나갔다. 에우마이오스는 자신의 아들이 충직한 마부 및 정원사 무리와 함께 대기하고 있는 대문으로 달려갔다. "홀에서 싸우는 소리가 들리거든," 그가 말했다. "구혼자들의 하인들을 공격하고 그들을 제사 마당에서 몰아내야 한다. 마치 군대라도 되는 양 큰 소리를 내며 돌격해야 해. 그리고 왕의 이름으로 엄포를 놓아라." 필로이티오스는 에우리클레이아에게 달려가 이렇게 말했다. "하녀들을 숙소에 가두고 방에서 못 나오게 하시오." 에우마이오스가 아까처럼 옆문을 통해 돌아온 뒤, 필로이티오스는 밖에서 그 문에 빗장을 지르고 비블루스✦산 끈으로 쫑쫑 동여맨 뒤 집무실을 거쳐 연회 마당으로 돌아왔다.

이제 에우리마코스가 노에몬의 손에서 활을 낚아챘다. 그는 활을 천천히 돌려가며 불에 데우고 돼지기름도 덕지덕지 발랐지만 활 다루는 솜씨는 다른 사람보다 나을 바가 없었다. "하데스의 저주나 받으라지!" 그가 외쳤다. "레오데스의 말이 맞았어. 이걸 당기려다 심장이 터지든가 등이 부러지고 말 거야."

"다시 생각해보니," 안티노오스가 점잔을 빼며 말했다. "아폴론의 축일에 활을 쏘는 건 고리를 던지는 것보다 더 큰 실수가 아닌가 싶네. 헤라클레스는 자신에게 부과된 엄청난 과업을 수행할 때 여러 차례 이 활을 사용했지. 하지만 아폴론과 그는 라이벌 궁수로서 늘 사이가 안 좋았어. 한번은 공개적으로 싸우기도 했지. 헤라클레스가 아폴론의 여사제인 헤로필레의 세발솥을 빼돌려 자신의 신탁소를 차리려고 가져갔을 때였던가. 그 둘을 떼어놓으려고 아버지 제우스가 번개를 던지기까지 했지. 내 생각에 이 활

✦ 페니키아의 도시.

을 딱딱하게 만든 건 다름 아닌 아폴론 자신인 것 같아. 우리가 그의 축제를 등한시해서 화가 나셨는지도 모르지. 그러니 이 시합은 내일로 연기하고, 오늘은 필로이티오스가 우리를 위해 데려온 살찐 염소들을 제물로 바쳐 신을 달래도록 합시다. 내일은 특별히 성스러운 날은 아니니 가장 뛰어난 이가 승리를 거둘 수 있을 터!"

안티노오스의 이 경건하면서도 교묘한 제안은 박수갈채를 받았다. 추측컨대 그는 이 활(지금은 현관에서 약간 떨어진 화롯가의 양가죽 위에 놓여 있었다)을 집으로 가져가 다음 날 아침 다루기 쉬운 다른 활로 바꿔치기하려는 속셈인 듯했다.

"아폴론이여, 아폴론이여, 우리에게 은혜를 베풀어 주소서!" 그가 외쳤다. 곧 포도주 잔이 다시 한 번 가득 채워졌고, 각자 잔을 비우기 전에 신에게 술을 바쳤다.

이때 아이톤이 몸을 숙여 클리토네우스의 무릎을 잡으며 말했다. "소인 소원이 하나 있습니다, 왕자님! 제가 키프로스로 돌아가게 되면(그날이 곧 오기를!) 친구와 친척들이 떠돌면서 무얼 하고 무얼 보았는지 물어볼 겁니다. 그때, 이집트와 팔레스타인, 리비아에서 겪은 일을 들려준 뒤 이렇게 덧붙일 수 있으면 얼마나 좋을까요. '그러고 나서는 드레파논을 여행했다네. 그곳에는 트로이 전쟁을 종

식시킨, 포키스인 필록테테스의 유명한 활이 보관되어 있었지. 왕의 아들은 헤라클레스의 과업이 새겨진 곡선형의 황금 활집에서 이 놀라운 물건을 꺼내 내가 만져볼 수 있게 해주셨다네.' 부디 제가 이 소원을 이룰 수 있게 해주십시오. 물론 저는 여기 계신 많은 용맹한 분처럼 포키스 혈통이 아니기 때문에, 활시위를 메우는 건 제 능력 밖의 일로 판명될 게 분명하지만 말입니다."

아이톤이 이렇게 말하면, 이제 클리토네우스와 내가 가짜 말다툼을 벌일 차례였다. 그가 아이톤의 소원을 들어주면 나는 발끈해서 이렇게 말할 것이다. "뭐라고, 거지가 그 더러운 손가락으로 신성한 유물을 더럽히려고 하는데 그걸 내버려두겠다고? 지금 나랑 싸우자는 거야? 당장 활을 도로 활집에 넣고 창고에 가져다 놓아!"

그러면 클리토네우스는 이렇게 외치기로 했다. "내가 이 활을 누구에게 맡기든 그건 내 자유야. 누나가 무슨 자격으로 간섭하는 거지? 이제 누나는 방으로 돌아가 누나 할 일이나 해. 아니면 하녀들이나 감시하든가. 오늘 누나가 할 일은 끝났고, 이 집의 주인은 나야. 에우마이오스, 그 활을 가져와!"

우리가 각자 맡은 역할을 꽤나 설득력 있게 소화한 모양이었다. 장내는 웃음바다가 되었고, 에우마이오스가 머뭇대며 활을 집어들고는 마당을 가로질러 클리토네우스에게 가져오자 웃음은 급기야 요란한 폭소로 치달았다. 클리토네우스는 반항을 가장하며 아이톤에게 활을 건넸다.

나는 발을 구르다 격분한 척하며 자리를 뜨고는 등 뒤로 문을 쾅 닫았다.

"오늘 밤 누구는 얼굴을 제대로 긁히겠네." 크테시포스가 비웃었다. "누가 이 궁의 진짜 주인인지 보여주겠지."

애정 어린 손길로 활을 받아 든 아이톤은 고대 장인의 솜씨에 감탄하듯 활의 무게를 가늠하고 활을 이리저리 돌려 보았다. 사실 그는 아폴론과 헤라클레스에게 이제 그만 화해하고 서로 힘을 합쳐 그의 화살을 인도해 달라고 은밀히 기도하는 중이었다. 구혼자들은 서로를 찔러대며 히죽거렸다. "저 사람 활에 대해 잘 아나 본데. 활을 수집하는 게 틀림없어, 늙은 방랑자 같으니. 아니면 활 공장을 차릴 생각이던가." 아이톤이 부드럽게 말했다. "나리들, 시위를 메우지 않아도 이 얼마나 멋진 활입니까! 그렇지만 시위를 메우면 훨씬 더 멋진 활이 되겠지요!" 그는 아마로 만든 줄을 꺼내더니 갑자기 전문가다운 자세를 취하며 뿔을 잡았다. 그리고 줄 양 끝의 고리가 활 양 끝의 머리 부분과 맞물릴 때까지 천천히 그리고 가뿐히 그것을 구부렸다. 마치 말썽을 일으키는 리라 줄을 교체하는 연주자처럼 태연한 모습이었다. 그러고 나서 자세를 편하게 고쳐 앉더니 엄지손가락으로 줄을 튕겨 마치 제비가 지저귀는 것 같은 소리가 나게 했다. 곧 이어 화살에 손을 뻗은 그는 거의 조준도 하지 않고 화살을 발사했다. 화살은 문에 걸린 쇠고리를 향해 쌩 날아가 과녁의 정중앙에 맞았고, 화살촉은 두꺼운 참나무 판자에 박혔다.

그는 느긋하게 웃으며 클리토네우스를 돌아보더니 이렇게 말했다. "왕자님, 왕자님 누이의 약속을 지키셔야죠. 저는 활에 시위를 걸었고 과녁의 중심을 맞혔습니다. 그러니 제가 그녀의 남편이 되어야 하지요. 인정하십니까?"

"공개적으로 인정하오."

"다행이군요. 이제 맞혀야 할 표적이 또 하나 있습니다. 여기 계신 어느 한 분이 제 친척이기도 한 고귀한 멘토르 경을 살해하는 배신을 저질렀습니다. 저는 그의 복수를 하려고 합니다. 피는 피로 돌려주어야지요. 안티노오스, 검은 죽음을 맞이할 준비를 하라."

안티노오스가 손잡이가 두 개 달린 잔을 입술로 가져가려던 차에 날아온 화살은 그의 울대뼈를 깔끔하게 관통하고 목덜미를 뚫고 나왔다. 안티노오스는 팔다리를 마구 휘두르며 쓰러졌고 그 와중에 테이블을 엎어 빵과 고기를 바닥에 떨어뜨렸다. 그의 입과 코에서 뿜어져 나온 피가

온 음식에 튀었다.

경악의 외침이 회랑을 따라 울려 퍼졌지만, 아이톤은 두 번째 화살을 시위에 메기고 누구든 저항하면 쏠 준비를 하며 앉아 있었다. 에우리마코스는 회랑을 이리저리 두리번거리다 벽에 걸려 있던 무기와 방패가 사라졌다는 것을 그제야 알아차렸다. 그는 잽싸게 마음을 정하고 이렇게 외쳤다. "친구들, 이 키프로스인은 활쏘기의 명수로 우리에게 붙잡히기 전에 네다섯 명은 능히 해치울 사람이다. 또 그는 피의 복수를 위해 안티노오스를 쏠 권리가 있다. 그 사실을 부정할 수는 없을 거야. 공주가 이 이방인과의 결혼에 동의한다면 우리는 더 이상 방해하지 말고 이쯤에서 해산하는 게 좋을 듯하다. 이 시합의 배후에는 아테나 여신이 있는 것 같으니."

동의와 항의가 뒤섞인 외침이 들려왔다. 그러자 클리토네우스가 말했다. "여러분, 내 말을 들어주십시오. 안티노오스가 죽은 건 내 삼촌 멘토르를 죽였기 때문입니다. 그는 왕이 직접 임명한 섭정이기도 했지요. 여러분 중에는 살인자가 두 명 더 있습니다. 먼저 에우리마코스는 내 형 라오다마스를 칼로 찌르고(이 모든 문제가 여기에서 시작되었지요) 시신을 물에 빠뜨렸습니다. 그의 혼령이 왕비에게 들려준 이야기에 따르면 말이지요. 또 크테시포스는 내 형 할리우스가 억울하게 누명을 쓴 살인 사건의 진범이었습니다. 그는 한 어부의 창자를 잔혹하게 들어냈지요. 이 범죄자들이 자기 몫의 상속 재산을 모두 내준다 해도, 이들이 우리에게 저지른 잘못을 벌하기에는 충분치 않을 것입니다. 그러니 여러분, 지체 없이 저들의 손발을 묶고 의회 앞으로 끌고 가십시오. 그러면 여러분은 이 회랑의 모든 이에게 씌워진 죄에서 벗어날 수 있습니다. 어서요, 아겔라오스, 레오데스, 암피노모스. 당신 셋은 아버지에 대한 역모를 묵인한 이들 중 그나마 가장 평화적인 사람입니다. 자, 어떻게 하시겠습니까?"

그들이 아무 대답도 하지 않자 에우리마코스가 다시 외쳤다. "그럼 어쩔 수 없지! 친구들, 왕자는 우리의 제안을 거절하고 우리가 역모를 꾀했다고 비난하고 있다. 그게 사실로 밝혀지면 우린 사형에 처해지게 될 거야. 그러니 무슨 수를 써서라도 왕자를 죽이고 빨리 이 일을 마무리하자! 어서 검을 꺼내 들고 테이블을 방패로 삼도록 해!"

그는 검을 손에 든 채 아이톤에게 달려들었다. 하지만 화살이 그의 오른쪽 젖꼭지를 찔렀고, 그는 테이블과 의자 두어 개를 넘어뜨리며 쓰러졌다.

"이제 크테시포스 차례다." 클리토네우스가 외쳤다. "그가 죽으면 살인을 끝낼 수 있어."

하지만 너무 늦었다. 복수심에 불탄, 에우리마코스의 사촌 암피노모스가 벽에 바싹 붙은 채 아이톤에게 달려든 것이다. 아이톤은 크테시포스를 찾느라 암피노모스에게 등을 보이고 있었다. 하지만 클리토네우스가 그가 다가오는 것을 보고 창을 던졌다. 암피노모스는 창에 찔린 채 그대로 쓰러졌지만, 무기를 잃은 클리토네우스는 검에 찔릴까 두려워 자신의 창을 회수하러 갈 수도 없었다. 그가 손을 맞아 쥐고 아이톤에게 귓속말을 했다. "내가 창과 방패와 투구를 가져올 테니 그동안 저들의 공격을 막아줘요." 그는 에우마이오스를 이끌고 잽싸게 현관으로 들어갔다. 필로이티오스가 테이블 사이를 헤치고 그 뒤를 따랐다. 술 취한 구혼자들은 격론을 벌이는 중이었다. 일부는 힘을 합쳐 아이톤을 덮치자고 했고, 일부는 항복을 제안했다.

아이톤이 소음을 뚫고 외쳤다. "타르타로스✦나 스틱스 강에 가실 분 또 없소? 어서들 나오시지요! 영원한 소멸을 이룰 절호의 기회니까. 하지만 살고 싶은 사람은 필록테테스의 활에서 스무 걸음 이상 물러나 있는 게 좋을 것이오. 저 옆문도 피하고!"

구혼자들은 마당을 가로질러 철수하기 시작했고 어쩌

✦ 지하 세계의 가장 밑에 있는 심연.

면 곧 항복을 선언했을 수도 있었다. 하지만 소란을 인지한 에우마이오스의 아들이 때마침 행동을 개시해 제사 마당에서 구혼자들의 하인들을 공격하고 고함을 내질렀다. "희소식이다! 폐하께서 타신 배가 목격되었다. 곧 폐하께서 상륙해 복수를 하실 것이다."

아이톤이 활쏘기에 성공해 나와 결혼할 사람으로 인정되자, 질투에 미쳐버린 노에몬이 동료들을 규합했다. "우리가 졌어. 왕은 죄가 있든 없든 가리지 않고 우리 모두를 반역자로 규정해 목을 매달 거야. 우리 중 몇 명이 그의 화살에 쓰러지는 한이 있어도 빨리 저 궁수 한 명을 제압해야 해. 그다음엔 왕이 우리를 용서해주지 않으면 궁을 불태우겠다고 협박하면 돼. 자, 테이블을 잡게. 그리고 내가 '하나, 둘, 셋!' 하면 돌격하는 거야!"

노에몬이 겨우 둘을 셌을 때 화살이 그의 열린 입속으로 날아와 그를 영원히 침묵시켰다. 창과 방패를 가지고 서둘러 돌아온 클리토네우스와 에우마이오스는 아이톤 양옆에 자리를 잡았고, 완전 무장을 한 필로이티오스는 옆문을 지키기 위해 달려갔다.

클리토네우스가 대량 학살을 피하기 위해 용감히 나섰다. "이게 마지막 기회다." 그가 외쳤다. "이 기회를 놓치면 여기 이 열네 개의 화살통에 가득 든 화살, 내 형 할리우스의 저주가 깃든 이 화살에 맞아 모두 개죽음을 당할 것이다. 자, 한 명씩 앞으로 나와라. 머리 위로 손을 올리고 순순히 결박을 당해라. 크테시포스를 제외한 모든 이에게 자유를 약속할 테니."

"그럴 일은 절대 없어!" 크테시포스가 외쳤다. 하지만 레오데스는 자신의 고운 두 손을 들어 올리며 말했다. "친구들, 이 싸움은 절대 대등하지 않아. 그리고 크테시포스가 살아 있는 한 우린 살인자를 숨겨주었다는 비난을 피할 수 없을 거야. 항복합시다. 죽으면 사랑이니 명예니 이 세상의 기쁨이니 하는 모든 것도 다 끝나는 법이니."

한편 아겔라오스는 멜란티오스와 작전을 세우고 있었다. 멜란티오스는 현 상황에 절실히 필요한 무기를 가져오겠다고 자원했다. 탑에 들어간 그는 거리로 나 있는 1층 창문에서 뛰어내려 부엌 출입문으로 달려갔다. 그는 부엌에 난입해 복도를 요리조리 달린 후 마침내 창고에 이르렀다. 그의 딸과 그녀의 어리석은 동료들이 그를 도와 창과 방패를 한가득 꺼내주었다. 그들은 서둘러 탑으로 향했고, 아겔라오스는 창문을 통해 무기를 받아 자신의 씨족 무리에게 나누어 주었다. 곧 "항복은 없다"는 외침과 함께 열두 명의 무장한 트로이인이 방패를 나란히 들고 전투태세를 갖추었다.

클리토네우스가 가슴을 쳤다. "내가 창고 열쇠를 바위에 두고 왔어. 멜란티오스가 빙 돌아서 창고에 갔다 왔나 봐. 빨리, 에우마이오스, 저들이 무기를 더 가지고 오지 못하게 막아야 해! 자네도, 필로이티오스! 자네들이 돌아올 때까지 아이톤과 내가 문을 지키고 있겠네."

서둘러 집 안으로 들어간 필로이티오스와 에우마이오스는 멜란티오스가 또다시 창고를 털러 온 것을 발견했다. 두 사람은 그에게 달려들어 그를 때려눕히고 굵은 밧줄로 팔과 다리를 묶은 후, 밧줄의 반대쪽 끝을 들보 위로 던져 그를 저 위로 끌어 올렸다. 그러고 나서 밧줄을 기둥에 단단히 감아 매고 창고 문을 잠근 뒤 열쇠를 주머니에 넣었다. 그들은 멜란티오스가 속절없이 매달려 있게 두고 다시 마당으로 돌아왔다.

아이톤은 슬슬 초조해지고 있었다. 초반에 기선을 제압해 항복을 얻어내는 것이 원래 그의 계획이었다. 하지만 아겔라오스는 지금 이렇게 외치고 있었다. "키프로스인이여, 활을 내려놓아라. 항복하면 네 목숨을 살려주고 귀한 선물과 함께 너를 네 섬으로 돌려보내 주겠다고 약속하지. 이대로 싸움을 계속해봤자 어차피 넌 죽을 목숨이야."

그때 이상한 일이 일어났다. 제비 한 마리가 회랑 안으로 날아 들어와 아이톤 곁을 맴돌더니, 그의 머리 위에 위치한 상인방에 앉아 지저귀기 시작한 것이다. 새의 언어를 이해할 줄 아는 아이톤은 멘토르의 혼령이 아테나의 이름으로 그에게 승리를 약속하고 있다는 것을 알아차렸다.

적이 마당을 가로질러 다가왔고, 아이톤은 재빨리 그들의 발을 향해 화살 세 발을 쏘아 적이 고통에 찬 비명을 지르며 무기를 떨어뜨리게 했다. 그럼에도 불구하고 포카이아인 검객 무리는 트로이 방패 뒤에 숨어 전진을 계속했다. 문을 지키는 우리의 전사들을 향해 창이 우후죽순처럼 날아왔지만, 모두 빗나갔다. 반면 아이톤이 쏜 화살과 클리토네우스가 신중하게 조준해 다시 던진 창은 데모프톨레무스를 포함해 적 셋을 쓰러뜨렸다. 하지만 공격은 멈추지 않았고, 그들은 계속 다가왔다. 필로이티오스는 창으로 크테시포스의 배를 찔러 죽이는 행운을 거머쥐었다. "소 발굽으로 장난을 친 대가다." 그가 호통을 쳤다.

필사적인 싸움 끝에 아이톤은 아겔라오스에게 맨 주먹을 날려 그의 관자놀이를 박살 냈고, 클리토네우스는 레오크리토스를 창으로 찔러 죽였다. 적이 주춤하기 시작했다. 아이톤이 크레타식으로 승리의 포효를 하자 그들은 마침내 뒤돌아 달아났다. 다른 구혼자들에 비하면 점잖은 편이었던 레오데스는 아이톤의 무릎을 붙잡고 항복을 시도했다. "너무 늦었어." 아이톤이 말하고는 아겔라오스가 떨어트린 검으로 그의 목을 베었다.

  프로크네가 옆에 있어 주지 않았다면 나는 이 긴박한 상황을 견디어 내지 못했을 것이다. 비상 상황에서 프로크네보다 더 큰 힘이 되어줄 수 있는 여자는 아무도 없다. 이 모든 일이 진행되는 동안 우리는 내내 창밖으로 고개를 내밀고 있었다. 회랑 지붕에 가려 아이톤과 클리토네우스는 보이지도 않았고, 우리는 그들이 살아 있는지, 다치진 않았는지도 확신할 수 없었다. 하지만 우리의 영웅들이 탁트인 마당을 가로질러 돌진하는 모습이 마침내 시야에 들어오자 프로크네와 나는 우리에게 완전한 승리를 선사해주신 아테나에게 감사를 드렸다. 우리의 영웅들은 이제 죽은 자들의 칼집에서 뽑은 검을 사용해 냉혹하게 구혼자들을 처치하고 있었다.

  "자비는 없다!" 아이톤이 외쳤다. 순간 나는 가슴이 서늘해졌는데, 비참하고 무력하고 술에 취한 스무 명에서 서른 명 남짓의 남자들 가운데 가인 페미오스도 있다는 것을 발견했기 때문이다. 그는 리라를 어깨에 맨 채 겁에 질려 옆문을 연신 두드려대고 있었다. 그곳을 빠져나가 제단으로 몸을 피하고 싶은 게 분명했다. 하지만 탈출구를 찾지 못하고 미친 듯이 사방을 둘러보던 중 나와 눈이 마주쳤다.

"도와주세요, 공주님!" 그가 새된 소리로 외쳤다. "아폴론의 축일에 호메로스의 아들이 살해당하면 이 집은 7대손을 볼 때까지 저주를 받을 겁니다."

그의 말이 옳았다. 나는 페미오스를 보호해 달라고 클리토네우스와 아이톤에게 소리쳤다. 하지만 클리토네우스는 완강히 고개를 저었고, 아이톤은 내 쪽을 쳐다보지도 않았다. 나는 창밖으로 기어 나와 회랑 지붕 위로 내려간 뒤 거의 엎어지다시피 아래쪽 마당으로 떨어졌다. 노에몬의 시신이 충격을 완화해 주었다. 몸을 가누고 일어난 나는 페미오스 앞으로 달려가 두 팔을 활짝 벌렸다. 아이톤이 피에 굶주린 사람처럼 우리를 향해 껑충껑충 달려왔다. "아이톤, 조심해요!" 이번에는 나의 외침에 그가 무아지경에서 깨어났다. 그는 검과 방패를 내던지고 내 발치에 쓰러지더니 마치 내가 여신이라도 되는 양 나를 경배했다. 그 사이 나머지 셋은 도망자를 추적하고 부상자의 목을 베는 무시무시한 일을 질서 있게 계속해 나갔다.

16장. 호메로스의 딸

우리가 페미오스의 목숨을 구하고 전령 메돈을 죽였다는 오명을 피한 것은 정말이지 큰 행운이었다. 만약 메돈을 죽였다면 그의 수호신인 헤르메스의 끝없는 증오를 피하기 어려웠을 것이다. 메돈은 아이톤과 내가 첫날밤을 치를 때 사용한 소가죽을 몸에 돌돌 만 채 상감 무늬로 장식한 긴 의자의 잔해 밑에 누워 있었다. 클리토네우스가 그의 깃털 달린 신발을 알아보고 그를 꺼내주었다. 메돈은 클리토네우스의 가정 교사였으며 그에게 늘 친절한 사람이었다. 그와 페미오스가 제사 마당으로 호위되어 제단 앞에 몸을 웅크리고 있는 동안 우리는 어딘가 숨어 있을지 모르는 도망자를 찾아 회랑과 탑을 수색했지만, 아무도 찾지 못했다. 마지막 생존자는 술에 취해 한숨 자러 탑 꼭대기에 올랐던 엘페노르라는 남자였다. 그는 우리 편 남자들이 고함을 지르며 계단을 올라오자 놀라서 허둥대다 자갈 깔린 길로 추락해 즉사했다. 결과적으로 우리는 신중한 테오클리메노스를 제외한 112명의 구혼자를 모두 해치운 듯했다. 이후 시신을 세어본 결과 이는 사실로 드러나기도 했다. 폰토노오스 또한 적의 편을 든 죄로 죽음을 맞이했다. 우리 편 남자들도 투구부터 신발에 이르기까지 온 데 피가 묻어 있었기 때문에 당연히 여러 곳에 부상을 당했을 거라 생각했지만, 모두 다친 데 없이 비교적 멀쩡했다. 클리토네우스의 손목에 멍이 들고 에우마이오스의 어깨가 살짝 긁힌 것을 제외한다면 말이다. 죽은 자들은 그물을 풀어 모래에 쏟아놓은 물고기처럼 수북이 쌓였고, 잔혹한 햇살을 받으며 더는 숨을 헐떡이지도 않았다.

"그러게 경고했잖아." 내가 얼굴을 찌푸린 채 외가 쪽에서 물려받은 아랫입술을 내밀며 말했다. "그것도 몇 번이나." 달리 무슨 말을 할 수 있었을까? 하지만 그건 전날 막내 텔레고노스가 아르고스를 줄기차게 괴롭히다가 결국 다리를 살짝 물렸을 때 어머니가 하신 말씀이기도 했다. 지금 상황에 안 어울리는 말이라는 생각에 나는 웃음을 터트렸다. 클리토네우스와 아이톤도 따라 웃었고, 우리는 곧 흥분한 여자아이들처럼 낄낄대며 짐짓 엄숙한 목소리로 "그러게 경고했잖아, 그것도 몇 번이나"라고 말하기 시작했다.

나는 마당을 둘러보았다. 부러진 의자와 긴 의자, 테이블, 엎질러진 음식, 더럽혀진 자주색 천, 널브러져 있는 시체들이 눈에 들어왔다.

"에우리클레이아에게 하녀들을 데려오라고 해야겠어." 내가 말했다. "청소를 해야 할 것 같아." 이 말에 다시 웃음보가 터진 우리는 숨넘어가게 웃으며 나중에는 거의 흐느끼다시피 했다.

"우리가 이곳을 좀 엉망으로 만든 건 인정해야 할 것 같아." 클리토네우스가 숨을 헐떡이며 덧붙였다. 당시만 해도 이 말은 최고의 농담 같았는데, 지금은 그리 웃기게 들리지 않는다.

마침내 나는 정신을 차리고 어머니를 뵈러 갔다. 이번만은 어머니도 일을 하고 계시지 않았다. 눈물이 어머니의 뺨을 타고 흘러내리고 있었다. "불쌍하고 어리석은 것들." 어머니가 말했다. "그 녀석들은 멈춰야 할 때를 결코 알지 못했지. 그래도 절반쯤은 우리 집에 충실한 편이었는데, 참 애석한 일이야. 문제는 그들이 예의범절을 몰랐다는 거지. 하지만 요즘 예의 바른 사람이 얼마나 있다고. 다른 누구보다 그들 어머니의 잘못이 큰 것 같구나."

"멜란토와 무기를 나른 다른 하녀들은 어떻게 할까요, 어머니?"

"에우리클레이아에게서 그 하녀들의 이름을 받아놓도록 하거라. 그들을 시켜 회랑을 치우고 가구를 닦게 한 후, 클리토네우스에게 데리고 나가 처리하라고 해라. 그들이 계속 살아야 할 이유를 찾지 못하겠구나."

"페니키아 노예 시장에 팔 수도 있지 않을까요?"

"딱 네 아버지가 하실 법한 말을 하는구나. 상업적 이익을 꾀하는 척하지만 실은 여린 마음을 감추려는 것이지. 그건 안 된다, 얘야. 네 오빠와 삼촌의 혼령을 달래기 위해 이 많은 남자들이 죽었으니, 크티메네의 혼령을 달래기 위해서는 여자들이 죽어야 해. 왕가의 정의를 바로 세우기 위해서다."

에우마이오스와 필로이티오스는 창고로 가 멜란티오스를 바닥에 내리고 날카로운 칼로 그를 난도질했다. 먼저 코를 쳐내고, 그다음에는 귀와 손, 발을 잘라 마치 1월의 사과나무처럼 다듬었다. 한편 아이톤과 클리토네우스, 그리고 에우마이오스의 아들이 이끄는 정원사들은 시체를 밖으로 옮겼다. 그들은 모두 자국민이었으므로, 귀중품을 그대로 둔 채 대문채 입구에 줄지어 기대어 놓았다. 개중에는 아직 숨이 붙어 있는 이도 있었지만, 에우마이오스의 아들이 곤봉으로 머리를 쳐 숨을 끊어놓았다. 마침내 마당에 들어와 대학실의 현장을 본 에우리클레이아는 승리에 도취되어 꽥 소리를 질렀다. 아이톤이 그런 그녀를 조용히 시켰다. "노파여, 죽은 사람을 앞에 두고 기뻐하는 건 불운을 부르는 일이오. 그들이 아무리 나쁜 짓을 했다 해도 말이오. 이 마당에는 혼령이 가득 차 있소. 피를 다 닦아내면 유황을 한가득 가져와 불에 태우고 혼령을 몰아내는 것이 좋겠소."

죄를 지은 하녀들이 에우리클레이아를 뒤따라 줄줄이 들어왔다. 클리토네우스의 눈빛에서 자신들의 운명을 읽었는지 공포에 질린 얼굴이었다. 그들은 클리토네우스의 지시대로 정원사들을 도와 시신을 밖으로 운반했고, 테이블과 의자, 긴 의자를 스펀지로 닦았으며, 회랑 바닥을 걸레로 닦고, 더럽혀진 자주색 덮개를 물통에 담가놓았다. 마당의 흙을 붉게 물들인 피를 가래로 긁어냈고, 정원사들은 긁어낸 흙이 가득 담긴 통을 치웠다. 그다음은 제사 마당을 치울 차례였다. 에우마이오스의 아들과 그의 조력자들이 하인들이 탈출해 경보를 울릴지도 모른다는 생각에 그들을 곤봉으로 때려 죽인 터였다. 땅을 비옥하게 하는 데 피만큼 효과적인 것은 없다(그래서 우리는 희생 제단을 치울 때 쓴 물은 그냥 버리지 않는다). 아니나 다를까, 그날 검붉은 물을 몇 통이나 먹은 모과나무와 석류나무에는 3개월 후 열매가 가득 맺혔다.

클리토네우스는 하녀들을 죽이는 일을 차마 직면할 수 없었다. 아직 동정인 그는 자연히 여자의 육체를 두려워했고, 우리 궁에서 일하는 하녀들은 모두 용모가 수려하기도 했다. 게다가 그는 그중 서너 명과 가끔 농담도 주고받는 사이였다. "아이톤, 나 대신 저들을 죽여줘요!" 그가 간청했다.

"왕비님은 당신한테 그 일을 맡겼습니다."

"감히 어머니의 명령을 거역할 수는 없지만, 그렇다고 여자들의 피를 볼 수도 없다고요."

"그럼 목을 매달아 죽이고 왕비님께는 그들에게 검을 쓰는 건 너무 과분한 것 같다고 말씀드리든가요."

"그보다는 차라리 손목을 다쳐서 더는 검을 쓰지 못했다고 말하는 게 낫겠네요."

하녀들을 포박해 바깥마당으로 데려간 클리토네우스는 선박용 밧줄의 한쪽 끝을 묶어 올가미를 만들고 하녀들이 차례로 그 안에 머리를 집어넣게 했다. 밧줄의 다른 쪽 끝은 돼지기름을 발라 아버지의 원형 건물 용마루 위로 던졌다. 클리토네우스가 신호를 보내면, 에우마이오스와 필로이티오스, 그들의 동료들은 발을 땅에 단단히 붙인 채 희생자의 몸이 공중에 붕 뜰 때까지 밧줄을 힘껏 끌어당겼나. 여자의 얼굴이 시커멓게 변하면 다시 내렸다가 다음 여자에게 똑같은 운명을 부여했다.

나는 호기심과 잔혹성이 부족해 그 장면을 지켜보지 않았지만, 클리토네우스가 먹은 것을 게워내고 정원에서 나올 때 그와 마주쳤다. 그는 얼굴이 여전히 하얗게 질린 채 헛구역질을 하고 있었다.

"발버둥을 치더라." 그가 속삭이듯 말했다. "오래가지는 못했지만."

"몸이 안 좋구나?"

"아니야. 연회 마당을 지나다가 유황 연기를 들이마셨는데, 그것 때문에 속이 뒤집혀서 그래."

나는 그에게 박하 맛이 나는 포도주 한 잔과 오독오독 씹어 먹기 좋은 마른 빵을 주었다. 몸을 깨끗이 씻고 옷을 갈아입고 나온 그는 한결 괜찮아진 모습이었다. 곧 아이톤도 목욕을 마치고 혼례복으로 갈아입은 뒤 불사의 신과 같은 분위기를 풍기며 나타났다. 자신의 본래 모습을 되찾은 그는 다정하게 내 팔을 잡았다.

"전쟁을 계속하기 전에 왕비님을 찾아가 물어봅시다." 그가 제안했다. "그분이라면 다음에 무엇을 해야 할지 알고 계실 거예요."

어머니는 우리를 보고는 기쁨의 미소를 지었다. "자, 이제 우리 가족의 혼령들이 충분한 피를 마신 것 같으니 결혼식을 마무리하는 게 좋겠다. 마침 두 사람 다 혼례복을 갖춰 입었구나. 음악과 춤을 생략해 아프로디테를 화나게 하거나 관습을 무시하면 안 되지. 그러니 어서 페미오스를 데려와 리라를 조율하라고 일러라. 사람들에게 축제 옷을 꺼내 입으라고 하고."

클리토네우스가 이의를 제기했다. "아니요. 안 됩니다, 어머니. 지금쯤 대학살이 벌어졌다는 소식이 온 도시에 퍼졌을 거예요. 지금 당장이라도 또 다른 전투에 나서야 해요."

하지만 에우마이오스가 길가와 과수원 뒤에 부하들을 배치해 아무도 궁에 드나들지 못하게 해놓은 터였다. 테오클리메노스마저 구금된 상태였다.

우리는 제사 마당에서 남녀가 함께 어우러져 결혼식 춤을 췄다(교수형을 당한 하녀들은 치워진 뒤였다). 이 마당이 다시 온전한 우리의 것이 되어 무척이나 만족스러웠다. 에우리메두사와 프로크네는 피리를 연주했고, 페미오스는 그가 낼 수 있는 가장 큰 소리로 리라 줄을 튕겼으며, 히메나이오스의 축가가 시장과 부두에까지 울려 퍼졌다.

"아하!" 돛을 수선하는 상인이 그물을 고치는 상인에게 말했다. "공주가 결국 안티노오스와 결혼할 거라는 데 사람들이 얼마를 걸었지? 그가 신부에게 제일 좋은 선물을 바쳤다지? 나우시카 공주는 자기 아버지를 빼닮아 보물을 그렇게 밝힌대잖아."

그렇게 춤을 추고 포도주와 케이크까지 먹고 나자 클리토네우스가 이번에는 더 다급하게 우리를 다그쳤다. "친척과 친구 여러분, 여기 계속 있으면 우리는 포위 공격을 받게 될 겁니다. 오늘 우리는 잘 싸웠고 신들도 우리를 도와주셨지만, 그렇다고 착각하면 안 됩니다. 신들이 계속 호의를 베풀어주실 거라고 장담할 수는 없으며, 열댓 명이 민병대 전체에 맞서 궁을 지킬 수도 없는 노릇입니다. 그들이 곧 불화살을 날려 본채에 불을 지르고 연기를 피워 우리를 밖으로 몰아낼 겁니다. 아직 시간이 있을 때 에우마이오스의 농장으로 도망가 그곳에서 그들의 공격을 막아내야 합니다. 왕이 우리를 구해주러 돌아올 때까지요."

"난 어디에도 가지 않을 것이다." 어머니가 엄중하게 말했다. "그리고 너희 중 누구도 날 버리고 가는 것을 허락하지 않겠다. 왕이 떠난 이래 우리는 오늘 가장 올바른 행동을 했고, 일이 이렇게 된 것에 대해 적에게 사과할 필요도 없다. 메돈, 어서 시내로 가 의회를 소집해라. 클리토네우스 왕자가 긴급히 전할 말이 있으며 곧 도착한다고 말해라. 클리토네우스, 너는 아이톤을 데리고 포세이돈 사원으로 가도록 해. 그리고 메돈이 너 대신 말하게 해라. 의회가 행동에 나서기를 거부했기 때문에 구혼자들을 궁에서 내쫓을 수밖에 없었고, 그 와중에 많은 사람이 크게 다치거나 죽었으며, 그중에는 의회의 임명을 받은 새 섭정도 포함되어 있다는 사실을 간략히 발표해야 한다. 또 네 사촌이자 이제는 매형이 된 크레타인 아이톤이 예기치 않게 상륙해 군사 지원을 해주었다는 말도 덧붙여야 한다. 그들은 아이톤이 네 아버지의 요청을 받아 강력한 크레타 용병대를 이끌고 왔다고 생각하겠지. 그들이 내가 생각하는 것만큼 겁쟁이라면 너에게 더할 나위 없이 정중하게 굴 거야. 그러고 나서 시신을 수습하러 오라고 해야 할 텐데, 생존자가 없다는 말은 하지 말아야 한다."

우리는 어머니의 명령을 따랐다. 메돈의 연설은 회의에 참석한 모든 이를 공포에 떨게 했고 경악하게 했다. 오직 할리테르세스만이 "경들, 내가 경고하지 않았소?"라고 말할 뿐이었다. 아이톤과 클리토네우스는 아무런 공격도 당하지 않고 궁으로 돌아왔다. 하지만 그들이 자리를 뜨자마자 안티노오스의 아버지인 에우페이테스가 즉각 민병대를 동원해 중대를 소집해야 한다고 설득했다. 그가 직접 크레타 침입자들에 맞서 군대를 이끌기로 했다.

민병대는 거의 300명의 병력을 이끌고 진격했다. 하지만 대문채에 이르러 학살의 규모를 눈으로 확인하고는 놀라 신음 소리를 내며 멈춰 섰다. 우리의 소부대는 제사 마당 안쪽에 결집해 있었다. 아이톤의 명령에 따라 방패를 나란히 든 채 미동도 하지 않고 조용히 서 있었다. 마치 큰 군대의 최전방 부대라도 되는 양.

화려한 옷으로 안티노오스의 시신을 알아본 에우페이테스의 얼굴은 분노로 일그러졌다. 그는 검을 휘두르며 우리 집에 대한 영원한 복수를 맹세했다. 나는 어머니와 외할아버지와 함께 탑의 평평한 지붕 위로 올라가 그 광경을 지켜보고 있었는데, 외할아버지 또한 흐름에 동참하기 위해 벗어진 머리 위로 투구를 욱여넣고 거치대에서 창도 하나 챙겨온 터였다. 지금은 연세가 일흔이 넘으셨고 류머티즘으로 고생하고 계시지만 한때는 외할아버지도 훌륭한 군인이셨다. "위대하신 아테나여, 제 창의 길잡이가 되어 주소서." 그는 이렇게 기도하고 떨리는 오른팔로 있는 힘껏 아래를 향해 창을 던졌다. 탑이 3층 높이였기에 가속도가 엄청나게 붙은 창은 에우페이테스의 청동 뺨 보호대를 관통해 그의 머리를 꿰뚫었고, 그는 그 자리에서 즉사했다.

안타깝게도 어머니는 자신의 늙은 아버지가 빛나는 위업을 세우는 광경을 보지 못했다. 어머니는 눈을 별처럼 빛내며 바다를 응시하고 있었다. "저기 봐, 애야!" 그녀가 외치더니 내 손목을 잡았다. "자비로운 신이시여, 우리를 이렇게 구해주시는군요. 봐라, 3킬로미터쯤 앞에 엘리미나의 배가 보여! 저 줄무늬 돛을 못 알아보겠니? 네 아버지가 질서를 회복하고 우리가 벌인 일을 승인해주려고 오고 계신 거야."

그렇다, 그것은 아버지의 배였다. 그리고 그 뒤를 따르는 것은 노가 30개 달린 엘리미나 배와 노가 50개 달린 엘리미나 배였다. 민병대는 메돈의 조언에 따라 전력이 막강한 것으로 추정되는 우리 군대와 맞붙지 않기로 결정했다. 대신 시신을 수습하고 창을 들것으로 사용해 조용히 마을로 돌아갔다.

아버지의 배가 모티아 해협을 거의 빠져나온 순간, 노가 50개 달린 안티노오스의 배가 아버지의 배를 습격했다. 싸움이 우리에게 불리하게 돌아가고 있을 때, 노가 30개 달린 배가 순풍을 타고 나타나 뒤에서 적을 공격했다. 미노아에 붙들려 있던 노에몬의 배였다. 할리우스가 최정예 시쿨리 병사를 이끌고 직접 이 배를 타고 온 것이었다. 치열한 접전이 이어졌지만, 전투가 구체적으로 어떻게 전개

"아하!" 돛을 수선하는 상인이 그물을 고치는 상인에게 말했다. "공주가 결국 안티노오스와 결혼할 거라는 데 사람들이 얼마를 걸었지? 그가 신부에게 제일 좋은 선물을 바쳤다지? 나우시카 공주는 자기 아버지를 빼닮아 보물을 그렇게 밝힌대잖아."

그렇게 춤을 추고 포도주와 케이크까지 먹고 나자 클리토네우스가 이번에는 더 다급하게 우리를 다그쳤다. "친척과 친구 여러분, 여기 계속 있으면 우리는 포위 공격을 받게 될 겁니다. 오늘 우리는 잘 싸웠고 신들도 우리를 도와주셨지만, 그렇다고 착각하면 안 됩니다. 신들이 계속 호의를 베풀어주실 거라고 장담할 수는 없으며, 열댓 명이 민병대 전체에 맞서 궁을 지킬 수도 없는 노릇입니다. 그들이 곧 불화살을 날려 본채에 불을 지르고 연기를 피워 우리를 밖으로 몰아낼 겁니다. 아직 시간이 있을 때 에우마이오스의 농장으로 도망가 그곳에서 그들의 공격을 막아내야 합니다. 왕이 우리를 구해주러 돌아올 때까지요."

"난 어디에도 가지 않을 것이다." 어머니가 엄중하게 말했다. "그리고 너희 중 누구도 날 버리고 가는 것을 허락하지 않겠다. 왕이 떠난 이래 우리는 오늘 가장 올바른 행동을 했고, 일이 이렇게 된 것에 대해 적에게 사과할 필요도 없다. 메돈, 어서 시내로 가 의회를 소집해라. 클리토네우스 왕자가 긴급히 전할 말이 있으며 곧 도착한다고 말해라. 클리토네우스, 너는 아이톤을 데리고 포세이돈 사원으로 가도록 해. 그리고 메돈이 너 대신 말하게 해라. 의회가 행동에 나서기를 거부했기 때문에 구혼자들을 궁에서 내쫓을 수밖에 없었고, 그 와중에 많은 사람이 크게 다치거나 죽었으며, 그중에는 의회의 임명을 받은 새 섭정도 포함되어 있다는 사실을 간략히 발표해야 한다. 또 네 사촌이자 이제는 매형이 된 크레타인 아이톤이 예기치 않게 상륙해 군사 지원을 해주었다는 말도 덧붙여야 한다. 그들은 아이톤이 네 아버지의 요청을 받아 강력한 크레타 용병대를 이끌고 왔다고 생각하겠지. 그들이 내가 생각하는 것만큼 겁쟁이라면 너에게 더할 나위 없이 정중하게 굴 거야. 그러고 나서 시신을 수습하러 오라고 해야 할 텐데, 생존자가 없다는 말은 하지 말아야 한다."

우리는 어머니의 명령을 따랐다. 메돈의 연설은 회의에 참석한 모든 이를 공포에 떨게 했고 경악하게 했다. 오직 할리테르세스만이 "경들, 내가 경고하지 않았소?"라고 말할 뿐이었다. 아이톤과 클리토네우스는 아무런 공격도 당하지 않고 궁으로 돌아왔다. 하지만 그들이 자리를 뜨자마자 안티노오스의 아버지인 에우페이테스가 즉각 민병대를 동원해 중대를 소집해야 한다고 설득했다. 그가 직접 크레타 침입자들에 맞서 군대를 이끌기로 했다.

민병대는 거의 300명의 병력을 이끌고 진격했다. 하지만 내문재에 이르러 학살의 규모를 눈으로 확인하고는 놀라 신음 소리를 내며 멈춰 섰다. 우리의 소부대는 제사 마당 안쪽에 결집해 있었다. 아이톤의 명령에 따라 방패를 나란히 든 채 미동도 하지 않고 조용히 서 있었다. 마치 큰 군대의 최전방 부대라도 되는 양.

화려한 옷으로 안티노오스의 시신을 알아본 에우페이테스의 얼굴은 분노로 일그러졌다. 그는 검을 휘두르며 우리 집에 대한 영원한 복수를 맹세했다. 나는 어머니와 외할아버지와 함께 탑의 평평한 지붕 위로 올라가 그 광경을 지켜보고 있었는데, 외할아버지 또한 흐름에 동참하기 위해 벗어진 머리 위로 투구를 욱여넣고 거치대에서 창도 하나 챙겨온 터였다. 지금은 연세가 일흔이 넘으셨고 류머티즘으로 고생하고 계시지만 한때는 외할아버지도 훌륭한 군인이셨다. "위대하신 아테나여, 제 창의 길잡이가 되어주소서." 그는 이렇게 기도하고 떨리는 오른팔로 있는 힘껏 아래를 향해 창을 던졌다. 탑이 3층 높이였기에 가속도가 엄청나게 붙은 창은 에우페이테스의 청동 뺨 보호대를 관통해 그의 머리를 꿰뚫었고, 그는 그 자리에서 즉사했다.

안타깝게도 어머니는 자신의 늙은 아버지가 빛나는 위업을 세우는 광경을 보지 못했다. 어머니는 눈을 별처럼 빛내며 바다를 응시하고 있었다. "저기 봐, 얘야!" 그녀가 외치더니 내 손목을 잡았다. "자비로운 신이시여, 우리를 이렇게 구해주시는군요. 봐라, 3킬로미터쯤 앞에 엘리미나의 배가 보여! 저 줄무늬 돛을 못 알아보겠니? 네 아버지가 질서를 회복하고 우리가 벌인 일을 승인해주려고 오고 계신 거야."

그렇다, 그것은 아버지의 배였다. 그리고 그 뒤를 따르는 것은 노가 30개 달린 엘리미나 배와 노가 50개 달린 엘리미나 배였다. 민병대는 메돈의 조언에 따라 전력이 막강한 것으로 추정되는 우리 군대와 맞붙지 않기로 결정했다. 대신 시신을 수습하고 창을 들것으로 사용해 조용히 마을로 돌아갔다.

아버지의 배가 모티아 해협을 거의 빠져나온 순간, 노가 50개 달린 안티노오스의 배가 아버지의 배를 습격했다. 싸움이 우리에게 불리하게 돌아가고 있을 때, 노가 30개 달린 배가 순풍을 타고 나타나 뒤에서 적을 공격했다. 미노아에 붙들려 있던 노에몬의 배였다. 할리우스가 최정예 시쿨리 병사를 이끌고 직접 이 배를 타고 온 것이었다. 치열한 접전이 이어졌지만, 전투가 구체적으로 어떻게 전개

되었는지는 기억나지 않는다. 중요한 것은, 그 와중에 아버지가 의식을 잃고 바다에 풍덩 빠졌고 할리우스가 아버지를 구하러 바다에 뛰어들었다는 것이다. "이방인이여, 당신이 누구인지는 모르겠지만 부디 신의 축복을 받으십시오." 정신을 차린 아버지는 걱정스럽게 자신을 굽어보고 있는 시쿨리 대장의 손을 부여잡고 다짜고짜 이렇게 중얼거렸다. 그리하여 부지불식간에 자기가 장남에게 내린 부당한 저주를 철회한 셈이었다. 부자는 곧 모티아에 상륙해 그들을 화합으로 이끈 아테나 여신에게 나란히 희생 제물을 바쳤다.

그들의 배가 부두에 도착하자 일꾼 무리가 환성을 지르며 달려가 아버지를 반겼다. 하지만 귀족 중에는 아무도 얼굴을 비친 이가 없었고, 아버지는 이를 이상하게 여겼다. 그때 성문 너머에서 커다란 통곡 소리가 들려왔다. 시신을 화장하기 위한 장례 행렬의 소리였다. 아버지는 앞으로 무슨 일이 일어날지 조금도 예상하지 못한 채 깊은 근심에 잠겨 궁에 도착했다. 우리는 아버지가 다가오는 것을 탑 위에서 지켜보고 있다가 클리토네우스와 아이톤을 보내 아버지를 안심시켰다.

"아버지, 저희는 가문의 명예를 지켰습니다." 클리토네우스가 말했다.

"잘했다! 그런데 이 사람은 누구지?" 아버지가 미심쩍은 눈으로 아이톤을 바라봤다.

"나우시카의 남편인, 타라의 아이톤 경입니다."

아버지가 성을 내며 얼굴을 붉혔다. "그래? 내 동의도 없이 누가 이 결혼을 허락했지?"

"제가 그랬습니다. 피치 못할 사정이 있었어요. 왕비와 섭정도 진심으로 축하해 줬고요."

"하! 그럼 신붓값은?"

"염소 내장을 받았습니다, 아버지. 그리고 엄청나게 많은 피도요."

아버지는 손을 올려 클리토네우스를 한 대 치려다가, 할리우스를 힐끗 보더니 생각을 고쳐먹고 침착하게 말했다. "그게 무슨 수수께끼 같은 말인지 모르겠구나, 아들아. 멘토르는 어디 있지?"

"돌아가셨습니다."

"죽었다고?"

"네. 돌아가시고 땅에 묻히셨으며, 아버지의 사위가 대신 복수를 해주었습니다."

그때 어머니가 다가와 할리우스를 품 안에 꼭 안은 후 부자와 함께 걸으며 그동안 있었던 모든 일을 건조하고 신중하게 설명했다. 어머니의 입에서 나온 이야기인 만큼 그들도 곧이곧대로 믿을 수밖에 없었지만, 남자 한 명과 소년 한 명, 머리가 하얗게 센 하인 두 명이 100명도 넘는 젊은 엘리미나 검객을 해치웠다는 것은 실로 믿기 어려운 이야기였다.

아버지가 나에게 건넨 인사는 간결하고 너그러웠다. "딸아, 네가 선택을 미룬 건 참 잘한 일이었다. 결국 이렇게 훌륭한 남편을 찾았으니 말이야."

아버지가 자기 잘못을 순순히 인정한 건 이번이 처음이었으므로, 나는 그 기회를 이용해 이렇게 말했다. "어머니, 할리우스 오빠에게 살인죄를 덮어씌운 나쁜 놈을 처단하는 영예는 필로이티오스에게 돌아갔다는 얘기도 해주셨나요?"

아버지가 나에게 입을 맞추었다. "얘야." 그가 한숨을 내쉬었다. "내가 정의를 위한답시고 네 오빠를 추방하고 나서 스스로를 얼마나 자책했는지 알면 너도 나한테 뭐라고 못할 것이다."

그날 밤 저녁 식사 자리에서 아버지가 말했다. "내 아들 아이톤, 자네와 클리토네우스는 반역을 꾀한 내 신민들을 학살함으로써 어려운 법적 문제를 야기했네. 이 나라에서는 동료 시민을 죽이면 수년간 추방을 당하고, 다시 돌아오는 이가 거의 없다시피 하지. 하지만 두 사람이 죽인 동료 시민은 111명에 이른다네. 추방형은 너무 가벼운 처벌이니 여느 흉악범처럼 사형을 당해 마땅하거나, 이 어수선한 왕국에 평화를 가져오고 신의 정의를 실현한 공로로 올리브 관을 수여받거나, 둘 중 하나가 되어야 할 거야. 자네들만 괜찮다면 이 문제는 밤새 생각해보고 내일 아침에 판결을 내리도록 하지. 드레파네의 알키노오스 왕이 그랬듯이 말이야."

아이톤이 어머니를 돌아보며 미소 띤 얼굴로 말했다. "아레테 왕비님, 왕이 다시 한 번 우리에게 자비를 베풀게 해주소서!"

결과는 교수형 올가미가 아닌, 올리브 관이었다. 또한 아버지는 할리우스의 제안을 받아들여 미노아의 왕과 방어 동맹을 맺기로 했고, 그로 인해 왕권이 크게 강화되었다. 불평의 싹을 없애기 위해 아버지는 죽은 구혼자들의 가족에게 구혼 선물을 돌려주었다. 구혼자들이 먹고 마신 고기와 포도주에 대해 네 배로 배상할 것을 요구하지도 않았다. 그저 먹은 만큼, 마신 만큼만 돌려받았을 뿐. 도난당한 고블릿 잔과 에우리마코스가 라오다마스의 꾸러미에서 훔친 귀중품도 반환되었다. 라오다마스의 혼령이 어머니에게 알려준 대로 항만 바닥을 훑은 끝에 그의 시신도 찾아냈다. 그의 어깨뼈 사이에 단검 자루가 툭 튀어나와 있었다. 시신은 도난당한 돛에 싸여 도난당한 밧줄로 묶여 있었고, 다리에는 돌이 매달려 있었다.

* * *

다시 예전처럼 평범한 일상으로 돌아왔을 때 나는 페미오스를 한쪽으로 끌고 가 물었다. "페미오스, 내 덕분에 새 생명을 얻은 대가로 내게 뭘 해줄 수 있지?"

"안 그래도 공주님이 언제 그 질문을 하시려나 했어요." 그가 말했다. "제 답은, 공주님이 하라는 대로 뭐든 하겠다는 겁니다. 무언가 귀한 걸 요구하실 것 같긴 하지만요."

"아주 귀중한 생명을 구했으니 당연히 귀한 걸 요구해야지. 게다가 널 구하려다 나도 죽을 뻔했다고. 자, 내가 바라는 건 이거야. 너는 호메로스의 아들이고 오직 너희 단체만이 그리스 궁정에서 공연할 특권을 가지고 있잖아. 그러니 네가 내 서사시를 승인하고 노래하고 퍼뜨려주면 좋겠어. 시는 이미 쓰기 시작했는데 아테나 여신이 지금처럼 계속 영감을 준다면, 2, 3년 안에는 완성할 수 있을 것 같아. 우선은 〈오디세우스의 귀향〉의 첫 구절에서 시작해 로토스를 먹는 자들의 섬을 방문할 때까지의 이야기가 펼쳐질 거야. 하지만 그다음부터는 이야기가 달라지지. 아마도 율리시스(혹자는 그가 오디세우스라고 믿지)의 모험이 포함될 테고, 페넬로페의 정부들을 학살하는 것으로 끝날 것 같아. 오디세우스가 어떻게 혼자서 그 많은 사람을 죽였는지 이제는 좀 알 것 같아. 내가 최고로 여기는 『일리아스』가 남자가 남자들을 위해 쓴 이야기라면, 『오디세이아』는 여자가 여자들을 위해 쓴 서사시가 될 거야. 나는 호메로스가 맨 나중에 낳은 아이, 그것도 딸이 되는 셈이지. 그러니 잘 들어. 내가 시를 완성해 양가죽에 오징어 먹물로 글을 쓰면 너는 그것을 암기하고 (필요하다면) 뚝뚝 끊기거나 늘어지는 부분을 보완해 주어야 해. 언젠가 내가 너를 델로스로 돌려보내면 이 시를 아시아의 모든 궁정에 가져가야 할 거야. 왕자들과 공주들이(특히, 공주들이) 시를 칭찬하고 네게 선물을 안겨주면서 '유려한 말솜씨를 가진 음유 시인 페미오스여, 그 영광스러운 이야기는 어디서 알게 된 것인가?'라고 묻는다면, 이렇게 답하도록 해. '제 선조들의 노래는 문명 세계의 서쪽 끝에 사는 엘리미나족으로부터 대단한 호평을 받았습니다. 제가 『오디세이아』를 알게 된 것도 엘리미나 궁정에서였지요.' 나는 그곳이 어디인지를 드러낼 만한 정보는 하나도 넣지 않을 생각이야. 나와 아이톤, 그리고 네 이름은 이야기 속에 집어넣어 영원성을 부여하겠지만."

"제가 거절한다면요, 공주님?"

"그러면 멜란티오스보다 더 비참한 운명을 맞게 될 텐데. 아테나와 아폴론에게 맹세하는 것이 현명한 처사일 거야."

결국 그는 맹세했다. 어쩌면 내가 그 방대한 일을 결코 끝내지 못할 거라고 여겼기 때문인지도 모르겠다. 내가 마음먹은 일을 완수하지 못했던 적이 한 번이라도 있었던 것처럼!

* * *

그로부터 약 2년 뒤 내가 1만 2천 줄에 달하는 원고를 (양가죽이 아닌, 아이톤이 영광스러운 카노포스 원정에서 가져온 이집트산 파피루스를 사용했다) 건넸을 때, 페미오스가 매우 예의 바르게 행동했다는 사실은 고백해 두어야 할 것 같다. 어쨌든 페미오스는 가인이고 나는 참견쟁이이자 여인에 불과하다. 시를 쓰면서 그와 몇 차례 심각하게 다툰 건 사실이었다. 하지만 그가 내 시에 이러저러한 문제가 있다고 항변하면 가끔은 그가 하자는 대로 따라주기도 했다. 늘 그런 것은 아니었지만.

그는 내가 『일리아스』에서 따온 구절을 자신이 생각하기에 부적절한 맥락에 가져다 쓰는 것을 무척 싫어했다. 『일리아스』에서 파트로클로스의 시신을 씻기기 위해 물을 끓이는 장면을 묘사한 대목이 오디세우스의 목욕물을 끓이는 장면에 쓰이거나, 헥토르가 안드로마케에게 한 작별 인사가 어머니에게 남자들 일에 참견하지 말라고 할 때 텔레마코스의 입을 통해 나오게 한 것을 두고 몹시 화를 냈다. 페미오스는 전자와 같이 비극적이고 후자와 같이 감동적인 대목을 내가 너무 막 다룬다면서 나더러 무정한 사람이라고 했다. "내가 무정하다고?" 나는 눈에 불을 켜고 받아쳤다. "그게 정말이라면 좀 더 고분고분하게 구는 게 좋지 않을까? 내가 널 고지대 농부에게 팔아버릴 수도 있잖아. 묽은 죽과 탈지유, 누더기 같은 거 좋아하지?" 그는 이내 움츠러들었고, 눈물이 그의 토실토실한 뺨을 타고 흘러내렸다. 그것은 물론 터무니없는 협박이었다. 데모도코스 같은 사람에게 그런 말을 했으면 그는 내 면전에 대고 웃었을 것이다.

그럼에도 나는 페미오스를 높이 평가한다. 그는 아테나 여신이 특별히 도움을 주지 않은 몇몇 대목을 매끄럽게 다듬어 주었다. 우리가 가장 열띤 논쟁을 벌인 사안은 내 서사시에 여성의 비중이 너무 높고 아테나 여신이 너무 자주 등장하며, 오디세우스가 죽은 자들의 혼령을 만났을 때 유명한 여성들이 먼저 나온다는 점이었다. 그래 봤자 겨우 티로와 안티오페, 알크메네, 에피카스테(이오카스테), 클로리스, 레다, 이피메데이아, 파이드라, 프로크리스, 아리아드네, 마이라, 클리메네, 그리고 당연히 엘리필레 정도만 언급한 후 오디세우스가 이들을 만난 이야기를 알키노오스에게 들려주게 했는데 말이다. "우리 공주님, 이러고도 이 시를 남자가 썼다고 믿게 할 수 있을 거라고 생각했다면 착각이십니다. 남자라면 당연히 아가멤논과 아킬레우스, 아이아스, 오디세우스의 옛 전우들, 그리고 미노스와 오리온, 티티오스, 살모네우스, 탄탈로스, 시시포스, 헤라클레스와 같은 고대의 영웅들에게 명예의 자리를 내어주었겠지요. 그들의 아내나 어머니는 건너뛰거나 부수적으로만 언급했을 테고요. 그리고 어느 시점에서든 오디세우스에게 도움을 주는 남신을 적어도 한 명은 등장시켰을 겁니다."

나는 그의 주장에 일리가 있다는 점을 인정했다. 오디세우스가 키르케의 집 지붕에서 떨어져 죽은 동료(나는 그에게 엘페노르라는 이름을 붙여주었다)를 제일 먼저 만나는 것으로 원고를 고친 것도 그래서였다. 여기서 오디세우스는 뱃길로 온 자신보다 육로로 온 엘페노르가 페르세포네의 숲에 더 빨리 도착했다는 가벼운 농담을 던지기도 했다. 나는 또한 페미오스의 호기심을 충족시켜 주기 위해 알키노오스가 아가멤논과 아킬레우스, 오디세우스에 대해 묻는 장면을 넣었다. 멘토르 삼촌이 들려준 율리시스 이야기를 고쳐 쓰면서 몰리를 제공해준 신을 헤르메스로 바꾼 것도 순전히 그를 위해서였다. 원래 원고에서 나는 모든 공로를 아테나 여신에게 돌렸다.

내 엘리미나족 구혼자들이 페넬로페의 정부 역할을 맡도록 〈오디세우스의 귀향〉을 고쳐 쓸 때는 나 자신을 추문으로부터 보호해야 했다. 혹시라도 누가 이 이야기를 알아보고 어디 하나 흠잡을 데 없는 나 나우시카가 아버지가 안 계신 동안 성적으로 문란한 생활을 했다고 오해하면 어쩔 것인가? 그런 일을 방지하려면, 내 시에서 페넬로페는 20년간 오디세우스를 위해 정절을 지킨 것으로 묘사되어야 했다. 하지만 그건 아프로디테가 전통적인 방식의 복수를 하는 데 실패했다는 뜻이 되므로, 나는 트로이의 함락 이후 오디세우스의 귀향길을 방해한 신을 아프로디테가 아닌 포세이돈으로 바꿔야 했다. 이에 따라 페넬로페가 추방당하고, 노를 도리깨로 오인하고, 오디세우스가 독침이 달린 텔레마코스의 창에 맞아 죽는 이야기는 생략되어야 했다. 이 결정을 페미오스에게 말해주자 페미오스가 심술

굳게 지적하기를, 포세이돈은 그리스가 트로이와 싸울 때 그리스 편을 들어주었고 오디세우스는 그에 대한 예우를 단 한 번도 게을리한 적이 없었으니 포세이돈의 증오를 정당화하려면 그럴 법한 일화를 덧붙여야 할 것이라고 했다.
"그래, 좋아." 나는 대꾸했다. "오디세우스가 어느 거인족의 눈을 멀게 했는데, 알고 보니 그가 포세이돈의 아들이었고 아버지에게 복수를 해달라고 간청했다고 하지 뭐."

"우리 공주님, 에트나의 대장간에서 일하는 모든 거인족은 포세이돈의 할아버지인 우라노스와 대지의 어머니 사이에서 태어났답니다."

"이 거인은 예외였어." 내가 쏘아붙였다. "포세이돈이 자기 아버지라고 주장했고 콘투라누스처럼 시칠리아의 동굴에서 양을 키웠지. 나는 그를 '유명하다'는 뜻에서 폴리페모스라고 부를 생각이야. 그러면 청중들도 그를 실제보다 더 중요한 인물로 생각하겠지."

"그런 속임수는 정교한 시의 세계를 헝클어뜨릴 뿐입니다."

"하지만 오랜 시간 남편 없이 혼자 지내는 아내들에게 귀감이 될 만한 인물로 페넬로페를 제시한다면, 그런 속임수쯤이야 다들 용서할 거야."

인정하건대 나는 몇 가지 어리석은 실수를 저질렀고

이 실수들을 바로잡을 수 있기를 바란다. 가령 오디세우스가 폴리페모스에게서 도망치는 장면을 쓸 때는 키가 선미뿐 아니라 뱃머리에도 있는 것처럼 묘사하는 실수를 저질렀다. 선원들이 자주 사용하는 '뱃머리를 돌린다'는 은유적 표현을 잘못 해석해, 한 번도 보지는 못했지만 뱃머리에도 키가 있을 거라고 추측했던 것이다. 또한 오디세우스가 오기기아섬에서 그랬던 것처럼 자라고 있는 나무에서 잘 건조된 목재를 잘라낼 수는 없다는 사실, 아무리 이상한 조짐이 보인다 해도 매가 날고 있는 상태에서 먹이를 먹는 일은 없다는 사실, 하나의 밧줄로 열두 명의 여자를 동시에 목매달게 하려면 남자가 두세 명보다는 더 있어야 한다는 사실도 나중에야 알게 되었다. 아아, 하지만 일단 여행을 떠난 글은 주워 담거나 철회할 수 없는 법. 이런 실수를 지적하지 않았다고 페미오스를 탓할 수도 없었다. 이것은 전부 그가 다른 이유로 트집을 잡았던 대목에서 일어난 실수였고, 내가 단어 한 개라도 멋대로 바꾸면 앞으로 그에게 빵과 물만 주겠다고 위협했기 때문이다.

나는 에우리클레이아를 처음에는 '에우리노메'라고 불렀다가 나중에는 이것을 잊어버리고 그녀의 실명을 쓰는 실수도 저질렀다(결국 나중에는 두 사람이 다른 사람인 것처럼 수습해야 했다). 또한 대학살 장면에서는 페넬로페의 정부들이 오디세우스의 활쏘기에 사용된 열두 개의 긴 도끼를 가져가 무장할 수도 있었다는 점을 간과하기도 했다. 그 도끼들을 휘둘러 오디세우스와 그의 전사들을 토막을 내버릴 수도 있었을 텐데. 하지만 확신하건대 호메로스도 나처럼 실수한 부분이 있었을 것이다. 청중들이 그런 오류를 깨닫지 못할 만큼 이야기에 흥미를 느낀다는 사실에 나는 큰 자부심을 느낀다. 페미오스가 감기에 걸려도, 잔칫상에 오른 음식이 맛이 없어도, 맛 좋은 포도주가 다 떨어져도 내 이야기에 귀를 기울인다는 사실에.

끝.

옮긴이의 글_ 신화, 시대의 흐름을 담은 목소리

『오디세이아』에서 나우시카는 난파를 당해 해안에 떠내려온 오디세우스에게 도움을 주는 파이아케스족의 공주로 등장한다. 아름답고 늠름한 오디세우스에게 마음을 뺏긴 그녀는 그가 자신의 남편이 되면 좋겠다고 속으로 생각하지만 그를 곱게 떠나보내고 이야기 밖으로 퇴장한다. 그렇게 선한 조력자 역할에 머무른 그녀가 이 소설에서는 당당히 주인공을 차지한다. 『오디세이아』의 진짜 저자는 호메로스가 아니라 바로 이 여성이라는 설정에서 『호메로스의 딸』은 시작하기 때문이다.

이 소설의 저자인 로버트 그레이브스는 영국의 시인이자 소설가이며 신화 연구가이기도 했다. 1955년 자신만의 해석을 곁들인 방대한 분량의 신화 해설서인 『그리스 신화』를 펴낸 바 있다. 그의 해설은 상상력이 풍부하고 시적이라는 호평을 받았지만 학계로부터는 상당한 비판을 받기도 했다. 사실 그의 해석은 다소 파격적인 주장도 적잖이 담고 있는데, 그중 하나가 바로 『오디세이아』의 진짜 저자가 여성이라는 주장이다. 그런 점에서 이 책은 그리스 신화와 고전에 대한 풍부한 지식과 도발적인 상상력, 그리고 어쩌면 시대를 앞서간 여성주의적 시각의 산물이라고 할 수 있을 것이다.

아닌 게 아니라 여성의 시각에서 신화나 고전을 재해석하고 다시 쓴 작품들이 최근 큰 인기를 얻고 있다. 매들린 밀러의 『키르케』나 나탈리 헤인스의 『천 척의 배』를 읽은 독자들이라면 이 책의 주인공 나우시카에게 약간의 실망과 의구심을 느낄 수도 있을 것이다. 현대 페미니즘의 문제의식이 적절하게 반영된 최근의 작품들에 비하면 1955년에 백인 남성 작가가 쓴 이 작품은 어쩌면 태생적인 한계를 가지고 있는지도 모르겠다. 그럼에도 나는 신화가 죽어 있는 것이 아니라 시대에 따라 끊임없이 다르게 쓰인다는 사실 자체에 큰 의미가 있다고 생각한다. 미래에는 지금의 해석을 또 어떤 식으로 바라보게 될지 알 수 없는 일이다.

이 책을 가장 재밌게 읽을 수 있는 방법은 『오디세이아』와 나란히 놓고 읽는 것이다. 『오디세이아』의 등장인물들이 조금씩 역할을 달리하여 등장할 때마다, 그리고 오디세우스의 모험이 다채롭게 변주되어 이야기 속 이야기로 등장할 때마다 그 차이를 비교하고 음미하는 즐거움을 흠뻑 느낄 수 있을 것이다. 그렇다면 『호메로스의 딸』의 아이톤은 『오디세이아』에 어떻게 등장할까? 아이톤은 페넬로페가 변장한 오디세우스에게 이름을 물었을 때 오디세우스가 댄 이름이었다.

한지원

호메로스의 딸

초판 1쇄 발행   2025년 3월 28일

지은이   로버트 그레이브스
옮긴이   한지원

펴낸이   박영일
기획·편집   박하영
표지 디자인   조혜령
내지 디자인   하한우·임아람

펴낸 곳   (주)시대고시기획·시대교육
주소   서울시 마포구 큰우물로 75(도화동 538) 성지B/D 9층
E-mail   jansang@sdedu.co.kr

ISBN   979-11-383-8873-3 (03840)

* 잔상은 시대교육그룹의 단행본 문학 브랜드입니다.
* 이 책의 전체 또는 일부를 재사용하려면, 저작권자와 잔상 편집부의 동의를 받아야 합니다.
* 책값은 뒤표지에 있습니다.
* 잘못된 책은 구입처에서 바꾸어 드립니다.